NEUN MONATE

**Ein Lesebuch-Kalender
mit Informationen, Geschichten
und Bildern,
mit Platz für Notizen
und Gedanken**

Bärbel Maiwurm, geb. 1952 in Recklinghausen. Lehrerausbildung in Köln, seit 1975 Lehrerin an einer Gesamtschule. Seit fünf Jahren Mitherausgeberin des „Lehrerkalenders“. Lebt mit Freund und Tochter Lisa in einer Wohngemeinschaft in Köln.

Monika Seck-Agthe, geb. 1954 in Hamburg. Studium der Sonder- und Heilpädagogik/ Kunsterziehung in Frankfurt. Lebt mit Mann und Sohn Leo in Frankfurt und schreibt für Kinder und Erwachsene (u. a. in „Der Sandmann packt aus“, rotfuchs weckbuch; Titanic).

NEUN MONATE

Herausgegeben von
Bärbel Maiwurm
und Monika Seck-Agthe

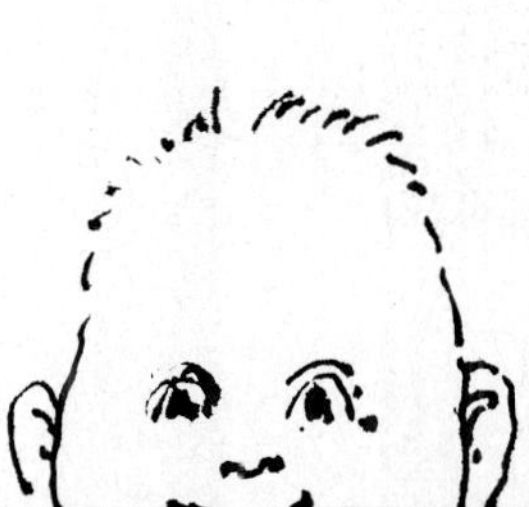

Frauenbuchverlag München

Für Beiträge und Anregungen danken wir
Kati Baur, Erika Hoffmann, Christel Herkenrath, Angelika Cordt, Elke van der Horst, Marion Pryzibilla, Fridolin Weickert, Benjamin Jargstorf, Heidi Renk, Sigi Fuhrmann, Gerd Grzella, Fritz Weigle, F. K. Wächter, Irmi Mailandt, Vilma Link, Bille Henne, Wolfgang Knapp, Anne und Jürgen Unger, Kathalyse Gruppe Köln, Mäddie Wirminghaus, Anke Drawert, Gabi Seiler-Seidler, Petra Hansberg, Christel Potz, Ida Büngener, Yüksel Ugurlu, Eva Schäfner, Anne Lütgens, Lollo und Martin, Christa Steinhauer, Fritz Teufel, Christina Perincioli, Helga Kämpf-Jansen, Theresia Schräder, Ingrid Müller-Münch, Barbara Busch, Annette Bierbach, Hanne Michels, Reiner Kippe, Eberhard Maurer, Leo und Lisa natürlich, Monika Plonka, Bernd Rienermann (!), Arend Agthe (!), Antje Kunstmann sowieso.

Gestaltung und Zeichnungen von
Evi und Hansjörg Langenfass

Printed in Germany (West)

Umschlaggestaltung:
Hansjörg und Evi Langenfass, Ismaning
Satz: Meister Satz, Hof
Reproduktion: Schuster KG, München
Druck und Bindung: G. J. Manz AG, Dillingen
Produktion: Gorbach Herstellungsbüro Gauting
ISBN 3 921040 95 7

Inhalt

Deine Kinder sind nicht deine Kinder.

Sie sind die Söhne und Töchter der Sehnsucht des Lebens nach sich selbst.

Sie kommen durch dich, aber nicht von dir, und obwohl sie bei dir sind, gehören sie dir nicht.

Du kannst ihnen deine Liebe geben, aber nicht deine Gedanken, denn sie haben ihre eigenen Gedanken.

Du kannst ihrem Körper ein Heim geben, aber nicht ihrer Seele, denn ihre Seele wohnt im Haus von morgen, das du nicht besuchen kannst, nicht einmal in deinen Träumen.

Du kannst versuchen, ihnen gleich zu sein, aber suche nicht, sie dir gleich zu machen.

Denn das Leben geht nicht rückwärts und verweilt nicht beim Gestern.

Du bist der Bogen, von dem deine Kinder als lebende Pfeile ausgeschickt werden.

Laß deine Bogenrundung in der Hand des Schützen Freude bedeuten.

Kahlil Gibran

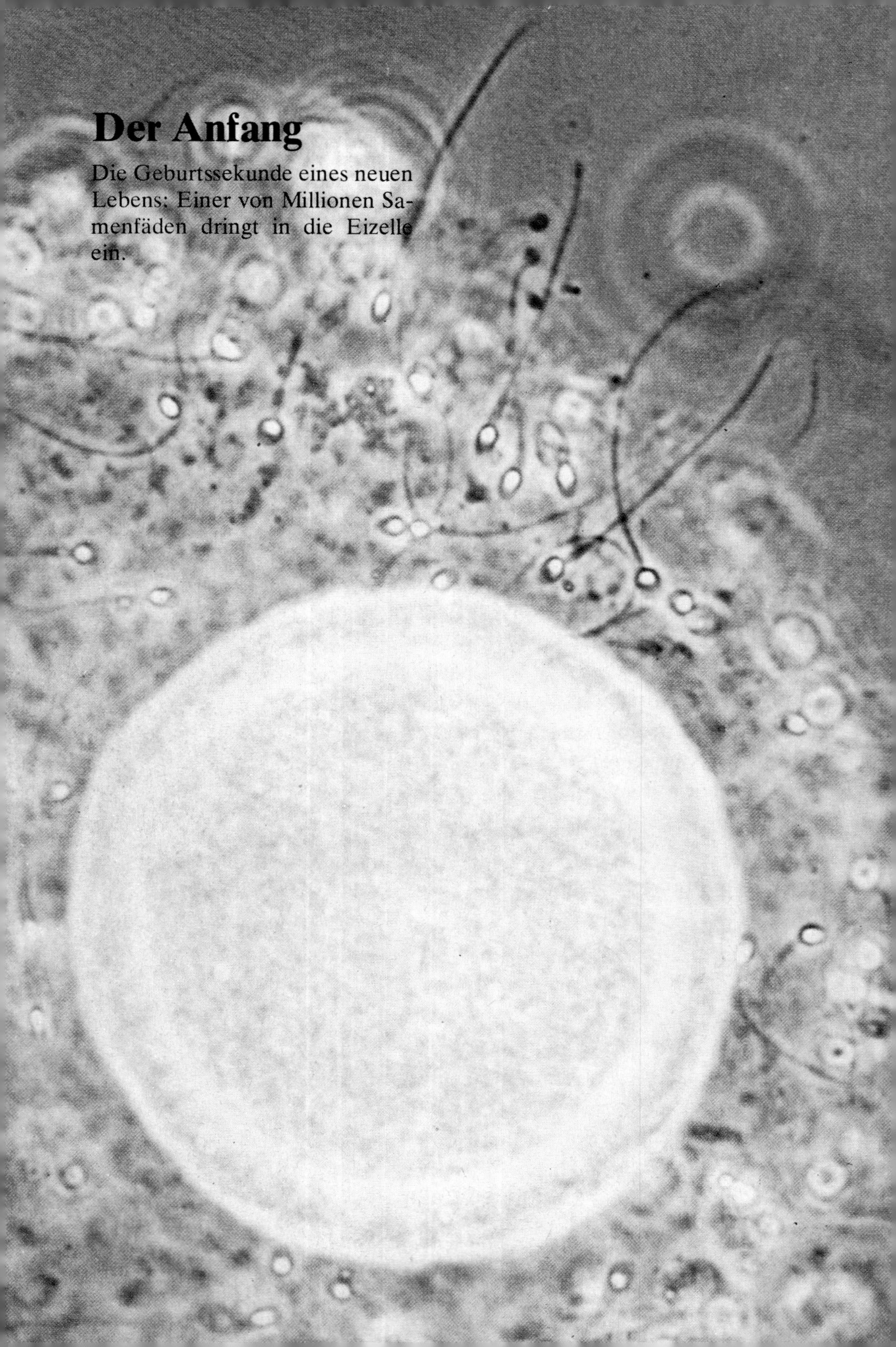

Der Anfang

Die Geburtssekunde eines neuen Lebens: Einer von Millionen Samenfäden dringt in die Eizelle ein.

1. MONAT

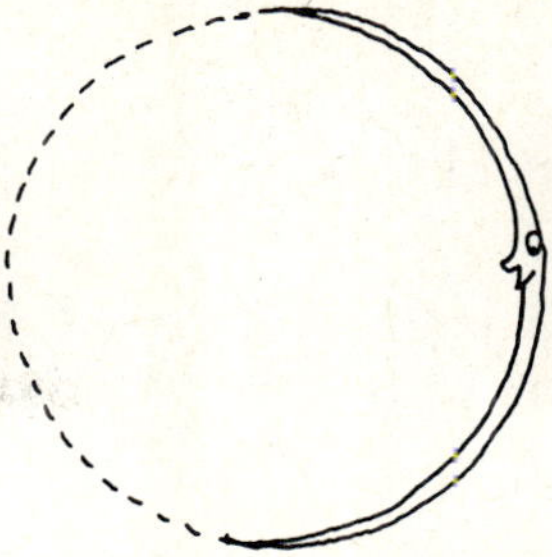

(1. – 4. Woche)

Am Ende des ersten Monats wiegt das Kind in der Fruchtblase noch weniger als ein Gramm und ist knapp 5 Millimeter groß. Das Herz hat schon begonnen zu schlagen. Arme und Beine fangen an zu wachsen.

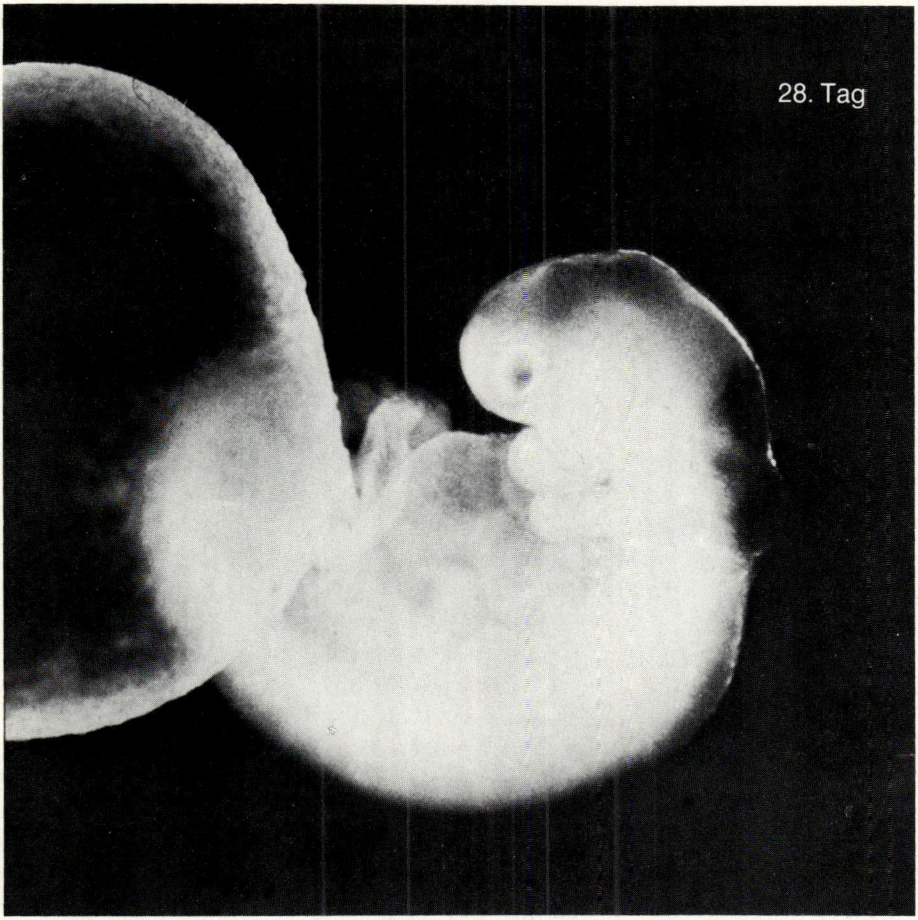

Ich entscheide mich – 4. 9. 78

Meine erste Reaktion auf den kleinen rotbraunen Ring im Reagenzglas, der anzeigte, daß ich schwanger war, war eine wahnsinnige, sprudelnde Freude. Auf Zehenspitzen schlich ich alle paar Minuten an mein Bücherregal, auf dem ich das »Mini-Heimlabor« zu 24,80 DM aufgestellt hatte. Nach zwei Stunden bereits war der braune Ring am Boden des Gläschens zu erkennen. Strahlend ging ich in die Küche, wo noch einige andere Frauen saßen; alle freuten sich, wir feierten das große Ereignis bei Kaffee und Sekt und ich war ziemlich euphorisch. Die spontane Freude, die mich zuerst erfaßt hatte, hielt jedoch nicht lange an. Es war wie ein Käsekuchen, der im Ofen noch goldbraun und rund und schön aussieht – der aber an der frischen Luft in sich zusammenfällt: je länger ich meiner Umwelt und deren Reaktionen ausgesetzt war, desto erschrockener war ich, desto mehr fing ich an zu frieren und mich zu fürchten. Es klirrte richtig und so ruckartig wie noch nie befand ich mich wieder auf dem Boden der Tatsachen, auf dem borstigen Teppich der Wirklichkeit. Kaum jemand traute mir offenbar zu, ein Kind austragen und gebären und einigermaßen glücklich mit ihm leben zu können. Wut und Trotz, Schmerz und Trauer, Enttäuschung, Angst und ein ganz eigenartiges verzweifeltes Gefühl machten sich in mir breit. Ich wußte jetzt: wenn ich dieses Kind haben will, dann muß ich davon ausgehen, erstmal damit allein zu sein. Es muß wirklich *mein* Wunsch sein. *Ich* muß dahinterstehen. Ich muß mir klarmachen, was es für mich bedeutet, mein Leben so zu ändern, wie es ein Kind erfordert.

Ich fragte mich: warum will ich ein Kind?

Will ich es, um mir die emotionale Sicherheit einer fast familiären Lebensstruktur zu schaffen? Will ich A. an mich binden? Oder das Kind? Ist es die Angst vorm Alleinsein, die mir plötzlich den Mut gibt, mich auf gigantische Verbindlichkeiten einzulassen? Werden meine Widerstände gegen das sogenannte »normale Leben« jetzt, Mitte Zwanzig, nach Jahren in oft zermürbenden Wohngemeinschaften, nach sehr chaotischen Lebensphasen, nach komplizierten Männerbeziehungen, nach krassen psychischen Schwankungen von höchster Euphorie bis hin zur kellertiefen Depression, nach Erfahrungen der Leere und des Vakuums langsam lahm? Was will ich? Ehe und Kind? Ein vor sich hin köchelndes Süppchen auf dem Herd, ein schlafendes Baby auf dem Schoß, Frieden, Ruhe und Glück um mich herum, einen Mann, der mich liebt – und nichts mehr sehen wollen von der Kaputtheit der Welt, der Menschen und mir selbst?

Nesttrieb? Mich einigeln? Ein aus den Fugen geratenes Universum verdrängen und dafür ein kleines, eigenes, heiles bauen? Dieses konservieren, schützen, verteidigen? Es warm haben? Unterkriechen? Selbst wieder Kind sein in meinem Kind? Beschützen und beschützt werden, wärmen und gewärmt werden, lieben und geliebt werden? Ich habe viel über dies alles nachgedacht und kann eigentlich bei keinem dieser Punkte reinen Gewissens und im Brustton der

Überzeugung sagen »Nein, also davon bin ich völlig frei!« Ein bißchen was ist an allem dran: Sehnsucht nach einem anderen Leben, das bunter und lebendiger, ehrlicher und unverkorkster ist. Der Wunsch, jemandem Liebe zu geben, der sie auch braucht und (höchstwahrscheinlich) annimmt und (vielleicht) erwidert; inmitten einer entsinnlichten Umwelt das Prinzip Leben durchsetzen; einfach ganz mutig ein Kind machen. Die Sehnsucht nach einer Lebenskontinuität, nach Regelmäßigkeit, Rhythmus, nach einem Inhalt; aber auch einfach das Bedürfnis, die Kapazitäten meines Körpers und meiner Psyche auszuschöpfen, nach jahrelanger Unterforderung mich reinzubegeben in eine Situation, in der ich wirklich gefordert werde; die Neugier darauf, wie es wohl aussehen und sein mag, so ein Kind, das aus meinem Bauch gekrochen kommt; jemanden wachsen sehen, begleiten, bis er alleine kann . . . ach, viel mehr könnte ich noch aufzählen!

Geschichte einer Abtreibung, die nicht stattgefunden hat –

Wenige Tage nach dem Testergebnis wurde es für mich zunehmend utopischer, das Kind zu bekommen. Nach einer kurzen Reise nach Göttingen, wo ich das Regal »Schwangerschaft und Geburt« im Frauenbuchladen aufkaufte und mit stolzen Muttergefühlen in Cafes bei der Lektüre dieser Bücher saß, da kam sie: die ganz, ganz große Depression.
Ich kann das doch nicht.
Ich schaff das nicht.
Alles geht schief.
Ich schlittere ins Chaos.

Wieder in Frankfurt Besuch beim Arzt, Verdacht auf Eileiterschwangerschaft, wahrscheinlich operative Entfernung des linken Eileiters inclusive der »Frucht«. Die Fahrt nach Hause mit der Straßenbahn schien nie enden zu wollen. Der Kloß in der Kehle wurde immer dicker, Tränen brannten hinter den Augäpfeln und ich fühlte mich schwindelig, matschig, einfach total beschissen. Der Kreislauf sackte ab. Endlich zu Hause legte ich mich sofort ins Bett. Die Woche, die nun folgte, war wohl die schwärzeste in meinem Leben: ein absolut elender Zustand, dauernd Heul- und Schwindelanfälle in einer Heftigkeit und Dauer, wie ich es noch nicht kannte.
Ich merkte so richtig, wie mein Hormonhaushalt anfing, mit mir Fußball zu spielen. Von einer Minute zur andern brach manchmal das totale Unglück über mich herein, die ganze Welt erschien mir grau und schrecklich, alle Menschen um mich herum kalt und brutal und gemein, ich wollte am liebsten sterben und vor allem: bemitleidet werden. Es war, als würde mir jemand Drogen ins Essen tun, deren Wirkung über mich hereinbricht, ohne daß ich auch nur noch

den geringsten Einfluß habe darauf, was mit mir passiert. Nie habe ich mich so schwach, so häßlich, so mies und doof gefühlt. Ich wußte, da ich mich in dieser Stimmung und Situation schließlich doch zu einer Abtreibung entschlossen hatte, daß des Chirurgen Messer bzw. der Auskratzer in jedem Fall über mich geschwungen wird – erweist sich der Verdacht auf Eileiterschwangerschaft als richtig, dann komme ich unters Messer; wenn die Schwangerschaft doch normal ist, dann wird ausgekratzt. Allein das Wort »auskratzen« versetzte mich in Panik. Im Hinterkopf immer das Gefühl: wenn ich nicht so unfähig wäre, könnte ich ein Kind haben – ein richtiges lebendiges Kind – denn ich bin schwanger!

Nach einer Woche war ich wieder beim Arzt: Schwangerschaft normal, alles in Ordnung.

Ich erinnere mich noch genau an das dumpfe, resignierte Gefühl, das ich bei den Worten des Arztes hatte. Ich fragte gleich nach einer sozialen Indikation. Mein Arzt wollte sie mir nicht geben, obwohl er sowas sonst durchaus macht. Ob er geahnt hatte, daß ich im Grunde gar nicht abtreiben wollte?

Zu Hause setzte ich gleich alle Hebel in Bewegung, denn wenn schon Abbruch, dann auch sofort.

Pro Familia wollte mich vertrösten, ich rief andere Ärzte an, hatte schließlich einen Termin für den nächsten Tag.

Sehr forsch und realitätstüchtig kam ich mir vor, als ich am Tag drauf mit G.'s Auto bei Dr. F. vorfuhr – eine aufgeklärte und moderne Frau des 20. Jahrhunderts, die *vernünftig* handelt, die verantwortungsbewußt und sicheren Schrittes ihre legale Abtreibung in die Wege leitet.

Fast erschien ich mir selbst wie aus der KIM-Reklame entsprungen, als ich den saftig-grünen R 4 abschloß, im Wartezimmer noch freundlich Konversation machte mit einer flüchtigen Bekannten, die ich dort zufällig traf.

Alles ging dann sehr schnell und glatt, ich hatte sofort meine Indikation und stand wieder draußen, startklar zur Abtreibung.

Ich wurde allerdings die ganze Zeit das Gefühl nicht los, daß hier etwas abrollte, wo ich selbst gar nicht drin vorkam. Wie eine Gliederpuppe bewegte ich mich zwar zu den entsprechenden Stellen hin und leierte mein zurechtgelegtes Sprüchlein herunter; alles ging sehr automatisch – aber ich selbst war einfach nicht dabei.

Genauso automatisch würde ich mich auf den Gynäkologenstuhl legen, mir die Beine anschnallen lassen, mich einschläfern lassen . . . verdammt – wo war ich?

Ich trauerte um etwas.

Die Erleichterung, mit der andere, auch A., meinen Entschluß zum Abbruch der Schwangerschaft zur Kenntnis nahmen, tat sehr, sehr weh. Aber der Schmerz wurde schwächer; langsam hatte ich das Gefühl zunehmender Panzerung und Immunität. Jetzt weiß ich, daß ich das Kind eigentlich die ganze Zeit wollte. Ich erinnerte mich dran, daß meine Schwangerschaft schließlich kein blöder Zufall war – ich war schwanger, weil ich schwanger werden wollte! Ganz bewußt hatte ich das Fieberthermometer aus der Hand gelegt und angefangen, nicht mehr die unfruchtbaren, sondern die fruchtbaren Tage des Monats auszurechnen. Beim Vögeln hatten wir immer öfter gedacht: hoffentlich klappt es diesmal – und ich war regelrecht bekümmert gewesen darüber, daß ich in der Zeit, von der ich annahm fruchtbar zu sein in Frankreich war und nicht bei A.

Dieses Kind war doch ein Wunschkind – wir wollten es ja! Warum erschien mir jetzt plötzlich alles unmöglich? Warum traute ich mir auf einmal nicht mehr zu, worauf ich mich im Grunde gefreut hatte?

Wieso hatten jene Leute, die von »falschem Zeitpunkt« (weil ich gerade Examen machte) oder von »schlechten Ausgangsbedingungen« (weil ich keine tolle Wohnung habe, nicht viel Geld und auch keine »ideale« Beziehung) sprachen plötzlich soviel Einfluß auf mich? Warum nicht die, die mir Mut machten und ihre Hilfe anboten?

Mir wurde klar, daß ich jetzt genau das tat, was ich schon mein ganzes Leben lang immer gemacht hatte: erst etwas wollen, es dann anleiern und schließlich zurückschrecken, wenn es konkret wird. Ich erkannte, daß für eine Frau wie mich, die sich ein Kind gewünscht hat, Abtreibung mindestens genauso viel Realitätsflucht sein kann, wie das Austragen eines Kindes in einer chaotischen Lebenssituation, der man so entfliehen will. Mein Bauch gehört mir – und so wie ich das Recht auf Abtreibung beanspruche, wenn ich kein Kind will, so verlange ich auch das Recht zum Kinderkriegen, wenn ich es mir wünsche.

Gut, die Bedingungen sind nicht die idealen – aber durch eine Abtreibung erkenne ich sie als für mich maßgeblich an. Mein Leben aber an unguten Bedingungen zu orientieren, die ich nicht gemacht habe, das hatte ich nie vor. Ich will für bessere kämpfen und dabei nach meinen Bedürfnissen leben.

Kinderkriegen muß kein Rückzug sein; es kann eine sehr offensive Sache sein – eine Aufforderung zum Tanz an diese kaputte Welt.

Am Abend nach der Indikationsstellung besuchte ich Dagmar. Sie erzählte mir von Frauen, die noch weniger Geld haben als ich, noch gestörtere Beziehungen zu ihren Freunden, und die trotzdem Kinder haben und damit keineswegs todunglücklich sind. Von ganz tief unten kam in mir hoch – was ist, wenn ich jetzt doch nicht abtreibe? Ein bißchen Glück kam dabei gleich mit, etwas Versteinertes wurde wieder weich und reckte sich wohlig in einer fiktiven Sonne. Ich ging relativ früh ins Bett an diesem Abend und wachte am nächsten Morgen sehr früh auf.

In den Morgenstunden zwischen sechs und zehn habe ich dann den Entschluß der Geburt meines Kindes geboren.

Monika Seck-Agthe

Heute nacht erfuhr ich, daß du da bist: ein Tropfen Leben, dem Nichts entkommen. Ich hatte die Augen weit in das Dunkel hinein aufgerissen, und plötzlich flammte in diesem Dunkel ein Strahl von Gewißheit auf: ja, du bist da. Es gibt dich. Es war, als würde einem eine Kugel in die Brust geschossen. Mein Herz stockte. Und als es wieder zu schlagen begann mit dumpfen betäubenden Schlägen des Staunens, war mir, als stürzte ich in einen Schacht, wo alles Unsicherheit und Schrecken ist. Hier bin ich nun, eingesperrt in eine Angst, bei der mir Gesicht, Haar und Gedanken naß werden. Und ich verliere mich in ihr. Vielleicht kannst du es verstehen: es ist nicht die Angst vor den andern. Die andern kümmern mich nicht. Es ist nicht die Angst vor Gott. An Gott glaube ich nicht. Nicht die Angst vor dem Schmerz. Den fürchte ich nicht. Es ist die Angst vor dir, vor dem Zufall, der dich aus dem Nichts gerissen hat, um dich an meinen Leib zu hängen. Ich war niemals darauf vorbereitet, dich aufzunehmen, obwohl ich dich sehr erwartet habe. Immer habe ich mir die schlimme Frage gestellt: wenn du nun gar nicht geboren werden möchtest? Wenn du es mir eines Tages zum Vorwurf machen und mich anschreien würdest: »Wer hat dich denn gebeten, mich zur Welt zu bringen, warum hast du mich überhaupt zur Welt gebracht?« Das Leben ist so eine Mühsal, Kind. Es ist ein Krieg, der sich Tag für Tag wiederholt, und seine Momente der Freude sind kurze Paranthesen, für die man einen schrecklichen Preis zahlt. Wie kann ich erfahren, daß es falsch wäre, dich wegzuwerfen, wie soll ich erraten, daß du dem Schweigen gar nicht wiedergegeben sein willst? . . .
Hab Mut, Kind. Meinst du denn, ein Baumsamen braucht keinen Mut, wenn er in die Erde dringt und keimt? Ein einziger Windstoß kann ihn herauslösen, ein Mäusepfötchen kann ihn zerquetschen. Aber er keimt und hält stand und wächst und wirft andere Samen. Und wird ein Wald. Schreist du mich eines Tages an: »Warum hast du mich zur Welt gebracht?« dann antworte ich dir: »Ich habe nur getan, was die Bäume jahrmillionenlang schon vor mir taten, und ich dachte, es wäre recht so.«

Viele Frauen stellen sich die Frage: warum eigentlich ein Kind in die Welt setzen? Damit es Hunger und Kälte leidet, damit es betrogen und beleidigt wird, damit es von Krieg oder Krankheit gemordet wird? Und leugnen die Aussicht, daß sein Hunger gestillt, sein Frieren erwärmt werden könnte, daß Treue und Achtung ihm freundlich sein könnten, daß es lange leben und versuchen könnte, Krankheiten und Krieg zu tilgen . . .
Freilich, wir zwei sind schon ein eigenartiges Gespann. Alles in dir ist von mir abhängig, und alles in mir ist von dir abhängig: wirst du krank, werde auch ich krank, sterbe ich, stirbst du auch. Aber ich kann mich mit dir nicht verständigen, und du kannst dich mit mir nicht verständigen. Bei all deinem womöglich unbegrenzten Wissen weißt du nicht einmal, wie mein Gesicht aussieht, was für ein Alter ich habe, was für eine Sprache ich spreche. Du weißt nicht,

woher ich komme, wo ich mich befinde, was für ein Leben ich führe. Wolltest du dir vorstellen, wie ich aussehe, hättest du keinen einzigen Anhaltspunkt, um zu erraten, ob ich weiß oder schwarz, jung oder alt, groß oder klein bin. Und ich frage mich immer noch, ob du eine Person bist oder nicht. Niemals waren sich zwei Unbekannte, die in demselben Körper vereint sind, einander unbekannter, ferner als wir.

Aus: Oriana Fallaci, Brief an ein nie geborenes Kind, Goverts Verlag, Frankfurt 1977.

Notizen

Notizen

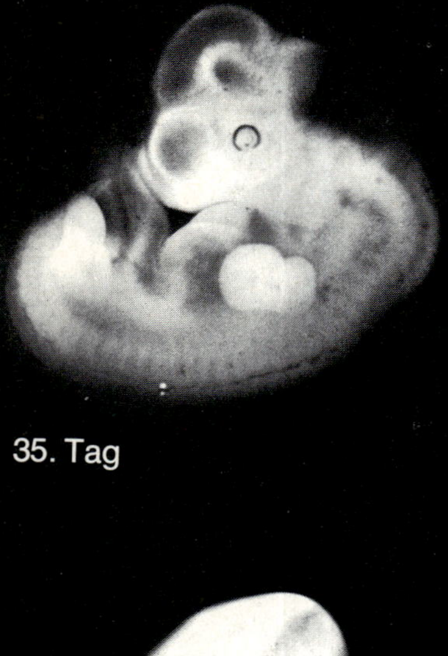

35. Tag

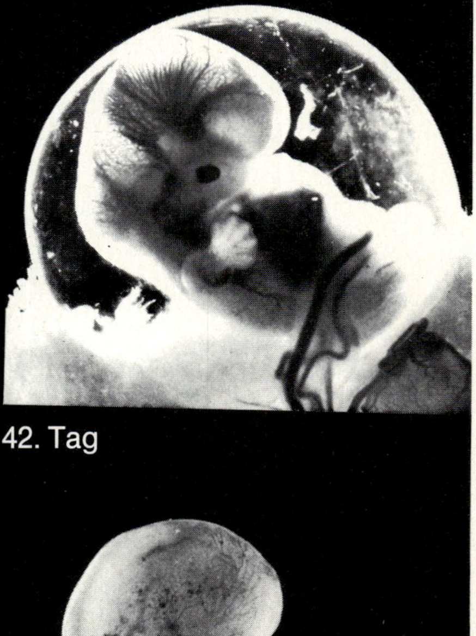

42. Tag

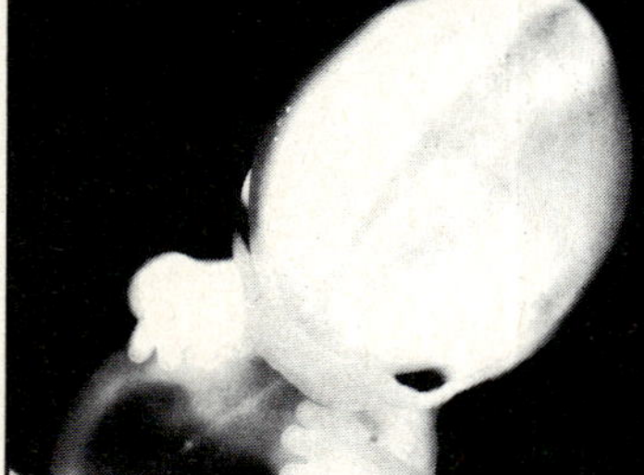

46. Tag

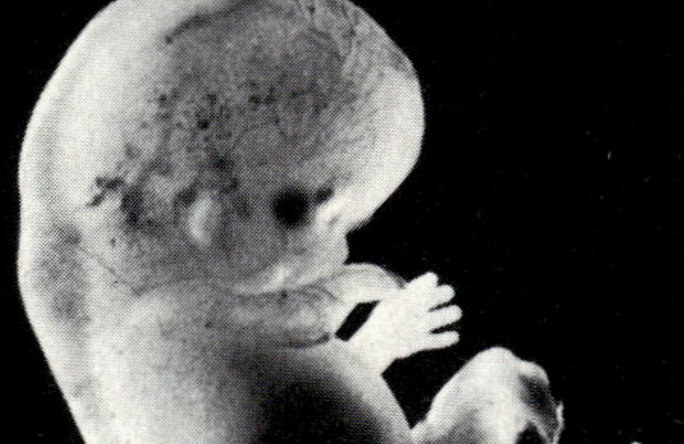

50. Tag

2. MONAT

(4. – 8. Woche)

Gegen Ende des zweiten Monats ist das Kind anderthalb Gramm schwer und 3 cm groß. Sein Gesicht zeichnet sich schon deutlich ab; alle inneren Organe sind bereits vorhanden. Der Körper hat sich gerundet und ist mit Muskeln gepolstert. Finger und Daumen sind bereits »dran«, obwohl der ganze Arm gerade so groß ist wie ein gedrucktes Ausrufezeichen. Das Skelett, das bisher aus Knorpeln bestand, wandelt sich jetzt in ein Knochenskelett um. Der Begriff »Embryo« (griech.: schwellen, im Innern keimen) wird in der Medizin jetzt durch »Fötus« (lat.: das Junge, der Nachkomme) ersetzt.

Beschwerden in der Schwangerschaft

Morgendliches Erbrechen

kann verschiedene Ursachen haben, z.B., daß durch den zusätzlichen Kalorienverbrauch der Blutzuckerspiegel besonders morgens zu niedrig ist. Eine Tasse Tee und ein Müsli oder ein Brot morgens vor dem Aufstehen helfen meistens. Bei anhaltendem Erbrechen den Arzt aufsuchen!

Die Übelkeit am Morgen bei der Schwangerschaft kann vollkommen unbekannt sein oder von jeder Frau erwartet werden, so daß fehlende Übelkeit die Ausnahme ist, oder es wird behauptet, daß sie nur beim ersten Kind vorkommt. Aber in den Gesellschaften, die sie nicht kennen oder nur beim ersten Kind, gibt es immer einige Frauen, die an sehr starker Übelkeit leiden. Erbrechen kann ein Zeichen der Ablehnung des kürzlich empfangenen Kindes sein; aber in Gesellschaften wie den unseren, wo die ganze soziale Erwartung auf Morgenübelkeit eingestellt ist und die Freundinnen sofort das Terrain vorbereiten, indem sie davon reden, wie scheußlich sie sich fühlen wird, muß wahrscheinlich jede einfache Hypothese, daß Erbrechen eine unbewußte Ablehnung des werdenden Kindes sei, ausgeschlossen werden. Übelkeit mit verzögerter Menses kann statt dessen einfach als ein erfreuliches Zeichen dafür angesehen werden, daß man schwanger ist; dann wird die Übelkeit lediglich als sozial anerkanntes Zeichen betrachtet und durch sehr heftiges Wunschdenken dem Körper aufgenötigt. In Gesellschaften, die Erbrechen nicht als passenden Ausdruck für schwangere Frauen anerkennen oder die es nur bei Müttern von ersten Kindern erwarten, kann Übelkeit ein Ausdruck der Ablehnung sein, kann aber auch eine weniger pyschologische, spezifische Störung sein, die noch innerhalb des Normalen liegt, aber verhältnismäßig ungewöhnlich ist, und die sich trotz jeder kulturellen Erwartung äußert. . .
So können wir von der Übelkeit am Morgen sagen, daß da, wo sie kulturell als richtig für jede Zeit der Schwangerschaft oder für gewisse Schwangerschaften (wie etwa nur die erste) angesehen wird, der größte Teil der Frauen dieses Verhalten zeigen wird; wo sie es nicht ist, zeigen es nur wenige Frauen. Krampfhaftes Erbrechen ist eine Fähigkeit jedes menschlichen Organismus, die gefördert, übersehen oder weitgehend abgelehnt werden kann.

aus: M. Mead, Mann und Weib, Rowohlt, Reinbek 1958

Zahnfleischbluten, Nasenbluten

kommt in der Schwangerschaft häufiger vor, da die Gefäße erweitert sind. Es ist kein Grund zur Beunruhigung und verschwindet nach der Geburt von selbst wieder.

Verstopfung

kann durch Mangel an Vitamin B oder durch zuviel Vitamin C entstehen. Eine weitere mögliche Ursache ist die Wirkung des Progesteron (ein Hormon, das der Körper während der Schwangerschaft produziert und das die unwillkürlichen Muskeln entspannt, um Kontraktionen der Gebärmutter zu verhindern).
Dadurch, daß das Progesteron auch auf die Muskulatur der Darmwände wirkt, wird der Darm »träge«.
Folgende Mixtur bringt die Verdauung wieder in Gang:
abends je einen Teelöffel Weizenkeime, Weizenschrot und Leinsamen mit kleingeschnittenem Trockenobst in Wasser einweichen und das Ganze am nächsten Morgen vorm Frühstück oder gemischt mit Vollkornflocken und Milch und Joghurt als Frühstück essen. Während der Schwangerschaft auf keinen Fall Abführmittel einnehmen!
Gut wirken auch über Nacht eingeweichte Pflaumen oder Feigen (ungeschwefelt!).

Hämorrhoiden und Krampfadern

sind eine relativ häufige Begleiterscheinung der Schwangerschaft. Du kannst vorbeugen durch das Essen von frischen Zwiebeln, Lauch und Knoblauch, das stimuliert und stärkt die Blutgefäße. Es gibt auch Gymnastikübungen, die hier vorbeugend wirken, z.B. diese: Lege dich mit dem Po direkt an eine Wand und strecke die Beine nach oben (an die Wand gelehnt). Strecke die Fersen, nicht die Zehen nach oben. Die Zehen zeigen also zu deinem Gesicht.

Schmerzen in den Beinen

Geschwollene Füße, ein »schweres« Gefühl in den Beinen machen vielen Schwangeren zu schaffen. Der Grund: durch das größer werdende Kind entsteht zunehmend Druck auf die Gefäße, die das Blut aus den Beinen zum Herzen zurücktransportieren.

Schwangerschaftsstreifen

Achte darauf, daß deine Kleidung lokker sitzt und die Durchblutung nicht behindert. Gut sind auch Luft- und Sonnenbäder, milde, kühle Duschen, Trockenbürsten der Haut und Massage (Zupfmassage: nimm die Haut am Bauch in Falten hoch und knete sie Stück für Stück durch). Zum Massieren eignet sich Weizenkeimöl oder Weleda-Hautöl (Reformhaus oder Apotheke).

Sodbrennen

entsteht dadurch, daß der Magen durch das wachsende Kind nach oben gedrückt wird und Magensäure in die Speiseröhre gelangt. Wenn du häufiger kleinere Mahlzeiten zu dir nimmst anstatt dreimal täglich viel zu essen, werden die Beschwerden besser. Sehr wirksam ist es auch, ein paar Haselnüsse gut zu kauen, einzuspeicheln und zu schlucken. Die Haselnußmasse absorbiert die »brennenden« Magensäfte.

Müdigkeit

ist eine völlig normale Erscheinung in der Schwangerschaft. Kämpf nicht dagegen an, leg dich lieber viel hin und gönne dir und deinem Kind die Ruhe, die ihr braucht. Laß dich krankschreiben, wenn es dir schwer fällt zu arbeiten – es wird kein Mutterkreuz mehr verliehen!

Kopfschmerzen und Rückenschmerzen

Da helfen oft Yogaübungen und Massagen. (In Karen Zebroff, Yoga für jeden, Fischer Verlag, Frankfurt 1975, sind spezielle Yogaübungen für Schwangere.)

Fritz Teufel, seine Familie, der Unsinn und die Spaßguerilla, von ihm selbst im O-Ton, oder auch U-Ton.

Das Märchen vom Bär und vom Spaßmacher

Es war einmal ein Bär und ein Spaßmacher. Der Bär war ein richtiger Bär. Er war gutmütig und stark und mutig. Er liebte die Kinder und den Honig. Und wurde nur böse, wenn man ihn reizte. Und der Spaßmacher war ein richtiger Spaßmacher. Er war nicht so stark und mutig wie der Bär, aber gutmütig und voller Einfälle, über die er manchmal selber lachen mußte, weil er keinen anderen fand, der darüber gelacht hätte. Auch der Spaßmacher liebte die Kinder und wurde nur traurig, wenn er sie weinen sah.
Der Bär und der Spaßmacher waren Brüder, die viele Streiche gemeinsam ausführten. Vieles was schwierig schien, wurde gut, wenn der Mut und die Stärke des Bären und die Einfälle und die gute Laune des Spaßmachers zusammenkamen.
Sie versuchten auch voneinander zu lernen. Und manchmal trennten sich ihre Wege. Denn der Bär konnte auch Wege gehen, für die der Spaßmacher zu schwach war. Und der Spaßmacher liebte noch mehr als der Bär die Abwechslung.
Der Bär hieß mit Vornamen Bankräu. Der Spaßmacher hatte viele Namen, weil er die Abwechslung liebte. Und das Versteckspiel. Er war auch dauernd dabei, sich selbst und alle anderen umzutaufen. Die politischen Parteien schlossen ihre Programme vor ihm weg, weil sie Angst hatten, daß er Unordnung in die Reihen ihrer Anhänger brachte, und die Begriffe aus den Weisheiten der Väter verwirrte. Der Spaßmacher war auch ein bißchen sonderbar im Kopf. Weil es ihm schien, daß alle Dinge und Personen sich ständig änderten, verwirrte es ihn, wenn die anderen ihn und alle anderen Personen immer mit Namen riefen, die nicht mehr stimmten.
Wenn der Spaßmacher nachdenklich war, dann dachte er, er wäre klug. Wenn der Spaßmacher traurig war und dazu gab es viel zu viele Gründe, hielt er sich für einen armen Teufel.
Bankräu Bär und der Spaßmacher liebten dasselbe Mädchen. Die war so voller Anmut und Zauber, daß sich alle Leute nach ihrer Gesellschaft sehnten. Einige hätten es nicht gewagt, das zuzugeben, aus Angst, daß man sie auslachte. Mit einem einzigen Lächeln konnte sie die Kinder glücklicher machen, die Bären mutiger und die Einfälle der Spaßmacher witziger. Das Mädchen hieß Alleswir Danders. Und manchmal kam es sogar dazu, daß der Bär und der Spaßmacher, die ja Brüder und gute Freunde waren, sich stritten, wem das Lächeln der schönen Alleswir Danders gegolten hatte.
Darüber vergaßen sie manchmal fast den gemeinsamen Feind von Mädchen, Bär und Spaßmacher, der das ganze Volk unter seine Knute zwang,

der aus seinem dicken Geldsack viele Helfershelfer bezahlen konnte. Dieser eklige Tyrann hieß Seine Kaiserliche Majestät Professor Doktor Aufsichtsratsvorsitzender Richter Seine Prinzfürstliche Eminenz von und zu Daswarsch Onimmerso. Da dem Volk seine vielen Titel zu lang waren, nannte es ihn kurz und treffend Arsch, eine Abkürzung für Daswarsch. Dem Spaßmacher allerdings machte es Spaß, alle Titel von dem Herrn Arsch höhnisch aufzuzählen und immer noch neue dazu zu erfinden. Manchmal gelang es sogar dem Arsch mit seiner ganzen Macht und seinen Bütteln, den Bär und den Spaßmacher in Ketten zu legen. Und das hätte er am liebsten auch mit der schönen Alleswir Danders gemacht, der er nicht gönnte, daß sie besaß, was er sich mit all seinem Geld nicht kaufen konnte, die Herzen der Menschen. Aber er konnte sich nicht offen an ihr vergreifen, weil er sonst alle gegen sich empört hätte und versuchte, sie mit Reichtum und Lügen für sich zu gewinnen. Und mit der Drohung, den Bär und den Spaßmacher und alle über die er Macht hatte, zu quälen, wenn sie ihm nicht zu Willen war. Manchmal ging die schöne Alleswir Danders zum Schein auf die Wünsche des Herrn Arsch ein, um ihn zu täuschen.

Eines Tages, das Ende des Märchens war noch immer nicht abzusehen, hatten sich der Bär und der Spaßmacher ein wenig gestritten und als der Spaßmacher alleine war, dachte er darüber nach und schrieb zwei Gedichte. Er schrieb ein kurzes Bärengedicht, weil er über den Bär noch zu wenig nachgedacht hatte und ein längeres, schwer verständliches Spaßmachergedicht, das war nur Teil eines langen Selbstgespräches, das er mit sich führte, weil der Herr Arsch ihn dazu verurteilt hatte, dreiundzwanzig Stunden am Tag alleine zu sein.

Zuerst das Bärengedicht:

Bären sind lustige Tiere.
Außer wenn sie sich selbst einem anderen aufbinden wollen.
Das Proletariat ist bärenstark und kann vom Kapital nur mit Hilfe seiner proletarischen Kräfte gefesselt werden.
Der Tag, an dem wir uns befrein,
wird auch ein Fest für Bären sein,
und wenn sich alle dann befrein,
wird's auch Verdienst der Bären sein.

Und nun kommt das Spaßmachergedicht (Vorsicht Bandwurm):

Alles hat mehr Sinn und macht mehr Spaß, wenn es sich gegenseitig durchdringt.
Wir brauchen erotische Wissenschaft
und wissenschaftliche Erotik
eine poetische Technik und technische Poesie,
musikalische Politik und politische Musik.
Wir brauchen liebevolle Sexualität und sexuelle Liebe.
Wir brauchen allerdings keine industrielle Sexualität oder sexuelle Industrie,
jedenfalls dürfen wir sowas nicht Beate Uhse überlassen
und auch nicht der profitorientierten, männerbornierten Wissenschaft.
Der Nutzen der Pille ist umstritten. Eine Männerpille...
aber da protestiert schon die Mehrheit der Tüpen.
Bei der Frauenpille hat die Mehrheit der Tüpen nicht protestiert.

Oder was bräuchten wir Pillen, wenn wir einander wirklich lieben würden und kinderfreundlich wären? Vielleicht würde es dann genügen, aufzupassen,
und wenn wir uns doch vergäßen,
weils so schön ist,
es wäre nicht so schlimm
in einer nicht kinderfeindlichen Gesellschaft.
Kinderfeindlichkeit und Sexualunterdrückung sind zwei Formen von Lebensfeindlichkeit
und Unmenschlichkeit schlechthin.
Die Rache der zu kurz Gekommenen
und die Dummheit der an der Entfaltung Gehinderten
und selbstverständlich der Si Ai Ei stecken dahinter.
Dies heißt nun nicht:
wenn wir den ganzen Tag vögeln, daß dann alle Probleme gelöst wärn
Die Vögel sagen wahrscheinlich »menscheln« dazu.
Die Teufel vielleicht »engeln«
und die Engel »teufeln«.
Aber fürs Vögeln gilt dasselbe wie fürs Spaßmachen:
Es passiert viel zu wenig
und es passiert mit zuwenig Verstand.
Denn uns ist nicht gedient
mit sexuellen Apparaten und mechanischem Vögeln
oder mit fantasielosem Witz:
Dreimal die Woche derselbe Spruch,
da biste bedient und hast genuch.
Vorausgesetzt, den Fall, es ist
so, daß das schon alles ist.
Als Amatörspaßmacher
und Schefpropagandist der Spaßgerilja
der ich sein muß,
solange es mir noch nicht gelungen ist,
einen zweiten Menschen zu finden,
der so ernsthaft wie ich für die Ideen und Ziele der Spaßgerilja sich angaschiert.
Doch bin ich nicht ganz allein.
Ich grüße die in den Medien der Humorlosen
als Partisanen integrierten Spaßmacher:
Nina Hagen, Udo Lindenberg, Otto Waalckes, Fredl Fesl, Sepp Maier, Willi Lippens, Rudi Carell, Ingrid Steeger, Romy Haag
und um zu zeigen, daß der Begriff sehr weit
und in Bezug auf die Inhalte nicht elitär gefaßt werden soll,
nenn ich noch Caterina Valente und Peter Frankenfeld,
aber darüber ließe sich streiten.
Ich grüße Gerhard Seyfried und Thorwald Proll
und Bertolt Brecht und Heinrich Böll.
Ton, Steine, Scherben und die Flying Lesbians
Patti Smith und Wilhelm Busch
und alle fortschrittlichen Künstler und Schriftsteller.
Ulrike Meinhof und Peter Paul Zahl, Robert Jatowoy und Peter Schult, Woody Allen und Karl Valentin, Charly Chaplin und alle 4 Marx-Brüder
und all die vielen Engels-Schwestern.
Ich grüße all die unbekannten fortschrittlichen Künstler und Kulturschaffenden
und Schausteller und Clauns und Artisten
und Musikanten und Abenteurer
und die Märchenerzähler
und alle Menschen,die grade zärtlich miteinander umgehn.
Ich grüße alle Spaßmacherkollegen, die durch ihren Witz

das Leben ihrer Freunde und Bekannten aufheitern.
Wir Spaßmacher sind die wichtigsten Leute,
Unser Erfolg ist der allgemeine Spaß.
Welche Revolution bietet eine schönere Aussicht?
Natürlich kann ein Spaß niemals alle Probleme lösen.
Aber fast alle Probleme werden am besten mit Spaß gelöst,
auf eine Weise die Spaß macht.
Ich grüße alle, die durch ihre Lebens- und Arbeitsbedingungen am Spaßmachen gehindert sind.
Erkämpft euch mehr Spaß!
Habt Mut, Spaß zu machen!
Nur wer Spaß macht, kann Spaß genießen.
Die Spaßgerilja wäre eine großartige Sache,
wenn sie Chancen hätte, sich durchzusetzen
Soll vielleicht die Gewerkschaft der Spaßmacher
einen Generalstreik organisieren?
Oder ist ein Sauertopf im Grunde nichts anderes,
als ein Spaßmacher, der streikt?
Ist ein Spaßmacher ein Streikbrecher, der aus der Front der Sauertöpfe ausbricht?
Den Eindruck hab ich oft.
Wir brauchen mehr Spaß und Fantasie
sonst ändert sich das Leben nie.
Und ich grüße alle Kinder
und alle die Kinder lieben.
Denn alles was ich sagen will, ist vielleicht ein bißchen kompliziert ausgedrückt,
aber für Kinder selbstverständlich.
Jedes Kind versteht Spaß.
Wir müssen viel mehr mit Kindern reden.
Wir müssen Kindern besser zuhören.
Wir müssen bessere Bücher und Filme für Kinder machen
und mit Kindern bessere Bücher und Filme für Erwachsene.

Wir müssen mit den Kindern für die Kinder ne bessere Welt machen.
Wir müssen selber wieder werden wie die Kinder.
Kinder sind geborene Spaßmacher.
Erwachsene sind in den Augen der Kinder

und somit tatsächlich
eine kriminelle, lebensfeindliche, bewaffnete Bande,
mit allen möglichen Machtmitteln in den Händen,
die sie von Toten geerbt haben.
Die revolutionäre Klassenanalüse orientiert sich in den Augen des Spaßmachers
an der Frage,
ob es den Kindern Spaß macht,
ein freier Geist
oder das gesetzlich geschützte Privateigentum?
Allgemeine Zärtlichkeit
oder allgemeines Kopfschütteln
über jede Abweichung von einer eingebildeten Norm
und den festen Maßstäben rechten
und linken Spießertums?
Kinder wollen spielen,
Menschen sind Abenteurer.
Damit alle spielen können, darf keiner den Spielplatz, die Welt, zerstören.
Damit alle spielen können,
darf keiner die Mitspieler zerstören; umbringen oder knechten.
Revolutionäre Gewalt
darf sich nur gegen die gefährlichsten Spielverderber richten.
Ein Lachen wird es sein, das sie beerdigt.
Verlacht die Spaßverderber und die Verwachsenen wo ihr sie trefft!
Kinder und Narren reden die Wahrheit....
wie wahr! wie wahr!
Hier endet der trostlose Monolog des Spaßmachers, den er zwecks seelischem Verfassungsschutz aufgeschrieben hat. Wie das Märchen weitergeht? wer weiß, wer weiß.

»Kinderkriegen...«

Ines, 36, Hausfrau, Brasilianerin, 2 Kinder:
Eine Frau wird durch Kinder ganz stark.

Gerda, 35, Buchhändlerin im Frauenbuchladen:
Diese bekloppten Frauen, die glauben, erst durch ein Kind stark zu werden, als gäbe es da sonst nix auf der Welt, was zu tun wäre und einen stark macht.

Linda, 34, Lehrerin, 1 Kind:
Ich wollte immer mit Kindern leben. Da gab es eine Zeit, die war für mich da, für Beziehungen mit Männern und jetzt bringt mir das ganz viel neue Erfahrungen mit Kindern – ein Kind zu kriegen – damit zu leben, Liebesbeziehungen zu Kindern zu haben.
Seitdem ich ein Kind habe, gehe ich z.B. mit den Schülern anders um. Ich achte ihre Gefühle viel mehr.

Ronald, 22, Student, jobt, keine Kinder:
Das mach ich nicht nochmal mit, nach der Abtreibung bei meiner Freundin. Mit meinem Körper ist das egal, aber daß jemand wegen mir solche Schmerzen haben muß! Ich laß mich sterilisieren. Ein Kind zu kriegen haben wir uns beide nicht getraut. Ich habe noch keine Ahnung über meine Zukunft.

Vera, 32, Lehrerin, keine Kinder:
Ich komme mit mir selbst nicht richtig klar, da schaffe ich das nicht, auch noch ein Kind zu haben.

Annette, 30, Redakteurin, 1 Kind:
Das ist schon unheimlich gut mit einem Kind. Ich hab nicht gedacht, daß das so viel Arbeit ist, aber trotzdem. Verlassen kannst du dich nur auf dich selbst oder höchstens auf den Vater. Ich wußte übrigens gar nicht, wieviel ich schaffen kann.

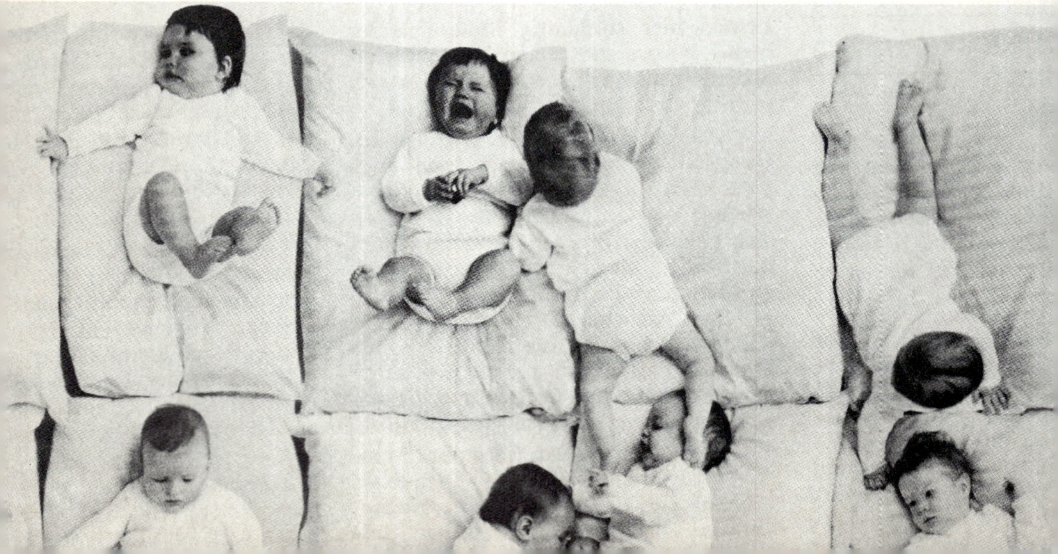

Christian, 29, Grafiker, kein Kind, hat sich sterilisieren lassen:
Ich berede alle Leute, solange es noch Zeit ist, das nicht zu tun, kein Kind in diese bekloppte Welt zu setzen; reiner Egoismus, Wahnsinn. Ich mach es mir noch so gut, wie es geht und hoffe so viel zu verändern wie möglich, aber dazu brauche ich keine Kinder.

Erika, 32, Lehrerin, keine Kinder:
Kinderkriegen hat immer auch was mit Leben, weiterleben, Hoffnung zu tun. Kämpfen für was, was weiter geht. Du fühlst dich nicht mehr nur für dich selbst verantwortlich, ganz direkt.

Peter, 29, Architekt, keine Kinder, homosexuell:
Ich bin so traurig, daß wir keine Kinder haben können. Kriegen geht ja nicht, klar! und adoptieren auch nicht, da macht das Jugendamt nicht mit. Das ist ganz schön hart. Wenn man gerne mit Kindern zusammenleben möchte, ist das im Glücksfall in einer Wohngemeinschaft möglich. Das wollen wir auch. Da seid Ihr als Frauen ganz schön im Vorteil!

Pit, 30, Journalist, Grafiker, keine Kinder:
Ich habe genug Möglichkeiten, mich zu äußern. Die meisten Leute, die ich kenne, stellen sich nach der Geburt nur noch über das Kind dar. Ich würde auch alles, was ich an Wünschen habe, in das Kind reinpacken, z.B. Posaunespielen. Ich hab Angst mich da total drauf einzustellen. Ich kenne genug Leute, die nur die Augen auf Kinder werfen und sich auf die konzentrieren. Es gibt auch schon so viele Kinder, daß ich nicht auch noch welche kriegen muß, mit dem Argument einen tollen neuen Menschen zu schaffen! Außerdem ist das auch für die Frauen eine unheimliche körperliche Anstrengung.
Ich hätte auch Angst, die Verantwortung zu tragen. Ich schaffe das nicht, an saubere Hosen für das Kind zu denken. Bei meinen eigenen fällt mir das schon schwer. Trennen kann man sich da auch nicht mehr so leicht, wie man das heute so tut!

Nora, 36, Filmemacherin, keine Kinder:
Daß ich wegen meinem Rücken keine Kinder kriegen kann, hat mir die Entscheidung erleichtert, mich sterilisieren zu lassen. Ich fühle mich auch in meiner Arbeit so ausgefüllt und befriedigt, lerne so viele Leute kennen, mit denen ich was anfangen kann, daß ich gar kein Kind brauche.

Karl, 34, Stadtplaner, keine Kinder:
Ich möchte immer die Möglichkeit haben, alles machen zu können. Aufhören mit dem Beruf, arbeiten so viel ich will und wo ich will, Beziehungen, viele, 6 Bücher gleichzeitig lesen. Leute treffen, reden . . . Über alles Bescheid wissen. Mitreden, mitmachen, mich nicht festgelegt fühlen, nicht wie meine Eltern sein. Verreisen. Pläne machen. . .

»Der einzig legitime Grund ein Kind zu bekommen, ist die Freude am eigenen Leben.«

Wilhelm Reich

Wenn ich sage, ich habe auch ein Kind gewollt, weil es irgendwie lustvoll und aufregend ist, mich in dem Verhältnis zu einem Kind zu sehen, das meine Mutter zu mir hatte, mich in dem Mutter-Tochter-Verhältnis nicht als Tochter, sondern nur als Mutter zu sehen, so kann ich hören: aha, du willst es besser als deine Mutter machen, oder: du willst das Verhältnis zu deiner Mutter durch dein Kind klären und mißbrauchst es. Ich empfinde es nicht als Mißbrauch, auch wenn ich tatsächlich durch das Kind mehr von meinem Verhältnis zu meiner Mutter verstehe.
Oder wenn ich sage: ich finde es schön, daß das Leben nach mir weitergeht, daß ich in der Mitte stehe und meine Wurzeln jetzt nach rückwärts und vorwärts reichen, so höre ich ein Aufschreien: das ist ja blinder Biologismus, was ist das für ein fatales Traditionsdenken, du kannst den Tod nicht verkraften! Oder wenn ich sage: durch die Kinder werde ich etwas mehr im Diesseits gehalten, weil ich sonst allzuleicht in die Lüfte abhebe, so heißt es: du machst wohl die Augen zu vor deinen Problemen, dadurch daß du dir in den Kindern andere schaffst. Alle insgeheimen Motivationen für ein Kind geraten in den Verdacht, »böse« zu sein, eigentlich für etwas anderes zu stehen. Ich glaube, es ist ein ganzes Bündel von grade solchen insgeheimen Gründen für oder gegen ein Kind, das bei jeder Frau in allen möglichen Winkeln und Ecken aus der Vergangenheit versteckt ist, und dem auf die Spur zu kommen nicht leicht ist. Da wäre es gut, keine vorschnellen Schlüsse zu ziehen, bei sich nicht und bei den anderen nicht, sondern erst einmal nachzudenken und zuzuhören.

aus: Mutterlust, Mutterfrust, Frauengesundheitszentrum Frankfurt

Der weibliche Wunsch nach Kindern

Doch deutet kein sicheres Anzeichen darauf hin, daß die Tatsache, daß eine Frau lernt, sich keine Kinder zu wünschen, solch einen tiefen Konflikt in ihr Wesen hineinträgt, daß er nicht zu lösen wäre und sie unfehlbar mit Fehlschlägen und Haß auf ihr Geschick einen Preis zahlen müsse, der sich wiederum auf das Leben ihrer ganzen Umgebung auswirkt. Ein Psychiater in den Vereinigten Staaten faßte seine klinische Erfahrung dahin zusammen: »Ich habe niemals eine Frau gesehen, die sozial und physisch in der Lage war, Kinder zu haben, und dies ablehnte, die nicht psychologisch unter dieser Weigerung gelitten hätte!« Diese Feststellung kann, wie es einige der extremeren heutigen Autoren wollen, dahin ausgelegt werden, daß der Wunsch der Frau nach Kindern so grundlegend sei, daß jeder Widerstand gegen ihn unvermeidlich Störungen, sogar Krankheit hervorruft. Jene Autoren sind der Meinung, daß gerade so, wie Menschen nicht lernen können, nicht zu atmen, nicht zu essen und nicht zu schlafen, sondern nur diese zusammengehörigen Tätigkeiten zu regeln und umzubilden, so könne auch eine Frau nicht lernen, nicht zu wünschen, Kinder zu gebären.

Sieht man die Feststellung des Psychiaters nochmals genauer an, so findet man ein nicht beachtetes Adverb: »sozial«. Es ist ebenso leicht, die Feststellung dahin zu deuten, daß jene leiden würden, die sich in eine Situation gebracht haben, von der sie glaubten, sie verlange Kindergebären, und es

dann ablehnen. Das wäre dann die gleiche Sache wie die des ältesten Königssohnes, der die Verantwortung des Thrones nicht zu tragen vermag; oder des Maats, der sich davor drückt, die Führung des Schiffes zu übernehmen, wenn der Kapitän stirbt; oder des jungen amerikanischen Studenten, der ein Stipendium annimmt, um in Europa Musik zu studieren, dann aber das Geld verschleudert, ohne irgend etwas gelernt zu haben. All diese Menschen werden schwere psychologische Störungen zeigen. . .
Diejenigen, die gelernt haben zu wünschen, leiden, wenn ihre Wünsche nicht erfüllt werden, es sei denn, sie hätten auch gelernt, in der Selbstverleugnung Zufriedenheit zu finden.
Doch besitzen wir nicht das notwendige Material, um zu behaupten, daß diejenigen Rollen, in denen Frauen zufrieden, wenn auch kinderlos waren, Rollen sein mußten, die man so deuten kann, daß sie den Wunsch nach Kindern sublimierten.
Wir wissen noch immer nicht genau, wie vollständig ein Mädchen oder eine ganze Gruppe von Mädchen es lernen kann, sich keine Kinder zu wünschen. Wir besitzen auch noch keine Hinweise, ob zu lernen, einen körperlich vorgezeichneten Weg nicht zu gehen, destruktiver ist, als einem sozial festgelegten Weg zu folgen, der keine körperliche Grundlage besitzt.
Der junge Mann betrachtet seinen Körper und den von Männern aller Altersstufen und entdeckt all seine Möglichkeiten zu forschen, auseinanderzunehmen, zusammenzufügen, neuzuschaffen, die Lebens-Mysterien zu durchdringen, zu kämpfen und zu lieben. Auch das kleine Mädchen betrachtet seinen Körper und den anderer Frauen jeden Alters und denkt an seine Möglichkeiten, ein Kind zu bekommen, es zu halten, zu stillen und für es zu sorgen. Man kann die Mädchen in eine Umwelt bringen, in der jedes ein Knabe sein möchte und bedauert, ein Mädchen zu sein; man kann sie in Umgebungen versetzen, in denen eine Frau sein und Kindergebären gleichbedeutend damit ist, daß man zusehen muß, wie in den eigenen Körper eingedrungen, er verunstaltet und zerstört wird. Man kann Mädchen sicherlich beibringen, sich keine Kinder zu wünschen; aber solche Lehren werden immer von der Gesellschaft auferlegt.
aus: M. Mead, Mann und Weib, a.a.O.

Dieser Zustand ist mir körperlich und seelisch unerträglich. Am Körper bin ich ständig krank und seelisch empfinde ich eine schreckliche Langeweile, Leere und Beklemmung. Und für Liowa existiere ich überhaupt nicht mehr. . . . Ich kann ihm keinerlei Freude verschaffen, da ich schwanger bin.
Sophie Tolstoi

Heimlicherweise, ganz geruhsam kam das Glück der Schwangeren über mich. Ich brauchte keinem Übelsein, keinem Unfall meinen Tribut zu entrichten. Euphorie, Katzenschnurren, mit welchem wissenschaftlichen oder vertrauten Namen soll man diesen Zustand benennen, der mich umfing? Er muß mich wohl ganz erfüllt haben, da ich ihn nicht vergessen kann. . . Ich kann es nicht länger bei mir behalten, was noch nie richtig über den Stolz, das einfach wunderbare Gefühl gesagt wurde, das ich auskostete, als sich die Frucht meines Leibes formte. . . Jeden Abend nahm ich von einer der glückhaften Zeiten meines Lebens Abschied. Ich wußte wohl, daß ich mich nach ihr zurücksehnen würde. Aber das Wohlbehagen, das Schnurren, die Euphorie überfluteten alles und ich ließ mich von einer sanften Tierhaftigkeit, einem Michgehenlassen beherrschen, das mir mein zunehmendes Gewicht und die dumpfen Lockungen des Geschöpfs, das ich formte, eingaben. Ich kam in den sechsten, den siebten Monat. . . Es war die Zeit der ersten Erdbeeren, der ersten Rosen. Kann ich meine Schwangerschaft anders als ein dauerndes Fest nennen?
Colette in »Etoile Vesper«

Wie merkwürdig! Ich meine, ich erlebe, wie ein winziger Planet sich bildet und ich die zarte Kugel knete. Nie bin ich dem Leben so nahegestanden. Nie habe ich so deutlich gefühlt, daß ich der Erde mit ihren Pflanzen und Säften verschwistert bin.
Cecile Sauvage

Nun machte das Kind seine Gegenwart geltend. . . Mein schöner, marmorgleicher Körper verlor seine Spannung, seine Festigkeit, seine Form. . . Wenn ich am Meeresstrande ging, fühlte ich mich manchmal überstark und überkräftig und sagte mir manchmal, daß dieses kleine Wesen mir, mir ganz allein gehöre. An andern Tagen aber . . . hatte ich den Eindruck, ich sei ein armes Tier, das sich in einer Falle gefangen hat. . . Abwechselnd hoffnungs- und verzweiflungsvoll dachte ich oft an die Wanderungen meiner Jugend, an mein Laufen ohne Ziel, meine Entdeckungen der Kunst, und all das war nichts wie ein ferner Anlauf, der sich im Nebel verlor, der nunmehr in der Erwartung eines Kindes endete, einem Meisterwerk, das jede beliebige Bauersfrau auch fertigbringt. . . So langsam erfaßte mich eine Art von Schauder. Umsonst sagte ich mir, daß alle Frauen Kinder haben. Es war etwas ganz Natürliches, und doch hatte ich Angst. Vor was denn? Sicherlich nicht vor dem Tod und auch nicht vor dem Leiden, ich hatte eine nie gekannte Angst vor etwas Unbekanntem. . . Wo waren sie hin, meine graziösen jugendlichen Formen einer Najade? Wohin mein Ehrgeiz, mein Ruf? Oft fühlte ich mich ganz gegen meinen Willen elend und niedergeschlagen. Der Kampf mit dem Leben, diesem Riesen, war ungleich. Aber dann dachte ich wieder an das Kind, das zur Welt kommen würde, und meine ganze Traurigkeit verflog wieder. Grausame Stunden des Wartens in der Nacht. Wie teuer müssen wir den Ruhm bezahlen, Mutter zu sein. . .

Isadora Duncan in »My Life«

aus: Simone de Beauvoir, Das andere Geschlecht, Reinbek 1968

Es ist möglich, daß wir eines Tages eine Kultur entwickeln werden, in der innerhalb jeder paarweisen Beziehung eine so gute Verständigung herrscht, daß außer dem eigenen natürlichen Fruchtbarkeitsrhythmus der Frau keine weitere Kontrolle benötigt wird. Es scheint genügend einleuchtend, daß die sensible Reaktion der Frau auf die Veränderungen im eigenen Körper sie wohl sicher beraten mag, etwa einem Stelldichein im Mondlicht oder einer Gesellschaft, in der die Liebe leicht genommen wird, fernzubleiben.

Aus: M. Mead, Mann und Weib, Rowohlt Verlag, Reinbek 1958.

Lunaception

oder Ist Dein Kind auch bei Vollmond gezeugt?

Die Amerikanerin Louise Lacey schildert in ihrem Buch, wie sie eine neue alte Möglichkeit, den Zyklus zu regeln, herausgefunden hat.

Louise Lacey entdeckte bei ihren Forschungen, daß sich in alten Kulturen die menstruierenden Frauen bei der Dunkelheit des Mondes (Neumond) von der übrigen Gesellschaft absonderten. Es hatte den Anschein, als ob alle Frauen zur gleichen Zeit fruchtbar waren, zur gleichen Zeit ihre Periode hatten und daß diese gemeinsame Menstruationszeit mit den Mondphasen verknüpft war. Frau Lacey suchte nach einer natürlichen Erklärung: Sie erinnerte sich daran, daß die Bauern nachts in den Hühnerställen das Licht brennen ließen, um die Eiproduktion zu fördern. Die Sache mit dem Licht ließ ihr keine Ruhe. Sie forschte weiter und fand eine medizinische Studie, in der Ärzte vermeintlich unfruchtbaren Frauen den Rat gaben, in der 14., 15. und 16. Nacht des Zyklus, vom ersten Tag ihrer Periode an gerechnet, das Licht in ihrem Schlafzimmer brennen zu lassen. Nach ein paar Monaten normalisierte sich bei den meisten Frauen der Monatszyklus, und sie wurden, wie sie es sich gewünscht hatten, schwanger.

Der Lichtreiz ruft den Eisprung hervor! Das wird auch photoperiodischer Effekt genannt, was heißt, daß Licht auf die Zirbeldrüse und den Stoffwechsel wirkt.

Die Zirbeldrüse liegt im Gehirn und steht mit dem Auge in Verbindung – deshalb heißt sie in der indischen Mystik auch »das dritte Auge«. Je nach Lichtmenge sendet die Zirbeldrüse Hormone in den Körper, die wie eine biologische Uhr wirken und unseren inneren Rhythmus bestimmen.

Die New Yorker Ärzte Dr. Walter Menaker und Dr. M. Osley haben je eine halbe Million Geburten analysiert. Menaker brachte 1967 seine Untersuchungen heraus und stellte fest, daß die größte Geburtenhäufigkeit um Vollmond herum war. 1973 bestätigte Osley mit einer neuen Untersuchung dieses Ergebnis. Natürlich wurden auch zu allen anderen Mondphasen Kinder geboren, aber um Vollmond herum waren es überdurchschnittlich mehr. Demnach war die Befruchtung ebenfalls bei Vollmond. Seine Strahlen haben also selbst in der Steinwüste New York noch ihr Ziel gefunden!

Wie Licht auf den Zyklus wirkt.

Um diese Methode anwenden zu können, muß man sich als erstes beim Frauenarzt eine Tabelle für die Temperaturmethode besorgen und jeden Tag zur gleichen Zeit (das ist wichtig) die Temperatur messen. Man läßt das Thermometer fünf Minuten unter der Zunge. Zehn Minuten vorher darf man weder rauchen, essen, trinken noch die Zähne putzen. Zu dieser altbekannten Temperatur-Methode kommt nun die von Frau Lacey gemachte Entdeckung: Das Schlafzimmer muß während des gesamten Zyklus dunkel sein – es darf also keine Straßenbeleuchtung hereinscheinen. Nur am 14., 15. und 16. Tag des Zyklus – vom ersten Tag der Periode an gerechnet – läßt man das Licht brennen, eine 15-Watt-Birne genügt. Vom Beginn der Periode bis zu dem Tag, an dem man zum erstenmal mit Licht schläft, wird die Temperatur bis auf wenige Zehntelgrad Unterschied die gleiche bleiben. Dann wird sie etwas abfallen und am nächsten Tag steil ansteigen: Der Eisprung hat stattgefunden. Manchmal kann der Anstieg einen ganzen Grad oder mehr betragen. Die Temperatur wird dann oben bleiben, kann aber noch einen halben Grad nach oben oder unten schwanken. Zu Beginn der neuen Periode fällt die Temperatur wieder auf ihren ursprünglichen Wert zurück. Wenn man seinen Zyklus dem Mond anpassen will, muß man, unabhängig davon, wie der Zyklus zur Zeit ist, einen Tag vor Vollmond, bei Vollmond und einen Tag nach Vollmond bei Licht schlafen. Der Zyklus wird dann wahrscheinlich in der ersten Zeit etwas durcheinander geraten, sich aber nach drei Monaten einpendeln.

Brigitte 8/80. Siehe auch Bewußt fruchtbar sein. Irisiana, Haldenwang 1977

Geburt eines Kindes – Angst vor Behinderung?

Einiges zur Vorsorge

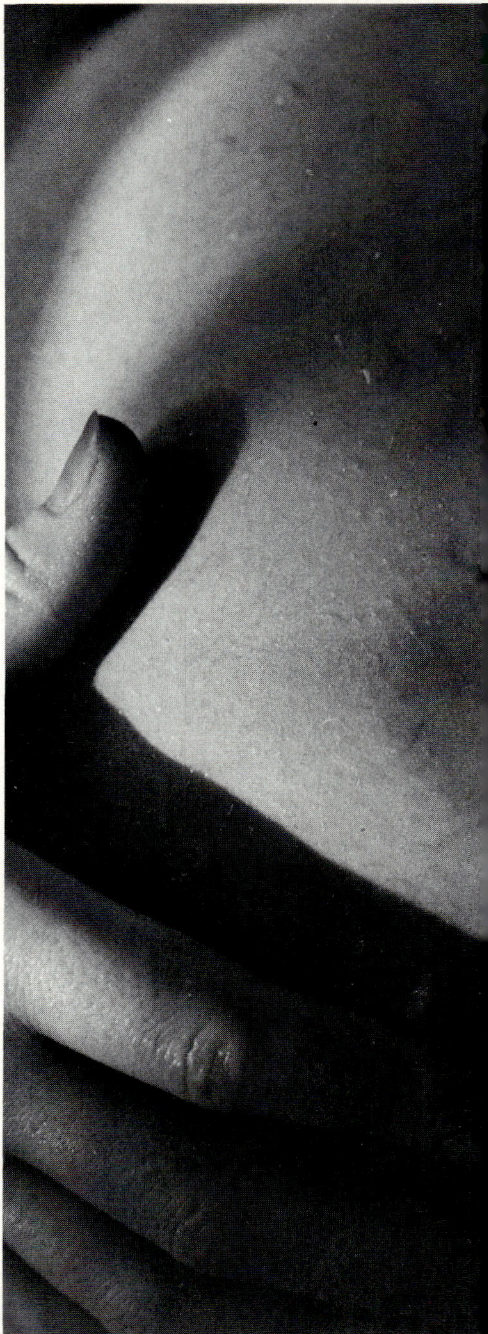

Die Befürchtung, daß während des Verlaufs einer Schwangerschaft Komplikationen auftreten könnten – das hat sich in Gesprächen aus dem Freundeskreis mit Frauen und Männern, einer Hebamme und einer Ärztin gezeigt – ist bei fast allen Betroffenen festzustellen. Sei es während der Schwangerschaft selbst, oder gar schon vorher, nämlich ab dem Moment, wenn man sich mit dem Gedanken auseinandersetzt, ein Kind haben zu wollen.

Die Auswirkungen dieser mehr oder weniger noch diffusen Befürchtung sind unterschiedlich: sie können so stark sein, daß sich zwei Partner entscheiden, kein Kind zu wollen, eben aus der Angst heraus, es könnte behindert sein. Haben sie sich doch für ein Kind entschieden, begleitet diese Angst zahlreiche Männer und Frauen während der Schwangerschaft.

Sich mit eben dieser Problematik auseinanderzusetzen, scheint uns wichtig, doch birgt diese Auseinandersetzung leicht die Gefahr, daß durch das Ansprechen möglicher Komplikationen die Betroffenen noch mehr verschreckt werden, als daß die Thematisierung der Probleme die vorhandenen Ängste aus dem Weg räumen könnte. Dieser Gedanke an die möglicherweise aufputschende oder verängstigende Wirkung der dargestell-

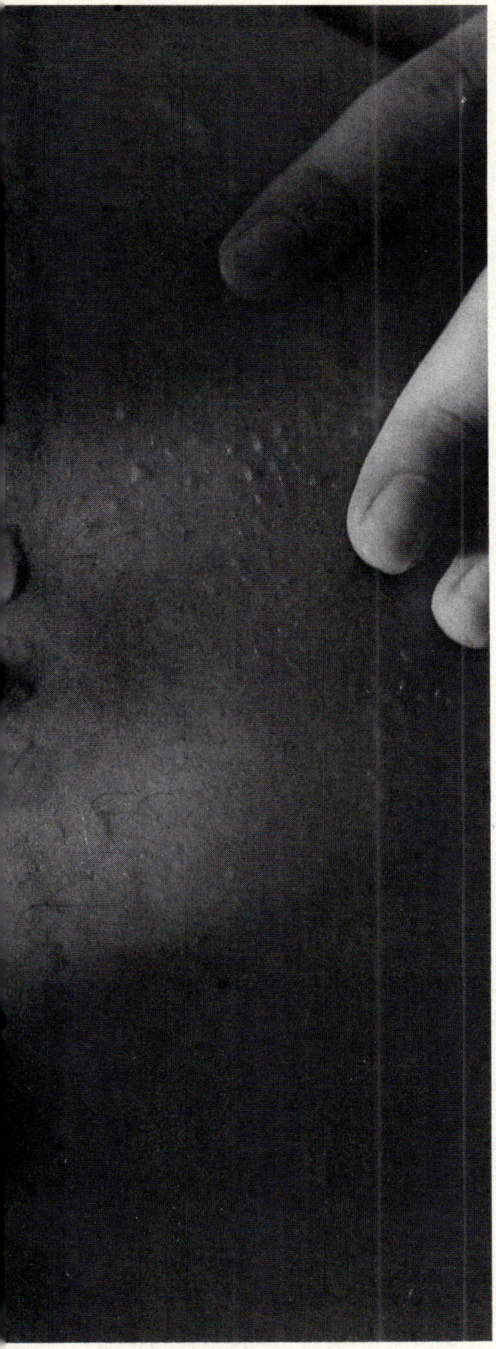

ten Risiken und der Möglichkeiten sie zu verringern, hat uns lange davon abgehalten, den Artikel zu schreiben. Aber ein Aussparen der Problematik hieße, sich an einem de facto bestehenden Problem vorbeizumogeln.
Wie sich diese Betroffenheit umsetzen kann, zeigt folgendes Beispiel. Während einer Vorlesung über Risikoschwangerschaften und deren Auswirkungen, blieben nach und nach diejenigen fern, die von einer Schwangerschaft unmittelbar betroffen waren: schwangere Studentinnen und Studenten, deren Frauen/Freundinnen gerade schwanger waren und das Kind haben wollten. Doch das Fernbleiben löst dieses Problem genausowenig, wie das Verdrängen der Gedanken an mögliche Risiken.
Bestehende Ängste können mit dem Artikel kaum abgebaut werden. Er sollte vielmehr als Hilfe verstanden werden, einige Risiken einer Schwangerschaft realistisch einzuschätzen und sich in seinen Verhaltensweisen darauf einzustellen.
Allgemein kann gesagt werden, daß die genauen Ursachen einer organischen Schädigung nur in den wenigsten Fällen eindeutig bestimmt werden können. Die meisten Behinderungen sind lediglich von ihrer Erscheinungsform her beschreibbar, ohne daß ihre Entstehungsweise auf eine bestimmte krankheitsauslösende Ursache zurückführbar wäre. Es handelt sich dabei fast immer um eine Vielzahl von Faktoren, von denen einige erbbedingt sind, andere wiederum durch das Verhalten der Mütter und Väter vor und während der Schwangerschaft beeinflußt werden. Auch

bei der Ausnutzung der medizinischen Vorsorgeuntersuchungen und anderer Betreuungsmöglichkeiten bleibt ein Risikofaktor von ein bis zwei Prozent.
Betrachten wir statistische Angaben, so ist festzustellen: unter 10000 Geburten wird eine Mißbildung, Totgeburten ausgeklammert, bei schätzungsweise 150 - 200 Fällen registriert. Dabei schwankt die Anzahl der Risikoschwangerschaften und -geburten zwischen 1,3 % bei medizinisch betreuten und 6,5 % bei nicht betreuten Schwangerschaften und Geburten. Das Risiko einer nicht betreuten Schwangerschaft/Geburt liegt also um fast ein Fünffaches höher als bei betreuten.
Allgemein kann festgestellt werden: bei zwei gesunden Partnern ist die Wahrscheinlichkeit einer erblich bedingten Behinderung gering. Doch sollte sich niemand auf das subjektive Gefühl des Gesundseins verlassen. Im folgenden werden einige grundlegende Untersuchungen aufgeführt, die gegebenenfalls in Erwägung zu ziehen sind. So sollten sich Männer, die starke Raucher sind, darüber klar sein, daß bei starken Rauchern der negative Einfluß auf das Sperma mit der Menge des Nikotinkonsums steigt. Bei Rauchern liegt die Anzahl der bewegungsunfähigen, deformierten oder toten Spermien deutlich höher als bei Nichtrauchern. Eine Spermauntersuchung kann darüber Aufschluß geben. Auskünfte darüber erteilen die Universitätskliniken, besonders die Abteilungen für Andrologie (Männerheilkunde) und human-genetische Institute an den Unikliniken. Diese Untersuchung vorzunehmen, kommt leider immer noch zu vielen Männern erst gar nicht in den Sinn!
Bei starkem Alkoholkonsum ist die Tendenz zur Veränderung der Erbmasse in den Erbträgern festzustellen. Die gegenwärtige Forschung geht davon aus, daß durch Alkoholmißbrauch geschädigte Erbinformationen an die Nachkommen weitergegeben werden, aber in ihren Auswirkungen erst in späteren Generationen zu Tage treten.
Die Erbmassenschädigung ist aber mit den heutigen Forschungsmethoden bereits nachzuweisen. Dem weitaus größeren Untersuchungsanteil unterliegen die Frauen.
Wir führen einige Untersuchungen für Frauen an, auch um ihnen eine Möglichkeit zu geben, die Vollständigkeit der durchgeführten Untersuchungen selbst zu kontrollieren. Die folgenden Untersuchungen werden durch die Kassen getragen, aber nur im Fall einer Schwangerschaft. Mit einer Ausnahme: Seit 1. 1. 81 wird die Röteluntersuchung in jedem Fall von den Kassen getragen.
Die Untersuchungen, die vom Arzt obligatorisch gemacht werden (sollten):

- Blutdruckmessung
- Bestimmung des Körpergewichts
- Urinuntersuchung (Eiweiß, Zucker)
- Hämaglobinbestimmung (Anteil der roten Blutkörperchen)
- Blutgruppenbestimmung (zur Feststellung möglicher Blutgruppenunverträglichkeiten, besonders beim zweiten Kind; Schäden reichen von Bewegungsstörungen bis hin zu hochgradigem Schwachsinn). Das Risiko steigt mit der Anzahl der

geborenen Kinder.

- Syphillis (die Infektion überträgt sich nach der 4. - 5. Schwangerschaftswoche aufs Kind)
- Röteln-Antikörpertest (auch dann, wenn eine Frau bereits eine Rötelinfektion hatte)

Bei zwei Schwangeren im Freundeskreis stellte sich im Gespräch heraus, daß beide nicht wußten, ob sie bereits an Röteln erkrankt waren und, ob die entsprechende Untersuchung vorgenommen wurde. Weder sie noch ihre Partner hatten sich mit dieser folgenschweren Frage beschäftigt. Das Risiko der Geburt eines geschädigten Kindes (Sehfehler, Gehörschäden und Herzfehler als häufigste Folgen) bei einer Infektion während der Schwangerschaft liegt in den ersten acht Schwangerschaftswochen zwischen 45 und 75 % und nimmt nach der zwölften Woche ab auf ca. 10 %. Bei Infektion vor der Schwangerschaft werden in der Regel genügend Abwehrstoffe gebildet, ebenfalls durch eine vorbeugende Impfung. Eine Impfung ist während der Schwangerschaft wegen der möglichen Infektion des Kindes nicht mehr zulässig. Beide Partner sollten darauf achten, daß Untersuchungen während der Schwangerschaft regelmäßig wahrgenommen werden:

Übersicht:

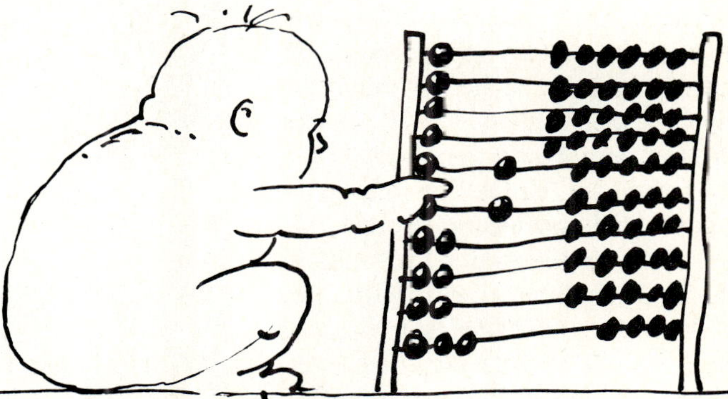

1. – 4. Monat	alle 4 Wochen
5., 6., 7., Monats	alle 3 Wochen
8., 9., Monats	alle 2 Wochen
letzter Monats	alle 8 Tage

Anmerkung zur Tabelle: Die normale Schwangerschaft umfaßt 280 Tage, das in der medizinischen Rechnungsweise einer Dauer von 10 Monaten zu je 28 Tagen entspricht. Aus diesem ergibt die Summe der Schwangerschaftsmonate in der Tabelle: 10.

Die mangelnde Inanspruchnahme der bezahlten Untersuchungen ist eine belegbare Tatsache. Nähmen jedoch alle Schwangeren diese Untersuchungen in Anspruch, so würde die ambulante Versorgung zusammenbrechen, da die Stellenbesetzung z. B. in den Kliniken sich nicht an dieser maximalen medizinischen Versorgung orientiert ist. Die Problematik verkehrt sich ins Groteske.

Es würde zu weit führen, diejenigen Medikamente vollständig aufzulisten, bei denen die Möglichkeit einer Schädigung des Kindes angenommen werden kann. Viele, auch frei verkäufliche Medikamente, wie Schmerzmittel, Beruhigungsmittel und Schlaftabletten!! können schädliche Auswirkungen auf das noch ungeborene Kind zur Folge haben. Sicherlich nicht zufällig, müssen schädliche Präparate erst dann vom Markt genommen werden, wenn den Herstellern eindeutig ein ursächlicher Zusammenhang zwischen der aufgetretenen Schädigung und der Einnahme eines bestimmten Medikaments nachgewiesen werden kann. Ein Mißstand, der nicht vertretbar ist. Deshalb gilt grundsätzlich: keine Medikamente, besonders in den ersten drei Monaten der Schwangerschaft, wenn irgend möglich.

Sollten doch Medikamente verabreicht und eingenommen worden sein, beispielsweise in der Zeit, in der eine Frau noch nichts von ihrer Schwangerschaft wußte, sollte unbedingt eine Ärztin/Arzt befragt werden. Im Zweifelsfalle sollten die Partner den Arzt dazu auffordern, neueste Informationen bei den pharmakologischen Instituten der Universitätskliniken, bzw.

Beliebte Zielgruppe für Medikamentenwerbung: Gestreßte Mütter

der Zentralstelle für die Untersuchung von mißbildungsverdächtigen Medikamenten an der Uni-Frauenklinik in Ulm einholen. Diese Institute sind in der Regel auf dem jeweils aktuelleren Stand, als es Lehrbücher sein können.

Außer der bereits dargestellten grundsätzlichen Vorsicht bzw. Abstinenz von Medikamenten während einer Schwangerschaft, sollen noch Verhaltensweisen angesprochen werden, die einen wesentlichen Anteil für die positive Entwicklung eines Kindes während der Schwangerschaft darstellen.

Entscheidend ist die Veränderung der Ernährungsweise zugunsten eiweißreicher Kost.

Die Teilnahme an der Schwangerschaftsgymnastik ist aus folgenden Gründen zu empfehlen: sie bietet die Möglichkeit des Erfahrungsaustausches von Schwangeren untereinander (Abbau von Ängsten), Entspannungsübungen, Atemübungen, vor allem das Training der Bauchmuskulatur, was die Dauer des Geburtsvorganges verkürzen hilft. Die Geburt wird somit für das Kind schonender. Die Gefahr einer Sauerstoffmangelschädigung des kindlichen Gehirns während des Geburtsvorgangs wird dabei reduziert. Bei ungefähr 5 % der Neugeborenen tritt während der Geburt ein Sauerstoffmangelzustand mit oder ohne Folgeschäden auf. Er ist die häufigste Todesursache von Früh- und Neugeborenen und für einen Großteil der frühkindlichen Hirnschäden verantwortlich (z. B. spastische Halbseitenlähmung), Hinweis für diejenigen, die gymnastische Übungen zu Hause machen wollen: G. Martius, R. Gschwendtner, Die Vorbereitung auf die Geburt, München 1974.

Für *Kaffee und Tee* gilt: maßvoller Genuß (ca. 4 - 5 Tassen) dürfte keine negativen Auswirkungen zur Folge haben. Übermäßiger Kaffee- und Teekonsum erhöht den Blutdruck und die Gefahr der Gestose (Krankheit mit Bluthochdruck bei Schwangeren, Folgen: Eiweiß im Urin, Wasser in den Beinen). Das Kind kann dadurch Schaden nehmen, weil der Mutterkuchen weniger durchblutet wird. Die Sauerstoffversorgung des Kindes leidet. Mögliche Folgen können Hirnschädigung bis hin zum Absterben der Frucht sein.

Direkt gefäßverengend wirkt Nikotin, sogar schon beim passiven Mitrauchen! Eine unzureichende Sauerstoffversorgung des Kindes kann eintreten. Mit großer Wahrscheinlichkeit wird aber das Geburtsgewicht des Kindes einer starken Raucherin geringer sein, als bei einer Nichtraucherin. Negative Folgen auf die frühkindliche Entwicklung sind nicht auszuschließen.

Alkoholmißbrauch der Mütter erhöht die Rate der Frühgeburten und Mißbildungen. Untersuchungen der letzten Jahre haben erhärtet, daß über die bekannten Auswirkungen, wie Untergewichtigkeit, Beeinträchtigung der Spontanatmung nach der Geburt (dies gilt auch für nikotinbedingte Schädigungen) weitere spezifische Mißbildungen als Folge von Alkoholmißbrauch während der Schwangerschaft nicht auszuschließen sind.

Untersuchungsberichte weisen bei der Hälfte aller Neugeborenen von Alkoholikerinnen Mißbildungen nach: Minderwuchs, geistige Zurückgebliebenheit, auffällig kleiner Kopf und Gehirn, Genitalmißbildungen, Senkfüße, Gaumenspalte, Trichterbrust, Herzfehler. Die Untersuchungen nennen mehr als dreißig verschiedene nachgewiesene Mißbildungen durch Alkoholkonsum. Schon bei täglichem Konsum von 1 Liter Bier oder 0,4 l Wein treten während der Schwangerschaft angeborene Mißbildungen bei über 30 % der Neugeborenen auf. Dies festzustellen ist wichtig, weil bei diesen Mengenangaben nur wenige an Alkoholismus denken und sich deshalb von den dargestellten Beispielen nicht angesprochen fühlen. Ein wesentliches Merkmal der Frühgeborenen ist die mangelnde Reife der Lunge. Die Spontanatmung unmittelbar nach der Geburt ist beeinträchtigt. Dies gilt auch für starken Nikotingenuß.

Impfungen z. B. vor einer längeren Auslandsreise sollten in jedem Fall vermieden werden, weil sie das Kind schädigen können. Die schädlichen Auswirkungen hängen vom Zeitpunkt der Impfung während der Schwangerschaft ab. Erfolgt beispielsweise eine Schutzimpfung in der Phase, in der sich Arme und Beine beim Kind ausbilden, so können Mißbildungen der Gliedmaßen auftreten. Die aktiven Schutzimpfungen, die vorgenommen werden können, sind Tetanus (Wundstarrkrampf) und Tollwutimpfungen.

Für die Hausgeburt soll noch erwähnt werden, daß es wichtig ist, alle während der Schwangerschaft erhobenen medizinischen Daten bei der Geburt in greifbarer Nähe zu haben. Beim unerwarteten Eintreten von Komplikationen und einer unter Umständen notwendigen Klinikeinweisung kann sich der behandelnde Arzt und vor allem der Anästesist schnell die für die Vorbereitung des Eingriffs notwendigen Informationen besorgen. Liegen die Daten vor, wird wertvolle Zeit eingespart.

Wir haben eine Reihe von möglichen Schädigungen angesprochen und versucht, auf einige vermeidbare negative Einflüsse hinzuweisen. Es wird aber noch einmal hervorgehoben, daß ca. 98 % aller Schwangerschaften und Geburten ohne Komplikationen mit Folgeschäden verlaufen. Die gezielte Vorbereitung auf Schwangerschaft und Geburt trägt wesentlich dazu bei.

Wolfgang Knapp/Peter Weidner

Mutterpaß

Nicht immer hat der untersuchende Arzt seine Eintragungen im Mutterpaß der werdenden Mutter erklärt. Deshalb haben Experten der Vorsorge-Initiative der Aktion Sorgenkind ein kurzes Wörterbuch der wichtigsten medizinischen Ausdrücke aus dem Mutterpaß zusammengestellt und sie ins Alltagsdeutsch übersetzt. Hier ist ihre Liste:

Seite 3

Titer bedeutet das Ergebnis des Rötelntests. Es sollte einen bestimmten Grenzwert (z.B. 1:16) nicht unterschreiten. Werte darunter schließen ein Ansteckungsrisiko während der Schwangerschaft nicht aus.

Seite 4

Anamnese bedeutet die Krankengeschichte der Frau: Welche Krankheiten hat sie durchgemacht, welche Operationen wurden vorgenommen?

In der Spalte »vorausgegangene Schwangerschaften« notiert der Arzt, ob sie glatt verliefen oder ob es Komplikationen, etwa eine Fehl- oder Frühgeburt, gab.

Hypotrophe Kinder bedeutet untergewichtige Kinder. Unter **perinatalen** Todesfällen versteht der Arzt Totgeburten oder den Tod des Kindes vor, während oder nach der Geburt. **Vakuumgeburt** heißt Geburt mit Hilfe der Saugglocke. Unter **Beckenendlage** werden Steißlagenentbindungen verstanden.

Seite 5

Hier befindet sich die Liste der wichtigsten Risiken. Kreuzt der Arzt einen oder mehrere Punkte mit »Ja« an, sollte die Mutter besonders intensiv überwacht werden. Die Fremdwörter auf dieser Seite im einzelnen:

Adipositas = Fettsucht

Abort = Fehlgeburt

Sectio = Kaiserschnitt

Myom = gutartige Knoten der Gebärmuttermuskulatur

Thromboembolien = Gefäßverschlüsse durch Blutpfropfen

EPH-Gestose = Schwangerschaftsvergiftung

Pyelonephritis = Nierenbeckenentzündung

Diabetes mellitus = Zuckerkrankheit

Inkompatibilität = Unverträglichkeit

Uterus = Gebärmutter

Zervixinsuffienz = Schwäche des Verschlusses des Gebärmutterhalses

Pathologische Kindslage = das Baby liegt nicht mit dem Kopf nach unten

Seite 6/7

Bei »**Gravida**« notiert der Arzt, um die wievielte Schwangerschaft es sich handelt, bei »**Para**«, wie viele Kinder bisher geboren wurden. Er notiert ausserdem die Zykluslänge, die letzte Regel (LR), die ersten Kindsbewegungen (EKB) und den errechneten Entbindungstermin (ET).

In der Spalte »**Fundusstand**« wird das Größenwachstum der Gebärmutter registriert. Bei »**Ödeme/Varikosis**« notiert der Arzt, ob sich in den Beinen Wasser ablagert oder ob Krampfadern vorhanden sind.

Er trägt außerdem die Gewichts- und Blutdruckwerte sowie die Ergebnisse des Urintests ein, bei dem der Harn auf Zucker (Z), Eiweiß (E) und auf Bakterien untersucht wird.

Es kommt leider immer wieder vor, daß der Mutterpaß von den untersuchenden Ärzten nicht mit der notwendigen Gründlichkeit ausgefüllt wird. Wie das »Deutsche Ärzteblatt« vor kurzem berichtete, hat eine Untersuchung in Rheinland-Pfalz ergeben, daß in den Mutterpässen auf der Seite mit den Risikofaktoren zu 62 Prozent gar keine Eintragungen vorgenommen wurden. Damit blieb also offen, ob die untersuchte Schwangere erhöhten Risiken ausgesetzt war oder nicht. Es ist das gute Recht der werdenden Mutter, daß die vorgesehenen Untersuchungen vorgenommen und auch eingetragen werden. Der Mutterpaß verpflichtet den Arzt zur korrekten Erledigung der vorgeschriebenen Untersuchungen. Die Mütter sollten selbst darauf achten, daß ihr Mutterpaß sorgfältig ausgefüllt wird.

Sigrun Haibach
in FR vom 11.1.81

Gravida: II Para: I Zyklus: 28/4 LR: 3.8.77 EKB: Auf Rez ET: 10.5.78

Besonderheiten:

Tag der Untersuchung	21.10.	21.11.	14.12.	12.1	31.1.	17.2.	6.3.	9.3.	31.3.	14.IV.
Schwangerschaftswoche	12.	16.	20.	24.	26.	29.	31.			
Fundusstand			N/5	N+1	N+2	N/Rb-	Rb-3.		Fam RB	Fam RB
Kindslage			⁒	[illegible]	SL	SL	SL	SL	SL	SL
Herztöne	Ø	144	144	152	148	136	152	++	++	++
Oedeme/Varikosis	Ø/+	Ø/(+)	Ø (+)	Ø (+)	Ø/Ø	Ø/Ø	Ø	Ø Ø	Ø	Ø
Gewicht	60,5	61,5	64,1	64,6		70,3	70,0		70.0	70,5
Blutdruck	115/70	110/60	115/75	110/60.		110/70	100/65	110/70	110/70	100/80
Urin (Z/E) Sediment Bakteriolog. Befund	o.B.	o.B.	o.B.	o.B.		o.B.	o.B.	(		E (+) [illegible]
Hb (Ery)	12,7	11,6	12,5	13,1		11,4	12,7			12,8
Sonstiges Z. B. vag. Unters., Amniosk., Ultrasch., Verordnungen usw.				Cx o.B.	Poeschl CKG	U.S. [illegible]			o.B.	o.B.

Rand zum Ankleben des Ergänzungsblattes

20.4.78 Ultraschall ≈ bip Ø 9.6.

RAUCHEN

Das Rauchen sollte in der Schwangerschaft möglichst ganz unterlassen werden, wenn dies nicht geht, doch zumindest sehr stark reduziert werden.

Kinder von Raucherinnen haben ein geringeres Geburtsgewicht als die von nicht rauchenden Frauen. Von Früh- und Fehlgeburten sind sie in höherem Maße bedroht, ebenso ist die Säuglingssterblichkeit bei ihnen prozentual höher.

(Quelle: »Das Risiko, geboren zu werden, Justin Westhoff, Verlag Kiepenheuer und Witsch, S. 86)

Nach dem DFG-Bericht »Schwangerschaftsverlauf und Kindesentwicklung« bekamen 8,5 % der nichtrauchenden Frauen ein Kind mit relativ niedrigem Geburtsgewicht. Bei Raucherinnen, die täglich bis zu fünf Zigaretten rauchen, ist ca. jedes 10. Kind eine Mangelgeburt, bei 6 - 10 Zigaretten liegt der Prozentsatz der Mangelgeburten bei 14,1 %, bei über 10 Zigaretten bei 16,7 %. Durch die gefäßverengende Wirkung des Nikotins erleidet das Kind Sauerstoffmangel, während die Mutter eine Zigarette raucht. Während des Rauchens und noch ca. eine Minute danach schnappt es buchstäblich nach Luft...

Ein paar Tips zum Abgewöhnen:

Tabak, Zigaretten, Raucherutensilien nicht herumliegen lassen, immer wegräumen.

Gelegenheiten, bei denen viel geraucht wird (Kneipe etc.) in der schwierigen Anfangszeit meiden! Das Geld, was man sonst verqualmt hätte in einen Topf legen und sich jede Woche was anderes Schönes dafür kaufen.

Immer, wenn das Bedürfnis eine Zigarette zu rauchen aufkommt, möglichst am offenen Fenster mehrmals tief durchatmen: das Verlangen nach Nikotin wird geringer.

Kritische Arzneimittel Information

Warnhinweise zur Einnahme von Medikamenten in der Schwangerschaft:

Dociton (Propanolol):
Anwendung gegen Bluthochdruck und Herzrhythmusstörungen. Bei Neugeborenen, deren Mütter während der Schwangerschaft dieses Medikament einnahmen, können folgende Nebenwirkungen eintreten:
Hypoglycämie (Senkung des Blutzuckerspiegels), Atemdepression bis Atemstillstand und Bradycardie (Verlangsamung der Herztätigkeit, wodurch das Leben der Kinder erheblich gefährdet ist).
(Arznei-Telegramm 1/78)

Antirheumatica:
Z. B. Aspirin in höheren Dosen (Azetylsalicylsäure) oder **Amuno** (Indometazin). Diese Medikamente können bei Föten zu Gefäßerkrankungen in der Lunge und Mißbildungen in Lunge und Herz führen, die häufig den Tod der Neugeborenen verursachen und zwar gleich nach der Geburt oder in den ersten Lebenstagen.
(Arznei-Telegramm 5/78)

Lenotan:
Anwendung gegen Erbrechen und Übelkeit in der Schwangerschaft. Wird dieses Medikament während der Frühschwangerschaft verordnet, können nach neuesten Untersuchungen in den USA und England Fehlgeburten oder Mißbildungen beim Neugeborenen auftreten, so daß die Kinder meistens nicht lebensfähig sind, besonders, wenn das Medikament während der Phase der Organbildung des Fötus eingenommen wird (ganz frühe Schwangerschaft). Bisher galt Lenotan als unschädlich.
(Arznei-Telegramm 5/78)

Duogynon/Cumorit:
Das Medikament Duogynon – jetzt mit dem neuen Namen Cumorit – steht in dem dringenden Verdacht, bei Schwangeren schwere Schäden an den ungeborenen Kindern anzurichten. D. ist seit 28 Jahren auf dem Markt und soll nach Ansicht namhafter internationaler Wissenschaftler/innen verantwortlich sein für Tausende von angeborenen Mißbildungen. Damit wird die Katastrophe wiederholt, die durch das Schlaf- und Beruhigungsmittel Contergan Anfang der 60er Jahre ausgelöst worden war.

Duogynon ist ein Hormonpräparat, das bei ausbleibender Menstruation verordnet wird und die Monatsblutung einleitet. Ist die Frau schwanger, so wirkt das Medikament nicht. D. wurde deshalb als Schwangerschaftstest tausendfach angewendet. Das Medikament wirkt auf die Embryonen ein in einer Zeit, in der wichtige Organe ausgebildet werden müssen. Das Präparat soll das Ungeborene erheblich schädigen: Wasserköpfe und Gaumenspalten sollen ebenso vorkommen wie Herzmißbildungen, Gliedmaßenanomalien, Mißbildungen der Geschlechtsorgane und offener Rücken.

»Die Zahl der Kinder, die durch normale Schwangerschaftstest geschädigt worden sind, scheint sehr hoch zu sein. Wir wissen bereits, daß sie höher liegt als die Zahl der Contergan-Kinder.« (Robin Hayes, Geschäftsführer des englischen Interessenverbandes gegen »Primodos« – engl. Verkaufstitel von Duogynon).

aus: Mutterlust, Mutterfrust, Frauengesundheitszentrum Frankfurt, Frankfurt 1979.
aus: Mutterlust, Mutterfrust, a.a.O.
Das Bundesgesundheitsamt bat den Hersteller um Rücknahme und regte zugleich die Zulassung eines den Therapie-Empfehlungen entsprechenden Mittels an.
FR vom 10. Oktober 1980.

Der Pharma-Konzern Schering, Berlin hat in Abstimmung mit dem Bundesgesundheitsamt die Produktion seiner Präparate Cumorit (Duogynon) und Terminolut inzwischen eingestellt.

Beliebte Zielgruppe für Medikamentenwerbung: Gestreßte Mütter

Der Fall Mekdeci

Das Medikament **Lenotan**, ein Mittel gegen Erbrechen und Übelkeit in der Schwangerschaft, wird in den USA und bei uns weiter verschrieben und verkauft, obwohl die Eltern des körperbehinderten David Mekdeci die Herstellerfirma mit Erfolg auf Zahlung von 20000 Dollar Schadenersatz verklagt haben. Frau Mekdeci hatte das Mittel während der Schwangerschaft genommen und brachte daraufhin ein mißgebildetes Kind zur Welt. Bereits 1963 fand einer der Wissenschaftler des Pharma-Produzenten Merrell heraus, daß das Mittel Mißbildungen bei Kaninchen hervorgerufen hatte. Er forderte seinen Arbeitgeber auf, das Medikament noch einmal gründlich zu testen. Produzent Merrell dachte aber nicht daran. Auch jetzt noch, nachdem er den Prozeß gegen das Ehepaar Mekdeci verloren hat und er in derselben Sache 6 weitere Klagen am Hals hat, will er von einer medizinischen Fragwürdigkeit seiner Tabletten nichts wissen und verkauft sie munter weiter.

Das deutsche Bundesgesundheitsamt reagiert auf die Affäre lediglich mit dem lapidaren Satz: »Wir werden die Sache weiter beobachten.« Von einem Verbot oder zumindest einem Warnhinweis auf dem Beipackzettel ist also auch hierzulande nicht die Rede. Offenbar hat man beim Bundesgesundheitsamt bis heute weder aus der Contergan-Katastrophe noch aus der Duogynon-Affäre etwas gelernt. Der Lenotan-Skandal geht weiter ...

Dieser Fall ist ein klarer Beweis dafür, daß der Pharma-Industrie und auch vielen Ärzten die Gesundheit ihrer Patienten und auch die ungeborener Kinder relativ schnuppe ist, solange die Kasse stimmt.
Deshalb: Grundsätzlich Vorsicht bei Verordnung von Medikamenten!

Ernährung in der Schwangerschaft

Grundsätzlich ist zu sagen, daß man sich während der Schwangerschaft nicht nach besonderen Regeln zu ernähren braucht, sofern man auch schon vorher eine ausgewogene und abwechslungsreiche Kost gewohnt war. Viele Frauen ernähren sich jedoch nicht vollwertig, nehmen als einzige warme Mahlzeit ein qualitativ minderwertiges Kantinen- oder Mensa-Essen ein, nachmittags ein Stück Kuchen und abends ein Wurstbrot. Bei dieser Art von Ernährung sollten Veränderungen vorgenommen werden, da es sonst sowohl im kindlichen als auch im mütterlichen Organismus zu Mangelerscheinungen oder doch zumindest zu sehr unangenehmen Symptomen wie ständiger bleierner Müdigkeit, Lustlosigkeit und depressiven Verstimmungen kommen kann.

Es besteht in der Schwangerschaft ein gesteigerter Bedarf an Proteinen, Kohlehydraten, Vitaminen und Mineralstoffen. Um die beiden ersteren braucht man sich in unseren Kulturkreisen wenig Gedanken zu machen, sie kommen in unserem Essen reichlich vor (Proteine in: Brot, Fett, Milch, Fleisch, Fisch, Käse; Kohlehydrate in: Teigwaren, Süßigkeiten usw.), und es ist eher darauf zu achten, davon nicht zuviel zu essen, als zu wenig. Eher hapert's mit den Vitaminen und Mineralstoffen.

Die in der Schwangerschaft wichtigsten Vitamine sind

Vitamin A – steigert die Abwehrkräfte, fördert die Zellentwicklung des Kindes und der Mutter, kommt vor als Provitamin Karotin in Gemüse und Früchten. Der Körper wandelt das Karotin in Vitamin A um – Es ist enthalten in Karotten, Spinat, Kohl, Tomaten, Kartoffeln, Roter Beete, Wasserkresse, Melonen, Pfirsichen, Bananen, getrockneten Aprikosen, Butter.

Vitamin B-Komplex und Folsäure, wichtig für Blutbildung, sorgt für gute Verdauung, heißt auch das »Nervenvitamin« weil es bei Nervosität einen beruhigenden Einfluß auf das Nervensystem hat. Die B-Vitamine kommen vor in Leber, Gemüse, Hefe (Bierhefe), Kartoffeln, braunem Reis, Nüssen. Weizenkeimen, Champignons, Käse, Joghurt, Eiern.

Vitamin C – ist gut für's Bindegewebe, steigert die Widerstandskraft gegen Infektionen. Die Säure von Citrusfrüchten ist wichtig für die Eisenverwertung des Körpers. Vitamin C kommt vor in grünem Gemüse, Citrusfrüchten, Salat, Beeren.

Vitamin B ist wichtig für die Bildung von Knochen und Zähnen. Vitamin D-Mangel in der Schwangerschaft bewirkt Skelettschwäche beim ungeborenen Kind. Für ausreichende Versorgung mit diesem Vitamin sorgen Sonnenlicht, Eier, Butter, Öl und Milch.

Vitamin E beschleunigt die Bildung neuer Zellen, verstärkt die Muskulatur, fördert die Elastizität des Gewebes. Es kommt vor in Vollgetreide, Nüssen, Weizenkeimen, grünem Gemüse.

Kalzium ist wichtig für Knochen und Zähne. Kommt vor in Feigen, Datteln, Käse, Nüssen.

Magnesium/Mangan ist wichtig für die Blutbildung, unterstützt die Zellfunktionen, kommt vor in Aprikosen, Nüssen, Trockenfrüchten, Bohnen, Linsen.

Eisen ist wichtig für die Zusammensetzung des Hämaglobins; bei Mangel entsteht Blutarmut. Eisen transportiert den Sauerstoff in die Körperzellen; es kommt vor in Hirn, Leber, Fleisch, grünem Gemüse, Petersilie, Johannisbeeren.

Wenn Du also viel Milch oder Milchprodukte, Gemüse, Obst, Fleisch und dunkles Brot zu Dir nimmst, kannst Du davon ausgehen, Dich und Dein Kind ausreichend zu ernähren. Gib speziellen »Schwangerschaftsgelüsten« (wenn es sich nicht gerade um offenkundig schädliche Sachen, wie Coca-Cola oder pfundweise Süßigkeiten handelt, Lust auf Süßes ist oft ein Bedürfnis nach Vitaminen: Obst, Marmelade und Honig essen!) ruhig nach; oft hast Du gerade auf die Sachen Lust, die in deiner sonstigen Ernährung fehlen. Wenn es Dir möglich ist, achte darauf, Lebensmittel zu verwenden, die wenig oder keine giftigen Rückstände enthalten, wie zum Beispiel Gemüse, Getreide und Obst aus biodynamischen Anbau (Reformhaus).

Fleisch zu essen ist nicht unbedingt erforderlich. Das Fleisch, das wir hier kaufen können, enthält sehr viel Chemie. Wenn Du darauf verzichten willst und Dich vegetarisch ernährst, mußt Du besonders darauf achten, ausreichende Mengen kompletter Proteine aufzunehmen, das heißt, Proteine, die alle wesentlichen Aminosäuren enthalten; darüberhinaus Kalzium, Vitamin B und D. Dies ist am ehesten gewährleistet bei einer abwechslungsreichen Kost aus verschiedenen Gemüsen, ergänzt durch Milchprodukte und Eier. Milch ist wichtig, am besten Vorzugsmilch, keine H-Milch. Wenn Du keine Milch magst, solltest Du ein Vitamin B_{12}-Präparat nehmen, außerdem auf genügend Kalzium und Vitamin D achten.

Mit **Salz** solltest Du äußerst sparsam umgehen. Am besten ist es, auf zusätzliches Salzen der Speisen zu verzichten, denn Salz hat die Eigenschaft,

Wasser im Gewebe zurückzuhalten (eine Tendenz, die der Körper in der Schwangerschaft sowieso hat). Von vorne herein extrem stark gesalzene Lebensmittel solltest Du nach Möglichkeit meiden (Salzheringe, Geräuchertes, fertige Soßen, Dosen- und Tütensuppen). Salz kann man, sofern man den Geschmack sehr liebt, ganz gut ersetzen durch andere Gewürze: Pfeffer, Paprika, Nelken, Thymian, Petersilie, Salbei, Schnittlauch. Im Reformhaus gibt es auch natriumfreies Salz, das angeblich kein Wasser bindet.

Flüssigkeit: viele Ärzte raten schwangeren Frauen nicht mehr als einen Liter täglich zu trinken. Das ist übertrieben. Wenn sich allerdings Wasser im Gewebe ablagert (dicke Knöchel, aufgeschwollene Hände), ist es sinnvoll, die tägliche Trinkmenge zu reduzieren.

Blähende Nahrungsmittel vermeidest Du am besten, ebenso solltest Du versuchen, deine Verdauung auf natürliche Weise zu regeln, z.B. durch Leinsamen, Trockenpflaumen etc.. Abführmittel sollen in der Schwangerschaft nicht genommen werden.

Starre Regeln in Bezug auf die Ernährung in der Schwangerschaft gibt es also nicht. Iß nichts mit Ekel und Abscheu, was du eigentlich nicht magst, bloß weil irgendjemand behauptet, das sei nun gerade besonders wichtig. Wenn es sich um ein wirklich grundlegend wichtiges Nahrungsmittel handelt, versuch, es durch ein anderes mit ähnlichem Gehalt zu ersetzen.

Zum Problem der *Gewichtszunahme:* solltest du zuviel an Gewicht zunehmen (25 - 30 Pfund sind normal), bedeutet das für den Körper unnötige Fett- und Wasseransammlung.

Genausowenig, wie du jetzt hungern oder Diät leben brauchst, solltest du unmäßig drauflos essen. Übergewicht in der Schwangerschaft bedeutet für den Körper eine starke zusätzliche Belastung und kann zu erhöhtem Blutdruck, miesem Allgemeinbefinden und einer schweren Geburt führen.

W. zur Linden, ein anthroposophischer Arzt, gibt den Hinweis, parallell zu den Phasen der Schwangerschaft eine schwerpunktbezogene Ernährung zu praktizieren. In den ersten drei Monaten sollte man seiner Ansicht nach Teig- und Mehlwaren vermeiden, dafür täglich ein Birchermüsli zu sich nehmen. Im zweiten Vierteljahr ist besonders auf das Essen von süßen Früchten zu achten, auch süßen Mandeln. Im letzten Drittel der Schwangerschaft rät er dazu, Getreidegerichte wegen ihres hohen Mineralgehaltes zu bevorzugen.

HAST DU VIEL DURST

Gesund, relativ billig und sehr durststillend sind Kräutertees. Sie spülen die Nieren gut durch, was Nierenbeschwerden vorbeugt, haben wenig Kalorien und schmecken zum großen Teil sehr gut.

Folgende Teesorten sind in der Schwangerschaft besonders gut:

Himbeerblättertee: stärkt und reinigt die Muskelzellen der Gebärmutter. Schmeckt leider nicht so toll – du kannst ihn mit Honig süßen oder mit einer anderen Teesorte mischen, dann schmeckt er ganz gut.

Kamillentee: beruhigt in schlaflosen Nächten.

Zimttee: wirkt sehr entspannend. Du mußt ihn in heißem Wasser sieden lassen. Für später: er lindert auch Menstruationsbeschwerden.

Melissentee: wirkt ebenfalls beruhigend und entspannend.

SÜSSES ESSEN OHNE REUE

Quarkauflauf
Speisequark, Sahne, Rosinen, Honig, Mandeln, Zimt, Eigelb, dünngeschnittene Apfelstückchen vermischen und in einer Auflaufform im Backofen garen. Anstelle von Äpfeln kannst du auch andere Früchte nehmen, z. B. Kirschen oder Pflaumen.

Apfelkuchen – Pflaumenkuchen
250 g Weizenkornmehl in 1 Ei, 80 g Honig, Teelöffel Backpulver, verrühren. Mit 70 g Butter kneten. 30 Minuten ruhen lassen. Auf einem Blech auslegen und feingeschnittene Äpfel mit Zimt oder Pflaumen belegen und bei 200° 20 Minuten vorbacken. Mit einer Soße aus 2 Eidottern, 100 g Honig, 1/8 l Sauerrahm, 1 Eßl. Rum und 2 Eischnee bedecken und noch 25 – 30 Minuten bei 175° weiterbacken.

Backäpfel mit Vanillesoße
Kochäpfel in der Mitte aushöhlen und mit Mandeln, Nüssen, Rosinen, Honig und Zimt füllen. Im Backofen garen bis die Äpfel goldgelb sind. Soße aus Vanilleextrakt, Milch und Mondamin zubereiten.

Quark mit Früchten
Quark, Sahne, Honig, Melone, Pfirsich, Weintrauben, Nüsse, Banane, Eigelb, Vanilleextrakt (Reformhaus), eventuell noch chinesische Lychee-Früchte.

Notizen

Notizen

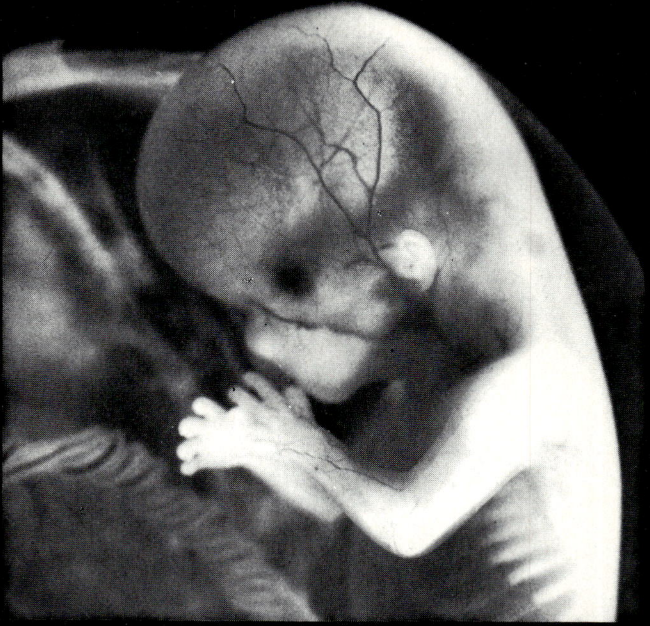

63. Tag

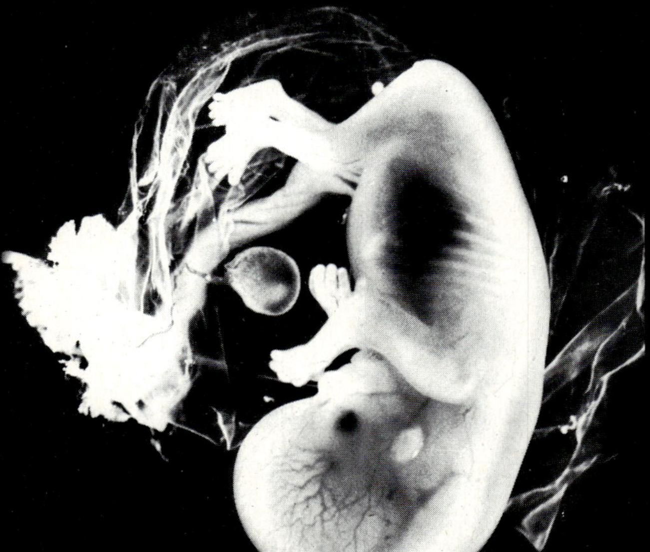

70. Tag

3. MONAT

(8. – 12. Woche)

Das Baby ist jetzt schon sehr lebhaft, stößt mit den Beinen, dreht die Füße, beugt und spreizt die Zehen, dreht den Kopf, kann auch schon die Stirn runzeln, die Lippen zusammenpressen und schielen! Es schluckt kleine Mengen des Fruchtwassers und macht bereits Atembewegungen. Es wiegt ungefähr 20 Gramm und ist am Ende dieses Monats 9 Zentimeter groß. Der Organismus hat sich jetzt vermutlich an den neuen Zustand gewöhnt und die Anfangsbeschwerden lassen nach. Viele Frauen bekommen jetzt ein volleres Gesicht – das liegt daran, daß überall im Körpergewebe Wasser gespeichert wird.

Ultraschalluntersuchungen

Die Unschädlichkeit von Ultraschalluntersuchungen ist bis jetzt nicht nachgewiesen. Viele Ärzte führen diese Untersuchungen während der Schwangerschaft routinemäßig durch, einige sogar fast bei jeder Vorsorgeuntersuchung. Ob dies medizinisch zu verantworten ist, ist fraglich. Fest steht, daß die Ultraschallgeräte in Anwendung gebracht worden sind, bevor entsprechende Untersuchungen in Kontrollgruppen abgeschlossen sind.

Ursprünglich wurde Ultraschall eingesetzt, um das Gehirn psychisch Kranker zu untersuchen. Dies wurde wegen Verdacht auf Nebenwirkungen eingestellt. Tierversuche in Japan haben ergeben, daß Kükenembryos nach Ultraschalluntersuchungen Blutklumpen entwickelten und daß weiße Mäuse vermehrt Fehl- und Frühgeburten hatten. Dies erlaubt allerdings keine direkten Rückschlüsse auf die Wirkung der Ultraschallstrahlen auf ungeborene Kinder; bei den Tierversuchen wurden erheblich höhere Strahlendosen benutzt. Trotzdem wird in Japan Ultraschall bei Schwangeren überhaupt nicht eingesetzt, in den USA nur in Ausnahmefällen. Routinemäßige Ultraschalluntersuchungen sind im Grunde durch nichts gerechtfertigt: die Herztöne des Kindes kann man auch so feststellen (Stethoskop), seine Lage kann man ertasten. Anders liegt die Situation bei auftretenden Komplikationen oder Besonderheiten wie z. B. Zwillingsdiagnose, Verdacht auf grobe Formanomalien des Kindes, Placentadiagnostik (z.B. Verdacht auf vorgelagerte Placenta), oder wenn Herztöne und Bewegungen für Mutter und Arzt nicht wahrnehmbar sind. In diesem Fall steht das mögliche Risiko einer Ultraschalluntersuchung in einem vertretbaren Verhältnis zur möglichen Auswirkung dieser Komplikationen, falls diese nicht erkannt und behandelt würden.

Jedenfalls sollte man den leichtfertigen ärztlichen Zusicherungen, das sei ja alles ganz harmlos, keinen Glauben schenken. Die Ultraschalluntersuchung bringt den Medizinern zwar relativ viel Geld, der Nachweis über die Unschädlichkeit dieser diagnostischen Methode ist jedoch bisher nicht erbracht.

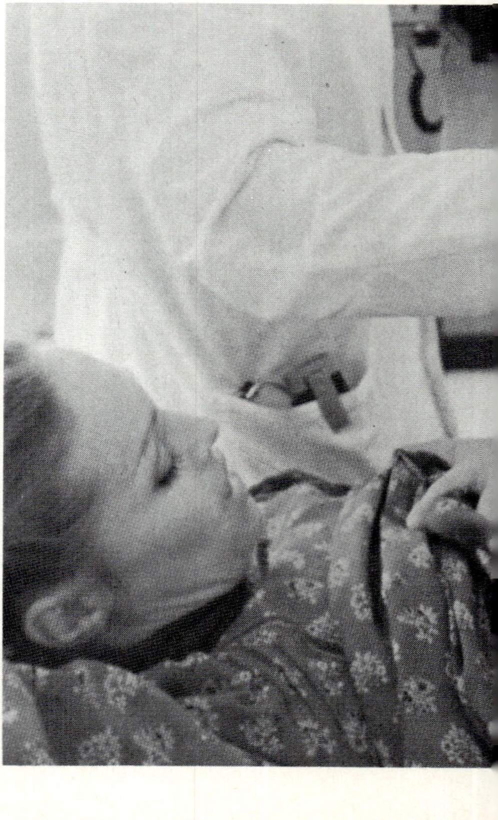

Fruchtwasserpunktion (Amniozentesis)

Bei der Fruchtwasserpunktion wird unter örtlicher Betäubung eine Nadel durch die Bauchdecke und die Gebärmutterwand gestochen und es werden 10 - 20 ml Fruchtwasser herausgesaugt.

Vorher muß sonographisch bestimmt werden, wo sich welche Körperteile des Kindes befinden, damit diese nicht versehentlich punktiert werden. In seltenen Fällen werden durch eine Amniozentesis Wehen ausgelöst (2,6 %).

Diese Untersuchung sollte gemacht werden bei

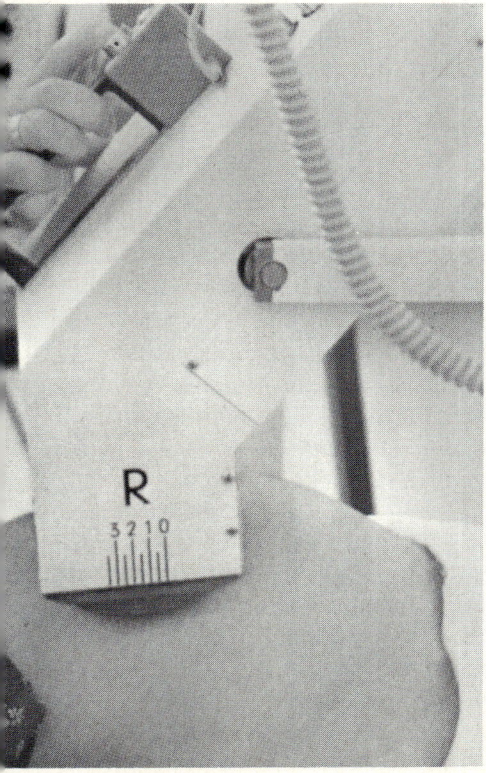

- Verdacht auf ein ungenügend entwickeltes Kind (Plazentainsuffizienz)
- wenn in der Familie der Mutter oder des Vaters bereits eine Chromosomenanomalie oder eine Stoffwechselstörung vorkam
- wenn bereits bei einem vorausgegangenen Kind eine dieser Störungen vorliegt
- bei Schwangeren über 40.

Durch eine Amniozentesis kann man feststellen

- Chromosomenanomalie
- das Geschlecht des Kindes
- angeborene Stoffwechselstörungen
- zerebro-spinale Defekte (Gehirn und Rückenmark betreffende Defekte)
- die Reife des Kindes.

Die Fruchtwasserpunktion ist auch dann in Betracht zu ziehen, wenn andauernde starke und quälende Ängste seitens der Schwangeren, ihr Kind könnte behindert sein, vorliegen. Die Testergebnisse sind in den allermeisten Fällen beruhigend: nur in 0,5 - 1 % aller Fälle weisen sie auf das Vorliegen einer der beschriebenen Störungen hin.

Der beste Zeitpunkt für eine Fruchtwasserpunktion ist die 16. Schwangerschaftswoche Einerseits ist jetzt genügend Fruchtwasser vorhanden – andererseits kann die Schwangerschaft bei negativem Untersuchungsergebnis zu diesem Zeitpunkt im medizinischen Sinne noch relativ komplikationslos abgebrochen werden.

Es ist Zeit für den Mann, eine neue Einstellung zu Ehe und Vaterschaft zu gewinnen. Die Frau hat das Terrain bereitet, indem sie sich endlich als eigenständige Persönlichkeit behauptete und sich nicht mehr auf die Rolle der hingebungsvollen Ehefrau und Mutter beschränkt. Sie hat sogar den Mut gehabt, mit der hohltönenden Vorstellung vom »mütterlichen Instinkt« zu brechen. Es ist Zeit für den Mann, für sich dasselbe zu tun.

Herb Goldberg: Der verunsicherte Mann, Eugen Diederichs Verlag, Düsseldorf, Köln 1977

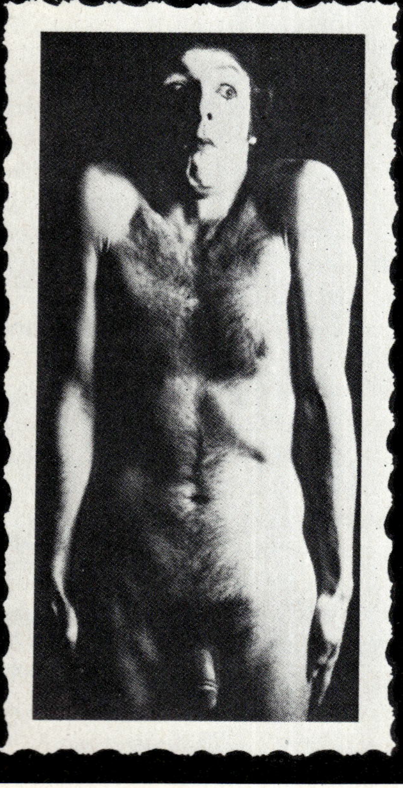

Vater werden

Gespräch zwischen Gerd, 29 Jahre, Stadtplaner in einer Bürogemeinschaft, wohnt in einer Wohngemeinschaft, seine Freundin Sigi wohnt mit dem Kind (Lina, im August 79 zuhause geboren) in einer anderen Wohngemeinschaft, und Bernd, 31 Jahre, Lehrer, wohnt mit seiner Freundin Bärbel in einer Wohngemeinschaft und wird in 3 Monaten Vater.

Bernd: Du hast die Zeit der Schwangerschaft und der Geburt mit der Sigi zusammen bewußt erlebt. Wie hast Du Dich während dieser Zeit gefühlt?
Gerd: Das war für Sigi und mich ein schöner Prozeß. Ich fand es spannend, wie der Bauch immer größer wurde, die Brüste größer wurden und wie Lina sich im Bauch bewegt hat. Wir haben viel zusammen gemacht: wir sind in die Vorbereitungskurse der Pro Familia, haben einen Kurs autogenes Training mitgemacht und – was für mich ganz wichtig war – wir haben die Termine bei den Frauenärztinnen gemeinsam wahrgenommen. Ich war das erste Mal bei so einer Untersuchung dabei . . . Sigis Schwangerschaft war für mich auch eine Phase, in der ich mich vielmehr als vorher oder jetzt mit meinem Körper beschäftigt habe. Und ich hatte mir auch schon überlegt, daß da was Neues losgeht, ein neuer Lebensabschnitt, der einen fordert und einschränkt, der aber auch viel Spaß macht.
Bernd: Wie war das denn mit der Geburt – und hast du Angst gehabt?
Gerd: Vor der Veränderung meiner

Situation nach der Geburt und vor der Geburt selbst hatte ich eigentlich keine Angst. Ich . . . oder wir fühlten uns gut vorbereitet und waren eher gespannt, wie das läuft. In der Geburtssituation selbst bekam ich es dann aber doch mit der Angst zu tun.

Sigi hatte morgens so um fünf, sechs Uhr die ersten Wehen, relativ regelmäßig und hat mich geweckt: heute geht es wohl los! Ich habe das erst gar nicht richtig ernst genommen, hab weiter geschlafen, bin gemütlich aufgestanden und noch rüber in meine Wohnung gegangen, hab mich geduscht und umgezogen und kam so um 10 Uhr zurück. Dann haben wir nochmal gefrühstückt. Ich war eigentlich freudig gespannt und gar nicht besorgt. Das hat sich während der Geburt stark verändert. Sigi hatte im späteren Verlauf der Geburt starke Schmerzen. Das war ab 13 Uhr ungefähr. In dieser Situation waren die ganzen Vorbereitungen, z. B. mit dem Atmen nicht mehr umsetzbar. Ich war mit der Rolle, einen bestimmten Atemrhythmus vorzugeben oder Entscheidungen z. B. über Schmerzmittel treffen, überfordert. Das war Sache der Ärztin, die da war. Ich bin sehr stark mit der Sigi zusammengewachsen, in einer Art, die ich vorher noch nie so erlebt habe. Ich bin auch stark von Sigi gefordert worden. Es war eine angstvolle, aber auch sehr intensive Situation, als es darum ging, diese Schmerzen, diese Anstrengung gemeinsam zu bewältigen. Danach, als die Lina da war, hatte ich das Gefühl: auch ich hab's jetzt geschafft. Am Anfang der Schwangerschaft hatte ich immer Schwierigkeiten, wie ich mich ausdrücken soll. Wenn ich anderen davon erzählt habe, habe ich gesagt, die Sigi bekommt ein Kind . . . und nach der Geburt habe ich immer gesagt, wir haben ein Kind gekriegt!

Bernd: Wie bist Du denn mit der Veränderung in Deinem Leben konkret umgegangen, als das Kind da war? Ich mach mir z. B. rational klar, daß ich dann bestimmte Sachen nicht mehr machen kann. Ich habe mich entschieden, das Kind mitzubekommen und mit zu versorgen und das heißt eben auch, daß man manchmal seine Pläne über den Haufen werfen muß, weil es dem Kind schlecht geht und daß ich mich mit Bärbel ganz anders als vorher absprechen und verständigen muß, wenn einer von uns was vorhat. Ich habe zwar jetzt ganz bestimmte Vorstellungen, wie's mit dem Kind laufen könnte, aber nachher läuft es irgendwie doch anders. War das bei Dir auch so?

Gerd: Ich hatte letztlich eine Menge idealistische Flausen im Kopf, würde ich heute sagen. Ich bin da so rangegangen: Ich habe mir gedacht, klar, zwei, drei Wochen oder auch ein bißchen länger nach der Geburt arbeite ich gar nicht, erledige das Notwendigste und kümmere mich nur um Sigi und Lina. Aber danach pendelt sich das wieder ein. Da ist es möglich, daß ich mein Büro weitermache, daß ich mit der Wohngemeinschaft wieder was zusammen mache, usw. . . . Das ist alles ganz anders gewesen. Da hat der Rhytmus von Lina uns bestimmt in einem Maße, wie ich mir das vorher nie gedacht habe. Gleichzeitig habe ich auch immer gesagt, oder wir haben für uns versucht zu sagen, sie ist es eigentlich, die uns bestimmt, jedenfalls in dieser Anfangsphase. In welchem Maße sich mein Engagement, mein Denken, meine Initiative – also was einem den Tag über durch den Kopf geht – in diesem Jahr jetzt auf die Lina verlagert hat, das habe ich mir vorher nicht so vorgestellt. Das war und ist auch heute oft noch ein anstrengendes Hin und Her zwischen den Anforderungen und Wünschen, die Lina an mich stellt, die Sigi, meine Wohngemeinschaft, ich selbst. Das wechselt von Tag zu Tag; einmal macht es mir Spaß und ist befriedigend mit so einem kleinen neuen Menschen zurechtzukommen. Abends z. B., wenn ich aus dem Büro zurückkomme, mit ihr zu spielen, sie zu füttern, sie zum Schlafen zu bringen usw. Da macht es mir nichts aus, wenn sie Schwierigkeiten beim Einschlafen hat oder sich nach dem Wickeln nochmal die Windeln vollscheißt. Einen Tag später kann es genau umgekehrt sein, da ist mir das alles zuviel. Da kommt

ein schlechtes Gewissen auch gegenüber meiner Wohngemeinschaft, gegenüber den Anforderungen und Ansprüchen aus dem Büro. An solchen Tagen wird mir Lina zur Belastung.

Bernd: Vor dem Abstillen ist es doch so, daß sich der Kontakt mit dem Kind in vielen Bereichen auf die Sigi konzentriert, weil sie stillt, weil das Kind sie braucht und weil sie deshalb mit dem Kind eher allein etwas unternehmen kann. Das fängt bei der Geburt an . . . Ich finde eine Hausgeburt deshalb für mich sehr gut, weil ich da eine aktive Rolle übernehmen kann; außer der Hebamme, die die fachlichen Sachen macht, steht mir kein Arzt, keine Krankenschwester oder sonst wer im Wege. Im Krankenhaus bist du in der Regel wirklich zur Passivität verurteilt, da darfst du meist nur dabei stehen und mehr auch nicht. Das setzt sich fort, wenn die Freunde kommen, die in der Regel auch die Frau ansprechen und das hört erst wieder auf in der Situation, in der ihr jetzt seid. Oder wie hat sich das bei euch entwickelt?

Gerd: Das ist für mich oder uns erstmal kein Problem gewesen. Die Befüchtungen oder Ängste oder auch der Neid, hinter der besonders intensiven Beziehung zwischen Lina und Sigi zurückzustehen, die sind gar nicht aufgekommen. Ich habe mir eigentlich ziemlich schnell meine bestimmte emotionale Beziehung zu der Lina aufgebaut und die auch anderen Leuten gegenüber mitgeteilt. Lina hat das akzeptiert und gewollt und auch schön gefunden, wenn ich sie in den Arm genommen hab, wie ich sie getragen und gestreichelt hab, das habe ich mitgekriegt. Insofern habe ich auf dieser Ebene nicht den Konflikt mit der Sigi oder sagen wir mit dieser besonderen Mutter-Kind-Beziehung. Ich fand das Stillen auch lange Zeit sehr wichtig und gut. Ich war oft dabei und es ist einfach eine schöne Situation, da zuzugucken. Ich hab mich oft mit angekuschelt, zum Schluß mit der Lina ein bißchen rumgespielt und auf die Art und Weise auch an der Stillsituation teilgenommen. Im Augenblick dränge ich aber sehr stark darauf, daß wir die Lina abstillen. Mich schränkt das insofern ein, als man bei gewissen Sachen immer abwägen muß. Ich kann mit der Lina nicht einfach mal einen Tag wegfahren oder mit ihr in meiner Wohnung übernachten. Das geht nicht, weil sie abhängig ist von dieser Art der Zuwendung und von dieser Art der Ernährung, Befriedigung, Beruhigung.

Bernd: Ich kann mir vorstellen, daß das Abstillen, nach etwa einem Jahr als Fixpunkt vielleicht, wichtig ist. Weil es dir Möglichkeiten schafft, mit der Lina noch mehr zu tun zu haben. Ich meine, daß Männer dann auch das Recht haben sollten, mit dem Kind was allein machen zu können, ohne daß es zu einer Diskussion wird, die in die Beziehung reingeht und die Beziehung vielleicht sogar in Frage stellt. Es sollte möglich sein, daß der andere Teil, der an dem Kind auch beteiligt ist, eigene Forderungen stellen darf.

Gerd: Ich glaube, das ist ein Durchsetzungskampf, ein echter Konflikt, wer jetzt stärker ist, seine Interessen durchzusetzen, der Mann oder die Frau. Oder es ist möglich zu sagen:

so, wir einigen uns jetzt darauf, nach einem halben Jahr oder zu einem anderen Zeitpunkt wird abgestillt, weil wir das so wollen. Dazwischen steht ja immer noch die nebulöse Frage: was ist jetzt gut für das Kind? In meiner Argumentation der Sigi gegenüber habe ich das oft ausgenutzt: die Lina wird davon abhängig, das kann doch später für sie zu Problemen führen; oder die Vermutung, daß die Lina ohne das Stillen besser schläft, eher durchschläft. Sigi hat umgekehrt argumentiert, daß das Stillen einfach die gesundeste Ernährung ist, daß es nachts einfach ist, weil sie sich nur zu Lina ins Bett legen braucht, dann nuckelt sie ein bißchen und schläft sofort wieder ein. Also nichts groß mit rumtragen, aufstehen.

Bernd: Mir fällt in diesem Zusammenhang ein, daß es für die Frau allein ja auch ein Interessenkonflikt sein kann, wenn sie zum Beispiel arbeiten will oder arbeiten muß. Auch wenn sie nur einen halben Tag arbeitet, ist es ja schwierig, regelmäßig zu stillen. Meinst Du, daß man das vorher klären kann, oder ist es letztlich eine Frage, welche Beziehung man als Vater zu dem Kind entwickelt? Es ist ja auch nicht garantiert, daß man ein tolles Verhältnis hat und den Wunsch entwickelt, mit dem Kind viel zu machen.

Gerd: Ich finde wichtig, sich das als einen Punkt der Auseinandersetzung im ersten halben Jahr genau vorzunehmen. Irgendwann kommt auf euch beide die Entscheidung mit dem Arbeiten zu: Arbeiten beide, arbeiten beide voll, der eine halb und dann wieder mal der andere, und welche Auswirkungen hat das auf das Kind und auf das Stillen? Dafür sollte man sich Zeit nehmen und in Ruhe überlegen. Daran hängen ja auch noch andere Entscheidungen, z. B. kommt das Kind in eine Krabbelstube, halb- oder ganztags oder sucht man sich irgendjemand für die Betreuung.

Bernd: Gab es noch andere Interessenkonflikte, die für Dich eine Rolle gespielt haben oder noch spielen? Du hast vorher das schlechte Gewissen angesprochen, das du gegenüber

Der Mann, der aus seiner Familie Kraft schöpft

Heute: Ernst Albrecht, der lächelnde Ministerpräsident

Ernst Albrecht ist unter allen Menschen, die ich kenne, der einzige, der für etwas getadelt wird, was die Menschen sonst freut: für das Lächeln in seinem Gesicht.

Wenn Frau Albrecht wieder mal ein Baby erwartete, hat sie das übrigens ihrem Mann nie mündlich mitgeteilt. Sie hat ein Kinderstühlchen gekauft. Das war das Zeichen.

© 1980 BILD Hamburg und Ferenczy München

So sitzen die Albrechts oft mit ihren Kindern im Wohnzimmer zusammen. Hier sind die drei jüngsten (v. l.) Gerhard-Donatus, Hans-Holger und Barthold mit den Eltern.

den Leuten aus Deiner Wohngemeinschaft oder auch gegenüber dem Büro gehabt hast?
Gerd: Tja, ein großer Interessenkonflikt läuft zwischen meiner Arbeit, also meiner Berufsperspektive, dem gemeinsamen Büro, mit meiner Wohngemeinschaft – das hängt auch

aus: Spiegel Nr. 30/1980

Hannelore Kohl, 47, Frau des CDU-Vorsitzenden Helmut Kohl, ließ im Bonner „MdB-Magazin der Bundeshauptstadt“ Dampf ab. „Die grüne Witwe des schwarzen Riesen“ (MdB-Magazin) gibt in der Politiker-Postille offen zu: „Es kommen schon Zeiten, da kocht es einem hoch.“ Hochkochen tut es der Frau des CDU-Chefs nicht nur, wenn die Kohl-Knaben mal über die Stränge schlagen („Meine Buben haben die temperamentvolle Art ihres Vaters. Wenn die väterliche Hand mal da ist, weiß ich das wohl zu schätzen“), sondern auch, wenn es um eigene Belange geht: „Mein Mann ist ein solcher Vollblutarbeiter für das, was er übernimmt,

daß er sich nicht vorstellen könnte, daß ich keine Zeit für ihn habe, wenn er nach Hause kommt. Das trifft gelegentlich mal zu, und das ist furchtbar. Ein gräßlicher Zustand, der auch dann und wann zu schwierigen Momenten führt.“ Doch obwohl es „am Anfang hart“ war, hat sich Hannelore Kohl in ihr vorgezeichnetes Schicksal gefügt: „Ich habe mit Sicherheit einen geheiratet — oder besser: er hat mich geheiratet —, der weiß, daß ich anpassungsfähig bin.“

zusammen mit einer politischen Perspektive – und der Situation, ein Kind zu haben.
Der Aufbau des Büros und die damit verbundenen Perspektiven und Hoffnungen fiel genau mit der Geburt von Lina zusammen. Und im letzten Jahr habe ich viel weniger Initiative auf das Büroprojekt verwandt, als ich vorhatte. Die Lina hat einen für mich unerwarteten Bruch eingeleitet in meiner Vorstellung von dem, was ich leisten kann und wie ich alles miteinander verbinden kann. Ich hatte oft den anderen gegenüber ein schlechtes Gewissen und auch meinen eigenen Ansprüchen gegenüber. Auf der anderen Seite sag ich mir, das ist ein Jahr, das war das erste Jahr, in dem sehr viel Zeit draufgeht dafür, einen so kleinen Menschen kennenzulernen und eine Beziehung zu entwickeln. Das ist eben nur ein Jahr, was soll's. Ich brauch in dieser Situation, die einmalig ist, nicht wieder alle möglichen Ansprüche erfüllen. Es ist jetzt noch nicht möglich zu sagen, wie das im nächsten halben oder im nächsten Jahr sein wird. Wir teilen es jetzt so auf: Ich kümmer' mich fast jeden halben Tag um die Lina, mach viel in der Krabbelgruppe und finde das auch ganz gut. Den anderen halben Tag mach ich was mit meinen Leuten im Büro und in der Wohngemeinschaft. Vielleicht entwickelt sich das ganz gut, das ist noch offen. Ich erhoffe mir auch, daß die Leute in meiner Wohngemeinschaft mehr und auch entspannter als bisher an der Lina und auch an meiner Beziehung zur Lina, der Bedeutung, die die für mich hat, teilnehmen. Voraussetzung ist aber, daß sie und ich auch diese Halbtagslösung voll akzeptieren.

Bernd: Ich bin in so einer Auseinandersetzung gar nicht drin. Ich brauch jetzt keine Rücksicht zu nehmen, ich brauch nicht zu erwarten, daß jemand sauer auf mich ist oder traurig. Wir beide kriegen ein Kind, da nehmen Freunde dran teil, die noch nicht mit uns zusammen wohnen. Die Leute, die mit uns zusammenwohnen, nehmen gar nicht daran teil, die leben ihr eigenes Leben. Das finde ich manchmal sehr schade, weil ich eigentlich meine Skepsis, meine Angst und meine Freude, die ich auch habe, ihnen gegenüber gar nicht artikulieren kann. Ich denk da manchmal an so viele Leute, die Kinder kriegen, in einer Zweierbeziehung leben, . . . die praktisch kaum Möglichkeiten haben, sich nach außen zu öffnen.

Gerd: Andererseits gab es Phasen, wo wir uns gesagt haben: das ist alles viel einfacher, wenn wir allein zusammen wohnen würden: wir würden alles alleine entscheiden und müßten uns nicht auseinandersetzen mit den Ansprüchen und Anforderungen, die aus den Wohngemeinschaften, von anderen Leuten kommen, und es hat sich im Laufe des Jahres entwickelt, daß der Austausch über Erfahrungen und Gefühle über die neue Situation sich verlagert hat. Weg von den Leuten, mit denen ich zusammen wohne und zusammen arbeite, eher hin zu Leuten, die auch Kinder haben, mit denen wir in den Vorbereitungskursen waren, mit denen wir jetzt die Krabbelstube zusammen organisieren. Das ist einfach so gelaufen, das kann ich noch gar nicht einschätzen, ob das nun gut ist oder nicht. Es ist nur so, daß der Erfahrungsaustausch mit Leuten, die selbst Kinder haben viel einfacher und unkomplizierter ist, als mit den Leuten, mit denen ich zusammenwohne. Von deren Seite kommt schon fast eine Abwehrreaktion. In unserem Bekanntenkreis haben mehrere Leute Kinder gekriegt in der letzten Zeit, das ist also ein beherrschendes Thema, und das geht denen manchmal ganz schön auf den Wecker.

Bernd: Bei einem Freund ist mir noch ein anderes Problem aufgefallen. Eigentlich wollte nur die Frau das Kind haben und er nicht, weil sie sich in dem Augenblick auseinandergelebt hatten. Jetzt, wo das Kind da ist, fährt er voll drauf ab und macht nichts anderes mehr. Die beiden haben ihre

ganzen Aktivitäten, ihre Außenkontakte eingestellt. Das will ich nicht machen, jedenfalls nicht so. Ich weiß zwar, daß ich alles, worüber wir gesprochen haben einbeziehen muß, aber sich überhaupt nicht mehr zu trauen, andere Sachen zu machen, Leute zu besuchen, mal auf ein Fest zu gehen und das Kind mitzunehmen, das möchte nicht nicht.

Gerd: Meiner Meinung nach ist wichtig, in welcher Situation du gerade bist, also das augenblickliche Lebensgefühl. Organisatorisch ist ja alles möglich. Man kann viel machen, man muß es nur machen wollen. Uns oder mir ist es oft so gegangen, daß der Rhythmus von Lina mich daran gehindert hat zu sagen, so, jetzt pack ich mir die unter den Arm und besuch mal irgendwelche Leute. Oft sind das Situationen gewesen, wo ich z. B. abends selbst das Bedürfnis hatte, erstmal abzuschlaffen, meine Ruhe zu haben und eben nicht die Möglichkeit genutzt habe, mich ein bißchen aufzumöbeln und mit oder ohne sie was zu unternehmen. Das liegt auch an mir, daß ich dann einfach keine Initiative aufgebracht habe.

Bernd: Wie gehst Du damit um, wenn dein Kind dich konkret daran hindert, einmal nur deinen Interessen nachzugehen? Da gibt es vielleicht eine Situation, wo man selbst unausgeglichen ist, wo man nicht so ganz zufrieden ist mit seinem Job oder wo einem alles über den Kopf wächst. Diese Situationen gibt es ja zwischendurch immer wieder; nur wie geht man damit um, wenn das Kind versorgt werden muß und man im Augenblick keine Lust dazu hat.

Gerd: Lange Zeit habe ich da zwar widerwillig, aber doch sofort reagiert, sie gewickelt, auf den Arm genommen und rumgetragen. Auch wenn sie dann eingepennt ist oder alleine weitergespielt hat, ich war trotzdem sauer, daß ich z. B. morgens nicht mal zu einem ruhigen Frühstück komme. Inzwischen ist es oft so, daß ich auch sage, daß ich keine Lust habe und die Lina nicht auf den Schoß nehme. Sie kriegt das natürlich mit und akzeptiert das oft. Für mich ist es interessant, wie ich mich in solchen Situationen verhalte. Mach ich das extra, daß ich mich verweigere, damit sie mitkriegt: ich habe auch Interessen. Oder ist es einfach wahr, wenn ich sage, ich habe jetzt keine Lust, ohne mir dabei zu überlegen, ob es jetzt gut oder schlecht ist für sie, wenn sie das mitkriegt. Mein Verhalten pendelt oft dazwischen.

Bernd: Das ist mir bei einem Bekannten auch aufgefallen. Er hat sich seinen Kindern gegenüber meist pädagogisch verhalten. Er hat ganz selten einfach mal gesagt, hier, laß mich in Ruhe, ich möchte jetzt Gitarre spielen. Er hat das immer ganz ausführlich erklärt: du mußt doch wissen, ich habe den ganzen Tag gearbeitet, ich hab dies und das gemacht und möchte jetzt Gitarre spielen und meine Ruhe haben. Manchmal haben das die Kinder auch akzeptiert. Aber ich denke, daß es eigentlich besser ist, wenn man auch bei kleineren Kindern schon anfängt, seine Bedürfnisse gegen ihre zu stellen, ohne andauernd zu vermitteln. Das kommt mir oft richtig albern vor, obwohl in vielen Situationen das Kind dabei auch was lernt.

Foto:

Gerd: Ach, die kriegen das doch mit. Lina krabbelt dann an meinen Stuhl und will auf den Arm und ich sag nein und mach nichts. Manchmal verzieht sie sich und spielt mit ihren Bauklötzen weiter und manchmal ist halt nichts drin. Dann will sie nicht und kann auch nicht. Völlig klar, dann ist sie sofort die Stärkere . . .

Campari. Was sonst.
CAMPARI
Campari on the rocks.
2/3 Campari, 1/3 Soda.

1

Sich ein echtes
Kompliment leisten –
gardeur
Internationale
Hosenmode

2

CAMEL
Der Weg lohnt sich
CAMEL
FILTERS

3

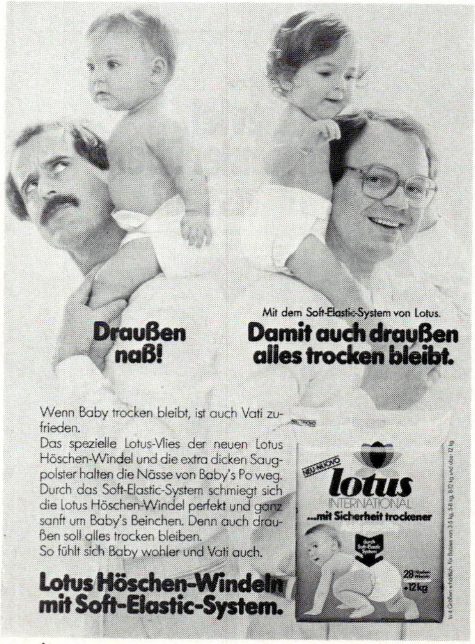
Draußen
naß!
Mit dem Soft-Elastic-System von Lotus.
Damit auch draußen
alles trocken bleibt.
Wenn Baby trocken bleibt, ist auch Vati zufrieden.
Das spezielle Lotus-Vlies der neuen Lotus Höschen-Windel und die extra dicken Saugpolster halten die Nässe von Baby's Po weg.
Durch das Soft-Elastic-System schmiegt sich die Lotus Höschen-Windel perfekt und ganz sanft um Baby's Beinchen. Denn auch draußen soll alles trocken bleiben.
So fühlt sich Baby wohler und Vati auch.
Lotus Höschen-Windeln
mit Soft-Elastic-System.
NEU-NUOVO
lotus
INTERNATIONAL
...mit Sicherheit trockener
28
+12 kg

4

Der richtige Vater für Ihr Kind

Psychotest:

1 Sie haben einen guten Geschmack! Neben diesem Mann werden Sie sich mit Ihrem Kind sehen lassen können! Er wird Sie mit Geschenken überhäufen; dabei kann man doch den Berufsalltag nicht vermissen! Herren wie diese gibt es nicht alle Tage!
Ein Rat: Achten Sie auf Ihre Figur und Ihr Äußeres. Es macht sich bezahlt.

2 Von ihm wird Ihr Sohn viel lernen! Seien Sie nicht ungeduldig, wenn er nach einem arbeitsreichen Tag spät nach Hause kommt. Er braucht Ihre liebevolle Unterstützung. Selbst seine Kollegen wissen: Was wäre er ohne Sie!

3 Sie wußten von Anfang an: Er braucht seine Freiheit! Versuchen Sie nicht, ihn einzusperren! Genießen Sie die wenigen schönen Stunden mit ihm und freuen Sie sich, daß der Kleine schon ganz der Vater ist!

4 Sie haben doch kein Kindermädchen geheiratet!

Zur rechtlichen Situation der ledigen Mutter und des ledigen Vaters

Eheleute haben für das Kind gemeinsam das Sorgerecht, das heißt, beide entscheiden über alle persönlichen Sachen des Kindes und sind ihm gegenüber beide unterhaltspflichtig. Aber auch füreinander müssen sie zahlen.
Stirbt einer der Eltern, so hat der andere Teil alleine das Sorgerecht. Bei nichtverheirateten Eltern sieht alles ganz anders aus.
Im Gegensatz zu früher bist du als ledige Mutter die alleinige »Inhaberin« des Sorgerechts für dein Kind. Es hat also nicht mehr einen gesetzlichen Vormund, dessen Einwilligung bei wichtigen, seine Erziehung und Versorgung betreffenden Entscheidungen einzuholen ist. Dennoch bist du nicht ganz frei von staatlicher Einflußnahme, denn sofern du nichts dagegen unternimmst, tritt automatisch bei der Geburt des Kindes die sogenannte »Amtspflegschaft« in Kraft. Der zuständige Amtspfleger sitzt im Sozialamt des Bezirks, in dem du wohnst und hat vor allem die Aufgabe, die Unterhaltsansprüche deines Kindes wahrzunehmen. Die Inanspruchnahme der Amtspflegschaft kann unter bestimmten Umständen sinnvoll sein, nämlich dann, wenn du Unterhalt vom Vater des Kindes haben willst und dieser nicht zahlen will. In diesem Fall übernimmt der Amtspfleger es, die gesetzlich verankerten Ansprüche deines Kindes gegenüber seinem Vater zu vertreten. Er zieht auf dem Amtswege die entsprechenden Gelder ein und leitet sie an dich weiter.
Bist du aber mit dem Vater deines Kindes einig darüber, inwieweit er dich unterstützt oder nicht, oder bist du entschlossen, auf Unterhalt zu verzichten, oder lebt ihr zusammen und kommt eh gemeinsam für euer Kind auf, dann ist der Eintritt der Amtspflegschaft im Grunde überflüssig. Du kannst in diesem Fall sowohl vor als auch nach der Geburt des Kindes einen Antrag auf Nichteintreten der Amtspflegschaft stellen (unter Angabe von Gründen, die in deinem Fall die Amtspflegschaft überflüssig machen). Dieser Antrag ist beim zuständigen Sozialamt einzureichen. In der deutschen Rechtsprechung nicht vorgesehen ist die Möglichkeit, sich das Sorgerecht mit dem Vater des Kindes zu teilen, sofern man nicht miteinander verheiratet ist. Der ledige Vater kann sein Kind also rechtlich nicht vertreten. Das kann unter Umständen in der Praxis kompliziert werden, nämlich dann, wenn der Vater mit dem Kind beispielsweise reisen will ohne dich, oder wenn das Kind eine zeitlang beim Vater lebt ohne dich und irgendwelche Unterschriften zu leisten oder wichtige (z.B. schulische) Entscheidungen zu treffen sind.
Bei uns gab es in dieser Hinsicht gleich zu Anfang große Schwierigkeiten, weil Leo, unser Kind, unmittelbar nach der Geburt schwer krank war, und in ein anderes Krankenhaus verlegt werden mußte. Ich selbst konnte gleich nach der Geburt seine Interessen nicht vor

Ort wahrnehmen, da es mir in den ersten zwei Tagen sehr schlecht ging; Arend, der Vater, sah sich nun mit der Situation konfrontiert, noch nicht einmal eine medizinische Auskunft über sein Kind zu erhalten und den behandelnden Ärzten des Krankenhauses, in dem Leo lag, völlig rechtlos gegenüberzustehen. Solange nichts unterschrieben werden mußte, mogelte er sich durch, indem er sich mit meinem Namen ausgab. Die Verlegung von Leo in ein besseres Krankenhaus und schließlich seine vorzeitige Entlassung konnte aber erst dann vonstatten gehen, als ich persönlich per Unterschrift die Verantwortung dafür übernehmen konnte.

Eine andere für ledige Eltern verzwickte Situation ist folgende: was passiert mit dem nichtehelichen Kind, wenn sein einziger gesetzlicher Vertreter, also die Mutter stirbt oder so schwer erkrankt, daß die Versorgung des Kindes nicht mehr gewährleistet ist? Wenn du mit dem Vater des Kindes zusammenlebst und er nachweislich die zweitwichtigste Bezugsperson des Kindes ist, wird er in diesem Fall normalerweise das Sorgerecht für euer Kind erhalten. Ihr könnt diesen Wunsch bereits jetzt notariell festlegen lassen. Lebt ihr nicht zusammen, dann ist die Rechtslage komplizierter,

und es ist nicht hundertprozentig sicher, daß der Vater das Sorgerecht erhält. Gesetzlich sind deine Eltern praktisch die »Erben« deines Kindes. Es gibt allerdings auch hier die Möglichkeit notarieller Abmachungen – man kann aber nicht davon ausgehen, daß das in jedem Fall reibungslos klappt. Das Sorgerecht kann mit Zustimmung der Mutter nach § 1723 auf den Vater übertragen werden, in dem er das Kind als »ehelich« anerkennt. (Auch, wenn er nicht verheiratet ist!) Das hat aber zur Konsequenz, daß die elterliche Sorge der Mutter ruht. Entweder hat der Vater also das Sorgerecht oder die Mutter! Mit dem Unterschied, daß sie einen Pfleger zur Seite bekommt, der »eheliche« Vater aber nicht! Er hat direkt die gesamte elterliche Sorge.

Die elterliche Sorge der Mutter ruht – das heißt – würde der Vater sterben, könnte das Sorgerecht der Mutter wieder gelten.

Es gibt übrigens auch die Möglichkeit, daß das nichteheliche Kind den Namen des Vaters erhält; ohne daß er rechtlich was »zu melden« hätte.

Spezielle Informationen zur jeweiligen rechtlichen Situation:

Für Leute mit geringem Einkommen gibt es die Möglichkeit der kostenlosen Rechtsberatung bei der Rechtsberatungsstelle des örtlichen Anwaltvereins. Dort ist die erste Beratung kostenlos. Diese Stellen gibt es in Städten mit Landgerichten. Ab. 1. 1. 1981 gibt es die Möglichkeit gegen eine Schutzgebühr von DM 20,-- eine Rechtsberatung bei einem Anwalt zu erhalten, wenn das Einkommen unter DM 850,-- liegt für Alleinstehende.

BGH: Uneheliche Kinder sind »Familienangehörige«

Karlsruhe, 5.5. Auch uneheliche Kinder, die in einer familienähnlichen Lebensgemeinschaft mit dem Vater oder der Mutter zusammenleben, müssen von Versicherungsgesellschaften als berechtigte »Familienangehörige« anerkannt werden. Das hat der Bundesgerichtshof in einer am Montag veröffentlichten Grundsatzentscheidung beschlossen (Aktenzeichen: (ROEM. 6 ZR 181/78 vom 15.1.80).
Dem Gericht hatte folgender Fall vorgelegen: ein italienischer Arbeiter lebte seit mehr als zwanzig Jahren in einer Lebensgemeinschaft mit einer Frau zusammen, ohne mit ihr verheiratet zu sein. Sie war eigentlich mit einem anderen Italiener verheiratet, von dem sie eine Tochter hatte, der jedoch seit vielen Jahren als verschollen gilt. Mit dem italienischen Arbeiter zeugte die Frau weitere fünf Kinder. Bei einem Autounfall kam sie ums Leben. In langwierigen juristischen Verfahren stritten sich der hinterbliebene Italiener und zwei Versicherungsgesellschaften darum, ob die Kinder des Arbeiters als Familienangehörige anzusehen seien und damit Ansprüche geltend machen können. Der BGH entschied nun, daß Familienangehörige auch »Personen umfassen, die ohne familienrechtliche Verbindung (. . .) mit anderen in einer Weise zusammenleben, die einem Familienverband ähnlich ist.«
TAZ 7.5.80

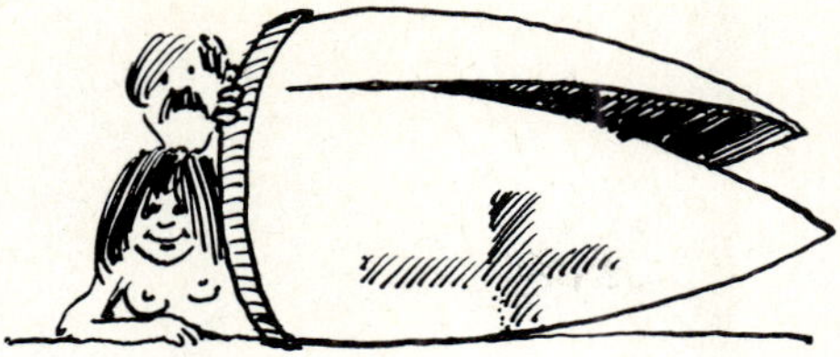

Wie wird Ehe gelebt?

Das erste Interesse der Bibel an der Ehe ist auf die Frage gerichtet, was Ehe ist, nicht wie Ehe gelebt werden soll, geschweige denn, daß in ihr die ehelichen Probleme durchdacht und erörtert würden auf dem Niveau der beliebten Frage: wie werde ich glücklich? – die lebhafte Sorge schlauer Büchermacher und naiver Leser, aber keine Sorge, die die Heilige Schrift sich macht! . . .

Daraus vermögen Mann und Frau für ihre Ehe die Normen des Verhaltens zu gewinnen.

Es ist des Mannes Aufgabe, eine gleiche Liebe des Einsatzes für die Frau zu entwickeln, wie er sie am Beispiel Christi abzulesen vermag [(5,33). Und es ist Aufgabe der Frau, jene letzte Hingabe nachzuvollziehen, die die Hingabe der Kirche an den Herrn ist (5,22 - 24). Die Art dieser Hingabe ist die bedingungslose Ergebenheit, die »Unterordnung«. So ist die rechte Haltung der Frau die der Unterordnung. Ein verpöntes Wort! Indes, die Bibel ist hier unnachgiebig. Für Paulus ist die Mann-Frau-Beziehung einfach eine Stufenordnung der Schöpfung, 1. Kor. 11 (das unbedeckte Haupt des Mannes ist ebenso ein Zeichen seiner Freiheit, wie der Schleier der Frau ein Zeichen ihrer Unterordnung): die Genesis (3,16) hatte die Frau dem Manne noch einmal auf einen neuen Titel hin untergeordnet, auf Grund der Sünde, als ein Fluch, der auf sie gelegt ist: »Zur Frau sagte er: Viele Beschwerden will ich dir auferlegen bei deiner Mutterschaft. In Schmerzen sollst du Kinder haben, und doch wirst du nach deinem Manne verlangen, der über dich herrschen wird.« Paulus scheint (1 Kor. 14,34) auf diese Stelle anzuspielen, wenn er sagt: »Die Frauen sollen sich unterordnen, wie auch das Gesetz sagt.« Freilich, »im Herrn ist weder die Frau ohne den Mann, noch der Mann ohne die Frau« (1 Kor. 11, 11, vgl. Gal. 3,28), was dem Verhältnis ein wesentlich neues Gesicht gibt. Die Frau soll sich unterordnen, das ist eine Forderung, die mit unermüdlicher Häufigkeit wiederholt wird: 1. Kor. 14, 34, Eph. 5, 22, 24, 33, Kol. 3, 18, Tit. 2, 5, 1 Tim. 2, 12f., 1. Petr. 2, 5; 3, 1 . . .

Viel eher also, als daß der Frau die persönliche Gleichberechtigung durch die Forderung der »Unterordnung« genommen werden will, soll ihr anderer schöpfungsmäßiger »Stand« dadurch ausgedrückt werden. Nichts wird ihr genommen, wenn sie durch diese Abgrenzungen gegen die Welt des Mannes aus den öffentlichen Bereichen in Kirche und Welt verwiesen wird; es wird nur betont, daß sie im Tiefsten sich anderswo erfülle, in dienender Opferbereitschaft.

Aus: Ring des Lebens

Das Buch der christlichen Familie, Recklinghausen 1952

Papst klagt Lüsternheit in Ehe an!

Frau nicht mit Wollust ansehen

exp Rom — **Aufsehen haben in Italien die jüngsten Äußerungen des Papstes über die Sexualmoral hervorgerufen.**

Gestützt auf die Bergpredigt hatte der Papst über „wollüstige Begierden und Ehebruch" gesprochen, „der im Herzen begangen wird. Er wird nicht nur begangen, wenn man mit Lüsternheit eine Frau ansieht, die nicht die Ehefrau ist, sondern auch, wenn man auf gleiche Weise seine eigene Ehefrau anschaut", erklärte er.

Der Ehemann dürfe sich seiner Frau und ihrer Weiblichkeit nicht zur Befriedigung seines Triebs bedienen. Durch Lüsternheit werde die Würde der Frau herabgesetzt.

Express, 13. Oktober 80.

Am Anfang stand ja diese Sehnsucht . . .

Durch Brucherfahrungen in Ehe und mit der großen Liebe wußte ich eines: Ich möchte in einer Gruppe leben, d. h. ich will nie wieder nur für einen Menschen wichtig sein, nie wieder so eingeengt auf einen Menschen, so daß, wenn dieser weg ist, der Wille zum Leben gebrochen ist. In einer Gruppe leben, das stelle ich mir so vor, daß die Intensität, die normalerweise als Begegnung in einer Zweierbeziehung stattfindet, sich ausweitet auf mehrere Menschen. Es braucht so lange Zeit, das zu lernen. Wir haben das ja nicht gelernt. Was wir gelernt haben, ist ja das: »Die Ehe oder die Beziehung ist die einzige humane Möglichkeit im inhumanen Allgemeinen«, wie Adorno sagt, aber »es gibt kein richtiges Leben im Falschen.«

Diese entsetzliche Angst, jemanden, mit dem man diese humane Beziehung, weil auf Liebe basierend, eingegangen ist, zu verlieren. Die Angst davor, dem inhumanen Allgemeinen ausgesetzt zu sein. Diese Angst, die dazu führt, sich immer mehr an die Bedürfnisse des anderen anzupassen – besonders dann, wenn Kinder da sind –, die dazu führt, sich mit seinen eigenen Bedürfnissen und Wünschen nicht mehr einzubringen und dadurch eigentlich gar nicht mehr existenzfähig zu sein, sondern nur noch eine Schlingpflanze. Diese Angst, die dem anderen und mir selber soviel abdrückt, erwürgt, Eifersucht hervorbringt, Konkurrenzängste entstehen läßt.

Die Entwicklung hin zur Realisierung des Gruppentraumes ist ein so widersprüchlicher Prozeß. Oft möchte ich immer noch für »eine« Person besonders wichtig sein, die Sehnsucht nach der totalen Verständigung, wie sie in guten, kurzen Perioden der Liebe möglich ist.

In einer Gruppe leben. Warum soll es nicht möglich sein, intensive Beziehungen zu mehreren Menschen zu haben? Was ist wichtiger, öffentlich – privat? Was ist das? Das Allgemeine, das Besondere? Adornos Sätze:

»Gewährt die Ehe (oder die Beziehung, E.D.) eine der letzten Möglichkeiten, humane Zellen im inhumanen Allgemeinen zu bilden, so rächt das Allgemeine sich in ihrem Zerfall, indem es des scheinbar Ausgenommenen sich bemächtigt, den entfremdeten Ordnungen von Recht und Eigentum unterstellt und die verhöhnt, die sich davor sicher wähnten.

. . . das Allgemeine erweist sich bei der Scheidung als das Schandmal des Besonderen, weil das Besondere, die Ehe, das wahre Allgemeine in dieser Gesellschaft nicht zu verwirklichen mag.« (Theodor W. Adorno, 1969, S. 30 f.)

Ellen Diederich

Aus dem Buch: Und eines Tages merkte ich, ich war ja nicht mehr ich selber, ich war ja mein Mann, Verlag 2000.

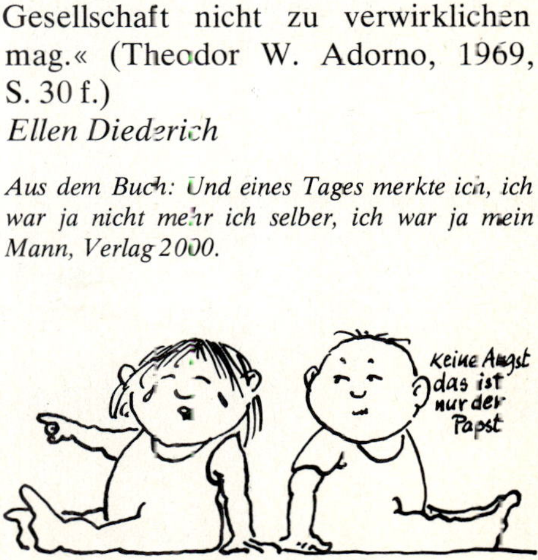

Brief eines gewollten Kindes im Anzug

– Sagen wir minus 6 Monate, in Namen der Ungewollten an Kardinal Höffner

Sehr geehrter Herr Kardinal,
Ich hörte Sie grollen, weil einige Eltern meine Kollegen nicht wollen und sich rechtzeitig von ihnen trennen statt dies später im Leben zu tun.
Ich möchte Ihnen einen Vorschlag machen:
Wir kommen gerne, wenn Sie uns folgende Grundrechte einräumen:
1. Jedes Kind hat das Recht, auf dieser Welt gewollt zu werden. Es sei denn, wir bekommen vorher eine Bedenkzeit eingeräumt, dürfen vorher kurz Mal aussteigen und Mal nachschauen, wie so ein Kardinal aussieht, der uns so streng herbeizitiert. Dann möchten wir kurz das Bundeskriminalamt besuchen dürfen. Guten Tag, Herr Herold, ich bin zwar offiziell noch nicht geboren, möchte aber jetzt schon gerne meine Daten kennenlernen. Darf ich mal am Computer simulieren und sehen, ob die Daten meiner Eltern mit meiner möglichen Kriminalität korrelieren. Ich könnte ja ein ungeborener Sympathisant sein.
Dann möchte ich gerne aus Herkunft und Wohngegend meiner Eltern meine wahrscheinlichen Schulnoten ausrechnen. Als Arbeitsloser wollte ich nämlich nicht anfangen, Herr Kardinal.
Ich brauche eine Perspektive. Ein Jammertal möchte ich bei meiner Ankunft nämlich nicht vorfinden, auch nicht, wenn Sie, Herr Kardinal, daraus einen Vorwand machen, uns aus dem Jammertal herauszuführen. Dann bleibe ich lieber gleich drüben.
Grundrecht zwei:
Jedes Kind hat das Recht, geliebt zu werden. Die soziale Abtreibung nach der Geburt tut meines Wissens mehr weh, als die, wenn ich noch gar nicht da bin. Denn wie ich aus der Zeitungslektüre meiner Mutter entnehmen mußte, haben wir in der Bundesrepublik die höchste Säuglingssterblichkeit in ganz Europa. Außerdem sollen jährlich Tausende von Kindern im Nachhinein im Straßenverkehr abgetrieben werden. Und Sie fahren auch ein Auto, Herr Kardinal, und sind meines Wissens nicht aktiv für das Tempolimit eingetreten.
Wenn Sie uns diese beiden Grundrechte nicht zugestehen können, dann bit-

Freitag, 29. August 1980 | 1 | EXPRESS | K · Bo | Seite 5

Caroline: Am Baby scheiterte alles

Weigerte Junot sich, Vater zu werden?

exp Monaco — Die Scheidung von Prinzessin Caroline von Monaco und Makler Philippe Junot ist jetzt so gut wie sicher. Der 40jährige Junot, so heißt es aus dem Freundeskreis des Paares, soll sich geweigert haben, Vater zu werden.

Die Nichterfüllung der ehelichen Pflichten

Ganz persönlich

wird auch von der „Sacra Romana Rota", dem kirchlichen Gericht, als Grund für eine Nichtigkeitserklärung akzeptiert.

Junot, der hoffte, durch die Heirat mit Caroline Zugang zu höherstehenden Gesellschaftskreisen zu erhalten, läuft derweil durch seine Pariser Stammlokale und sonnt sich, so Freunde, in seiner Märtyrerrolle.

Giannina Faccio (24), die costaricanische Diplomatentochter, will auch nichts mehr von ihm wissen: „Ich glaube, er ist für meinen Geschmack zu alt."

Prinzessin Caroline

ten wir Sie inständig, uns vorher verabschieden und uns nach Besichtigung der Bundesrepublik in Luft auflösen zu dürfen, wenn man uns schon nicht abtreiben darf. Sie haben doch gute Beziehungen, Herr Kardinal.
Sicher kennen Sie auch Herrn Doktor Holzgartner, der die Abtreibung der ungewollten Kinder mit dem Massenmord an den gewollten Juden vergleicht.
Fragen Sie doch mal Herrn Dr. Holzgartner, wieviel Ärzte sich im III. Reich am Massenmord als Mediziner beteiligt haben und wieviele davon laufen heute noch frei herum.
Vielleicht schreien einige von ihnen heute Massenmord – meinen aber die Abtreibung. Wird Ihnen nicht schummerig? Mir schon, aber ich bin ja noch nicht geboren.
Nichts für ungut, Herr Kardinal, aber Sie haben sich doch für den Zölibat entschieden. Bitte, Herr Kardinal, nehmen Sie alle Herren mit in den Zölibat, die gegen diese Regelung sind. Dann ist das ungewollte Kind bald kein Problem mehr . . .

Ein gewolltes Kind
aus: Helmut Ruge in: Vereinszeitung des Kinderhaus e. V. Hamburg.

Familien werden kleiner

Genau um die Hälfte reduziert hat sich die Zahl der Geburten in der Bundesrepublik Deutschland. Wie sehr sich die Einstellung der Bundesbürger zum »Kindersegen« geändert hat, belegen Zahlen: Ein Viertel der Ehepaare bleibt heute kinderlos. 30 Prozent haben nur ein Kind, 35 Prozent haben zwei Kinder. Drei Kinder findet man heute nur noch bei acht, vier Kinder nur noch bei zwei Prozent aller Familien. Die Zahl der Eheschließungen ist von rund 550000 im Jahr 1964 auf 350000 gesunken. Die Zahl der Scheidungen stieg im gleichen Zeitraum von jährlich 50000 auf über 100000 an.
aus: FR 8/80.

Die Bundesrepublik ist das geburtenärmste Land der Welt. Zwischen 1964 und 1975 errechneten Bevölkerungspolitiker bereits ein Geburten-Minus von 54 Prozent. 1976 verzeichnete die Bundesrepublik mit 9,8 Babys auf 1000 Einwohner die niedrigste Geburtenrate der Welt. Während 1964 noch 1065437 Kinder geboren wurden, waren es 1976 nur noch 602851 und 1977 sank die Zahl der Neugeborenen um weitere 3,8 Prozent auf 582348.
Was sind die Ursachen für diesen weltweit höchsten Geburtenrückgang? Eine im Herbst 1977 veröffentlichte Studie des Instituts für Psychologie der Universität Erlangen-Nürnberg

über den Kinderwunsch der Bundesbürger fand folgende Gründe für die geringe Kinderzahl heraus:
Geld- und Wohnungssorgen, Angst vor der Zukunftssicherung der Kinder, die Berufstätigkeit der Frau und die Angst, zu wenig Freizeitmöglichkeiten zu haben.

aus: L. Doormann, Kinder in der BRD, Pahl-Rugenstein, Köln 1979

Gebärstreik in Niederbayern

Das Wort kommt mir wieder in den Sinn, als ich von einer Untersuchung über Familien mit einem Kind lese (FR vom 6. September 1980. Nähere Informationen: Deutscher Forschungsdienst, Ahrstr. 45, Wissenschaftszentrum, 53 Bonn 2). Wissenschaftler sind dem Problem der »Einkindfamilie« im Raum Südbayern nachgegangen und haben interessante Feststellungen gemacht:
Die Untersuchung fand in zwei Phasen statt. In der ersten wurden die Einstellungen von 296 Müttern mit einem Kind unter zehn Jahren erfaßt: ihre Aussagen über die Vor- und Nachteile von Kindern beziehungsweise die Gründe, die sie für und gegen weitere Kinder vorbrachten, wurden ermittelt. In der zweiten Phase wurden dieselben Frauen nochmals in Intensivinterviews befragt. Damit sollte festgestellt werden, wodurch ein bestimmter Kinderwunsch entsteht, ob und wie er sich im Laufe der Zeit verändert und welche Auswirkungen die Geburt eines Kindes auf den Lebenszusammenhang einer Frau mit sich bringt.
Nicht vom Einkommen hängt in erster Linie ab, ob eine Frau sich mehrere Kinder wünscht, sondern die Bedingungen, unter denen die Frauen leben und arbeiten, die Erfahrungen der Frauen spielen eine wichtige Rolle.
Deshalb können finanzielle Anreize auch wenig zur Steigerung der Kinderzahlen beitragen. Das wird schon deutlich an der Tatsache, daß mit der Verbesserung der wirtschaftlichen Situation die Kinderzahlen in den vergangenen Jahren nicht gestiegen, sondern gefallen sind.
Ihre Erfahrungen mit dem Leben der eigenen Mütter »Mittelpunkt einer glücklichen Familie oder als gehetztes Geschöpf zwischen außer- und innerhäuslichen Arbeitsverpflichtungen, das nie dazu kommt, eigene Wünsche zu verwirklichen. . .« und den Erfahrungen mit den Geschwistern prägen die Einstellung zur eigenen Mutterschaft.
Die meisten Frauen, die keine Kinder mehr wollten, wurden von ihren Männern im Haushalt und bei der Kindererziehung sehr wenig oder gar nicht unterstützt; unabhängig davon ob sie selbst berufstätig waren oder nicht.
Berufstätigkeit allein war noch nicht der Punkt, sich gegen weitere Kinder zu entscheiden.
Dort wo Frauen sich bewußt für Kinder entschieden haben und für sich Bedingungen schaffen konnten, durch die auch die eigenen Interessen nicht zu kurz kommen, besteht am ehesten der Wunsch, noch weitere Kinder zu haben.
»Diese Frauen haben hohe Lebensansprüche, sowohl für sich als auch für

ihre Familien. Sie sehen die Kindererziehung als eine wichtige Aufgabe an, die ihnen Freude macht. Sie möchten selbst nicht auf die Annehmlichkeiten des Lebens verzichten und auch ihren Kindern viel bieten; wozu zum Beispiel eine gute Ausbildung – auch der Mädchen – gehört. Sie führen im allgemeinen eine partnerschaftliche Ehe, sie streben eine gewisse Unabhängigkeit vom Ehemann an, aber sie versuchen, ihn verstärkt in die Kindererziehung und in die Aufgaben im Haushalt einzubeziehen«, heißt es in der Studie.
»Je zufriedener die Frauen mit ihrer Lebenssituation sind und je weniger negative Veränderungen bei einem zweiten Kind erwartet werden, desto häufiger möchten sie noch weitere Kinder –, unabhängig davon, ob sie derzeit berufstätig sind oder Hausfrauen.«
Für Hausfrauen ist das Angebundensein ans Haus, die mangelnde Abwechslung und die Isolation das Problem!
»Wenn man also Interesse daran hat, daß mehr Kinder geboren werden, dann muß die Situation der Frauen mit Kindern verbessert werden.«

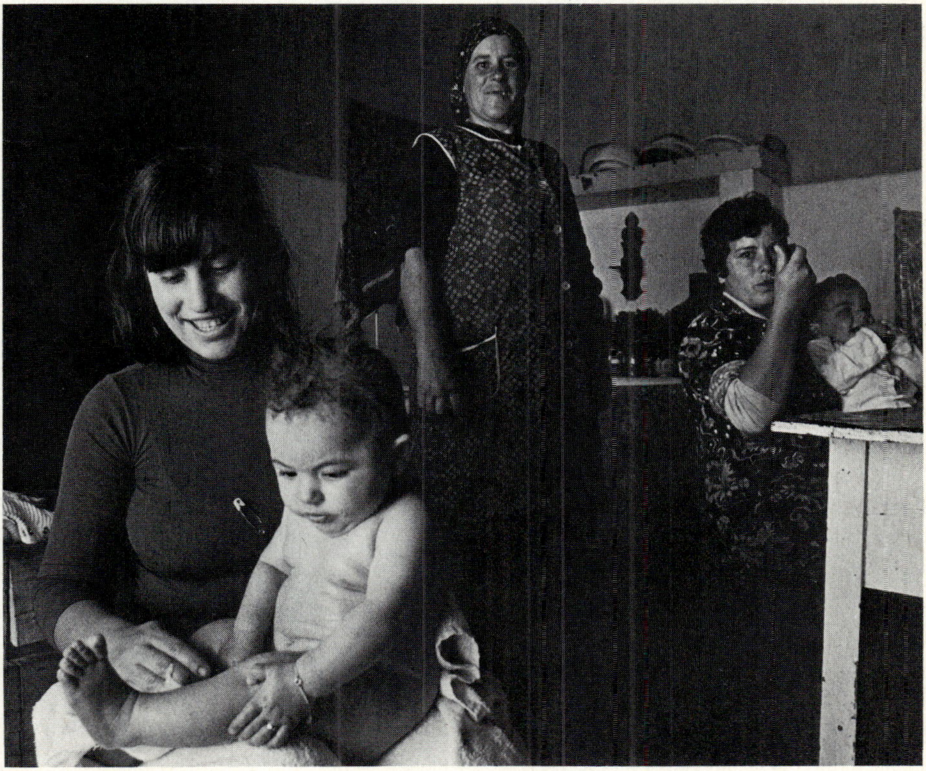

Wieder mehr Geburten

Die Menschen im Jahre 1980 sind nicht weniger kinderlieb als ihre Vorfahren. Das belegen Zahlen, die das Statistische Bundesamt Wiesbaden errechnete. So stellte sich beispielsweise heraus, daß der Anteil der Ehen ohne Kinder seit 1913 bis heute mit 14 von Hundert nahezu gleich geblieben ist; er lag sogar zwischen 1921 und 1933 höher als heute und erreichte mit 18 von hundert Ehen ohne Kinder 1922 bis 1925 seinen Höhepunkt.
Für die Statistiker bestätigte sich im Vorjahr eine Faustregel der Bevölkerungspolitik, wonach das Auf und Ab der Heiratskurven 2,5 Jahre später von einem gleichartigen Ansteigen bzw. Absinken der Geburtenziffern begleitet wird. Denn das erste Kind wird im statistischen Durchschnitt nach zweieinhalb Jahren Ehe geboren.
1979 stieg die Zahl der Eheschließungen in der Bundesrepublik Deutschland um 6,3 % auf 603000 an. Das bedeutet eine Zunahme der Geburtenzahlen etwa ab 1981/82.
Presseinformation der Internationalen Messe Kind und Jugend in Köln, Oktober 1980.

Nach dem »Unfallverhütungsbericht Straßenverkehr 1977« des Bundesverkehrsministeriums liegt die Bundesrepublik von 11 Staaten mit hoher Verkehrsdichte mit 348 verunglückten Kindern unter 15 Jahren pro 100000 Einwohner weit an der Spitze. An zweiter Stelle liegt Großbritannien mit 305 verunglückten Kindern je 100000 Einwohner.
Allein 1977 verunglückten 69548 Kinder unter 15 Jahren im Straßenverkehr, davon 1354 tödlich. 23627 Kinder wurden schwer verletzt. In keinem Land der Welt hat »die freie Fahrt für freie Bürger« einen derart ungehinderten Vorrang vor dem Lebensrecht der Kinder. Sogenannte »Woonerfs« (»beruhigte Bezirke«) wie in Holland, die zu einem drastischen Rückgang von Unfällen führten, scheiterten hierzulande am Einspruch

der Automobillobby ...
Etwa 60 - 80 % aller deutschen Eltern machen – wie Umfragen ergeben haben – Gebrauch von der Prügelstrafe. Die Zahl der in Familien mißhandelten Kinder schwankt bei verschiedenen Autoren zwischen 30000, 150000 bzw. einer Million. Zwischen 200 und 1000 Kinder sterben an den Mißhandlungen. Die Dunkelziffer liegt sehr hoch und wird bei 90 % angesetzt ...

Die Zahlen der Kriminalstatistik sehen im einzelnen so aus: Von 1963 bis 1970 stieg die Zahl der ermittelten Täter bei Kindern unter 14 Jahren von 40873 auf 72263 um 77 Prozent. In einzelnen Bundesländern stieg die Kinderkriminalität zwischen 1970 und 1976 um bis zu 50 Prozent. 1974 waren mehr als ein Drittel der über eine Million Tatverdächtigen in der Bundesrepublik Kinder, Jugendliche und Heranwachsende. Dieser Trend zu einer rapide wachsenden Kinder- und Jugendkriminalität hat sich in den letzten Jahren weiter verstärkt. Nach der »polizeilichen Kriminalstatistik 1977« stieg die Zahl der tatverdächtigen Jugendlichen (14 bis unter 18 Jahre) von 1975 bis 1977 um 25,1 Prozent auf 187692, die der Kinder (bis 14 Jahre) sogar um 30,8 Prozent auf 90470 ...
Nach durchschnittlichen Berechnungen stehen Kindern pro Kopf einer Wohneinheit 0,5 qm Spielfläche im Freien zur Verfügung, während Hunde laut Gesetz 6 qm Auslauf beanspruchen können, ein Auto (nach der Reichsgaragenordnung von 1939, die heute noch gültig ist) sogar 25 qm Abstellfläche, und einer Leiche stehen immerhin noch 3,5 qm zu. Die Grundsätze des Bundesministeriums für Städtebau und Wohnungswesen weisen für Kinderzimmer eine Grundfläche von 8,0 qm aus. Solche dürftigen planerischen Vorstellungen werden von der Realität jedoch weit unterboten.

aus: L. Doormann, Kinder in der BRD, Pahl-Rugenstein, Köln 1979

Notizen

Notizen

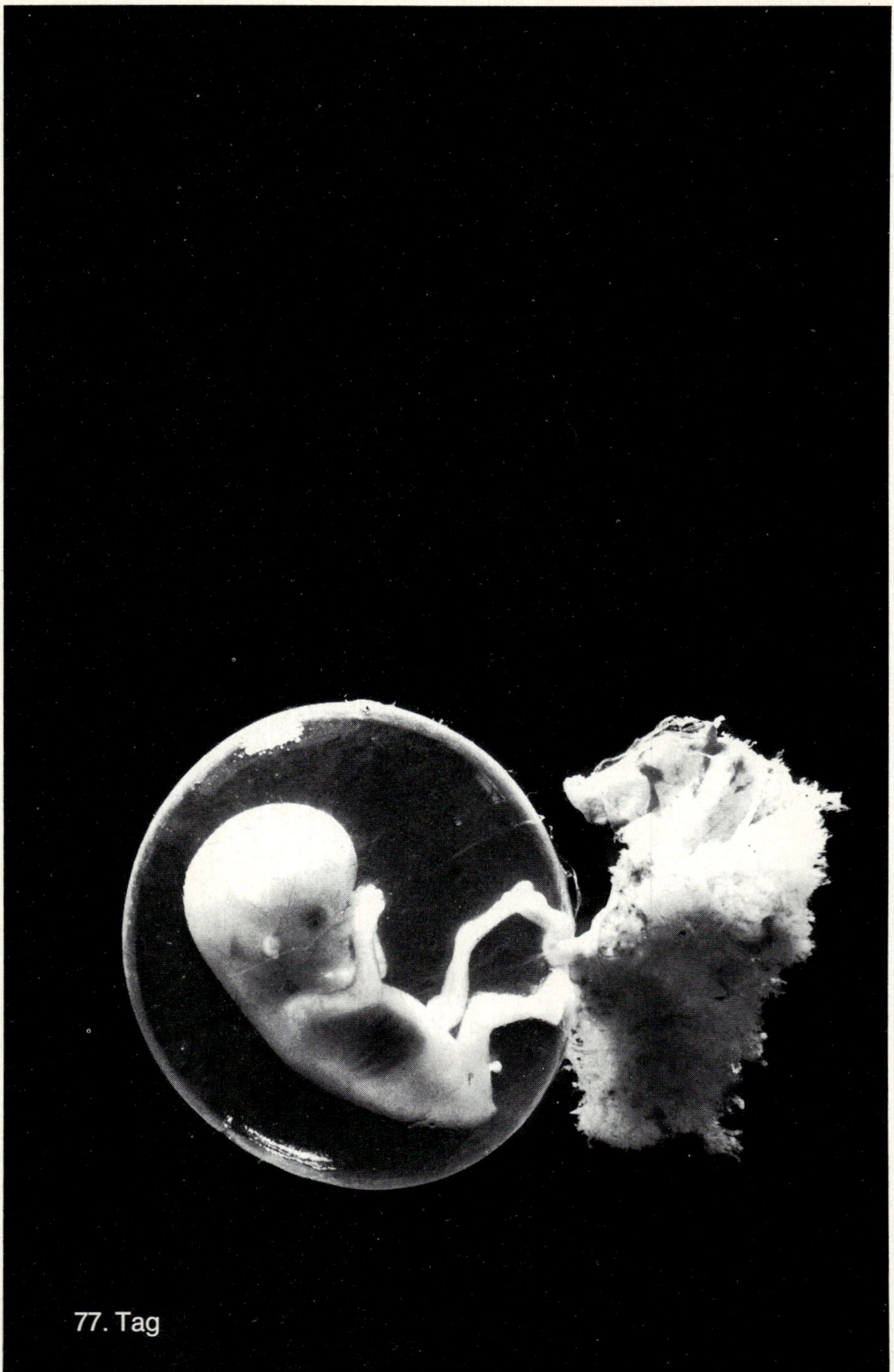
77. Tag

4. MONAT

(12. – 16. Woche)

Am Ende des vierten Monats ist das Baby 150 Gramm schwer und 16 Zentimeter lang. Der Körper des Kindes funktioniert als geschlossenes System; das kleine Herz pumpt 30 Liter Blut pro Tag. Die Plazenta muß in diesem Monat Schwerarbeit leisten, denn das Wachstum des Babys ist in diesem Stadium ganz enorm. Die Plazenta versorgt das Kind nicht nur mit allem was es braucht, sondern sie schützt es durch die Erzeugung von Abwehrstoffen auch vor Infektionen. Einen kleinen Teil der Abwehrstoffe erhält auch die Mutter, so daß auch sie in der Zeit der Schwangerschaft mehr als sonst gegen Krankheiten geschützt ist.

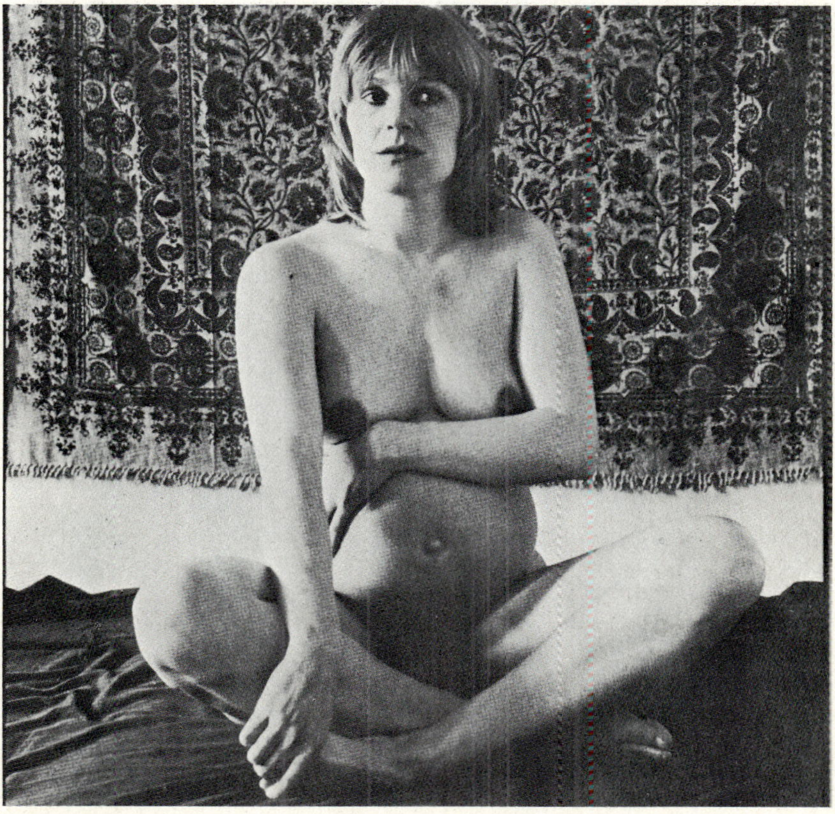

Immer in Bewegung bleiben

Geh viel **spazieren!** Wenn du in hügeligen Gegenden läufst, kannst du die Atemtechniken direkt üben.

Radfahren tut auch gut. In der Stadt kann das allerdings zum Streß werden. Abgase, unverschämte Autofahrer und holperige, alle paar hundert Meter aufhörende, zugeparkte Radwege sind mir nie so deutlich aufgefallen wie beim Radeln in der Schwangerschaft.

Schwimmen macht Spaß. Verchlorte Hallen- oder Freibäder, in denen einem die Pilze, Bakterien und Trichomonaden schon entgegenschwimmen können gerade in der Schwangerschaft den Spaß verderben. Ich habe die Zeit im Urlaub zum Baden im Meer ausgenutzt.

Yoga ist besonders gut für die Durchblutung, die Atmung und überhaupt. In den meisten Städten werden Kurse angeboten. Fast alle Übungen sind auch gut für Schwangere. Bis auf den Kopfstand habe ich bis zum Schluß in meinem Yogakurs alles mitgemacht so gut ich konnte.

Schwangerschaftsgymnastik habe ich bei der Hebamme gemacht, die mich auch während der Geburt betreute. Wir haben uns dadurch gut kennengelernt. Ich bin meistens mit meinem Freund zusammen hingegangen. Es war auch gut für ihn, weil er dort viel von den Kindergesprächen mitgekriegt hat, die sonst fast nur unter Frauen stattfinden – und die Entspannungsübungen entspannen auch Männer! Auch wenn ihr die Geburt gemeinsam erleben wollt, ist das eine gute Einstimmung. Literatur zur Schwangerschaftsgymnastik im Anhang.

Eine leicht zu nähende Umstandshose

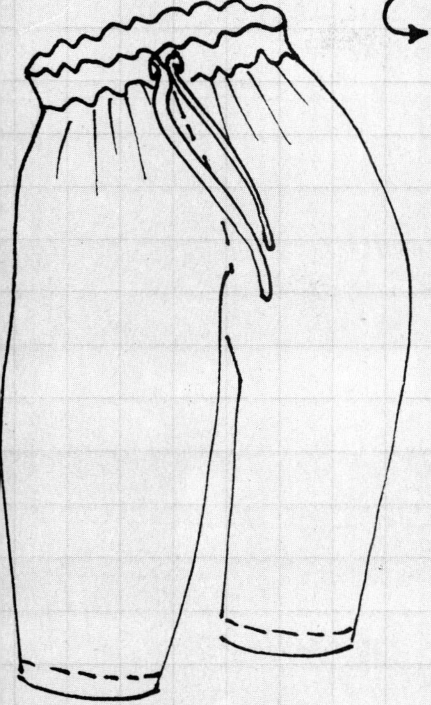

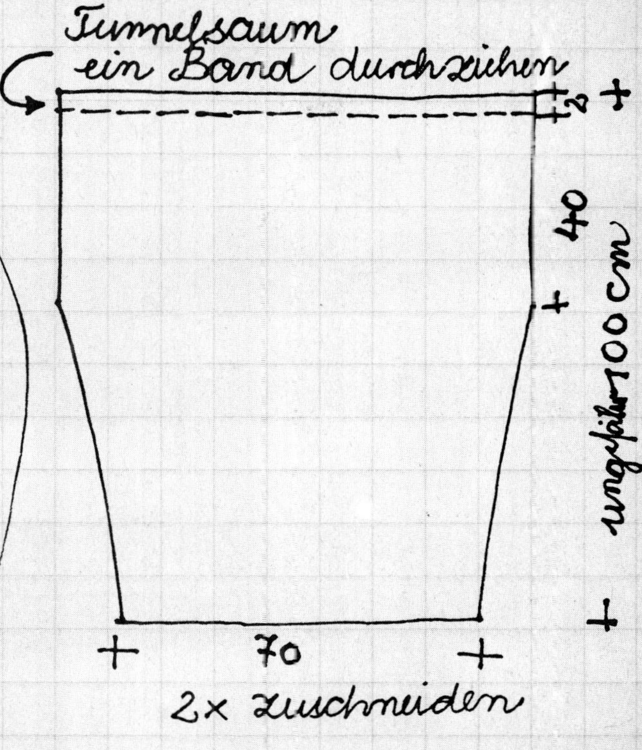

Ein Kästchen = 10 cm.

Die zwei folgenden Umstandskleider sind zum Stillen geeignet. Sie sind ungefähr Größe 38-40. Man kann sie leicht auf jede Größe abändern. Die Rocklänge je nach Größe, den Brustumfang messen und entsprechend abändern. Baumwollstoffe sind am besten zu waschen.

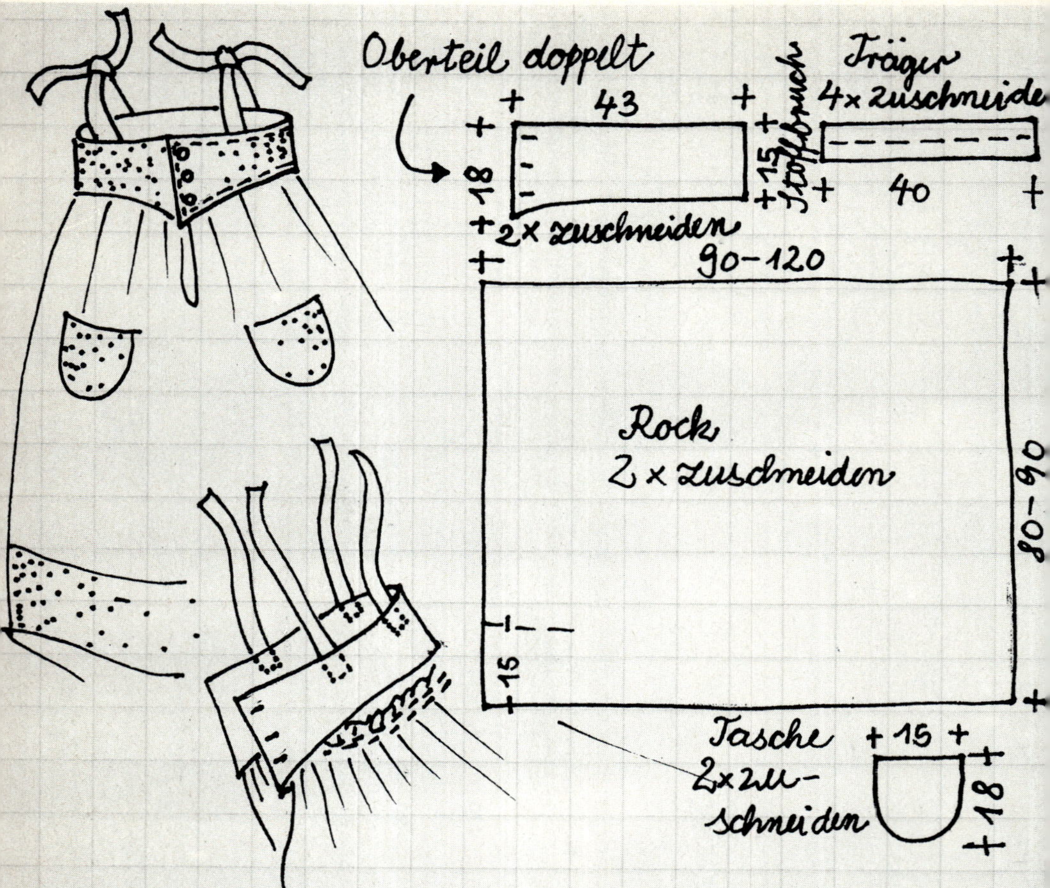

Das Oberteil doppelt zuschneiden, die Träger in die obere Naht mit einfassen. Umschlagen den eingekrausten Rock zwischen das doppelt Oberteil einnähen. Das Oberteil rund herum steppen. Am Rocksaum kann man einen 15 cm breiten Streifen nähen, vom selben Stoff aus dem das Oberteil genäht ist

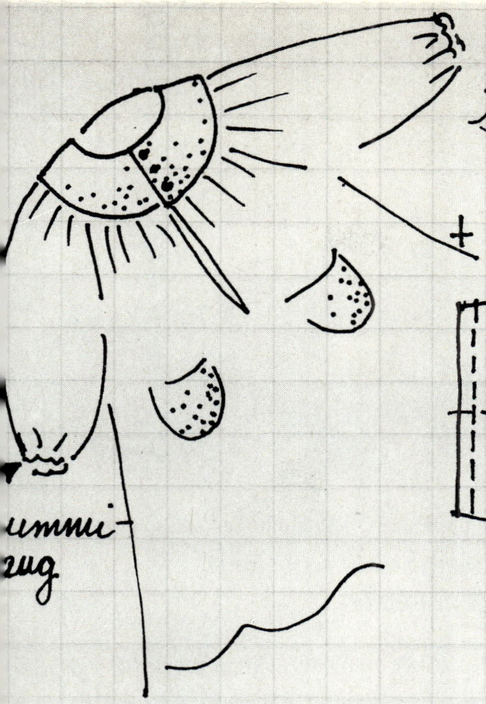

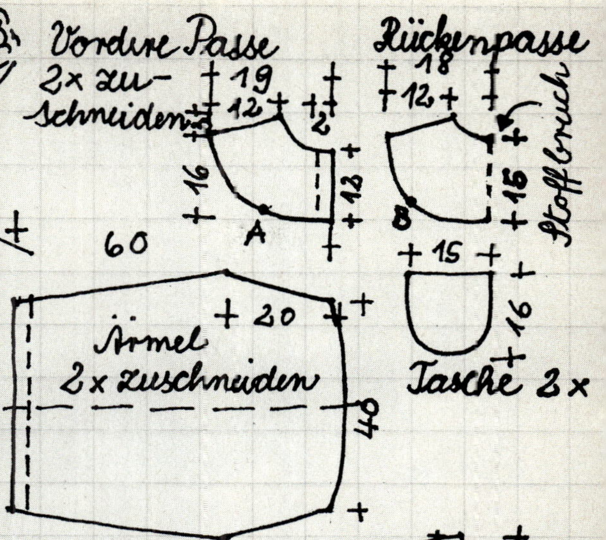

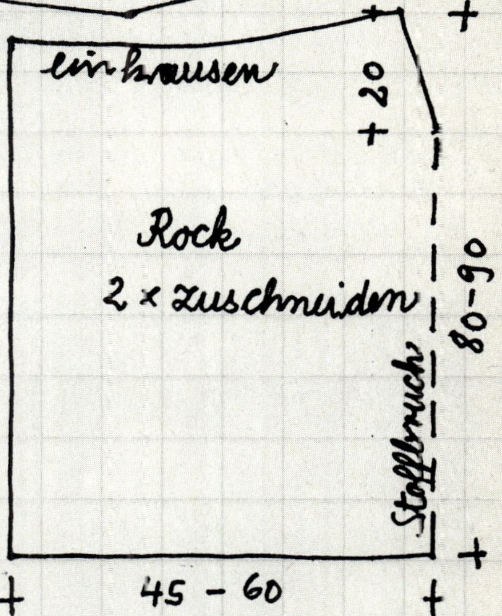

Rock zusammennähen, Ärmelnaht schließen, Ärmel an den Rock annähen. Alles einkrausen.

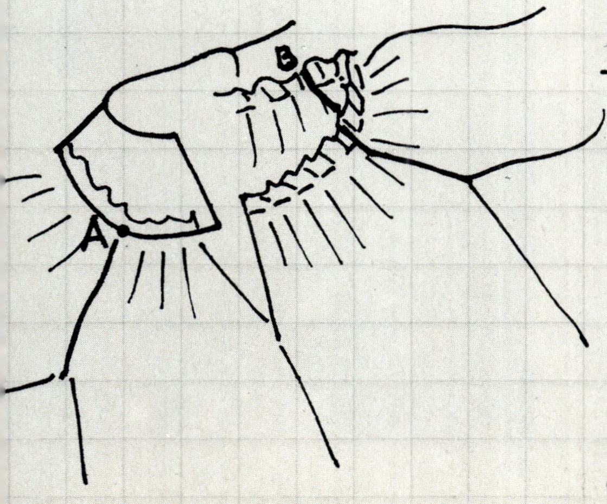

Passe Schulternaht schließen. Vordere Ärmelnaht mit Punkt A, hintere Ärmelnäht mit Punkt B zusammenstecken. Passe annähen. Halsausschnitt mit Schrägstreifen versäubern!

Wie unsere Demonstrationsphotos beweisen, gibt es hier mehrere Möglichkeiten...

... an warmen Tagen tut's ein Tropenhelm, den Sie betont lässig vor den Leib halten...

... und für die Hausfrauen unter uns eignen sich hervorragend große Einkaufstaschen, aber auch Körbe...

. . . das Tragen eines Pappkartons, der durch breite Hosenträger gehalten, ihren Zustand bis kurz vor der Niederkunft unauffällig aber doch wirksam zu kaschieren vermag. . .

. . . für Damen aus Büroberufen empfehlen wir den Einsatz von berufsbedingten Requisiten. . .

. . . und bei regnerischem Wetter wird der gute, alte Schirm ein bißchen zweckentfremdet.

Das Pendelspiel

Für Frauen, die ein bißchen Sinn für Mystik haben, ist das Pendelspiel eine spannende Sache; aber auch wenn man nicht daran glaubt, macht es Spaß. Man stellt sich aus einer Kette oder einem Faden ein Pendel her, an dem man eine Nadel oder einen kleinen Anhänger befestigt. Die Frau, bei der gependelt wird, legt sich flach auf den Boden und jemand anders, der möglichst eine ruhige Hand hat, hält das Pendel über ihren Bauch, so ruhig, wie es irgendwie geht. Nach einer Weile beginnt das Pendel auszuschlagen, ganz von allein. Wenn die Bewegung des Pendels eine kreisende ist, bedeutet das, daß du ein Mädchen bekommst; wenn es wie bei einer Standuhr hin und her pendelt, bedeutet's einen Jungen.

Brasilianische Sitten

Z.B. ein Hühnerherz kochen. Wenn die Spitze aufspringt ist es ein Mädchen, wenn die Spitze zubleibt, ein Junge. Natürlich mußt du das Herz dann auch essen. Oder ein Messer und eine Gabel unter ein Kopfkissen legen und eines von beiden herausziehen. Messer ist ein Junge, Gabel ein Mädchen!

Oder die Hände zeigen. Wenn du die Handflächen nach oben zeigst, ist es ein Mädchen, wenn nach unten, ein Junge.

Oder die Bauchform: runder Bauch Mädchen, spitzer Bauch Junge. Oder die Bauchnabelform: Steht der Bauchnabel weit vor – Mädchen; nicht so weit – Junge.

Oder der Monat, in dem es sich bewegt. Wenn es sich im 5. Monat bewegt, ist es ein Mädchen. Vorher ein Junge.

Und, und, und.

Aus einem Brief von Anke Drawert aus Recife, Brasilien.

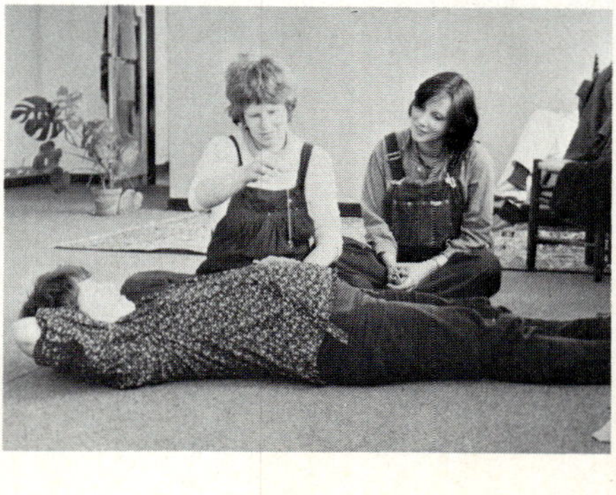

Neun Monate auf und ab . . .

7. 9. 78

. . . zur Zeit fehlt mir der emotionale Bezug zur Schwangerschaft völlig. Alles kommt mir wie gesponnen, wie geträumt vor, irreal. Wie der Fötus wohl aussieht? Ob er sich ganz normal entwickelt? Ob er sich bewegt? Wie das Gesicht wohl ist? Der Ausdruck? Merkwürdig, daß einem etwas so nahe sein kann, das man nicht sehen kann.

10. 9. 78

. . . die wandelnde Glückseligkeit bin ich nicht geworden durch meine Schwangerschaft. Das Hier und Jetzt, der Examensdruck, Schwierigkeiten in der Wohnung nehmen mein Bewußtsein mehr in Anspruch als der kleine Mensch in meinem Bauch.
Doch immerhin ist es so, daß ich, sobald mir jemand klarmachen will, wie idiotisch mein Entschluß ist (und das kommt des öfteren vor), fauche wie eine Katze, mich aufplustere wie ein Huhn – und wie ein Löwe verteidige ich meinen Bauch. Ich kann nur allen raten, die meinen, sie müßten mir zeigen, daß ich einen Fehler mache: Zügelt Eure Zungen, sonst springe ich euch ins Genick und rupfe euch büschelweise die Haare vom Kopf! Wehe, ihr wollt mir noch einmal an den Bauch! Wendet eure Wiesheiten auf euch selber an und nicht auf mich – denn es sind nicht meine!

23. 9. 78

. . . Ich denke, schreibe, denke, schreibe.
Die Examensarbeit kommt gut voran. Es ist momentan eine glückliche Lebensphase, in der ich bin. Ich bin ruhig und produktiv, fühle mich sicher, warm und wohl und kriege das tägliche Chaos gut in den Griff.

21. 10. 78

Schwangersein ist eine ambivalente Sache; zwei absolut gegensätzliche Betrachtungsweisen sind möglich: einerseits ist es ein wirkliches Wunder, was jede von uns wohl subjektiv auch als solches erfährt. Ein Mensch wächst im eigenen Bauch – ohne eigenes Dazutun laufen Abermillionen von chemischen Reaktionen mit einer absoluten Perfektion ab. Hormone, Vitamine usw. arbeiten sich ergänzend und das Resultat wird ein fühlender, lebender Mensch sein. Ein Gehör wird ausgebildet, Augen, Mund, Zähne, ein Herz, ein Gehirn, Fingernägel . . . Etwas geschieht in den Bäuchen von Frauen, was nirgendwoanders geschehen kann. Es geschieht von ganz allein, lautlos und fast banal. Ein banales Wunder. Denn trotzdem es für uns subjektiv ein ganz intensives Erlebnis ist, ist es doch gleichzeitig das Normalste der Welt. Jede Katze, jede Ziege, jede Maus macht's, fast alle Frauen machen's. Als Schwangere fühle ich mich manchmal wie der Nabel der Welt, als ob die Erdkugel sich in meiner Bauchhöhle dreht, als ob das ganze Universum seine verkleinerte Entsprechung findet in meinem werdenden Kind – und gleichzeitig weiß ich, daß ich nur einer von Milliarden Menschen bin, der seinen Fortpflanzungstrieb befriedigt. Dann fühl ich mich beruhigend unbedeutend, quasi integriert in einen Kreislauf, den die Natur mir vormacht: geboren werden, gebären, sterben.

Ende Oktober
Scheußliche Träume!
Gestern nacht träumte ich, ein Kind tritt mir ganz furchtbar fest in den Bauch, es tut sehr weh und mit Schrecken sehe ich, daß ich starke Blutungen bekomme, schließlich kommt ein ganz zartes, kleines Rückgrat mit dem Blut aus mir heraus. Ich erschrecke unheimlich, als mir klar wird, daß mein Kind jetzt keine Wirbelsäule, kein Rückgrat mehr hat.

Anfang November
Erschöpfung, dauernde Müdigkeit, Alpträume, manchmal richtige Todesangst. Tagsüber manchmal Tränen, ein verzweifeltes, müdes Weinen, was aber nie lange anhält . . . Ich lebe sehr zurückgezogen, bin viel allein. . . . Schlimm ist, daß wenn ich einmal zeitweise das Gefühl der Schwäche habe, der Ängstlichkeit und Niedergeschlagenheit, ich dies absolut für mich behalten muß. Artikuliere ich es, dann werden sofort Stimmen laut: »Na siehst Du! Es ist Dir also doch zu viel! Du hast es dir also doch nicht genügend klargemacht, was es heißt, ein Kind zu kriegen, gerade jetzt!« Manche sind zwar auch lieb und machen mir Mut. Aber sogar A. packt hin und wieder diese beschissene Leier aus. Vorhin habe ich am Telefon mal ein bißchen gejammert, da meinte er gleich: »Du hast dir also das Ganze doch nicht genügend überlegt.« Ich bin wütend in Tränen ausgebrochen, habe den Hörer aufgeknallt und ihn gehaßt wie die Pest in dem Moment. Dieses Arschloch! Muß man denn immer die Superfrau spielen? Hab ich kein Recht, auch mal getröstet und aufgebaut zu werden?
Diese scheintoten Schwarz-Weiß-Maler! Sofort spielen sie sich auf: »Wir haben recht gehabt – das schafft sie nicht.« Diese Leute will ich nicht mehr sehen. Sie sollen abhauen und mich zufrieden lassen, diese ekelhaften Warzenschweine!

20. 11. 78
. . . Ein ängstlicher, zaghafter Abend. Vorhin war ich in der Schwangerschaftsgymnastik, es hat heute kaum Spaß gemacht. Jetzt sitze ich hier und beneide die anderen schwangeren Frauen, die ja größtenteils ihre Typen zu Hause sitzen haben, jetzt in ein wohlig warmes und abgesichertes Heim kommen, die Beine hochlegen und sich von ihren Männern Butterbrote und Tee servieren lassen. Ich komme mir doch recht allein vor. So sehr ich A. liebe, so unfähig bin ich im Grunde, ihm zu trauen oder mich auf ihn zu verlassen. Gestern abend war ich bei ihm. Als ich neben ihm im Bett lag, kroch in mir plötzlich ein klam-

mes Gefühl hoch – so wie wenn man an den Tod denkt und sich Ängstlichkeit wie ein großes, graues Tuch über einen legt und man das Gefühl hat, Zentnergewichte liegen auf dem Brustkorb und behindern die Atmung, machen sie schwer und schwerer . . . Arends Nähe hat mir nicht geholfen – im Gegenteil, es hat mich in einer befremdlichen Weise beengt, belastet, wie er so ruhig neben mir schlief – ich hätte am liebsten alles von mir geschubst und mir die Decken vom Leib gestrampelt.
Am nächsten Morgen stand ich um 7 Uhr auf und hatte es eilig, in meine Wohnung zu kommen. Ich badete und legte mich in mein Bett, schlief bis mittags, zufrieden, in meiner eigenen Wohnung zu sein. Ich hatte gleich weniger Angst.

2. 12. 79

. . . Heute abend ist ein Schwangerentreffen bei L. Einerseits finde ich es immer sehr toll, mit anderen Schwangeren zusammenzusein – aber manche Frauen berühren mich doch sehr komisch in ihrer Mütterlichkeit. Am liebsten sind mir diejenigen, die »normal« bis schnoddrig mit Herz mit der Sache umgehen und auch mal einen Witz reißen. Entsetzlich finde ich die mit der elegischen Opfermiene – die im 3. Monat schon schweratmend mit der Hand auf dem Bauch im Sofa sitzen und sich als absolut leidend unter ihrem schweren Frauenschicksal, der Schwangerschaft, darstellen. Es ist eine Mischung aus genießerischem Masochismus und Vorwurf: »Seht wie ich leide – aber ich leide ja gerne für mein Kind.«
Suspekt sind mir aber auch die Nurnochschwangeren, die »Ur-mütter«, wie Ute sagen würde; fast archetypische Gestalten mit wogenden Brüsten und weichen, weißen Bäuchen; die über nichts anderes mehr reden und die ständig milde von einem »inneren Licht erleuchtet« sind.
Beides sind sehr stark ausgeformte Prägungen einer gewissen, »neuen Weiblichkeit«, mit der ich gar nicht zurechtkomme – so erdhaft, morbid – obwohl sicherlich gerade von letzteren Frauen eine große Warmherzigkeit ausgeht.
Naja, jede muß für sich eine Form finden, ein Verhältnis dazu, Mutter zu werden – und dies ist sicherlich ein Prozeß, der einem Wandel unterliegt; es ist ein Suchen, ein sich Zurechtfinden in einer neuen Rolle, die gesellschaftlich mit so vielen Klischees behaftet ist, daß es in der Tat schwer ist, wirklich eine eigene Form, mit ihr zu leben, zu finden.
Man muß wohl oder übel mit Begrifflichkeiten operieren, mit denen schon allerhand Mißbrauch getrieben worden ist und die schwer freizulegen sind: Muttersein. Mütterlichkeit. Mutterliebe. Wenn ich spontan assoziiere, fällt mir dazu ein: Blut und Boden, Hitler, blonde, kräftige, deutsche Frauen mit Horden von arischen, rotbackigen Kindern – oder auch Szenen aus »Die Weber« – ausgemergelte, abgehärmte Frauen, die sich totschuften für ihre zehn Kinder. Ich assoziiere weiter: begraben sein in warmem Fleisch; erstickt werden in nach Mutterschoß riechendem Schleim. Denke ich an meine eigene Mutter, habe ich auch ein paar gute Gefühle. Ich assoziiere Schönheit, einen bestimmten Duft

und das Rascheln eines schwarzen Seidenkleides an meinem Bett; der Geschmack von Lippenstift auf meinem Mund beim Gute-Nacht-Kuß; der schemenhafte Umriß ihres schönen Gesichtes mit blonden Haaren, der über mir schwebte.

10. 12. 78

... Krach mit A. Er kann und will vieles nicht teilen von dem, was ich empfinde und nennt meine Einstellung zum Kind »projizierend euphorisch«, während er seine für »distanziert – kritisch« hält. Da ist wohl allerhand dran ...

30. 12. 78

... Meine Stimmung ist selbstmitleidig, ich bin ungerecht und voll mit Haß. Es demütigt mich, Arend Dinge, die mit der Schwangerschaft zusammenhängen, förmlich aufnötigen zu müssen. Die Sehnsucht danach, dies alles mit jemand zu teilen, es einem anderen erfahrbar zu machen, treibt mich immer wieder dazu, ihn zu bitten, mal eine Hand auf den Bauch zu legen, beim Ins-Bett-gehen zu sagen: »Guck doch mal, wie dick der Bauch schon ist« usw. Von allein tut er das alles nicht.
Ich hätte mir doch sehr gewünscht, ein Kind zu haben mit jemand, der sich für all das interessiert und mit mir zusammen erlebt.
Alles ist ganz anders, als ich es mir vorgestellt habe ...
... Ich weiß nicht, als was ich mich begreifen soll: habe ich jetzt bald eine Art Familie oder bin ich eine alleinstehende Frau mit Kind? Inwieweit können wir überhaupt von Gemeinsamkeiten ausgehen? Manchmal habe ich Angst, A. zu verlieren und mit dem Kind alleine zu sein. Andererseits, wenn ich es mir recht überlege, gefällt mir die Vorstellung unheimlich gut, möglichst unabhängig mit dem Kind zu leben, ohne ständig eingebunden zu sein in den Verlauf einer Beziehung. Eine Beziehung haben – das impliziert soviel Stimmungsschwankungen: Glück, Zufriedenheit, Geborgenheit – wenn sie gut läuft; Depressionen, Niedergeschlagenheit, Sorge und Verlassensangst – wenn sie schlecht läuft. Der Stand der Beziehung überträgt sich bei mir immer sehr stark auf mein eigenes Befinden. Soll das Kind dann immer unter dem Eindruck dieses ewigen Auf und Ab leben?
Viel lieber wäre ich frei, emotional mehr auf mich gestellt. Könnte ich doch sagen: »Leck mich am Arsch!«, wenn Arend mich mal wieder wurschtig behandelt.
Ja, dahin muß ich zumindest kommen – die Beziehung nicht mehr so wichtig zu nehmen und mir wieder andere Bereiche zu schaffen. Komisch – oder halt! Gar nicht komisch, daß ich sie zur Zeit so ernst nehme.

25. 3. 79

... Das Warten macht mürbe und nervt mich. Ich habe Aggressionen und überhaupt kommen mir jetzt in den letzten Wochen nochmal ganz fundamentale

Zweifel und Ängste. War es wirklich richtig, bis hierhin gegangen zu sein? Habe ich nun wirklich das getan, was ich wollte? Ist das nicht doch alles Wahnsinn, unmöglich, utopisch? Was wird die kommende Zeit mir bringen? Scheiße? Ärger? Frust? Ein ewig schreiendes, plärrendes Kind, was mich völlig unter Beschlag nimmt, mich aussaugt, verbraucht? Will ich überhaupt stillen?
Ich erschrecke vor meiner plötzlichen Angst, vor diesen Gedanken, vor dieser Wut, die ich momentan empfinde – gegen das Kind, gegen A., gegen mich.
Da schläft es nun in meinem Bauch und ahnt von nichts, wartet auf seine große Stunde. Wäre es doch da und der Spekulierererei und Angst und Hoffnung ein Ende!

1. 4. 79
Komisch das Gefühl: jetzt trennt uns nur noch eine dünne Hautschicht. Nur noch ein bißchen Haut, die uns zusammenhält wie niemals wieder und die uns gleichzeitig trennt.
Ich empfinde das Kind nicht mehr als Teil von mir; es ist ein eigener Mensch, der halt noch ein paar Wochen in mir eingesperrt ist – und der raus will – das merkt man.
Langsam entwickle ich so was wie Respekt vor diesem Wesen.
Unsere Trennung ist schon dabei, sich zu vollziehen. Alles bereitet sich vor auf den Schnitt durch die Nabelschnur, auf diesen sicherlich schmerzlichen Abschied von einer so absoluten und symbiotischen und doch unkomplizierten Nähe, ein Abschied, den ich sehnlichst erwarte, voller Neugier.
Nur indem wir uns trennen, können wir uns wirklich kennenlernen – das Kind und ich.
Es ist wie bei einer Liebesbeziehung – nur dann, wenn eine gewisse Distanz da ist, können wir uns wirklich sehen, betrachten, uns hören, anfassen, aufnehmen, wahrnehmen, in einen wirklichen Austausch treten.
Monika Seck-Agthe

Presseinformationen der Internationalen Messe Kind und Jugend vom 10. - 12. Oktober in Köln: Kinder gegen Kasse

Der Wissenschaftler hat festgestellt, daß es »die Motivation, Kinder zu haben nicht gibt, sondern nur ganze Motivbündel, die sich im Laufe der Zeit in der Akzentuierung verschoben haben.«

Wirtschaftsfachleute der Branche, wie sie sich vom 10. bis 12. Oktober in Köln auf der INTERNATIONALEN MESSE KIND + JUGEND ein Stelldichein geben, registrieren in diesem Zusammenhang mit Genugtuung, daß die deutschen Geburtenzahlen im Jahre 1979 und den ersten Monaten des Jahres 1980 wieder leicht angestiegen sind.

aus: Stadtanzeiger vom 18. 9. 1980

Kinder haben es besser: mehr Aufwendungen für weniger Kinder

Die Familien in der Bundesrepublik werden kleiner. Die Babys anno 80 bevorzugen erste und zweite Plätze. Dritt- und Viertkinder geraten in die Minderzahl.

Das sind Phänomene, die seit einigen Jahren gleichermaßen Statistiker wie Familienforscher beschäftigen. Aber auch die Kinderausstatter setzen sich mit diesen Konsequenzen für ihren Marktsektor auseinander. Seit die Zahl der Kinder abnimmt und die Neigung der Eltern zunahm, mehr für ihren Nachwuchs anzulegen, veränderte sich auch in qualitativer Hinsicht auf diesem Markt das Angebot. **»Mehr Aufwendungen für weniger Kinder«** heißt die Devise, die in vielen Bereichen zu Umsatzsteigerungen führt.

In derselben Zeit registrierte der Markt die größeren Ausgaben der Eltern für ihre kleiner werdende Kinderzahl. Noch um die Jahrhundertwende hatten 58 von hundert Ehepaaren mehr als vier Kinder, heute sind es nur noch 4 %. Anders gerechnet: Gab es um 1900 in hundert Ehen nur neun Erst- und 12 Zweitkinder, so zählt man heute 34 bzw. 39. Die Branche der textilen Kinderausstatter registrierte ein zusätzliches Phänomen. Da den Erst- und Zweitkindern die jüngeren Geschwister nicht folgen, werden getragene Kleidungsstücke und Kinderwagen und Spielzeug auch nicht mehr für die »Nachkömmlinge« verwahrt.

2 1/2 Jahre auf Wunschkind gewartet

Nicht ganz 25 Jahre alt sind die Mütter in der Bundesrepublik, wenn sie ihr erstes Baby bekommen. Und im Durchschnitt stellt sich das erste Kind nach zweieinhalb Jahren Ehe ein. Dies hat das Statistische Bundesamt errechnet. Das Erstaunliche dabei:
Am Durchschnittsalter der jungen Mütter hat sich statistisch in den letzten Jahren wenig geändert, aber die »kinderlose« Zeit in den jungen Ehen nahm seit 1960 – langsam zwar, doch stetig – zu. Fachleute vermuten, daß die jungen Eltern immer mehr das erste Kind bewußt als »Wunschkind« haben wollen, wenn auch die materiellen Voraussetzungen geschaffen sind. Dem Baby soll es an nichts fehlen. Wirtschaftlich ist dies ein Faktor, der sich im Angebot der Kinderausstatter widerspiegelt.

5,50 DM »Tagegeld« fürs Baby

Die Mütter in der Bundesrepublik geben im Durchschnitt täglich 5,50 DM für ihr Baby aus, das sind 165 DM im Monat. Vor 10 Jahren waren es »nur« 102 DM. Für die Wirtschaft bedeutet dies eine Zunahme des »Babymarktes« um rund 60 Prozent.
Insgesamt, so wurde aus Branchenkreisen vor der *Internationalen Messe Kind + Jugend* bekannt, die vom 10. bis 12. Oktober 1980 in Köln stattfindet, werden auf diesem Markt 12 Milliarden DM umgesetzt. Etwas mehr als die Hälfte dieser Summe, nämlich 650 Millionen DM, wird für die Ernährung aufgewandt. Und zwar 32 Prozent für Säuglings-Milchnahrung, 43 Prozent für Babykost und 23 Prozent für Breie.

Kinder als Konsumenten erwünscht

Das will die »Private Initiative für die Familie«:

Das sind:
Allianz Versicherungs AG
B.A.T. Cigaretten Fabriken GmbH
Commerzbank AG
Deutsche Unilever GmbH
Effern GmbH
Fisher-Price Spielwaren GmbH
Möbel Franz GmbH
Gruner und Jahr GmbH
Dr. Carl Hahn GmbH
Hamburg Mannheimer Versicherungsgesellschaften
Schuna Versicherungen
Lego GmbH
Lesney Spielwaren GmbH
Otto Maier Verlag
Melitta Werke
Dr. August Oetker
Signal Versicherung
Bausparkasse GdF Wüstenrot GmbH
Young und Rubicam GmbH Werbung

»Kinder sollen wieder selbstverständlich werden.

Unter dem Motto »Kinder erwünscht« läuft seit Januar 1980 eine große »good will«-Aktion für die Familie. Die »Private Initiative für die Familie« wurde von der Zeitschrift »Eltern« angeregt und wird zusammen mit einer Gruppe von Wirtschaftsunternehmen realisiert, der auch die Commerzbank angehört. Ziel ist, der Familie wieder den ersten Platz in unserer Gesellschaft zu sichern und bei Ehepaaren den Wunsch nach Kindern wieder zu stärken.

Die Werbeagentur Young & Rubicam, Frankfurt, gestaltete honorarfrei die Anzeigen, die in den Zeitschriften »Stern«, »Brigitte« und »Eltern« sowie »Mein Eigenheim« seit Januar veröffentlicht werden. Das Verlagshaus Gruner + Jahr, Hamburg, und die Bausparkasse Wüstenrot stellen in ihren Zeitschriften den Anzeigenraum kostenlos zur Verfügung. Durch den Aufkleber mit dem Aktionssymbol »Kinder erwünscht« kann jeder – z. B. am Auto – zeigen, daß er sich mit der Idee identifiziert, und daß er mithelfen will, die kinder- und familienfeindlichen Verhältnisse zu verbessern. Die Commerzbank ist bisher als einzige Bank dem Förderkreis der Initiative beigetreten.

Die private Initiative **»Kinder erwünscht«** möchte der Familie wieder den ersten Rang in unserer Gesellschaft zusichern – und gleichzeitig jungen Ehepaaren Mut zu Kindern machen.«

Text: Plattencover von »Kinder erwünscht«, Gruner und Jahr 1980

Geburtsvorbereitung im Traum

Viele Frauen haben intensive Träume, wenn sie schwanger sind. Manche sagen, daß ihre Träume oft mehr männliche Symbole beinhalten, wenn sie ein männliches Kind in sich tragen. Andere glauben, daß sie aus ihren Träumen erfahren, was für eine Persönlichkeit das Kind in ihnen ist oder sein wird.

Sicher ist, daß unsere Träume von unseren unbewußten und bewußten Hoffnungen, Wünschen und Ängsten bestimmt werden.
Sicher ist auch, daß dieselben Hoffnungen, Wünsche und Ängste die Persönlichkeit des Kindes formen.
Die amerikanischen Forscher Caroly Winget und Frederik Kapp haben festgestellt, daß Träume den Geburtsverlauf beeinflussen. Sie analysierten die Trauminhalte von 70 Frauen, die ihr erstes Kind erwarteten und fanden heraus, daß

- Frauen, deren Träume über den Geburtsverlauf zu 50 % angstbesetzt waren, eine durchschnittlich lange Entbindung hatten, ca. 16 - 18 Stunden,
- Frauen, die von mehr als 80 % angstbesetzten Träumen berichteten, in weniger als 10 Stunden entbunden hatten,
- Frauen, die nur von 25 % angstbesetzten Träumen erzählten, länger als 20 Stunden zur Entbindung brauchten.

Angstbesetzte Träume werden als Vorbereitung gewertet, um die Realität erfolgreicher zu meistern, d. h. die Angst wird während der geträumten Geburt geleistet, so daß bei der wirklichen Geburt keine Angst mehr notwendig ist.
Winget und Kapp fanden heraus, daß die Frauen mit überdurchschnittlich langer Geburtszeit kürzere Traumberichte lieferten. Sie schließen daraus, daß diese Frauen so voller Angst waren, daß sie nicht einmal symbolische Träume über Geburt zulassen konnten und sich durch dieses Unterdrücken und »Nicht-Wahrhaben-Wol-

len« ungenügend auf den Streß der Geburt vorbereiten konnten.
Wie wir wissen, führen Angst und Anspannung zu Veränderungen im chemischen und hormonellen Haushalt unseres Körpers und dadurch zu einem verzögerten und schmerzhaften Geburtsverlauf. Nach Aussagen von Winget und Kapp sind die Frauen, die von symbolischen und realistischen Geburten träumen, während der richtigen Geburt immun gegen Angst.
Vielleicht hast du auch schon die Erfahrung gemacht, daß Gefühle wie Haß, Angst oder Verzweiflung, die sich in Träumen intensiv ausleben können, dich wach nicht mehr belasten.
Bei der Geburt und beim Stillen ist es wichtig, daß keine Ängste da sind, die den Muttermund verschlossen halten oder den Letdown Reflex (Los-Laß-Reflex) festhalten. Wenn wir in den Vorbereitungskursen über Träume sprechen, stelle ich immer wieder fest, daß werdende Mütter und Väter Angstträume nicht wahrhaben wollen, als böses Omen werten, sie sich nicht gegenseitig erzählen aus Angst, den anderen unnötig zu belasten oder als neurotisch zu gelten. Erst wenn wir die Träume unter den obigen Gesichtspunkten betrachten (wobei ich nicht meine, daß 80 % angstbesetzte Träume notwendig sind), kommen die Erinnerungen, und viele atmen auf: Dann ist es ja gut – dann freue ich mich wieder – es hat mir wirklich Angst gemacht . . .
Zu dem Effekt des Immunwerdens gegen Angst kommt auch noch die Befreiung. Viele Frauen sind nämlich wegen ihrer vielen Angstträume erst recht verängstigt.
Und Frauen, die keine Angstträume produzieren, weil sie einfach keine Angst haben, gibt es auch!

aus: G. Wilberg, Zeit für uns, Frauenbuchverlag, München 1979.

Notizen

Notizen

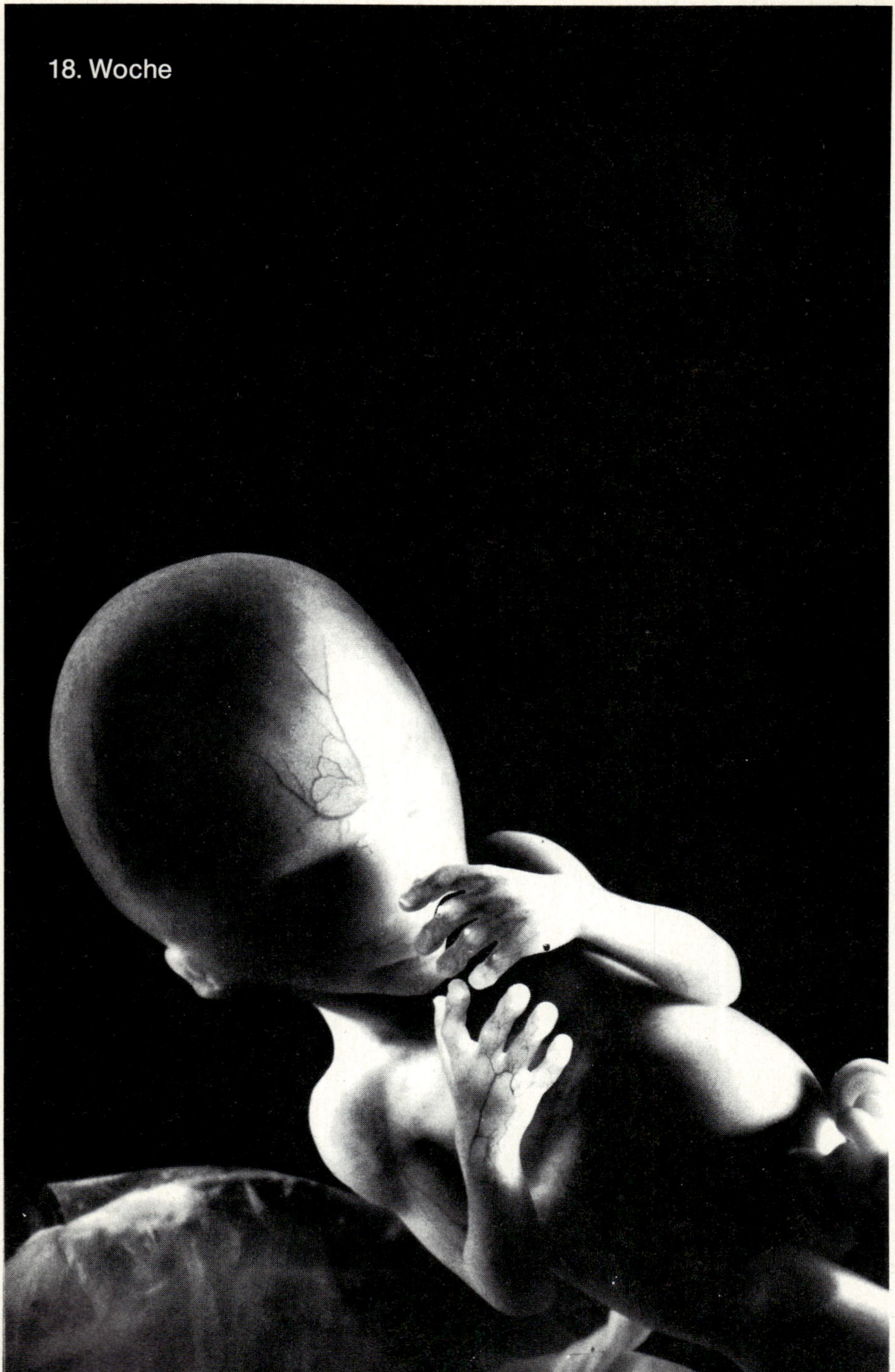
18. Woche

5. MONAT

(16. – 20. Woche)

Jetzt wird der Bauch rund. Die Gebärmutter reicht gegen Ende des Monats fast bis zum Nabel. Vermutlich wirst du irgendwann in diesen Tagen die ersten Bewegungen des Kindes spüren und die Hosen werden jetzt endgültig zu eng. Das Baby wird in diesem Monat cirka 25 cm groß und wiegt etwa 300 Gramm. Es bekommt jetzt richtig feste Fingernägel, seine Muskulatur wird kräftiger. Manchmal hat es jetzt einen Schluckauf – das kannst du oft selbst wahrnehmen durch ein regelmäßiges Pochen unter der Bauchdecke. Das Kind schläft und erwacht etwa im Rhythmus eines Neugeborenen, es kann auch durch laute Geräusche oder Erschütterungen geweckt werden. Wenn du Musik hörst, kriegt dein Kind (in gedämpfter Form) auch etwas davon mit.

Wir erheben uns gegen den imperialistischen Krieg!

Gerade weil wir Frauen, weil wir Mütter sind! Wie immer sich die sozialen Verhältnisse im Laufe der Zeiten gewandelt haben, ist durch die Jahrhunderte mit unserem Geschlecht die Aufgabe gegangen, neues menschliches Leben zu tragen, zu hegen und zu pflegen. Diese Aufgabe ist unsere Bürde gewesen und unsere Glückseligkeit auch. Alles, was in uns lebt als persönlicher Ausdruck allgemeiner Menschheitsentwicklung, allgemeiner Kulturideale, empört sich, wendet sich schaudernd ab von dem Gedanken an die drohende Massenzerstörung, Massenvernichtung menschlicher Leben im modernen Kriege. Haben nicht alle diese Leben einst unter dem Herzen einer Mutter gelegen, sind sie nicht von einer Mutter in Leid und Freud betreut worden?

Clara Zetkin

Rede auf dem Internationalen Sozialistenkongreß zu Basel, 25. November 1912

Briefe

Den folgenden Abschiedsbrief fand man im Hemde eingenäht auf der Brust des Gefallenen und sandte ihn an seine in Cöln-Deutz wohnende Mutter. Der junge Mann fiel im Alter von 23 Jahren am 4. März 1916 vor Verdun.

Meine liebe Mutter!
Endlich hat auch mich die Vorsehung dazu bestimmt, persönlich am Kampfe fürs Vaterland teilzunehmen und mein Leben für seine Rettung dahinzugeben. Liebe Mutter! Im Vergleich zu Kameraden anderer Regimenter habe ich ja während der Dauer meiner Anwesenheit im Felde außergewöhnlich viel Glück gehabt, denn unser Regiment hat sich seit November 1914 an keiner Angriffshandlung beteiligt, also gewiß eine lange Zeit verhältnismäßiger Ruhe. Aus diesem Grunde hadere ich auch nicht mit dem Geschick, wenn es mich jetzt in schwerer Stunde gebraucht. Verdun muß erobert werden, ungeachtet aller etwaigen Menschenopfer, denn seine Einnahme bedeutet den ersten Schritt zum endgültigen deutschen Siege, der, wenn auch nicht mir, so doch sicher Dir zugute kommen wird.
Es war bestimmt, daß ich Anfang Februar in Urlaub fahren sollte, aber infolge der inzwischen eingetretenen Verhältnisse ist es leider anders geworden.

Ich bitte Gott um seinen allmächtigen Schutz, doch steht mein Leben in seiner Hand. Verzage, liebe, vom Schicksal schwer geprüfte Mutter, nicht in dieser schlimmen Zeit und tröste Dich mit den vielen anderen Müttern, die in diesem Kriege noch größere Opfer bringen mußten. Lebe nun recht wohl, geliebtes Mütterchen, und sei meines Dankes für die mir in meinem ganzen Leben bewiesenen Wohltaten, die zu vergelten ich nach dem Kriege als meine erste Lebensaufgabe betrachtet hätte, gewiß.
Sei nun auf ein ewiges Wiedersehen tausendmal gegrüßt von Deinem Sohne Josef.
Bitte im Falle meines Todes an die Adressatin abzusenden.

Aus: Jung Cöln, Jugendschrift, Köln 1916/17

Sehr verehrte gnädige Frau, in den Akten des Kriegsministeriums wurde mir gezeigt, daß Sie die Mutter von fünf Söhnen sind, die ruhmreich auf dem Schlachtfeld starben. Ich fühle, wie schwach und fruchtlos jedes meiner Worte sein muß, das versucht, Sie in ihrem Schmerz um diesen überwältigenden Verlust abzulenken. Aber ich kann mir nicht versagen, Ihnen den Trost zu überbringen, der in dem Dank der Republik liegt, die zu retten sie gestorben sind. Ich bete, daß unser himmlischer Vater die Verzweiflung Ihrer Trauer mildern möge und Ihnen nur das ehrende Andenken der Geliebten und Verlorenen lassen möge und den einsamen Stolz, der Ihnen gebührt, daß sie ein so kostbares Opfer dem Altar der Freiheit dargeboten haben. Ihr sehr aufrichtiger, ehrerbietiger Abraham Lincoln.

aus: Adrienne Rich, Von Frauen geboren, Verlag Frauenoffensive, München 1979.

Die irokesischen Clanmütter hatten früher Einfluß auf kriegerische Unternehmungen:
Als die Männer wieder einmal von einer Schlacht zurückkamen, sagten ihnen die Frauen: »Wir haben Neuigkeiten für Euch. Von jetzt an wird es für Euch weder etwas zu essen geben, noch einen Platz zu schlafen, noch werden wir mit Euch schlafen, es wird keine Babies mehr geben, nichts mehr – bis ihr den Frauen für alle Zeiten das Recht gebt, zu entscheiden, wann ihr in den Krieg zieht: Denn nach dem Krieg sind es die Frauen, die trauern.

aus: Wolf, Mein Name ist: Ich lebe, Frauenbuchverlag, München 1979.

Die führenden Völker Europas haben erkannt, daß ihnen der Tod droht, wenn weiterhin so viele Wiegen leer bleiben, und wir erlebten, wie ein Volk furchtbar für seine Kinderarmut bestraft wurde. Die Staaten tun das ihnen Mögliche, um dem Volkstode zu wehren, indem sie durch viele Erleichterungen das Los der kinderreichen Familien verbessern, und es darf mit Zuversicht erwartet werden, daß auch bei uns noch manches geschehen wird, um die Sorgen der kindergesegneten Familien zu erleichtern und den Mut zur Fülle, der in den letzten Jahrzehnten fast verloren war, zu retten. Der Staat muß immer bemüht sein, den großen Familien ihr Ansehen als den Wiegen des Volkes wiederzugeben, denn auch dieses mag manchem eine Erleichterung der Schwierigkeiten sein, die nun einmal eine volle Kinderstube mit sich bringt.

aus: Ring des Lebens
Das Buch der christlichen Familie, a.a.O.

Mussolini, der Hitler außerordentlich beneidete um den durchschlagenden Erfolg seiner Mutterschaftspropaganda, versuchte sich zwar mit entscheidend weniger Erfolg in derselben Richtung, indem er an das italienische Volk appellierte:
»Völker, deren Wiegen leerstehen, können kein Reich erobern, und sollten sie eines haben, so wird die Zeit kommen, da sie es verlieren werden. . .«

(August 1936, Rede an Bäuerinnen von Lukranien; aus: M.-A. Macciocchi, Jungfrauen, Mütter und ein Führer, Wagenbach)

Helmut Kohl scheint heute ähnliche Sorgen zu haben, denn auf dem Landesparteitag der CDU in Niedersachsen äußerte er sich so: »Wie wollen wir bei der Geburtenrate von heute in 25 Jahren unsere NATO-Verpflichtungen erfüllen?«

Notizen

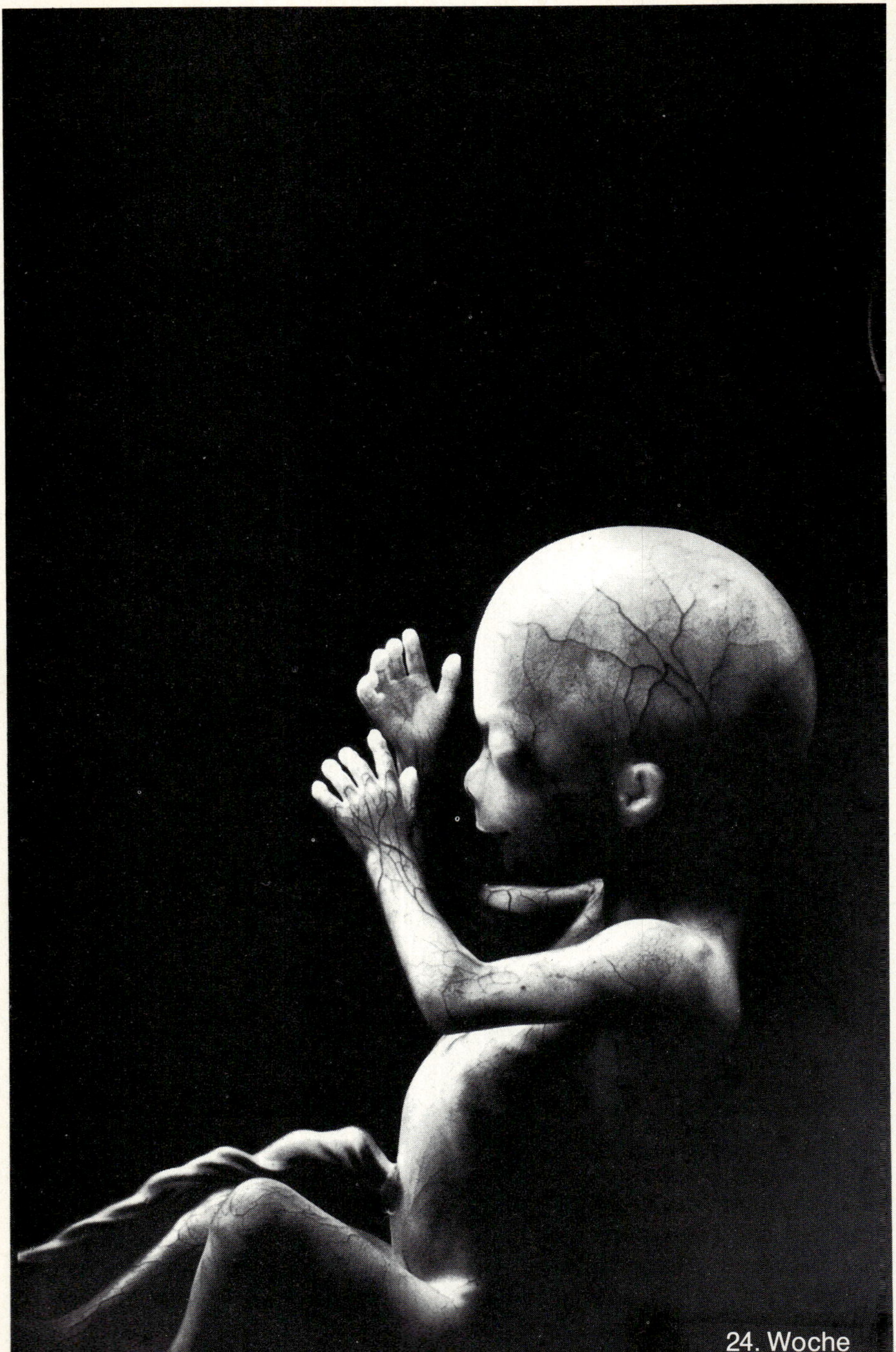
24. Woche

6. MONAT

(20. – 24. Woche)

Jetzt wird es eng im Bauch. Die wachsende Gebärmutter drängt Magen, Nieren, Leber und Milz zur Seite oder nach oben. Deine Organe leisten jetzt Schwerarbeit, das Herz muß schneller schlagen als sonst. Der Bauch wächst jetzt ungefähr 4 cm pro Woche und du nimmst cirka ein Pfund wöchentlich zu. Das Kind wiegt rund ein Pfund und ist 30 cm groß. Es setzt allmählich Fett an und kann die Augen, die es ab dem dritten Monat geschlossen hielt, wieder öffnen und sich in seiner Umgebung umsehen. Es bekommt einen so festen Griff, daß es theoretisch sein eigenes Gewicht haben könnte. Würde es jetzt geboren, hätte es eine winzige Chance zu überleben. Es gibt Einzelfälle von Babys, die nur 23 Wochen alt waren und knapp ein Pfund wogen und die im Brutkasten überlebt haben. Normalerweise sind die Körperfunktionen jetzt aber noch unzureichend entwickelt. Damit die Haut des Kindes vom Fruchtwasser nicht aufgeweicht wird, ist es von einer dicken Kremschicht (Vernix) geschützt. Im fünften oder sechsten Monat erscheint auf der Haut des Babys ein feiner, wolliger Flaum (Lanugo). Diese Behaarung fällt vor der Geburt wieder ab.

Methoden der Geburtsvorbereitung

1. Geburtsvorbereitung nach Read

Read beschreibt den Zusammenhang zwischen Angst und Unwissenheit bezüglich der Geburt und den daraus entstehenden Muskelverkrampfungen und Verspannungen. Diese sind seiner Ansicht nach die Hauptursache der Geburtsschmerzen.
Indem die Frauen während der Schwangerschaft vertraut gemacht werden mit dem Ablauf der Geburt und indem sie gleichzeitig lernen, ihre Muskulatur zu entspannen, wird ihnen die Angst genommen.
Für die Beatmung der Wehen in der Eröffnungsphase wird die tiefe Bauchatmung, für die Austreibungsphase das Hecheln gelernt. Hecheln muß die Frau, wenn sie den Drang zu pressen verspürt, aber noch nicht pressen darf. Wichtig ist, der Arbeit der Organe keinen Widerstand entgegenzusetzen, sondern diese Arbeit bewußt zu erleben und zu unterstützen.

2. Geburtsvorbereitung nach Lamaze

Die sog. psychoprophylaktische Methode bezieht in die Vorbereitung zur Geburt von Anfang an den Vater oder eine andere Bezugsperson mit ein. Am Ausgangspunkt soll ein Umlernprozeß in Gang gesetzt werden, der beinhaltet, daß die Arbeit des Uterus nicht von vornherein als schmerzhaft erwartet wird und als etwas, dem die Frau total ausgeliefert ist.
Gemeinsam mit dem Partner beginnt die Frau ca. 8 Wochen vor der Entbindung, die Entspannung zu üben. Diese Entspannungstechnik geht davon aus, daß während der Geburtsarbeit der Uterusmuskel angespannt wird und die Schmerzleitung umso geringer ist, je weniger andere Muskeln des Körpers mit angespannt sind. Deshalb lernt die Frau, einzelne Körperteile anzuspannen und alle anderen entspannt zu halten. Die Entspannung kann durch das Ausführen einer leichten Bauchdecken- oder Rückenmassage unterstützt werden.

3. Natürliche Geburt nach F. Leboyer

Leboyer geht ebenso wie Read nicht von der »normalen« Krankenhausgeburt aus. Im Gegensatz zu Read aber stellt Leboyer die Bedürfnisse des Kindes in den Vordergrund. Das Kind hat ein Recht auf eine sanfte und schmerzarme Geburt, damit ihm das Eintreten in die neue Welt so angenehm wie möglich gemacht wird.
Im Geburtsraum herrscht Ruhe und gedämpftes Licht, damit das Kind im Halbdunkel langsam seine Augen öffnen kann und nicht vor Schreck aufgrund der gleißenden Neonleuchten, die üblicherweise in den Kreißsälen installiert sind, seine Augen zukneift und verkrampft. Die Temperatur im Raum ist etwa die gleiche wie im Mutterleib, damit die Neugeborenen sich langsam an ihre neue Umgebung gewöhnen und nicht einen Kälteschock bekommen.

Das Kind wird nach dem Austritt noch an der Nabelschnur auf den warmen Bauch der Mutter gelegt, die es nun liebkosen und streicheln kann. Es spürt die Wärme und hört den vertrauten Herzschlag. Die Nabelschnur wird erst getrennt, wenn das Neugeborene seine eigene Atmung durch die Lunge begonnen hat und die Nabelschnur nicht mehr pulsiert.

Gewöhnlich werden die Kinder direkt nach dem Austritt abgenabelt, obwohl die psychischen Konsequenzen für die frühkindliche Entwicklung bekannt sind. Durch das aggressive Abnabeln wird dem Kind ein Schock versetzt, der es in eine dermaßen große Panik versetzt, die als Todesangst bezeichnet werden kann. Das plötzliche Durchschneiden der Nabelschnur zwingt den Säugling, da er keine Luftzufuhr mehr bekommt und im Hirn Sauerstoffmangel herrscht, krampfhaft nach Luft zu ringen. Der kleine Organismus reagiert mit Panik, Angst und befindet sich im größten Alarmzustand. Wenn gewartet wird, bis der eigene Atmungskreislauf einsetzt, ist der Übergang fließend. Der Säugling wird einige Zeit doppelt versorgt und die Abnabelung vollzieht sich fast schmerzlos.

Das kleine Neugeborene wird anschließend lange in warmem Wasser gebadet, wo es oft sein Wohlgefühl durch das Öffnen der Augen oder ein Lächeln ausdrückt.

Verschiedene Literaturhinweise zur Arbeit von Dick Read, Lamaze und Leboyer findest du in der Literaturliste.

Todesfälle in Millionenhöhe

Die Umwelt ist für Kinder Gift

Alarmierender Bericht von UN-Fachleuten

Von Peter W. Schroeder

Brüssel — Opfer einer verfehlten Umweltpolitik sind in erster Linie die Kinder dieser Welt: Jährlich müssen nach einem in Brüssel veröffentlichten Bericht der Umweltorganisation Unep der Vereinten Nationen (UN) „viele Millionen" sterben, weil Industriebetriebe, Kommunen, das Militär und Privatleute Luft, Boden und Wasser verseuchen. Die Politiker werden aufgefordert, ein höheres Verantwortungsbewußtsein der Umweltvergifter zu erzwingen.

Gefährliche Schwermetalle

Dem UN-Report zufolge sind Kinder nahezu allen Umweltschädigungen hilfloser ausgeliefert als Erwachsene: Ihr Organismus ist den Belastungen weniger gewachsen und die Folgen sind Verstümmelungen, frühes Siechtum oder qualvoller Tod. Besonders gefährlich seien Schwermetallrückstände wie Blei, Quecksilber, Chrom, Cadmium und Nickel aus Industriebetrieben. Durchs Atmen, Essen und Trinken gerieten diese für den menschlichen Organismus schon in relativ kleinen Dosen giftigen Stoffe in die Körper von Säuglingen und Kleinkindern und richteten dort Schäden an. 80 Prozent aller Kinderkrankheiten, so der UN-Report, gehen allein auf das Konto von verseuchtem Wasser. In manchen Gegenden der Welt überlebten dreiviertel aller Neugeborenen nicht das erste Lebensjahr, und die durchschnittliche Lebenserwartung liege vielfach bei kaum mehr als 30 Jahren. Umweltvergiftung und Unterernährung seien die direkten Ursachen.

Spezielle Umweltsünden ermittelten die UN-Experten in den großen Städten. Einen beängstigenden Anstieg von Blei im Blut registriere man hier besonders bei Kindern: die Luftwege und Blut verseuchenden Giftstoffe befinden sich in besonders hoher Konzentration (abhängig vom Wetter) dicht über dem Boden — dort wo Kinder Luft holen müssen.

Das Überleben in einer zunehmend vergifteten Umwelt sei in den sogenannten Wohlfahrtsstaaten eine Frage des Geldes geworden. Kinder wohlhabender Eltern haben danach ein durchschnittlich sehr viel geringeres Vergiftungsrisiko.

Kinder aus sozial schwachen Familien wohnten und spielten häufig besonders nahe am Gift. Ihre Wohnbezirke liegen in der Regel näher an umweltverschmutzenden Betrieben und zudem klimatologisch ungünstiger. Zusammen mit einer sehr dichten Besiedlung bringe das zusätzliche Umweltbelastungen durch hohe Konzentrationen von Schwefeldioxyd nach dem Verbrennen von Kohlen, Holz und Öl.

In den „armen" Wohnbezirken seien, so der Report, auch die sanitären Verhältnisse oft schlechter und man finde diese Siedlungen überdurchschnittlich oft in der Nähe von Müllkippen oder gar auf den ehemaligen Lagerstätten für Chemieabfälle. Durch unterschiedlich hohe Geburtenraten nehme das Problem auch schnell an Dringlichkeit zu: Die Bevölkerung in den „armen" Bezirken wachse drei- bis viermal so schnell wie in den „besseren" Vierteln der Städte.

Schäden durch Manöver

Als lebensgefährliche Umweltbedrohung nennt der UN-Report auch das Militär und die Waffenindustrie. Die Armeen der Welt verbrauchten zur Zeit schon doppelt soviel Erdöl wie der gesamte afrikanische Knotinent, und bei Manövern werde das biologische Gleichgewicht besonders in ohnehin schon gefährdeten Regionen gestört. Zudem horteten die Armeen auf der Welt in riesigem Umfang chemische und biologische Waffen, mit denen bei einem Einsatz die gesamte Erde unbewohnbar gemacht werden könnte.

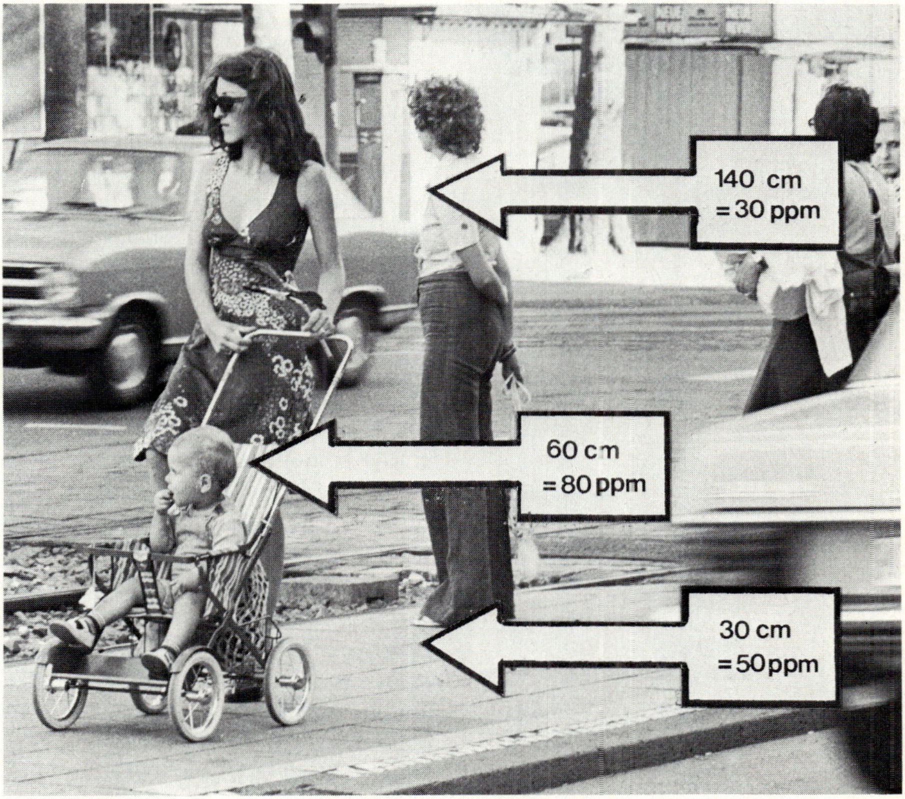

Die Konzentration schädlicher Abgabe ist in 60 cm Höhe, das entspricht der Augenhöhe von Kindern, am stärksten. Experten halten Kohlenmonoxyd schon ab 15 ppm (Teile per Mio.) für gesundheitsgefährdend!

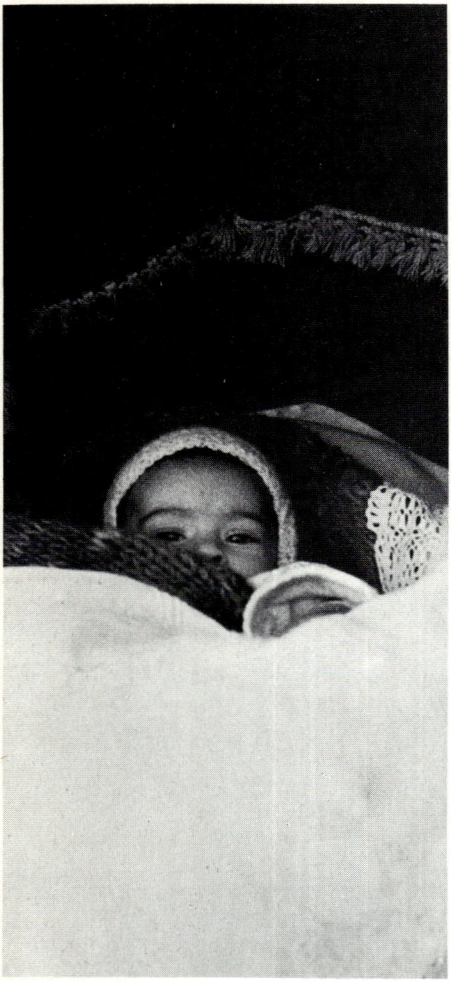

»Wir lassen uns unsere Angst nicht austreiben.«

»Wir müssen mit dem Monster leben« »Für uns ist der Unfall nie vorbei«.

Aussagen der Bewohner um das Atomkraftwerk Three Mile Island in Harrisburg. Abgesehen von der ständigen gesundheitlichen Bedrohung dadurch, daß immer wieder radioaktives Gas aus dem verseuchten Reaktorkern abgelassen wird, haben die Anwohner seit dem Unfall vor anderthalb Jahren vor allem unter psychischem Streß zu leiden: Lebens- und Existenzangst, zerrüttete Familien, verstörte Kinder. . .

Am 28. März 1979 begann im Atomkraftwerk Three Mile Island bei Harrisburg durch eine Verkettung von technischen Mängeln und Bedienungsfehlern die größte bisher bekannte Katastrophe in der Geschichte der Kernenergie. Es dauerte eine Weile, bis die Betreiber das wahre Ausmaß des Unfalls realisierten, zwei Tage dauerte es, bis sie es der Öffentlichkeit eingestanden. Erst am Freitag, den 30. März entschloß sich der Gouverneur, eine teilweise Evakuierung vornehmen zu lassen. Schwangere Frauen und kleine Kinder sollten das Gebiet im Umkreis von fünf Meilen um das Atomkraftwerk verlassen. Doch die vielen widersprüchlichen Meldungen in Zeitungen, Radio und Fernsehen hatten in der Bevölkerung bereits ein solches Mißtrauen erzeugt, daß viel mehr Menschen aus einem weitaus größeren Umkreis die Flucht ergriffen. 144.000 Männer, Frauen und Kinder machten sich – nur mit den allernötigsten Habseligkeiten versehen, auf den Weg zu weiter entfernt lebenden Verwandten oder Freunden. Keiner wußte, ob er jemals wiederkehren würde.

Doch als der große Exodus begann, war das Schlimmste schon geschehen:

radioaktives Gas war bereits am Mittwoch und ein zweites Mal am Freitag morgen abgelassen worden. Die Unsicherheit über die zu erwartenden Folgen, das Gefühl, bei einer so lebenswichtigen Angelegenheit nicht selbst entscheiden zu können – Radioaktivität kann man weder sehen noch fühlen, man kann also niemals rechtzeitig wissen, wann es zuviel ist –, sondern vollkommen auf die Informationsbereitschaft der Unternehmensleitung angewiesen zu sein, erzeugt einen unvorstellbaren psychischen Streß. Diese Lebensangst der Bewohner im Umkreis um das Atomkraftwerk ist eines der Hauptargumente der Bürgerinitiativen gegen die Wiederinbetriebnahme, die sie in Verhandlungen mit Regierungsvertretern und Unternehmensführung einbringen.

Christina Perincioli ist ein halbes Jahr nach der Katastrophe dort hingefahren und hat mit Bewohnern und einer Psychotherapeutin gesprochen und Berichte aufgezeichnet:

Zu Beginn des »Störfalls«am 28. März 79, entwich radioaktives Gas aus Versehen durch die Lüftungsanlage, zwei Tage später ließen die Kraftwerks-Ingenieure wieder Gas ab – dieses Mal vorsätzlich, ohne aber die Bevölkerung zu informieren. Hierzu Kathy McCaughin, Leiterin des Büros für »Nachbarschafts-Entwicklung« (Neighborhood Development) in der Harrisburger Stadtverwaltung:

»Sie sagten uns nicht, daß wir in den Häusern bleiben sollten. Nichts! Während das passierte – es war am Freitag morgen – hatten wir herrliches Wetter, es war der erste warme Tag im Frühling. Die Kinder waren auf dem Weg zur Schule. Meine Tochter ist zwölf. Sie ist Schülerlotsin. So stand sie während dieser Zeit vollkommen ungeschützt etwa zwei Stunden lang an einer Straßenecke. Ich werde das nie verzeihen können . . . Wir werden es nicht wissen, verstehst Du. . . Ich muß mit der Tatsache leben, meine Tochter muß damit leben, daß wir nicht wissen, was geschehen wird«.

Als schließlich nach langem Hin und Her am Freitag der Gouverneur die Empfehlung herausgab, schwangere Frauen und Kinder im Vorschulalter sollten innerhalb von fünf Meilen um das Atomkraftwerk herum evakuiert werden, war das für fast alle Bewohner der Gegend das Zeichen zur Flucht. Wer immer es sich leisten konnte, seine Arbeit zu verlassen, holte die Kinder aus der Schule und brachte die Familie an einen Ort, von dem er glaubte, er sei weit genug von der Gefahrenquelle entfernt.

Ein überraschendes Ergebnis meiner Recherchen war die sehr unterschiedliche Reaktion von Männern und Frauen auf den Unfall.

Kathy: »Durchgehend zeigten Männer ihre Gefühle viel weniger als Frauen. Und so hatten wir ein ernsthaftes Problem damit, daß immer mehr Männer wegen ihrer traumatischen Angstzustände ärztliche Hilfe in Anspruch nehmen mußten. Der Unfall löste nur mittelbar diese Beklemmungen aus. Der unmittelbare Grund lag in ihrer Unfähigkeit, mit der Tatsache fertigzuwerden, daß etwas geschah, das mächtiger war als sie.« Dazu Sharon, Rogers Frau, sie ist Innenarchitektin:

»Als ich meinem Chef mitteilte, daß ich gehen würde, hielt er mir einen

Vortrag darüber, daß Kinder, deren Mütter während der Schwangerschaft Angst haben, Feiglinge werden. Er selbst aber rannte durch das Büro hin und her wie ein gefangener Tiger. Daß auch er Angst hatte, sagte er freilich nicht, er rannte bloß zur Tür und durch das ganze Lager und wieder die Treppe hoch und bis zum Schreibtisch, wo er sich für eine Minute setzte, um wieder aufzuspringen und woanders hinzulaufen.«

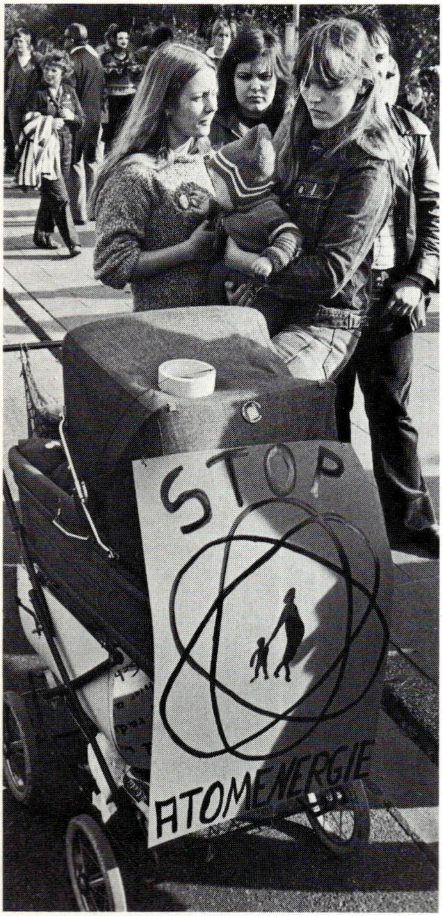

Überhaupt war es eines der größten Probleme, daß viele Frauen gehen, viele Männer bleiben wollten.
Mit Roger sprach ich darüber, was er getan hätte, wenn sein Kind mißgebildet zur Welt gekommen wäre – der Unfall war in den ersten Wochen der Schwangerschaft passiert. Sharon, seine Frau, meinte dazu:
»Du (zu Roger) sagtest einmal, Du würdest mit einem Gewehr zum Werk runter gehen.« Darauf Roger: »Viel schlimmer als das, viel schlimmer. Ich wäre wahrscheinlich total ausgerastet.«
Ich fragte Roger dann, ob er denn in irgendeiner Weise aktiv sei. Seine Antwort:
»Außer der einen Fahrt nach Washington, nein. Versteh' mich nicht falsch, wenn mich jemand fragen würde, was ich von Atomenergie halte, würde ich ihm sagen, wohin er sich die Dinger stecken kann. Aber ich bin kein aktives Mitglied einer Organisation.«
Ich hakte nach: »Aber du würdest hingehen und jemanden erschießen?« Darauf Roger:
»Wenn mein Kind nicht vollkommen gesund und normal zur Welt gekommen wäre, würde ich es sicher diesen Leuten dort anlasten. Was ich dann getan hätte, weiß ich nicht. Nun aber ist mein Kind o.k. Wir haben Glück gehabt.«
Barbara Light, Psychotherapeutin aus Middletown, der Stadt, die dem Atomkraftwerk am nächsten liegt, über die Ursachen der unterschiedlichen Reaktion von Männern und Frauen nach dem Unfall: »Frauen verstehen sich eher als ein Teil der Natur und versu-

chen, mehr mit ihr zu arbeiten als gegen sie. Männer sehen sich als Teil außerhalb der Natur, sie wollen sie unterwerfen, kontrollieren, beherrschen.«
Die Reden der Männer glichen sich alle: Sie zählten immer wieder die technischen Mängel des Werkes auf. Die Frauen dagegen begannen ihre Beiträge immer mit dem sie persönlich betreffenden Aspekt des Unfalls, den Konsequenzen, die er für ihre Familie, ihre Arbeit und ihre Gesundheit hatte: verstörte Kinder, Abtreibungen, Sterilisation, getrennte Familien, verlorene Freunde und Nachbarn. Erst dann äußerten sie ihre Meinung zu den politischen und technischen Fragen. Mit vielen dieser Frauen habe ich anschließend ausführliche Gespräche geführt. Meine Frage, warum hier – wie mir schien – die Frauen im Widerstand aktiver sind als die Männer, beantworteten sie alle ohne Zögern damit, daß sie mehr an der Zukunft ihrer Kinder interessiert seien als Männer. Männer hätten nicht ein so enges Verhältnis zu ihren Kindern wie die Mütter.
Pat: »In allen Bürgerinitiativen rund ums Kraftwerk sind die Frauen etwas in der Überzahl. In unserer Gruppe sind von den wirklich aktiven Mitgliedern sogar acht Frauen und nur zwei, drei Männer. Meine Freundin sagte neulich: ›Sieh' mal an, ich kann mehr als nur Windeln wechseln! Ich weiß nicht, ob wir's schaffen, das Werk zu schließen, aber wir werden es versuchen!‹ Und die Leute sagen: ›Gar nicht schlecht, wie Ihr das macht!‹ So was hört man auch nicht alle Tage. Die Leute bedanken sich für unsere Arbeit, das gibt uns natürlich Selbstbewußtsein.
Nein, Du brauchst nicht unbedingt einen Haufen Selbstbewußtsein, um öffentlich aufzutreten. Hier geht es um mehr: Dein Leben wird bedroht und das Deiner Kinder und das der Kinder Deiner Kinder, und das ist stärker als Deine Ängstlichkeit. Als ich in der Schule Rhetorik hatte, bin ich fast gestorben, wenn ich nur zwei Minuten vor der Klasse stehen mußte. Heute stehe ich einfach auf und rede. Das ist auch nicht die Gewöhnung, das war von Anfang an so. Ich habe dann auch nicht immer das Richtige zur richtigen Zeit gesagt, das war mir aber egal. Wir sind auch schon ganz gut: Meine Freundin Sandra zum Beispiel schrieb für die Untersuchungskommission des Präsidenten eine zehnminütige Rede in einer Stunde.«
Abgesehen von kleinen Anlässen in der Kirche oder in der Schule war das das erste Mal für mich, bei einer so wichtigen Gelegenheit öffentlich zu sprechen. Ich war nervös, ja, ein wenig, aber nichts wiegt die Angst auf, die wir hinter uns haben und die uns jetzt vorantreibt. Seitdem ich diese Angst kenne, gewinnen meine bisherigen Gefühle neue Relationen.«

aus: C. Perincioli, Die Frauen von Harrisburg oder »Wir lassen uns die Angst nicht austreiben«, Rowohlt Verlag, Reinbek 1980

Mir war klar, daß ich die Ärztin wechseln würde

Brief von Siggi Fuhrmann an ihre Ärztin 3 Monate nach der Geburt ihrer Tochter Lina.

Liebe Frau Dr. M.,
ich habe mich sehr gefreut, aber auch ein bißchen gewundert, daß Sie mir zur Hausgeburt meiner Tochter Lina gratuliert haben; obwohl Sie doch so strikt gegen Hausgeburten sind, und ich außerdem von einem Tag zum anderen nicht mehr zu Ihnen in die Praxis gekommen war – ohne Erklärungen. Ich glaube, daß ich Ihnen diesen Brief schuldig bin. Aus der Distanz, so nach 2, 3 Monaten fällt es mir leichter, zu erklären, warum ich so kommentarlos einfach verschwunden bin. Natürlich, es war klar, daß ich die Ärztin wechseln würde, nachdem ich mit meinem Wunsch nach einer Hausgeburt bei Ihnen auf so kompromißlose Ablehnung gestoßen war. Ich war auch schon einige Mal bei Frau Dr. R. gewesen und hatte einen Kurs autogenes Training bei ihr angefangen. Aber eigentlich wollte ich wenigstens noch zu den terminlich schon festgelegten Blutuntersuchungs- und Ultraschallterminen kommen.

Daß ich kommentarlos quasi vor Ihnen geflüchtet bin, lag nicht an unserer konträren Diskussion über Hausgeburt (es spricht immerhin für Sie, daß meine Geburtsvorstellungen diskutierbar waren). Mir ist aber im Laufe der Behandlung immer klarer, immer spürbarer geworden, daß Ihre Vorstellung von Geburt und Geburtshilfe, die einen einsatzbereiten Apparat höher bewertet als das emotionale Wohlbefinden der schwangeren Frau, daß diese Sichtweise sich auch in der Art Ihrer Behandlung und in der Organisation Ihrer Praxis wiederfindet. Das nämlich, was ich in den letzten Wochen in Ihrer Praxis erfahren habe, wie ich behandelt bzw. überwacht worden bin, war eigentlich eine Vorwegnahme der Krankenhausatmosphäre, vor der ich solche Angst habe. Es war genau die Mißachtung meiner emotionalen Empfindsamkeit, die auch die Geburten im Krankenhaus oft so unmenschlich und auch deshalb so risikoreich machen. Warum setzen denn bei vielen Frauen die Wehen aus, sobald sie in der Klinik sind?! Was ich meine ist: die emotionale Sicherheit, das Vertrauen zum Arzt etc. sind genauso wichtig wie eine technische Apparatur, die immer und überall bereit steht, um Risiken zu vermeiden und bei Komplikationen einzugreifen. Ich bin nicht gegen den medizinisch-technischen Fortschritt, – so quasi als Gegensatz zur »natürlichen« Hausgeburt –, aber ich bin gegen die Art, wie er (auch bei Ihnen) eingesetzt wird. Nämlich nicht, um z. B. die Vorgänge im eigenen Bauch für die Schwangeren erlebbar und durchschaubar zu machen, sondern um ihre »Krankheit« zu überwachen. Das war vielleicht das grundlegende Mißverständnis in unseren Diskussionen. Aber ich will das mal genauer beschreiben.

Es fing an mit meinem Magen-Darm-Infekt und dem Fieber, was nicht sein durfte. Als Sie mir stirnrunzelnd sagten, der Bauch sei hart und die Blutwerte miserabel, als obendrein eine Ihrer Sprechstundenhilfen locker meinte, wenn mein Stuhl jetzt hell wäre, dann hätte ich was an der Leber und müßte zum Internisten (obwohl der nur heller war, weil ich mit den Eisentabletten ausgesetzt hatte) – da bin ich heulend aus der Praxis raus, da stürzte erstmal ziemlich viel zusammen, die normale, unkomplizierte Schwangerschaft, auf die ich

auch stolz war, fing an, zu einer Krankheit zu werden. Ich mußte dann mehrmals in der Woche auf der Matte stehen und an den Wehenschreiber: Allein in einem Raum mit einem Apparat, der in 10 Minuten über das Wohl und Wehe meines Bauches und meines Kindes entschieden hat. Von Ihnen nur ein kurzer Kommentar auf dem Flur, zwischen Ihren zwei Behandlungsräumen. Ich meinte zu wissen, daß es nicht schlimm ist oder vielmehr sogar normal, wenn die Gebärmutter schon lange vor der Geburt »übt«. Ich habe mir das immer wieder klar gemacht, trotzdem habe ich mich nur noch unsicher bewegt und übermäßig auf meinen Bauch geachtet. Ihre Kontrolle war sicherlich gut gemeint und mehr Prophylaxe als tatsächliche Notwendigkeit, aber der Kreislauf der Verunsicherung und körperlichen Reaktion – mir gings tatsächlich immer miserabler – hat prompt funktioniert. Ich war in dieser Zeit auch bei Frau Dr. R. Mein Bauch wurde natürlich hart, sobald ich auf dem Stuhl lag. »Da haben wir eine Wehe«, war ihre Reaktion und sie ließ mich fühlen, wie die Kontraktion langsam wieder nachließ. Das war alles. Dann stellten Sie Cervix-Verkürzungen fest (»Muttermund ganz gut« sagten Sie, ich habe dann nachgefragt). Sie haben nichts darüber gesagt, was das evtl. zu bedeuten hat. Ich sah mich schon mit Cerclage die letzten Wochen der Schwangerschaft mehr schlecht als recht über die Bühne bringen.

Den Rest haben mir wieder Ihre Sprechstundenhilfen gegeben: »Wir haben kaum noch Frauen, die ohne Cerclage den Geburtstermin erreichen!« Bums. Das saß.

Der Kommentar von Frau Dr. R. zur Cervixverkürzung, auf meine ängstlichen Nachfragen hin: »Das hält.« An demselben Termin lagen übrigens die durchaus positiven Ergebnisse meiner Blutuntersuchung vor. Die hab ich mir erfragt und nebenbei mitgeteilt bekommen, obwohl sowas doch genauso wichtig ist für die psychische Aufrüstung von meist sehr stark empfindenden und sensiblen schwangeren Frauen.

Das ist soooo wichtig!

So im Nachhinein habe ich den Eindruck, daß Sie viel zu sehr am Normalfall Schwangerschaft – offenbar eine objektivierbare und auf Mittelwerte festlegbare Angelegenheit – kleben. Wenn da keine Übereinstimmung besteht, kommt der Wehenschreiber oder sonst was zum Einsatz, obwohl noch gar kein Grund zur Besorgnis vorliegt. Z. B. auch die Sache mit dem Gewicht. Was haben Sie für einen Aufstand gemacht, als ich schon ein paar Pfunde mehr zugenommen hatte als vorgesehen.

Bezeichnenderweise bewertet Frau Dr. R. den Streß, sich beim Essen ständig zu kontrollieren, schlimmer für Mutter und Kind, als ein paar unerhebliche Pfunde zuviel.
Vielleicht ist es aber auch Unerfahrenheit, d. h. Unsicherheit (Sie sind noch relativ jung) oder eine sich verändernde medizinische Ausbildung. Warum kann Frau Dr. R. die Lage des Kindes mit den Händen erfühlen und Sie nicht?! Warum kann sie auch bei einer Hausgeburt das Kind noch mit der Zange holen, während viele Krankenhausärzte heute nur noch mit der Saugglocke umgehen können?!
Im übrigen sind Sie überlastet. Meine Wartezeit verkürzt sich nicht dadurch, daß ich das Wartezimmer wechsle. Die halbe Stunde »unten ohne« in einem Ihrer Behandlungsräume könnte ich bequemer lesenderweise verbringen.
Die letzten Wochen meiner Schwangerschaft waren wieder ganz o.k. Ich habe mich sehr wohl gefühlt, war noch in Urlaub, bin Fahrrad gefahren, geschwommen und habe sogar »rote Backen« gekriegt.
Viele – trotz allem nette – Grüße
Sigi Fuhrmann

P.S.: Übrigens, ich komm zwar in dem Brief nicht vor, war aber fast immer dabei! Für die Tränen und Unsicherheiten, das Trösten und Wiederaufrüsten nach den »Behandlungen« war ich zentral zuständig.
Meine eigene Betroffenheit: Die vorsichtig von mir vorgebrachte Bitte, mal bei einer Untersuchung dabei sein zu können, wurde von Ihnen abgewehrt, mit dem Hinweis, daß eine gynäkologische Untersuchung eh Routine ist, nichts besonderes, haben Sie mich abgewimmelt. Verlegenheit, Peinlichkeit?! Ich fand's schade. Für meine Teilhabe an der Schwangerschaft, meine Möglichkeit, eine Beziehung zu dem Kind auch während der Schwangerschaft herzustellen, kann doch das »Dabeisein« an einer Untersuchung ebenso faszinierend sein wie das Ultraschall-Foto und die Herztöne.
Gerd Grzella

Notizen

Notizen

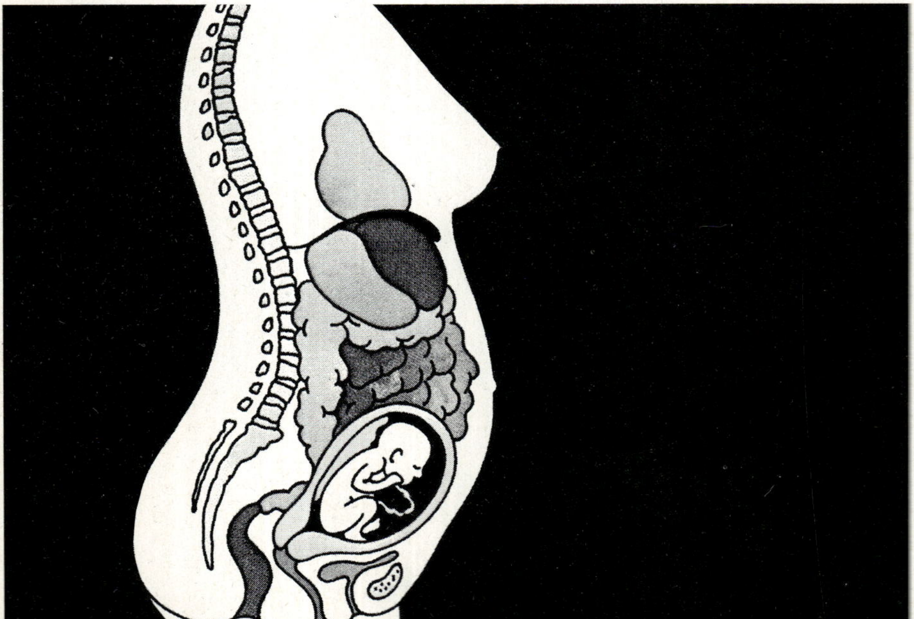

7. MONAT

(24. - 28. Woche)

Das Baby lernt jetzt das Saugen und kann auch am Daumen lutschen. Es gibt Kinder, die davon bei der Geburt bereits Schwielen am Daumen haben.
Die Entwicklung des Kindes ist jetzt weitgehend abgeschlossen und es bereitet sich nun auf das Leben außerhalb der Gebärmutter vor. 35 - 40 cm ist es groß und wiegt 2 - 3 Pfund. In dieser Zeit ist die Gefahr von Krampfaderbildung und Dehnungsstreifen groß – also vorbeugen! Gegen Ende dieses Monats ist dein Kind begrenzt lebensfähig.

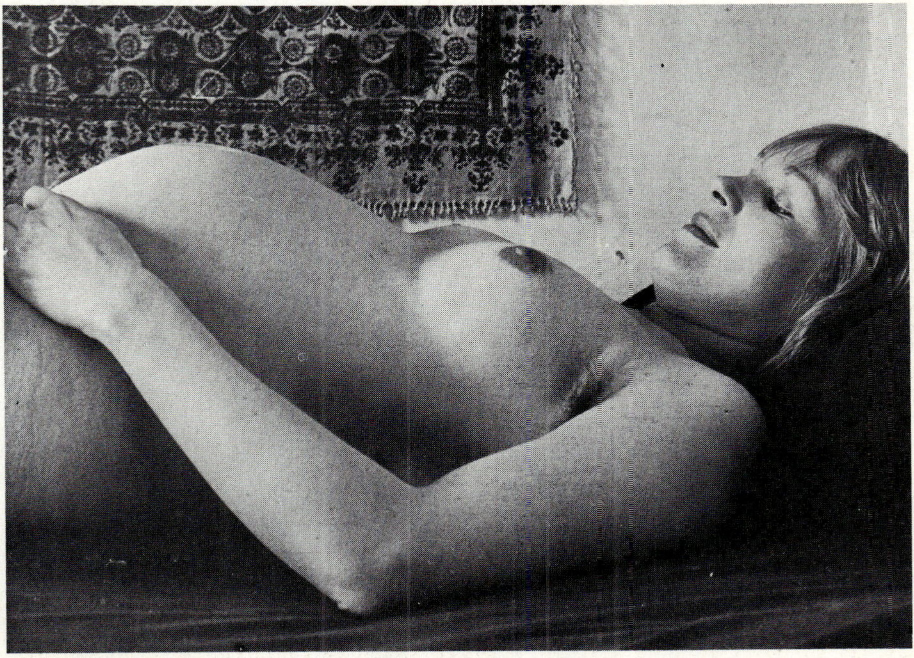

Geburtshilfe war ursprünglich die Sache der Frauen.

Jahrhundertlang hat es keine institutionalisierte Krankenversorgung gegeben. Das Problem Krankheit, Geburt und Tod, sowie die Altenversorgung war immer eingebettet in den sozialen Kontext. Die Großfamilien, die Sippe und die Horde übernahmen die Aufgabe, die Alten mitzuversorgen, die Kranken zu pflegen, Kinder zu ernähren und die Toten zu Grabe zu tragen. Die Großfamilie oder das »ganze Haus« umfaßte drei bis vier Generationen und das Personal. Das Haus war ein Mikrokosmos (Ethik, Wirtschaftskunde, Pädagogik, Medizin, Veterinärmedizin, Technik etc.), es war Betriebs-, Produktions- und Reproduktionsgemeinschaft.

Das Problem der Kranken, der Alten und Kinder, also derjenigen, die nicht durch ihre Arbeitskraft dem Produktionsprozeß zur Verfügung stehen, zeigt an, wie menschlich eine Gesellschaft ist. Ökonomisch gesehen sind Alte, Kranke und Kinder Ballast, die viel Arbeit und hohe Kosten bedeuten.

Die Hospitäler waren die Krankenanstalten für die Armen. Arme, Aussätzige fanden dort Pflege, Essen, Nahrung und Seelsorge. Dies war eine caritative Bewegung unter dem Aspekt des Christentums und der Nächstenliebe. In ihr arbeiteten Brüder und Schwestern der verschiedensten Orden, die diesen Dienst kostenlos taten, d.h. die Kranken und Bedürftigen brauchten für die Hilfe nichts zu bezahlen. Im Laufe des 19. Jahrhunderts wurden im Zuge der Entwicklung der Naturwissenschaften neue Untersuchungs- und Heilverfahren entwickelt, die mit der Entwicklung der Technik einhergingen. Die Spitäler wurden zunehmend große medizinische Krankenhäuser, da der Stand der Technik medizinische Großbetriebe voraussetzte. Spitäler wurden anfangs nur von den Armen besucht, da die reiche Bevölkerung weiterhin ihre Privatärzte in Anspruch nahm. Je mehr aber das Krankenhaus zum Zentrum des medizinischen Fortschritts wurde, desto mehr wurde es von der reichen Bevölkerung aufgesucht.

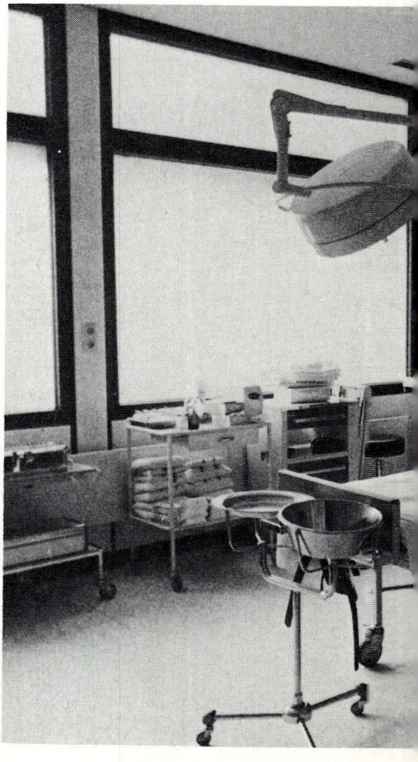

Auf der anderen Seite lösten gesellschaftliche Strukturveränderungen im Bereich der sozialen Sicherungsvorkehrungen entscheidende Veränderungen aus, die früher in der Hand der Großfamilie, der Nachbarschaft, der Caritas oder Kirche gelegen hatten. Aufgrund der beginnenden Industrialisierung zog die verarmte Landbevölkerung in die Städte. Die neu entstandenen Arbeiterfamilien, die die Mehrzahl der Bevölkerung darstellten, waren aufgrund der sozialen Lage gezwungen, alle Familienmitglieder arbeiten zu lassen. Ein Lohn konnte keine Familie ernähren. Dadurch war kaum noch Zeit für die Erziehung der Kinder und die Versorgung der Schwangeren, Säuglinge, Alten und Kranken. Der Rückhalt, den die Großfamilie einst bot, war nicht mehr vorhanden und die neue Form der Familie war unter diesen ökonomischen Verhältnissen nicht in der Lage, diese Funktionen zu übernehmen.

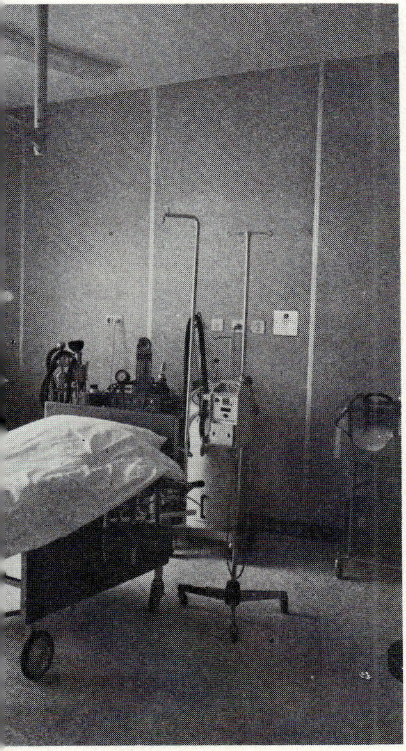

Aus diesen Gründen war der Staat gezwungen, bestimmte »Familienfunktionen« zu übernehmen. Es entstanden die Sozial-, Kranken- und Altersversicherung, d.h. die finanzielle Förderung der Pflege in Krankenhäusern, Alten- und Kinder- sowie Pflegeheimen wurde staatlich abgesichert.
Durch die naturwissenschaftliche Entwicklung und den Aufschwung der technisierten Medizin verliert das Krankenhaus den Charakter von Barmherzigkeit und an die Stelle tritt der Massenbetrieb, um die Menschen wieder funktionstüchtig zu machen.
Parallel dazu vollzog sich auch die Änderung in der Ausbildung des ärztlichen Pflegepersonals. Anstelle der Allgemeinausbildung tritt eine Spezialisierung. Der alte Hausarzt, der sich um den ganzen Menschen kümmerte, wird abgelöst von vielen Spezialisten, die nur Einzelaspekte der Medizin kennen. Nicht mehr der einzelne Patient steht im Vordergrund, sondern die Krankheit als solche, die geheilt werden muß.

Geburtshilfe war ursprünglich die Sache der Frauen selbst. Es waren von der Antike her die Priesterinnen, die weisen Frauen, die Hexen und die Hebammen. Sie hatten durch ihren alltäglichen Umgang mit Pflanzen und Kräutern das notwendige Wissen, welches sich von Generation zu Generation weitererhalten hat. Ihre Praxis war die Beobachtung, Untersuchung und Erfahrung. Durch ihre Kunst zu heilen, Kinder auf die Welt zu bringen, wurden die Frauen im dunkelsten Mittelalter ins Teuflische abgeschoben und als Hexen verschrien. Viele der damaligen Hexen, die den Verbrennungen zum Opfer fielen, waren Hebammen. Ihr gesamtes Wissen ist verlorengegangen, da die meisten nicht schreiben und lesen konnten, und ihre Erfahrungen nur über Erzählen weitergegeben wurden.

In der Renaissance eroberten sich im 17. Jahrhundert erstmals Männer entscheidende Positionen in der Geburtshilfe. Es waren Bader, von Barbieren ausgebildete Chirurgen. Die Hebammen versuchten ihre längere Erfahrung und Kunstfertigkeit dieser Entwicklung entgegenzusetzen. Sie hatten allerdings einen schweren Stand, da sie als Frauen dieser Zeit höherer Bildung ferngehalten wurden.

Endgültiger Durchbruch war für die Männer die Erfindung der Geburts-

Archiv für Kunst und Geschichte, Berlin

aus Jakob Rueffs Hebammenbuch von 1587

zange 1723. Die Benutzung war den Hebammen verboten, da die Zange ein chirurgisches Instrument war und nur von Chirurgen benutzt werden durfte.
Obwohl die Geburtszange ein Instrument war, die dem Kinde weniger zugute kam und an sich nur in Problemgeburten eingesetzt werden sollte, sank das Ansehen der Hebammen, da sie nun als technisch rückständig angesehen wurden. Sie bekamen fast nur noch Normalgeburten, obwohl auch sie bei den sogenannten Risikogeburten eine hohe Erfolgsquote aufweisen konnten.
Es wurden um 1750 Entbindungsanstalten zu Lehrzwecken gegründet, für Medizinstudenten und Hebammenschülerinnen. Es wurde erreicht, daß den Chirurgen die operative Geburtshilfe entzogen wurde. Deutschland wurde in Hebammenbezirke eingeteilt; die Hebammen mußten einen dreimonatigen Kurs besuchen und unterstanden danach den Kreisärzten oder anderen beamteten Ärzten.
Mitte des 19. Jahrhunderts wurde die Geburtshilfe als Wissenschaft anerkannt, die Geburtshelfer wurden an den Universitäten ausgebildet, in Anlehnung an die allgemeine medizinische Lehre. Die Hebammen hatten ihre besonderen Schulen.
Aber es trat eine erste Aufgabenteilung auf: Die Hebammen machten die normalen Geburten und mußten mögliche Komplikationen den Geburtshelfern überlassen. Bis zum Beginn des 20. Jahrhunderts waren die Geburtshelfer nur Männer, da bis zu diesem Zeitpunkt Frauen der Zugang zum wissenschaftlichen Studium an den Universitäten verwehrt wurde. Jahrhundertelang starben Mütter im Wochenbett am Kindbettfieber. Es war das größte Problem und der größte Schrecken aller Schwangeren. Die Zahl der Mütter in den damaligen Entbindungsanstalten, die dieser Krankheit zum Opfer fielen, war wesentlich größer als bei den vergleichbaren Hausgeburten. Es war eine regelrechte Seuche in den Anstalten. Nach einer von Boehr erstellten Statistik starben allein in Preußen in der Zeit von 1816 bis 1875 rund 364 000 gesunde Mütter. Das waren mehr als im gleichen Zeitraum an Pocken und Cholera zusammen. Es wurde als gottgegeben angenommen und unterstützte nur die vorherrschende Ideologie, da die Ursachen nicht bekannt waren.
Gebären und Sterben gehörten zusammen, und außerdem war es so häufig, daß es in der Literatur von den Männern kaum erwähnt wurde. 1837 vertrat zum ersten Mal in Deutschland ein Arzt die Theorie, daß das Kindbettfieber eine Art Infektionskrankheit sei. 1847 vermutete der Geburtshelfer Semmelweiß, daß diese Infektion von den Ärzten und Helfern übertragen wurde, da sie ja die Mütter berührten und die offenen Wunden nicht steril halten würden. Die Helfer mußten von diesem Zeitpunkt an auf die Sterilität ihrer Hände und Werkzeuge achten. Der Erfolg war: Die Sterblichkeit der Mütter sank in einem Jahr um 8,7 % auf nur noch 1,2 %.
Die Ärzteschaft war dennoch nicht bereit, diese Theorie zu akzeptieren, da sie alle noch die alte Virchowsche Krankheitslehre vertraten: Krankheit kommt aus den Zellen des Gewebes.

So wuschen sie sich weiterhin die Hände nach den Operationen und die Hebammen machten weiterhin innere Untersuchungen, ohne auf die Sterilität ihrer Hände zu achten.

Erst in den 70er Jahren wurde dann durch bakteriologische Untersuchungen und Erkenntnisse deutlich (durch Pasteur und die Antiseptik), daß die Ursache eine Infektion ist und daß dieser durch Desinfektion vorzubeugen sei. Nun wurden erst die Waschungen allgemein in sämtlichen Entbindungsstationen eingeführt. Bei den Hausgeburten blieb die Zahl des Kindbettfiebers gleich hoch. Die Hausgeburten machten damals 95 % aller Geburten aus. Die engen und ärmlichen Wohnverhältnisse der Bevölkerung und die Nachlässigkeit der Ärzte und Hebammen waren hier die Ursachen für das Kindbettfieber. Die Anstalten erhielten deshalb einen enormen Aufschwung, da ihre Sterblichkeitsrate wesentlich geringer war; sie wurden zum Vorbild erhoben. Damit war der entscheidende Durchbruch zur medizinischen Anerkennung gegeben.

Diese Reformbewegung stützte sich auf die Erkenntnisse, die man aus der sozialen und gesundheitlichen Lage der Frauen aus den armen Bevölkerungsschichten gezogen hatte. Sie war geprägt von Elend und einer ungeheueren Sterblichkeitsrate. Es wurde gefordert, die Krankenhäuser zum Zentrum der Geburtshilfe zu machen, da es sich erwiesen hatte, daß dort Mütter und Säuglinge medizinisch besser versorgt werden konnten.

Gleichzeitig wurden sozialpolitische Forderungen gestellt: Mutterschaftshilfe und der Schutz der Schwangeren am Arbeitsplatz.

Die Mütter sollten aus ihren ungünstigen Lebensverhältnissen in die Entbindungsheime gehen und diese sollten Unterweisungs-, Erziehungs- und Pflegefunktionen haben.

Angeschlossen wurden Mütterberatungsstellen, Stillkrippen für Erwerbstätige und Milchküchen. Getragen wurde diese Bewegung von Frauenverbänden, Frauengruppen der SPD, Hebammen und vereinzelten Ärzten.

Medizinisch hatte die Anstaltsentbindung ihre Anerkennung gefunden, aber nicht gesellschaftlich, denn weiterhin wehrten sich große Teile der Bevölkerung gegen die stationäre Pflege und brachten traditionell ihre Kinder in der heimischen Atmosphäre zur Welt.

Die Situation des Hebammenstandes war gegen Ende des 19. Jahrhunderts mehr als schlecht. Ihr Beruf wurde zunehmend weniger akzeptiert, sie mußten sich einer ständigen Kritik aussetzen. Sie befanden sich in einer finanziellen Notsituation, aus der sich ein enormes Konkurrenzverhalten entwickelte. Hier lag die Hauptursache in der Veränderung der Gewerbefreiheit. Um 1869 wurde auch für den Hebammenstand von staatlicher Seite aus die Gewerbefreiheit eingeführt. D. h. die Hebammen arbeiteten nun auch nach dem Erwerbs- und Geschäftsprinzip. Die Konkurrenz erhöhte sich ständig. Da die Geburten nicht sehr hoch bezahlt wurden, waren die Hebammen gezwungen, so viel wie möglich zu machen. Darunter litt die Qualität und die Intensität der Arbeit und vor allem der Wochenbettpflege für Mutter und Kind. Zum anderen wuchs neben den Bezirkshebammen ständig die Zahl der freien Hebammen. Aufgrund dieser Konkurrenzsituation konnten sie von ihrer Arbeit kaum noch leben; sie war eher ein kleiner Nebenverdienst. Der damals anhaltende Geburtenrückgang verschärfte die Situation noch zusätzlich.

Das Entstehen der Entbindungsstationen bedeutete für die Hebammen eine existentielle Bedrohung, da sie nun glaubten, kaum noch Geburten machen zu können.

Die Entbindungsstationen wollten die Situation der Hebammen verbessern, beeinflußt von fortschrittlichen Ärzten und SPD-Frauenvereinen, denn sie sahen dies als eine Voraussetzung für die Verbesserung der Situation für Mütter und Neugeborene. Die Hebammen sollten zum einen eine bessere, d. h. längere und intensivere Ausbildung bekommen, die den wissenschaftlichen Erkenntnissen der Medizin entsprach. Zum anderen sollte ihre wirtschaftliche Situation verbessert werden. Jede Schwangere sollte verpflichtet werden, eine Hebamme bei der Geburt in Anspruch zu nehmen und den Hebammen sollte ein Mindesteinkommen garantiert werden. Außerdem sollten die Hebammen die Entbindungsstationen in Anspruch nehmen können. Die meisten Frauen standen den Entbindungsanstalten sehr negativ gegenüber. Sie dachten noch an die schrecklichen Epidemien des Kindbettfiebers, oder an die frühen Anstalten, die nur der Erforschung und der Demonstration dienten. Sie sollten »nur« für unverheiratete Mütter und die sogenannten »gefallenen« Frauen sein. Es bestand aber auch allgemeine Abneigung gegen die stationäre Behandlung, gegen die fremde Umgebung, das fremde Personal, gegen den Massenbetrieb. Gesellschaftlich war das Krankenhaus und somit die Geburt auf der Entbindungsstation noch nicht anerkannt, es war aber der Weg dafür bereitet worden.

Christel Herkenrath

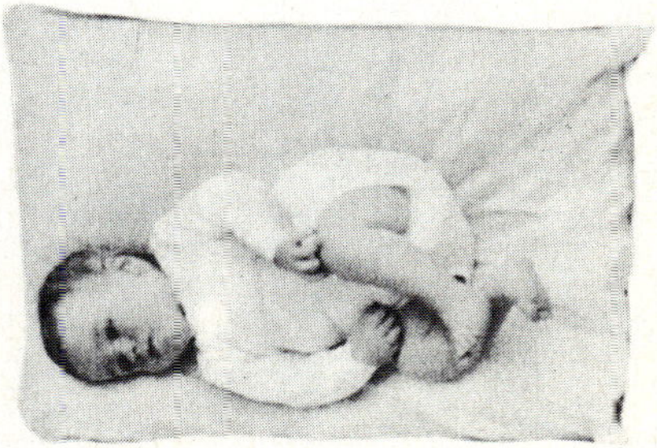

Ein heikles Kapitel – die Sozialhilfe

Liest man die staatlich herausgegebenen Broschüren über Sozialhilfe durch, so entsteht ein recht freundliches und anheimelndes Bild von unserem »Sozialstaat«: in den oft bebilderten Heften sind zuvorkommende lächelnde Sozialarbeiter aufs äußerste bemüht, dem Bürger bei der Durchsetzung seiner Ansprüche zu helfen. Mit leutseligen Tips wie :»Keine Angst vor Formularen. Der Beamte hilft beim Ausfüllen.« und Geleitworten wie: »Das Gesetz (gemeint ist das Bundessozialhilfegesetz) ist ein sehr menschliches Gesetz. Es fragt nicht nach den Ursachen der Notlage. Widrige Umstände oder eigenes Verschulden: Das Gesetz hilft in jedem Fall! Sein einziges Ziel: Jeder von uns soll menschenwürdig leben können.« (aus der Broschüre »Sozialhilfe – ihr gutes Recht«, herausgegeben vom Bundesminister für Jugend, Familie und Gesundheit) soll der Eindruck erweckt werden, nichts sei leichter, als in einer Notlage unter die Fittiche von Vater Staat kriechen zu können.

Weit gefehlt! Angesichts der Realität sind diese Sprüche nichts anderes als makaber und zynisch, denn in Wirklichkeit ist der Weg durch diese Institutionen ein sehr dornenreicher und man braucht gute Nerven und viel Durchhaltevermögen, um zu seinem Recht zu kommen. Nicht wenige von uns (und speziell die ledigen Mütter) werden von unfreundlichen und unwilligen Beamten, die so tun, als handle es sich bei den zu vergebenden Geldern um ihre persönlichen Spargroschen, schikaniert und diskriminiert. Meistens muß man um jede Mark kämpfen wie ein Löwe.

Der Anspruch der ledigen Mutter auf Sozialhilfe

Jede ledige Mutter hat grundsätzlich mindestens 3 Jahre lang Anspruch auf den vollen Sozialhilfesatz. Laut Gesetzestext darf ihr eine Erwerbstätigkeit in dieser Zeit nicht zugemutet werden, damit sie sich voll der Betreuung ihres Kindes widmen kann. Volle Sozialhilfe (in diesem Fall die sogenannte »Hilfe zum Lebensunterhalt«) – das heißt, man erhält einen monatlichen Unterhaltssatz von ca. 300 DM (die genauen Beträge schwanken in den einzelnen Bundesländern), außerdem bekommt man die Kosten für Miete und Heizung erstattet. Ist der Vater unbekannt, dann erhält man auch für das Kind Unterhalt vom Staat. Dies ist aber auch dann der Fall, wenn der Vater nachweislich nicht in der Lage ist, den Unterhalt zu zahlen. Das Kindergeld wird allerdings von der Sozialhilfe wieder abgezogen. Die Beiträge zur Krankenversicherung werden vom Sozialamt übernommen. Bei einer gleichzeitigen Nebenbeschäftigung darf man maximal rund 260 DM verdienen, sonst wird dieses Nebeneinkommen angerechnet, bzw. abgezogen. Bei besonderen anfallenden Kosten kann dann noch »Hilfe in besonderen Lebenslagen« beantragt werden (z.B. Ausbildungsbeihilfe, Krankenhilfe usw.). Außerdem können einmalige Beihilfen beansprucht werden (zur Beschaffung von Hausrat, Umstandskleidung, Babyausstattung usw.). So steht beispielsweise jeder ledigen Mutter ein sogenanntes »Erstausstattungspaket« zu (Kleidung fürs Kind). Dieses Paket erhält man bezeichnenderweise erst nach der Geburt des Kindes (auf meine Frage, warum, antwortete mir eine Sozialarbeiterin:»Na das ist doch klar! Schließlich könnte Ihr Kind doch auch tot sein!« In diesem Falle hätte das ent-

sprechende Sozialamt dann also eins seiner »Erstausstattungspakete« gespart. Naja.)

Übrigens stehen all diese Hilfen auch verheirateten oder geschiedenen Frauen zu, sofern das Familieneinkommen entsprechend gering ist.

Bei Inanspruchnahme der Sozialhilfe in den ersten 3 Lebensjahren ist zumindest das Existenzminimum abgedeckt.

Der große Haken an der Sache ist der, daß die Sozialhilfe »nachrangig« ist; d.h. sie wird nur dem gewährt, dessen Angehörige nachweislich nicht in der Lage sind, ihn zu unterhalten (unter den »nächsten Angehörigen« versteht das Sozialamt Eltern, Ehegatten, Kinder, evtl. auch die Großeltern). Selbst wenn die Eltern der antragstellenden Frau nur über ein mittelprächtiges deutsches Durchschnittseinkommen verfügen, wird die betreffende Frau zumindest teilweise wieder von ihnen abhängig – egal wie alt sie ist. Das ist wirklich ein großer Nachteil, denn viele Frauen schrecken vor diesem Rückfall in alte Abhängigkeitsverhältnisse zurück und gehen lieber arbeiten, als sich den Reaktionen der Eltern, die jetzt wieder zahlen sollen, auszusetzen. Wer hört sich schon gern Sprüche an wie: »Erst ein uneheliches Kind kriegen und dann wieder Geld von uns wollen – das haben wir gern!« Unter diesem Druck zu leben, ist für viele indiskutabel.

Es gibt zwar im Bundessozialhilfegesetz eine Klausel, die besagt, daß in Fällen »besonderer Härte« von einer Weiterleitung der Ansprüche an Angehörige abgesehen werden kann – in der Praxis sieht es aber meistens doch so aus, daß die Angehörigen ihre Einkommensverhältnisse darzulegen haben, und daß sie zahlen müssen, wenn sie können.

Ein wichtiger Tip für Gänge zum Sozialamt: geh nicht allein. Nimm einen Freund oder eine Freundin mit, informiert euch vorher genau über das, was dir zusteht und laßt euch nicht einschüchtern. Es gibt haarsträubende Fälle, wo hochschwangere Frauen stundenlang in verrauchten Wartesälen sitzen mußten, um sich dann von irgendeinem miesgelaunten und moralinsauren Sachbearbeiter runterputzen zu lassen.

Wie gesagt: es muß nicht so sein – aber es kann so sein.

Recht wirksam ist es manchmal auch, dem entsprechenden Beamten mal eine der erwähnten Broschüren unter die Nase zu halten, z.B. Seite 7 der Broschüre »Sozialhilfe – Ihr gutes Recht«, wo zu lesen steht: »Der Mann oder die Frau vom Sozialamt stehen Ihnen bei. Punkt für Punkt. Nicht umsonst sind sie Fachleute im Helfen.«

Informative Literatur zu diesem Thema im Anhang.

Frankfurter Rundschau

Aufgespießt

„Welches Kind erstes, zweites, drittes Kind usw. ist, richtet sich nach dem Alter der Kinder. Das älteste Kind ist also das erste Kind, das zweitälteste das zweite Kind usw."

Aus einer Broschüre des Bundesfamilienministeriums zum Thema Kindergeld.

Das neue Mutterschutzgesetz gültig ab 1. Juli 1979

Das alte Mutterschutzgesetz regelte die Freistellung der werdenden Mutter von der Arbeit so: 6 Wochen vor und 8 Wochen nach der Geburt des Kindes brauchte sie nicht zu arbeiten und erhielt in dieser Zeit weiterhin ihren durchschnittlichen Nettoverdienst. Wurde die betreffende Frau nicht unmittelbar danach wieder erwerbstätig, dann verlor sie ihren Arbeitsplatz.
Nach dem neuen Mutterschutzgesetz gibt es nun die Möglichkeit, nach Ablauf der 8 Wochen Mutterschutzfrist (nach der Geburt des Kindes) einen weiteren, 4 Monate langen »Mutterschutzurlaub« in Anspruch zu nehmen. Dieser endet an dem Tag, an dem das Kind 6 Monate alt wird. Man erhält in dieser Zeit jedoch nicht weiterhin den Nettoverdienst, sondern eine Summe von maximal 750 Mark. Der Arbeitsplatz bleibt erhalten. Der Mutterschutzurlaub muß unmittelbar nach der Mutterschutzfrist angetreten werden. Er muß beim Arbeitgeber verlangt werden, und zwar bis spätestens 4 Wochen vor Ablauf der Schutzfrist: Außerdem muß er bei der Krankenkasse beantragt werden. Hält man die entsprechenden Fristen nicht ein, so verfällt der Anspruch. Es empfiehlt sich, schon während der Schwangerschaft genaue Informationen darüber einzuholen (bei der örtlichen Krankenkasse), wann welche Formalitäten zu erledigen sind. Während der Zeit des Mutterschutzurlaubs ist eine anderweitige Erwerbstätigkeit gesetzlich verboten.

Kündigung: dein Arbeitgeber kann dir frühestens nach Ablauf von 2 Monaten nach der Beendigung des Mutterschutzurlaubs kündigen; du deinerseits kannst dein Arbeitsverhältnis unter Einhaltung einer Kündigungsfrist von vier Wochen zum Ende des Mutterschutzurlaubs kündigen (sofern keine kürzere Kündigungsfrist vereinbart ist). Für Frauen, die in einem festen Arbeitsverhältnis stehen. liegt der Fall also ziemlich klar.

Aber auch Frauen, die während der Schwangerschaft nicht durchgehend in einem Arbeitsverhältnis standen, haben Anspruch auf Mutterschaftsgeld. Voraussetzung für diesen Anspruch in Höhe des Nettoverdienstes (während der Schutzfrist 6 Wochen vor und 8 Wochen nach der Geburt) ist, daß in der Zeit vom Beginn des 10. bis zum Ende des 4. Monats vor der Entbindung für mindestens 12 Wochen Krankenversicherungspflicht oder ein Arbeitsverhältnis bestanden hat. Ein Arbeitsverhältnis liegt dann vor, »wenn die Arbeitnehmerin dem Arbeitgeber aufgrund mündlicher oder schriftlicher vertraglicher Abmachungen (Arbeitsvertrag, Ausbildungsvertrag) zur Leistung von Arbeit verpflichtet und in den Betrieb eingegliedert ist und eine gewisse soziale Abhängigkeit besteht. Typische Merkmale eines Arbeitsverhältnisses sind: Weisungsrecht des Arbeitgebers in bezug auf Zeit, Ort und Art der Arbeitsausführung, regelmäßige und leistungsgerechte Lohn- bzw. Gehaltszahlung, festgelegte Arbeitszeit, Anspruch auf bezahlten Urlaub, Abführung von Lohnsteuer und Sozialversicherungsbeiträgen.« (aus: »Das Mutterschutzgesetz«, Textausgabe der DAK).

Solltest du während der Schwangerschaft also Jobs annehmen, achte auch bei kurzfristigen Arbeitsverhältnissen darauf, daß diese Bedingungen erfüllt sind – sonst besteht kein Anspruch auf Mutterschaftsgeld. Das Ganze »gilt« natürlich auch dann, wenn sich mehrere kurze Jobs zu insgesamt 12 Wochen summieren, du mußt also nicht irgendwo die ganze Zeit am Stück gearbeitet haben.

Wenn diese Bedingungen zur Erlangung des Anspruchs auf Mutterschaftsgeld während der Schutzfrist erfüllt sind, besteht auch ein Anspruch auf Mutterschaftsurlaub (die weiteren 4 Monate) und die entsprechenden Gelder (maximal 750 Mark). Studentinnen und freiberufliche Frauen erhalten kein fortlaufendes Mutterschaftsgeld. Alle krankenversicherten Frauen haben allerdings Anspruch auf

ein sogenanntes »einmaliges Mutterschaftsgeld« in Höhe von DM 150,--. Dieses recht mickrige Sümmchen muß bei der Krankenkasse beantragt werden. Bei dieser Gelegenheit kann man auch gleich die Auszahlung des sogenannten »Pauschbetrages« beantragen. Diesen Betrag erhält man als kleinen Bonbon von der Kasse, wenn man alle Vorsorgeuntersuchungen in Anspruch genommen hat (100 DM).

Diese neue Variante des Mutterschutzgesetzes ist sicherlich eine beträchtliche Verbesserung der Lage von erwerbstätigen Müttern, es hat aber doch einige Haken. Viele alleinstehende Mütter sehen sich nach Ablauf der 8 Wochen nach der Geburt des Kindes gezwungen, doch gleich wieder zu arbeiten, da sie mit maximal 750 DM im Monat eben nicht auskommen. Zu fordern wäre also an dieser Stelle, daß während der gesamten 6 Monate der Nettoverdienst weitergezahlt wird. So hat das Ganze eigentlich nur Vorteile für Frauen, die im Grunde versorgt sind und wo der Mann den Hauptanteil des Lebensunterhaltes bestreitet.

Es ist außerdem ein Unding, daß freiberufliche Frauen oder Frauen, die zum Zeitpunkt der Geburt ihrer Kinder gerade ihr Studium beendet haben und keine staatlichen oder sonstigen

Unterhaltsgelder mehr bekommen, völlig leer ausgehen.

Wenn du in Bezug auf das Mutterschaftsgeld in irgendeiner komplizierten Lage bist und nicht genau weißt, ob du nun Anspruch darauf hast oder nicht, empfiehlt es sich in jedem Fall, Rat von einem kompetenten Anwalt einzuholen. Das kostet zwar meistens was, kann sich aber unter Umständen sehr lohnen. Ich kenne einige Frauen, die einen Anspruch gehabt hätten, es aber nicht wußten und es erst gemerkt haben, als es bereits zu spät war. So gibt es z.B. auch für arbeitslose Frauen besondere Bestimmungen, die hier im einzelnen nicht erläutert werden können.

Es ist vor allem wichtig, sich frühzeitig zu erkundigen, damit die entsprechenden Mitteilungs- und Antragsfristen eingehalten werden können. Es lohnt sich außerdem für jede berufstätige Frau, sich eine komplette Ausgabe des Mutterschutzgesetzes zu besorgen (erhältlich bei Krankenkassen), um sich umfassend darüber zu informieren, welche Schutzbestimmungen auch für die Zeit, in der man noch oder wieder arbeitet (vor und nach der Geburt des Kindes) existieren.

Wichtig: Sobald du merkst, daß du schwanger bist, solltest du dies dem Arbeitgeber mitteilen, Du kannst ab diesem Zeitpunkt nicht mehr gekündigt werden und brauchst bestimmte Arbeiten nicht mehr zu verrichten. So dürfen werdende Mütter beispielsweise nicht mit Akkordarbeit beschäftigt werden und keine Arbeiten mit hohem Unfallrisiko verrichten. Alles Nähere erfährst du aus dem erwähnten Mutterschutzgesetz.

Notizen

Notizen

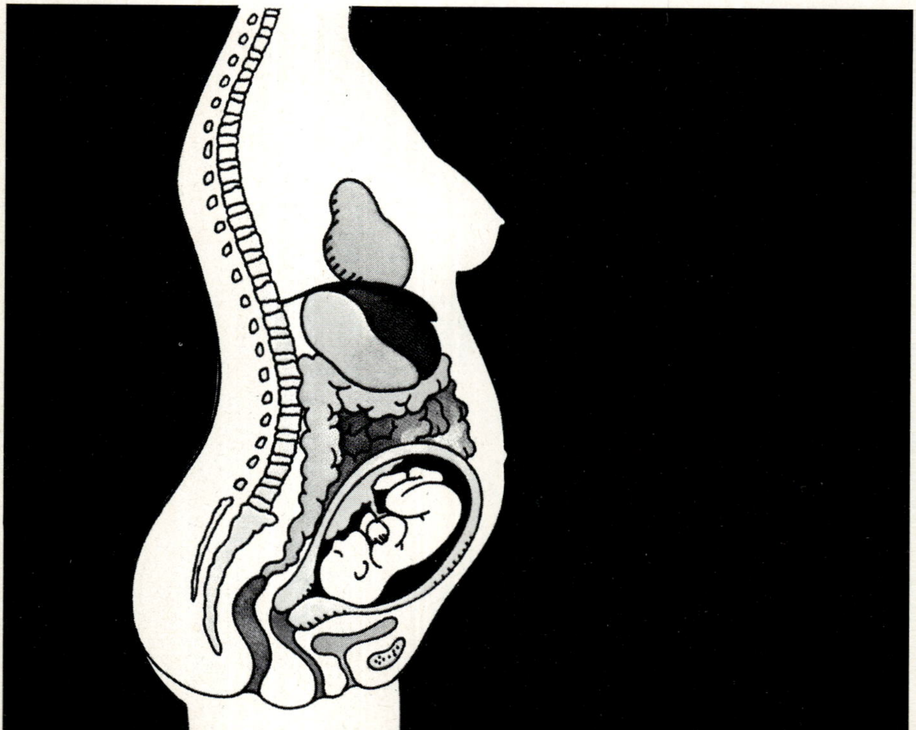

8. MONAT

(28. - 32. Woche)

Die Gebärmutter reicht jetzt knapp bis zum Rippenbogen – sogar dein Herz wird jetzt aus seiner ursprünglichen Lage geschoben. Das Kind wiegt über 2000 Gramm, ist 45 cm groß und kann unter Umständen im wahrsten Sinne des Wortes »beschwerlich« für dich werden: es drückt auf die Blase und auf die Wirbelsäule, all deine Körperfunktionen laufen auf Hochtouren und du kommst vermutlich wesentlich schneller aus der Puste. Beruhigend zu wissen: all das wird im nächsten Monat wieder besser, wenn der Kopf des Kindes ins kleine Becken eintritt und es etwas tiefer rutscht. Dann läßt der Druck auf den Magen nach und du kannst wieder freier atmen.

Gertrud Breitenbach

eine Mutter von sechs Kindern

Ich erinnere mich an das, was sie mir erzählt hat, und an das, was ich aufgeschrieben habe. Ich habe mich ganz in ihr Leben versetzt, als ich sie 1968 bei meinem Praktikum im Gefängnis kennenlernte.

Lebenslauf
Ich, Gertrud Breitenbach, geborene Neumann, wurde am 9. 7. 1938 geboren. Meine Schulzeit habe ich mit sieben Jahren begonnen und mit 14 Jahren beendet.
Nach meiner Schulentlassung war ich im Jugendnoteinsatz in einem Kindergarten beschäftigt.
Anschließend habe ich in Fabriken und im Haushalt gearbeitet.
Meine Arbeit mußte ich aufgeben, da ich in Umständen war.
Dann habe ich bis zu meiner Eheschließung nicht mehr gearbeitet.
Im Herbst 1957 habe ich geheiratet. Einen Monat später bekam ich mein erstes Kind, den Wolfgang.
Dann ist in jedem Jahr ein Kind geboren.
Als zweites kam Siglinde 1958.
Helmut 1959.
Erika 1960.
Rosemarie 1961.
Detlef 1962.
Während meiner Ehe bin ich keiner Arbeit nachgegangen.
Gertrud Breitenbach

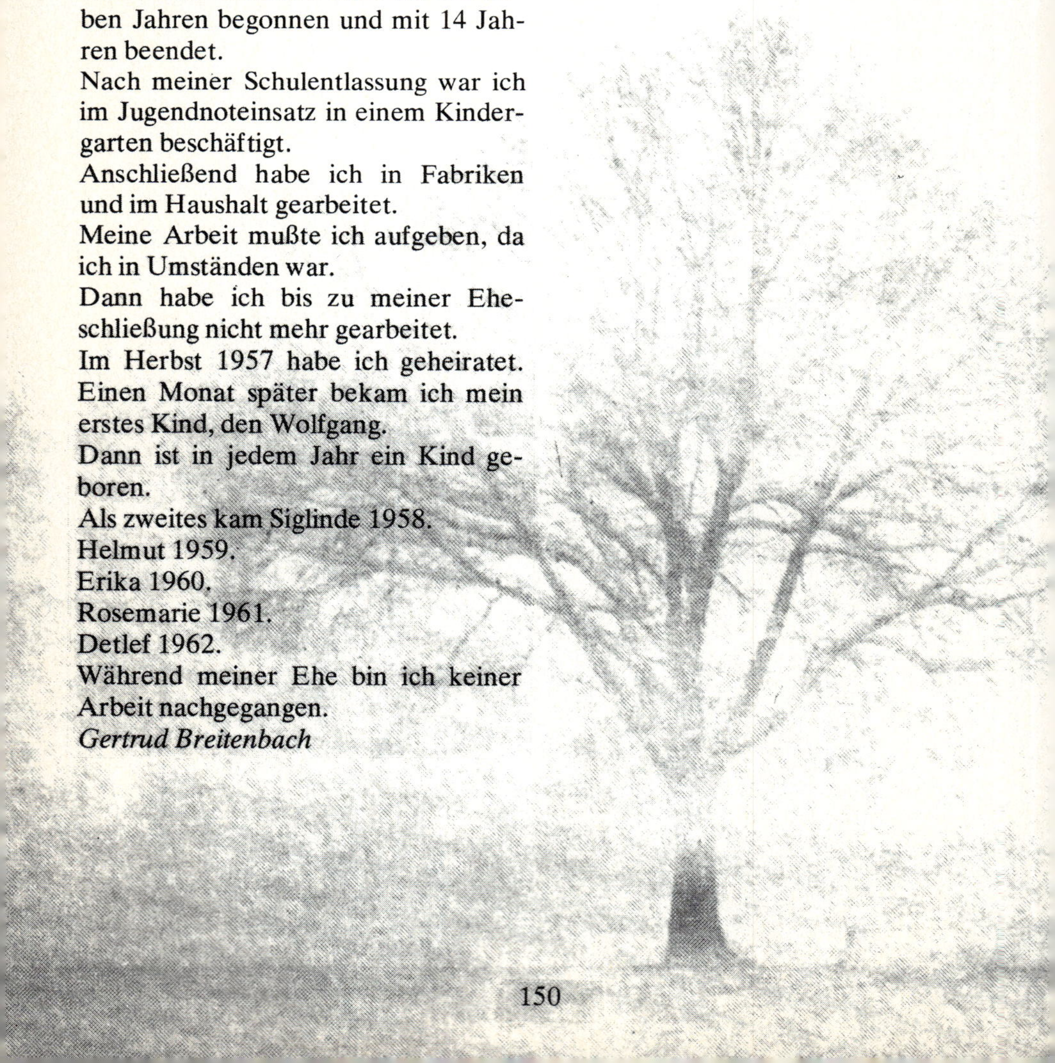

Der Vater von Gertrud Breitenbach ist Arbeiter in einer Maschinenfabrik. Er ist im Waisenhaus groß geworden. Gertrud Breitenbach hat zwei Brüder. Beide arbeiten in derselben Fabrik wie der Vater.

Gertrud Breitenbach besucht die Schule bis zur 9. Klasse. Anschließend arbeitet sie. Alles Geld, das sie verdient, muß sie zu Hause abgeben. Taschengeld bekommt sie keins. Der Vater sagt: Im Waisenhaus hätten sie auch kein Taschengeld bekommen. Wenn Gertrud Breitenbach etwas Geld braucht, mal ins Kino möchte, muß sie den Vater um Geld bitten. Der Vater hat ein Herzleiden. Die Kinder müssen viel Rücksicht auf ihn nehmen und zu Hause leise sein. Die Mutter von Gertrud Breitenbach ist Hausfrau. Sie hat nie einen Beruf gelernt. Sie leidet unter der Sparsamkeit ihres Mannes und unter seiner Strenge.

Das buttert man alleine aus

1957 lernt Gertrud Breitenbach ihren späteren Mann kennen.

Er ist Schweißer. Er hat die Schule wie sie bis zu 9. Klasse besucht. Er hat zwei Brüder. Der eine ist Zimmermann, der andere Maschinenschlosser. Sein Vater ist im Krieg gefallen. Die Mutter war immer berufstätig und selten zu Hause.

Als Gertrud Breitenbach ihren Mann kennenlernt, sind beide 19 Jahre. Beide wollen aus ihrem Elternhaus raus. Beide wollen nachholen, was sie in ihrer Kindheit nicht bekommen haben. Beide wollen es besser machen.

Als Gertrud Breitenbach heiratet, geben die Eltern ihnen ein Zimmer in ihrer 2-Zimmer-Wohnung ab. Einen Monat nach der Heirat bekommt Gertrud Breitenbach ihr erstes Kind. Sie entbindet im Krankenhaus.

Als sie zurückkommt, leben sie zu dritt in einem Zimmer.

Der Mann arbeitet im Schichtdienst, im Monat verdient er 450 Mark.

1958 kommt das zweite Kind.

Da leben sie zu viert in einem Zimmer.

Gertrud Breitenbach: Nach dem ersten Kind wollte ich keines mehr. Als das zweite kam, dachte ich, na, das muß ich eben hinnehmen, das wird auch noch durchkommen. Ich habe danach meine Hebamme gefragt, was ich machen könnte, um keine Kinder mehr zu bekommen. Was es gibt, was hundertprozentig sei. Die hat gesagt: Wenn ich nichts mehr habe, das sei hundertprozentig. Totaloperation hat sie gemeint. Das wollte ich aber auch nicht. Von der Antibabypille habe ich damals noch nichts gehört.

Als 1959 das dritte Kind kommt, ziehen die Eltern aus und überlassen ihnen die Wohnung und sagen: Das buttert man alleine aus.

Beim dritten Kind geht Gertrud Breitenbach nicht mehr ins Krankenhaus. Sie hat niemanden, der in der Zwischenzeit die Kinder versorgt.

1960 bekommt Gertrud Breitenbach das vierte Kind.

1961 das fünfte.

Das Wochenbett kann sie bei keinem Kind einhalten.

Sie steht nach dem ersten oder zweiten Tag auf. Versorgt die Kinder und den Mann.

Ein Tag aus ihrem Leben

Der Mann hat Spätschicht. Die Wohnung: zwei Zimmer. Die Toilette: auf dem Hof. Das Haus ist nicht der Kanalisation angeschlossen. Es gibt keinen Wasserabfluß. Alles Schmutzwasser muß auf den Hof getragen werden.

Da geht alles von vorn los und noch mehr

Fünf Uhr morgens.
Gertrud Breitenbach steht auf und macht Feuer in den Öfen.
Um sechs Uhr bekommt die Einjährige die Flasche.
Zwischen sieben und acht Uhr macht sie Frühstück für die vier anderen Kinder.
Zieht sie an, frühstückt mit ihnen. Um neun Uhr badet sie die Jüngste. Nimmt sie mit im Kinderwagen zum Einkaufen.
Nimmt auch die Zwei- und den Dreijährigen mit, setzt sie auf das Brett am Kinderwagen.

Die zwei anderen Kinder läßt sie zu Hause, sagt ihnen, sie kommt gleich zurück, schließt sie ein.
Es ist kurz vor 10 Uhr.
Gertrud Breitenbach kauft ein. Drei Brote, ein Pfund Butter, vier Liter Milch.
Das braucht sie jeden Tag.
Dazu kommt alles für das Mittag- und das Abendessen. Und alles, was sonst im Haushalt zu Ende gegangen ist. Sie ist unruhig beim Einkaufen. Sie beeilt sich.
Um 1/2 11 Uhr ist sie wieder zurück
Zwischen 11 und 12 räumt sie auf
Macht die Betten.
Wäscht das Geschirr vom Frühstück
Immer unterbrochen von den Wünschen der Kinder.
Um 12 Uhr macht sie das Essen für Rosemarie.
Füttert sie, legt sie ins Bett.
Macht anschließend Mittag für ihren Mann, weckt ihn.
Um 13 Uhr verläßt er das Haus.
Dann ist einer abgeschoben, sagt Gertrud Breitenbach.
Anschließend ißt sie mit den Kindern
Dann bringt sie Erika und Helmut ins Bett.
Gegen 14 Uhr geht sie mit Siglinde und Wolfgang, der Vier- und dem Fünfjährigen, nochmal Einkaufen. Vergessenes und was fürs Frühstück.
Bis 15 Uhr wäscht sie ab, räumt auf, macht eine Waschmaschine voll Wäsche. Anschließend trägt sie das Schmutzwasser in den Hof.
Gegen 16 Uhr werden die Kleinen wach. Gertrud Breitenbach zieht sie an, macht ihnen ein Brot und Tee.
Geht mit beiden in den Park, der in der Nähe ist.

Gegen 17 Uhr ist sie zurück und beginnt mit den Vorbereitungen für das Abendessen.
Abendessen.
Spielen mit den Kindern.
Baden.
Alle ins Bett.
Von 20 - 23 Uhr hat sie das erste Mal am Tag etwas Zeit für sich. Sie hört Radio, stopft, liest Zeitung. Um 23 Uhr macht sie Abendessen für den Mann.
Der kommt, ißt, beide reden noch ein bißchen.
Gegen 24 Uhr gehen sie schlafen.
Um 5 Uhr steht Gertrud Breitenbach auf und macht Feuer in den Öfen.
Die Flasche für die Jüngste.
Da geht alles von vorn los und noch mehr.
Gertrud Breitenbach bekommt ihr sechstes Kind.

Detlef
Gertrud Breitenbach weckt ihren Mann, als die Wehen einsetzen und sagt, er soll die Hebamme anrufen.
Der Mann sagt: Das ist Frauensache, ruf du sie an.
Gertrud Breitenbach steht auf, geht zur nächsten Telefonzelle, ruft die Hebamme an, geht zurück, legt sich ins Bett, liegt kaum und kriegt das Kind.
Am nächsten Tag hat der Mann Frühschicht.
Gertrud Breitenbach steht auf, wäscht etwas für die Kinder, sagt: Die brauchen doch was Neues vor den Hintern.
Hebt die beiden Kleinen aus dem Bett und wieder rein, weil sie das noch nicht alleine können.
Kocht allen was zu essen.
Holt Kohlen vom Hof, weil keine mehr da sind.
Nach dem sechsten Kind kann Gertrud Breitenbach nicht mehr.
Möchte sie nur noch im Bett bleiben und schlafen.
Nicht mehr aufstehen um 5 Uhr morgens.
Keine Kohlen schleppen.
Nicht das Spülwasser in den Hof tragen.
Nicht mehr einkaufen gehen.
Keine Netze mehr schleppen.
Nicht mehr den Mann wecken zur Schicht und ihm Essen kochen.
Gertrud Breitenbach möchte nur noch liegenbleiben, tot sein, alles egal, nur noch liegenbleiben.

Ich hab alles automatisch gemacht

Ich habe alles automatisch gemacht.
Die einen angezogen.
Für die andern Grieß in die Milch geschüttet.
Zwischendurch habe ich geheult.
Ich konnte meine Beine kaum noch bewegen.
Ich wurde gleichgültig.
Mir wurde alles egal.
Gertrud Breitenbach kann nicht liegenbleiben.
Um 5 Uhr schreien die Kinder.
Müssen die Öfen geheizt werden.
Wollen die Größeren angezogen werden. Muß sie einkaufen.
Den Mann wecken. Ihm essen kochen.
Gehofft habe ich, daß mal jemand reinguckt. Ich weiß gar nicht, auf wen ich gehofft habe. Wir kannten ja gar keine Leute.

Überall wo ich stand, wollte ich nur noch liegenbleiben.
Gertrud Breitenbach läßt das Baby liegen.
Legt es selten trocken.
Gibt ihm zu essen, wenn sie gerade Zeit hat.
Bleibt nicht selbst liegen, läßt das Baby liegen.
Eines Morgens ist das Baby tot.

Bürokratie
Als das Kind tot ist, da sind zur Stelle:
Ein Arzt, der den Tod feststellt. Ein Auto, das Gertrud Breitenbach zum Revier bringt. Ein Fürsorger, der eine Aktennotiz macht und eine Akte anlegt. Beamte im Revier, die sie verhören. Und Beamte, die protokollieren. Und Beamte, die eine neue Akte anlegen.
Gertrud Breitenbach kommt ins Gefängnis. Da sprechen Fürsorger mit ihr und stellen Fragen nach ihrer Kindheit. Da kommt ein Arzt und schreibt ihre Kinderkrankheiten auf.

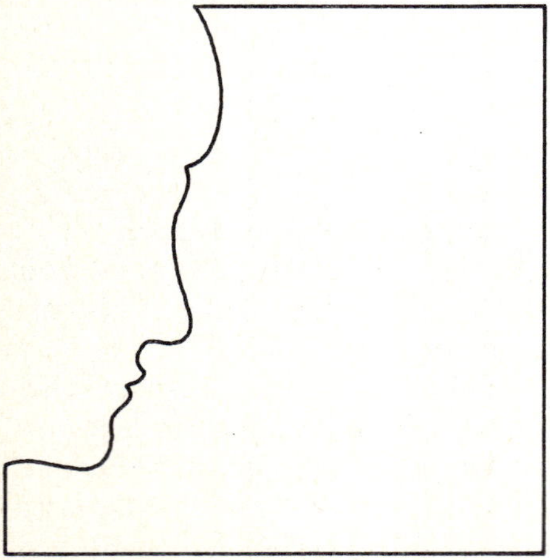

Da kommen Beamte und schreiben Notizen. Da wird die Akte von ihr immer dicker. Da kommen Wärterinnen und geben Wäsche aus und schließen sie ein. Und eine ändert die Statistik.
Und dann kommt das Gericht. Ein Termin wird festgelegt. Viele Leute haben plötzlich Zeit für Gertrud Breitenbach: Richter. Ein Staatsanwalt. Ein Sekretär. Schöffen. Ein Verteidiger. Und Publikum und Publikum und Reporter. Die Schuld von Gertrud Breitenbach wird festgestellt. Und am nächsten Tag steht es in der Zeitung.
Ab jetzt wird jeder Zettel, den sie verbraucht, von einer Beamtin registriert. Und jeder Brief, den sie schreibt, und jeden Brief, den sie bekommt, wird von Beamten zensiert und gelesen.

Viele Leute haben plötzlich Zeit für Gertrud Breitenbach

Gertrud Breitenbach sitzt auf ihrem Stuhl in der Zelle. Sie dreht sich eine Zigarette. Arbeit und Abendessen sind vorbei.
Eigentlich ist das hier wie eine Erholung für mich, wenn ich so an meine sechs Kinder denke.
Zwei hatten von der Geburt an Asthma. Da bin ich nachts immer aufgewesen, wenn sie einen Anfall bekamen. Dabei konnte ich ihnen nicht einmal helfen. Aber schlafen konnte ich auch nicht.
Morgens kamen dann wieder die Kleinen.
Und dann der Älteste. Der hatte ein Hautekzem, überall an den Gelenken.

Eines Morgens, als ich aufwachte, sah er aus wie ein geschlachtetes Schwein. Er hatte sich alles aufgekratzt. Danach ist er ins Krankenhaus gekommen. Da haben sie ihn ans Bett gebunden und ihm Manschetten über die Hände gezogen, damit er sich nicht kratzt.
Die mußte er auch noch weiter zu Hause tragen.
Später durfte er nur Diät essen. Eine Zeitlang nur Kalbfleisch. Dann durfte er Milch nur verdünnt trinken.
Dann kein Salz ins Essen bekommen.
Außer ihm hatte ich aber noch die vier anderen.
Und dann die Enge.
In den ersten Jahren bin ich immer aufs Wohnungsamt gegangen.
Später dann nicht mehr.
Ich wußte nicht, wohin mit den Kindern.
Mein Mann konnte mir auch nicht helfen.
Immer hatte er verschiedenen Schichtdienst.
Der kam nur zum Schlafen nach Hause.
Manchmal wenn er Nachtschicht hatte und am Nachmittag aufwachte, konnte ich mal weggehen.
Da dachte ich, jetzt kannste mal länger beim Kaufmann stehen.
Mal beim Arzt vorbei.
Dachte, da ist ja jemand zu Hause.
Wenn ich zurückkam, schrien die zwei Kleinen.
Mein Mann schlief weiter.
Ich habe ihn dann geweckt und gefragt.
Hörst du denn das nicht? Nein, hat er gesagt, ich höre das nicht. Wir haben uns viel gestritten, alles wegen der Kinder.

In der Zelle ist es dunkel geworden. Draußen klopft eine Mitgefangene an die Tür und sagt: Na, kommst du endlich?
Gertrud Breitenbach will mit der anderen Frau noch Pakete verschnüren, die sie heute am Tag nicht geschafft haben. Beiden ist aus diesem Grund die Zellentür aufgeschlossen worden. Gertrud Breitenbach sagt: Geh mal, ich komm gleich.
Die Frau streckt nochmal den Kopf rein und sagt: Und bring die Schere mit.
Mach ich.
Ich kann nicht nachdenken, ich muß immer arbeiten, sagt sie.

Ich kann nicht nachdenken,
ich muß immer arbeiten,
sagt sie.

In der ersten Zeit war das am schlimmsten. Nacht für Nacht ging das mit den Träumen von den Kindern. Morgens war ich dann immer ganz fertig. Ich habe dann angefangen, viel zu arbeiten.
Gertrud Breitenbach arbeitet im Gefängnis als Hausmädchen. Sie macht die langen Flure, die Toiletten, die Waschräume und die Zimmer der Beamtinnen sauber.
Wenn sie zwischendurch Zeit hat, geht sie in die Werkmeisterei und füllt Kisten. Hilft Frauen bei der Arbeit. Bittet sie bei viel Arbeit um die Erlaubnis, nach Feierabend weiterarbeiten zu können.
In ihrer Zelle näht sie Sachen zum Anziehen für die Kinder.

Gertrud Breitenbach hebt den Kopf und sagt: Vielleicht habe ich erst hierher gemußt, um etwas zu lernen. Wenn mir das heute nochmal passieren sollte, diesmal würde ich irgendwo hingehen.
Ich würde jemandem Bescheid sagen.
Ich hätte das ja auch damals meinem Mann sagen können.
Ich wußte ja, daß es dem Kind nicht gut ging.
Daß es einen Arzt brauchte.
Ich hätte das ja meinem Mann sagen können.
Aber ich habe mich nicht getraut.
Ich habe mich nicht getraut.
Eine Freundin hatte ich nicht.
Auch wenn ich eine gehabt hätte, ich weiß nicht, ob ich mit ihr geredet hätte.
Damals dachte ich, über private Sachen kann ich mit niemand reden.
Das geht niemanden etwas an.
Als dann die Polizei kam, da habe ich nicht gedacht, daß sie mich mitnehmen.
Daß sie ein paar Fragen stellen, war mir klar.

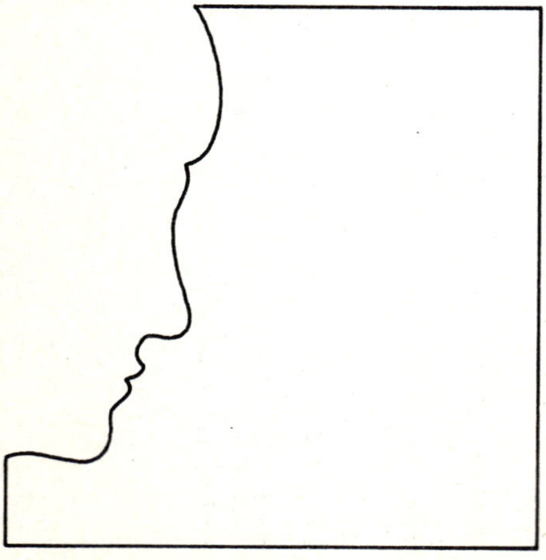

Ich habe auch gedacht, ich bekomme die Kinder wieder. Aber dann kam ich ins Untersuchungsgefängnis.
Und alle fünf Kinder in Heime.
Und dann ging es los mit den Fragen:
Wo haben Sie sich denn rumgetrieben, haben die mich immer wieder gefragt, in der Zeit, in der Sie sich nicht um die Kinder gekümmert haben.
Heute wüßte ich ne Antwort darauf. Damals habe ich nur gesagt, ich habe mich nicht rumgetrieben.
Drei Tage haben die mich so gefragt.
In der Zelle ist mir die Decke auf den Kopf gefallen.
Ich konnte einfach nicht mehr.

Ich konnte einfach nicht mehr.

Manchmal wünsche ich mir die Verhandlung nochmal. Denen würde ich heute was erzählen.
Und dann, als ich so gelesen habe, was die so über mich in der Zeitung geschrieben haben.
Das hat weh getan.
Gertrud Breitenbach steht auf, geht zum Schrank, holt ein Papier, legt es auf den Tisch und sagt:
Das ist mein Urteil.
Ich habe mich ein Jahr nicht getraut, es zu lesen.
Ich habe es immer zeilenweise gelesen.
Das erste Mal habe ich aufgehört, als da stand. »Sie gab ihr Geld aus für Garderobe.«
Ich habe das alles nur einmal gelesen.
Ich schaffe das auch heute nicht. Ich will das auch nie wieder lesen.

Einen einzigen menschlichen Artikel gab es unter der Überschrift »Mord aus Hilflosigkeit«. Eine Bekannte von Gertrud Breitenbach schnitt ihn aus und sandte ihn ihr. Die Beamtin, die die Briefe zensierte, nahm ihn raus.
Er kam zu den Akten.
Ein Richter, der das Leben der Menschen, die er verurteilt, nur aus den Anklageschriften kennt, hat folgendes Urteil verkündet:
»Unter Berücksichtigung aller für und gegen die Angeklagte sprechenden Umstände ist die gegen sie erkannte Zuchthausstrafe von zwölf Jahren die schuldangemessene und erforderliche Sühne für die Tat.«
Gertrud Breitenbach ist dreißig Jahre alt.
Seit sechs Jahren lebt sie im Gefängnis.
Seit sechs Jahren leben ihre fünf Kinder im Heim.

So, jetzt muß ich aber zu meinem Kumpel, die muß sonst alles alleine machen. Gertrud Breitenbach steht auf, bindet ihre Schürze vor das Kleid und geht aus der Zelle in die Werkmeisterei.

aus: Marianne Herzog, Nicht den Hunger verlieren, Rotbuch, Berlin 1980

Eine englische Arbeiterin, die zwischen 1850 und 1860 Kind war, schreibt: »Ich war das siebte Kind meiner Mutter, sieben wurden noch nach mir geboren – insgesamt vierzehn – was aus meiner Mutter eine perfekte Sklavin machte. Allgemein gesprochen, entweder erwartete sie ein Baby oder hatte eines an der Brust. Als wir acht Kinder waren, war das älteste von uns noch nicht so groß, um sich ohne Hilfe zur Schule fertig zu machen.« In der amerikanischen Sklaverei war es für Plantagenbesitzer selbstverständlich, den Frauen und Mädchen zu befehlen, Kinder zu bekommen. Auf einer Plantage in Carolina mit ungefähr 100 Sklaven drohte der Besitzer, alle Frauen auszupeitschen, weil sie keine Kinder bekamen. Sie sagten ihm, daß sie nicht könnten, weil sie auf den Reisfeldern arbeiten müßten (bis zu einem halben Meter im Wasser). Unter Flüchen und Drohungen befahl er ihnen, der Frau des Aufsehers Bescheid zu sagen, sobald sie in anderen Umständen wären, er würde sie dann auf dem Land arbeiten lassen.

aus: A. Rich. Von Frauen geboren, Verlag Frauenoffensive, München 1979.

Ich glaube immer noch, daß es ein Privileg ist, zuhause bleiben und für seine Familie sorgen zu können. Und hier bei uns ist es auch noch so wie in allen kleineren Gemeinden, nehme ich an, daß alle Leute zusammen an bestimmten Dingen beteiligt sind. Es ist nicht so, daß die Frauen mit anderen nur über ihre Kinder reden könnten. Doch da, wo Industrie und Fabriken kamen und die Städte größer und größer machten, begann die Isolation.

Audrey Shenondoah, Onondaga

Wolf, Mein Name ist: Ich lebe, Frauenbuchverlag München 1979

Denn Kinder sind für die Frau heute die schrecklichste aller Versklavungen. Sie steht allein da mit der Erziehung, der Mann greift sozusagen überhaupt nicht ein, die Gesellschaft auch nicht. Außerdem definiert sich die Mutter in bezug auf ihre Kinder, und die Kinder erzeugen in ihr rasch Schuldgefühle, die aus der Mutterschaft eine ganz und gar verschlingende Aufgabe machen. Die Frau verliert so jedes Selbstgefühl und jegliche Identität zugunsten ihrer Kinder. Wenn die Frau trotz allem verheiratet ist und Kinder hat, wiederhole ich meinen ersten Ratschlag: so zu kämpfen, es irgendwie zu schaffen, daß sie ihre wirtschaftliche Unabhängigkeit durch Arbeit erlangt.

aus: Simone de Beauvoir, Über den Kampf für die Befreiung der Frau, in: Kursbuch 35, 1974

Änderungen des Bürgerlichen Gesetzbuches

Von der »Hausfrauenehe« . . . zur Partnerschaft.

§ 1356 (Stellung der Frau: Mitarbeitspflicht der Ehegatten)

(1) Die Frau führt den Haushalt in eigener Verantwortung. Sie ist berechtigt, erwerbstätig zu sein, soweit dies mit ihren Pflichten in Ehe und Familie vereinbar ist.

§ 1360 (Gegenseitige Unterhaltspflicht). Die Ehegatten sind einander verpflichtet, durch ihre Arbeit und mit ihrem Vermögen die Familie angemessen zu unterhalten. Die Frau erfüllt ihre Verpflichtung, durch Arbeit zum Unterhalt der Familie beizutragen, in der Regel durch die Führung des Haushalts; zu einer Erwerbstätigkeit ist sie nur verpflichtet, soweit die Arbeitskraft des Mannes und die Einkünfte der Ehegatten zum Unterhalt der Familie nicht ausreichen. (. . .)

§ 1356 BGB (neu).

Die Ehegatten regeln die Haushaltsführung in gegenseitigem Einvernehmen. Ist die Haushaltsführung einem der Ehegatten überlassen, so leitet dieser den Haushalt in eigener Verantwortung. Beide Ehegatten sind berechtigt, erwerbstätig zu sein. Bei der Wahl und Ausübung einer Erwerbstätigkeit haben sie auf die Belange des anderen Ehegatten und der Familie die gebotene Rücksicht zu nehmen.

§ 1360 BGB (neu).

Die Ehegatten sind einander verpflichtet, durch ihre Arbeit und mit ihrem Vermögen die Familie angemessen zu unterhalten. Ist einem Ehegatten die Haushaltsführung überlassen, so erfüllt er seine Verpflichtung . . . in der Regel durch die Führung des Haushaltes.

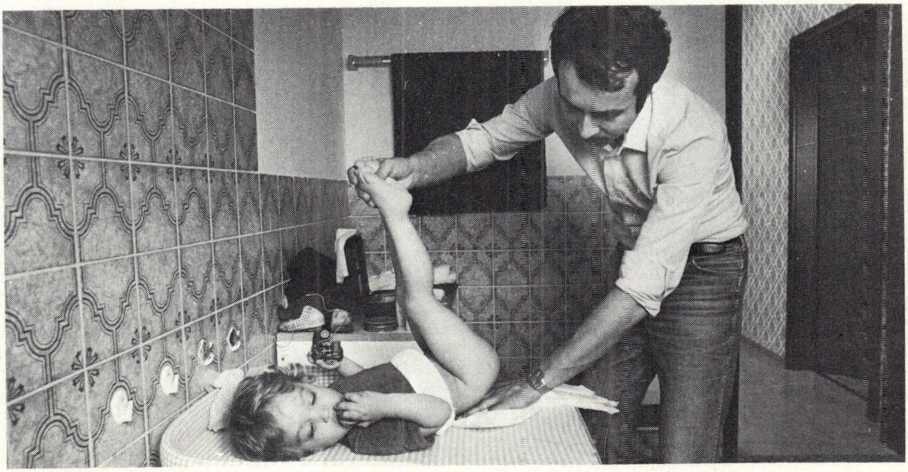

Leben und Arbeiten
Leben oder Arbeiten

Arbeiten und Kinder haben. Für fast alle ist es ein unlösbares Problem, das unter einen Hut zu kriegen. Welche Wunschvorstellungen habt Ihr?

Hannelore

Ideal wäre es in einer engen nachbarschaftlichen Gemeinschaft, fast wie früher im Dorf.

Einzelpersonen, Paare, Gruppen, Alte, Junge mit und ohne Kinder würden nah zusammenwohnen. Es müßte genügend Raum vorhanden sein, um dort zu arbeiten und zu wohnen. Räume für Veranstaltungen, Spielmöglichkeiten für Kinder sollte es geben. Und Werkstätten.

Die Kinder sollten bei der Arbeit, wenn es möglich ist zusehen, dabei sein, helfen. Wir bräuchten sie nicht mehr über weite Strecken in den Kindergarten, diese künstliche Spielwelt, zu karren. Bei uns im Haus ist unten eine Druckerei, in der auch Leute aus der Wohngemeinschaft arbeiten. Lilli hat dort beim Spielen mit den Buchstaben lesen und schreiben gelernt, bevor sie in die Schule kam. Mein Wunschtraum wäre, daß sich eine Gruppe von Leuten für die Kinder verantwortlich fühlt. Hausarbeit, Kindererziehung und Geldverdienen wäre eine Sache von allen und würde nicht mehr nur die »Zweierbeziehung« strapazieren. »Einzelkinder« hätten »Geschwister« in der Gruppe.

Renate

Die Hausarbeit sollte nicht mehr Sache einer einzelnen Familie, oft sogar einer einzelnen Person sein. Was Claudie Broyelle in ihrem ersten Buch über China schreibt, klingt utopisch! »In Schanghai konnten wir weitere kollektive Einrichtungen besichtigen, wie sie auch in Datjing bestehen. Ihre Besonderheit liegt darin, daß sie von den Frauen selbst gegründet worden waren. Das bedeutet also, daß ihre konkrete Organisation sowie ihre Weiterentwicklung aufs engste mit dem Bestreben der Frauen verflochten sind, den privaten und familiären Charakter dieser Aufgabe zu zerstören.

Wir besichtigten eine Nähwerkstatt. Morgens gingen die Arbeiter von Wohnung zu Wohnung, um die reparaturbedürftigen Kleidungsstücke einzusammeln: zerrissene Hemden, durchlöcherte Strümpfe, aufgetrennte Hosen, abgerissene Knöpfe, Kleidungsstücke, die enger bzw. weiter gemacht werden sollten, etc. Dann kehrten sie in die Werkstatt zurück und machten sich an die Arbeit. Einer nähte Knöpfe an und setzte Flicken auf, eine andere reparierte einen Saum, wieder andere arbeiteten an den Nähmaschinen. Innerhalb kurzer Zeit, oft noch am selben Tag, waren die Kleider repariert und wurden wieder in den Wohnungen abgeliefert, uund das alles zu einem sehr niedrigen Preis, der kaum mehr als die Materialkosten deckte. Entsprechende Dienstleistungen gibt es fürs Wäschewaschen, Bügeln, Schuhreparaturen, Ausbessern der Bettwäsche sowie für die Maßschneiderei. Sie zeichnen sich durch zwei besonders wichtige Eigenschaften aus: sie werden mitten in den Wohnsiedlungen verrichtet, also in unmittelbarer Nähe der Verbraucher, und sie sind sehr billig und werden deshalb massenhaft in Anspruch genommen. Es gibt ebenfalls Bastlerwerkstätten, die die Reparatur der verschiedenen Haushaltsgeräte übernehmen: undichte Becken oder Töpfe ausbessern, Messer und Scheren schleifen, aber auch an Ort und Stelle beschädigte Schranktüren oder klemmende Fenster reparieren, etc. Es gibt auch Reinigungsdienste, die regelmäßig in den Wohnungen saubermachen, und auch das zu einem sehr geringen Preis.

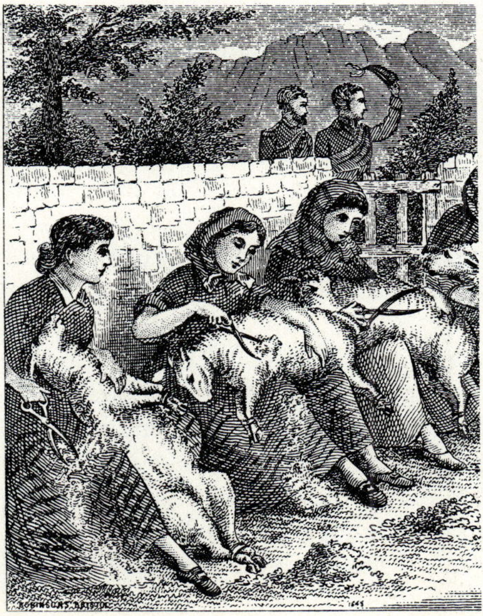

Die Arbeitstrupps, die solche »Dienste« übernehmen, sind, wir sagten es bereits, von den Frauen ins Leben gerufen worden, aber sie umfassen auch andere Personen als nur Hausfrauen; vor allem haben sie es den Rentnern ermöglicht, sofern sie bei guter Gesundheit waren, auch weiterhin eine gesellschaftliche Tätigkeit auszuüben, einer der Gründe für die völlige Integration der Alten in die Gesellschaft, man trifft dort aber auch »aktive« Männer an. Die Arbeiter der Dienstleistungswerkstätten arbeiten 6 Stunden täglich, manchmal auch nur 3 oder 4 Stunden; so können sich auch weniger kräftige Personen daran beteiligen oder zum Beispiel Jugendliche außerhalb ihres Studiums; darüber hinaus wird es diesen Arbeitern auch ermöglicht, sich an anderen Aktivitäten zu beteiligen, z. B. die Schaffung von Laienspielgruppen oder Chören, oder aber sie können wieder zur Schule gehen und sich völlig neue Kenntnisse aneignen, ja sogar einen neuen Beruf erlernen.«

aus: Claudie Broyelle, Die Hälfte des Himmels, Wagenbach, Berlin 1973

Claudia

Wir wollen beide eine halbe Stelle als Lehrer nehmen und beide Kind und Haushalt versorgen. Ganz zu Hause bleiben würde mir keinen Spaß machen. Mir gefällt meine Arbeit. Ich brauch das mit den Leuten.

Würde nur ich weniger in die Schule gehen, wäre bald die alte Rollenverteilung wieder da. Würde Klaus die halbe Stundenzahl zur Schule gehen und ich ganz, ist das Problem das gleiche! Das Verhältnis nur umgekehrt. So hoffen wir, daß wir beide mit weniger Streß unseren Beruf machen, den Haushalt zusammen bewältigen und beide viel mit dem Kind zusammen sind. Der Wunsch weniger zu arbeiten, hängt aber nicht nur mit dem Kind zusammen, sondern auch mit meiner eigenen Sehnsucht, Zeit für mich zu haben, Interessen nachzugehen. Das kann die politische Arbeit in einer Gruppe sein. Vielleicht würde ich auch ein Handwerk oder ein Instrument lernen. Eine Binsenweisheit ist auch: Wenn ich mit mir selbst im Reinen bin, kann ich auch »gute Mutter« sein! (In Nordrhein-Westfalen kann jeder Lehrer eine halbe Stelle nehmen neuerdings.)

Paula
Ich würde gerne ein Jahr gar nicht arbeiten gehen und mich nur um das Kind oder vielleicht auch noch andere Kinder kümmern. Es müßte garantiert sein, daß nach der Zeit der alte Arbeitsplatz wieder zur Verfügung stünde.
Ich begreife Kindererziehung auch als gesellschaftliche Aufgabe und die müßte staatlich finanziert werden. Deshalb wäre das mindeste die Ausdehnung vom Mutterschaftsurlaub auf ein Jahr oder vielleicht auch wechselweise ein halbes Jahr für die Frau und ein halbes Jahr für den Mann. 750 DM ist natürlich zu wenig Geld dafür.
Kinderkrippen müßten kleinere Gruppen haben – alle Kinder sollten aufgenommen werden – keine Wartelisten! Private Initiativen, die kollektiv Kinder versorgen, sollten vom Staat unterstützt werden. Und wenn Kinder krank sind, müßten Mütter oder Väter bezahlten Urlaub kriegen!

Ulrike
Wie die Anke in Brasilien das macht, gefällt mir gut. Sie ist Entwicklungshelferin und lebt mit ihrem Sohn in einem Favela, einem Armendorf. Wenn sie die Leute besucht, mit ihnen dort lernt und arbeitet, nimmt sie ihn mit, jedenfalls solange er klein ist. Er ist bei ihr und erlebt viel von den Menschen, der Arbeit.
Auf der anderen Seite, oft bin ich auch gern mal alleine, möchte ich was ohne Kinder unternehmen. Die Kinder brauchen nach einer bestimmten Zeit auch kontinuierliche Beziehungen zu anderen . . .
Im Moment bin ich froh, wenn ich viel mit ihnen zusammen bin, sie ganz dicht bei mir hab, aber ich freu mich auch darauf, einen Teil der Zeit »selbständig« zu sein. Wenn ich weiß, daß es den Kindern gut geht, kann ich mich auf meine Arbeit oder andere Gedanken einlassen, ohne nervös zu werden, aber auch nur dann! Wenn mein Mann oder meine Freundin bei ihnen ist, hab ich ein gutes Gefühl.

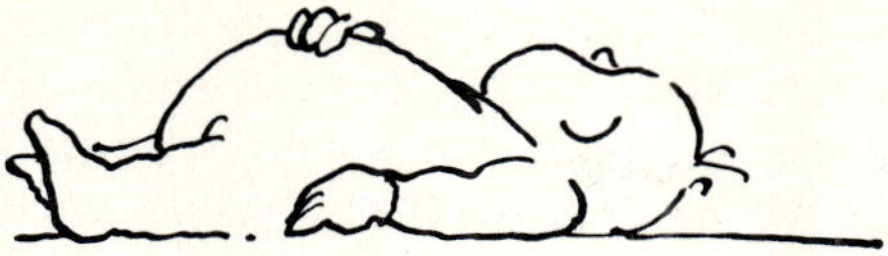

Marina

Ich wäre am liebsten in der sowjetischen Familie Nikitin:

»Als wir in ein anderes Haus mit Heizung, Wasserleitung und Gas umgezogen waren, half uns wieder eine Notwendigkeit: Wir mußten das Haus winterfest machen, den Schuppen umbauen, das Gelände für den Sportplatz und das Schwimmbecken säubern und zurechtmachen. Ordnung im Garten schaffen – es war genug Arbeit da. Außerdem gab es viele verschiedene Saisonarbeiten: wie den Frühlingsputz im Hof und das Pflanzen im Garten. Gewöhnlich machen bei solchen Tätigkeiten alle, groß und klein, mit. Und natürlich war da auch die tägliche Arbeit: Saubermachen, Essenkochen, Abwaschen u. a. – wir tun sie der Reihe nach. Wenn man all das zusammenrechnet, dann ergeben sich im Schnitt natürlich nicht fünf Minuten, aber auch nicht mehr als eine halbe Stunde Arbeit am Tag. Ich finde, das ist sehr wenig. Deshalb bleibt diese Arbeit auch unbemerkt, und eigentlich kann man sie gar nicht richtig Arbeit nennen.

Wir hatten eine Zeit, in der Mutter Heimarbeit machen mußte – sie nähte Schürzen, und wir alle haben ihr geholfen. Der Älteste war damals elf Jahre alt. Wir arbeiteten eine bis anderthalb Stunden täglich, jeder in seinem »Fach«: einer heftete mit Stecknadeln die Einzelstücke zusammen, einer schnitt Garn zurecht, einer legte zusammen, einer war »Kinderfrau« im Kindergarten und spielte mit dem damals noch kleinen Wanjuscha. Zwei Jahre arbeitete unsere »Nähfirma« – »Nitotschka, Nikitotschka«.

Zur Hälfte war das natürlich ein Spiel, aber wir arbeiteten mit allem Ernst, jeder an einem Arbeitsplatz, mit straffem Rhythmus und in eigener Verantwortung für die Qualität. Das war eine wunderbare Zeit, an die wir uns alle mit Vergnügen erinnern. Und warum? Es war eine gut organisierte, einträchtige Arbeit mit einem sichtbaren Ergebnis: Ein Haufen fertiger – von uns gemachter (!) – Schürzen. Eine bis anderthalb Stunden ziemlich mühseliger eintöniger Arbeit hätte, so schien es, die Kinder ermüden können, aber nein: Sie waren von einem besonderen Arbeitsethos durchdrungen, weil sie in der »Fabrik« unbedingt gebraucht wurden. Irgendwie hatte sich Anotschkas Finger entzündet – sie hatte sich einen Splitter eingestochen. Wir wollten sie von der Arbeit befreien, aber sie fragte:

»Und wer wird dann die Taschen aufheften?« und arbeitete mit den anderen zusammen weiter bis zum Ende der »Schicht«.

Lena Alexejewna: Es war einfach erstaunlich, wie unsere Quecksilber sich bei der Arbeit verwandelten und konzentriert, aufmerksam und ernst wurden und sich sogar ein bißchen wichtig nahmen – es war gar nicht an sie heranzukommen. Und irgendwie befanden sie sich ja schließlich auch »im Dienst«.
Und wie unterschiedlich ihre Charaktere zum Vorschein kamen: Der eine gab mit seinen Rationalisierungsvorschlägen keine Ruhe, der andere war anfangs darauf erpicht, möglichst viel Quantität auf Kosten der Qualität zu liefern, der dritte zeigte ungewöhnliche Akkuratesse, sogar feine Eleganz in seinen »Operationen«, und der vierte erwies sich als universal – er eignete sich alle »Berufe« an und war bereit, im Fall eines »Rückstandes« zu helfen. Alle Fragen, die in der »Fabrik« auftauchten, lösten wir auf einer allgemeinen Versammlung, und wir Erwachsenen hatten nicht selten allen Grund, von den sinnvollen und gerechten Urteilen der Kinder beeindruckt zu sein.

Boris Pawlowitsch: Ja, die Arbeit, die Teilnahme an der allgemeinen Mühe gab den Kindern sehr viel. Aber die Hauptsache war, daß sie zu verstehen begannen, daß das Leben nicht nur aus dem angenehmen »ich will«, sondern auch aus dem strengen und verantwortungsbewußten »man muß« besteht. Das ist ihnen in der Schule sehr zustatten gekommen.
Außerdem waren auch die Spiele der Kinder nicht nur leere Zerstreuung, nicht nur »freies Leben«. In allen Spielen gibt es viele Regeln und Pflichten, die sie einhalten müssen. Deshalb sind Spiele auch belehrend, sie entwickeln sehr vieles in den Kindern. Dank unserer »Stufen des Schöpferischen«, der aufbauenden Spiele, haben sich bei den Kindern merklich entwickelt: Aufmerksamkeit (auch eines der Spiele heißt so – »Aufmerksamkeit«), Konzentrationsfähigkeit, Geduld, Beharrlichkeit, Selbstkontrolle und Selbständigkeit.«

aus: Boris und Lena Nikitin
Die Nikitin-Kinder
Ein Modell frühkindlicher Erziehung
Hrsg. Marianne Butenschön
Kiepenheuer & Witsch, Köln 1978

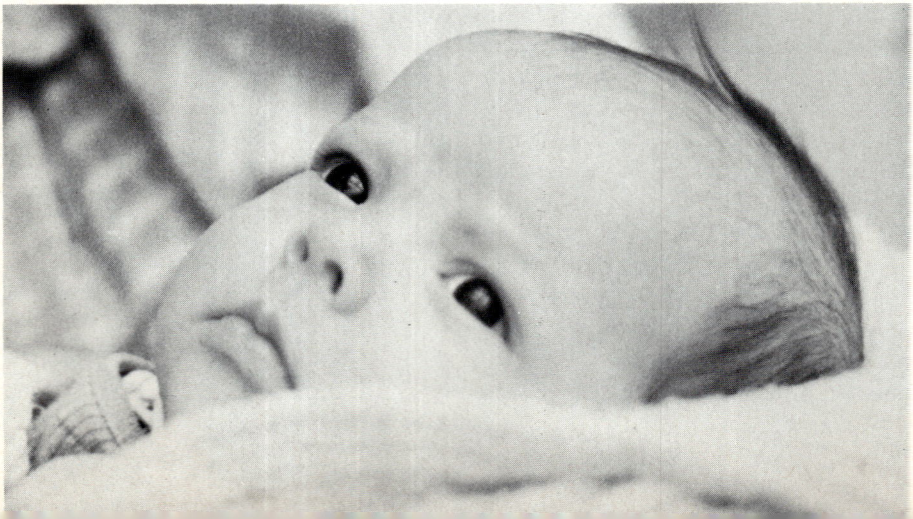

Notizen

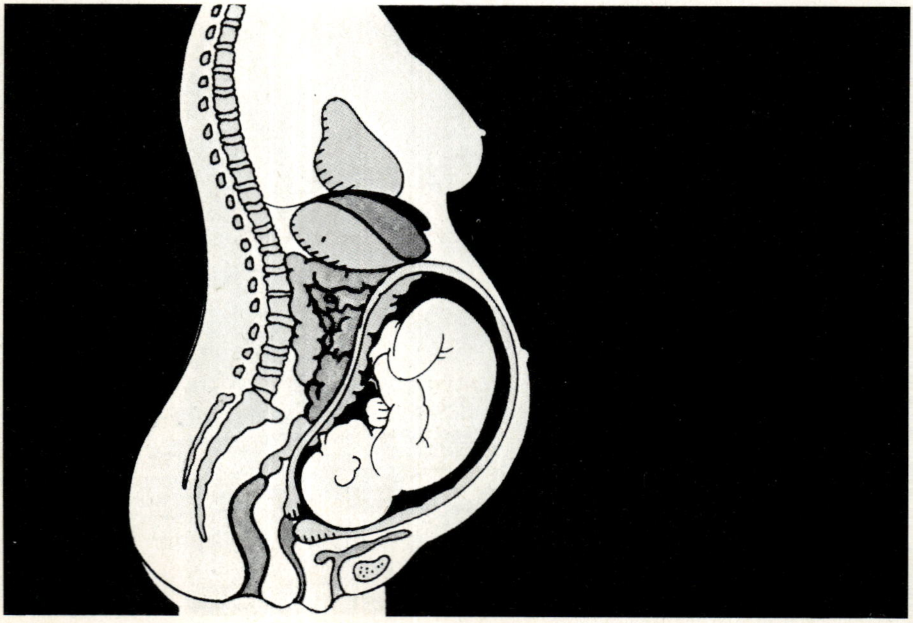

9. MONAT

(32. - 36. Woche)

Jetzt tritt der Kopf des Kindes ins kleine Becken ein. Durch leichte Vorwehen (auch Senkwehen genannt) bringt sich das Baby in eine gute »Startposition«. Die Gebärmutter übt bereits für die Geburt: ab und zu verhärtet sich der Bauch für einige Sekunden. Solange diese Kontraktionen nicht in regelmäßigen Abständen auftreten und nicht schmerzhaft sind, besteht kein Grund zur Beunruhigung. Bei vielen Frauen fließt jetzt schon etwas Vormilch (Kolostrum) aus der Brust.

Das Kind ist jetzt lebensfähig: es wiegt rund 2700 Gramm und ist fast einen halben Meter lang. Was jetzt im Wesentlichen noch mit ihm passiert, ist, daß es mit Abwehrstoffen für das Leben draußen ausgerüstet wird und daß es sich noch etwas Gewicht »draufschafft«. Das Atmen wird wieder leichter, Lunge und Magen haben wieder mehr Platz (etwaiges Sodbrennen wird besser oder verschwindet). Kehrseite der Medaille: die Blase wird zusammengedrückt (häufiges Pinkeln!) und der Rücken wird stärker belastet.

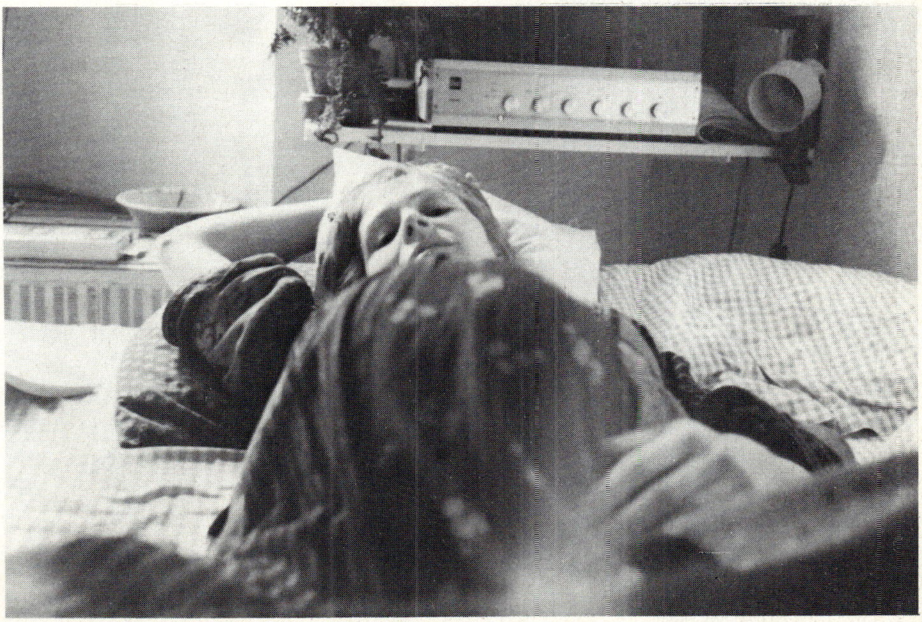

»Hast Du denn jetzt schon alle Sachen?«

Diese Frage hörst du vermutlich jetzt öfters und wirst langsam nervös. Die Beschaffung aller für das Kind notwendigen Dinge ist einfacher und billiger als man denkt. Kaufen braucht man normalerweise auch jetzt fast nichts.

Mütter, Eltern, Bekannte, Verwandte, sprich sie alle an auf gebrauchte Betten, Babykleidung, Kinderwagen usw. Meist bekommt man haufenweise Zeug und kann gar nicht alles gebrauchen (was man wirklich braucht, findest du auf der Liste auf S. 182). Wenn du etwas doppelt hast, kannst du es oft im Second-hand-shop tauschen.

Sozialamt. Wenn du nicht verheiratet bist und/oder nur wenig Geld hast, hast du Anspruch auf viele Arten der Unterstützung, also sowohl auf Sachzuwendungen als auch auf Zuwendungen finanzieller Art. So steht dir beispielsweise ein sogenanntes »Erstausstattungspaket« zu.
Gelder vom Sozialamt zu bekommen ist meistens harte Arbeit und viel bürokratischer Aufwand. Trotzdem solltest du versuchen, dir das zu holen, was dir zusteht. (Siehe Absatz Sozialhilfe).

Kirchen. Hier gibt es meist unbürokratische und schnelle Hilfen aller Art. In manchen Städten gibt es regelrechte »Warenlager«, in denen die kirchlichen Träger Spenden und ähnliches sammeln, um es Leuten, die es brauchen, zukommen zu lassen. Ein Anruf bei der Kirche lohnt sich meistens, oft sind die zuständigen Leute sogar nett, obwohl man was von ihnen will. Man muß selbst normalerweise keine Konfession haben, um etwas zu bekommen.

Pro Familia. Hier gibt es oft schnell und unbürokratisch Hilfen, vor allem Sachzuwendungen.

Frauenzentrum. Einige Frauenzentren haben Sammelstellen eingerichtet, bei denen du dir Babykleidung und andere notwendige Sachen billig oder umsonst besorgen kannst.

Annoncen. Haben oft einen ganz durchschlagenden Erfolg. Eine Frau bekam auf eine Annonce: »Werdende Mutter mit wenig Geld sucht Babyausstattung billig oder geschenkt« 11 Kinderbetten, 7 Kinderwagen, Autositze, Tragetücher, Waagen, Klamotten in Massen geschenkt.

Zur Situation der Kinder in der Dritten Welt

Kindersterblichkeit in Brasilien:

1950 17 %
1960 12 %
1970 11 %
jetzt 11,6 %,
also wieder steigend, vor allem aufgrund des hohen Wachstums der städtischen Randgebiete (favelas = slums).

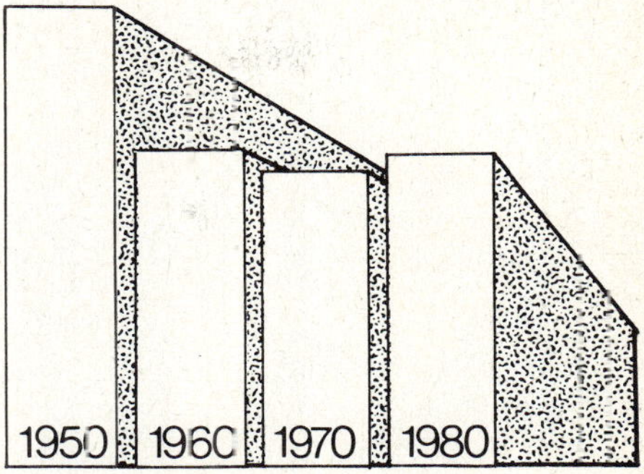

UNO zur Situation der Kinder in »Entwicklungsländern«:

- Zugang zu Gesundheitsversorgung hat nur jedes 20. Kind.
- Jedes Jahr werden geboren: mehr als 100000000, 70 % davon ohne ausgebildete Hilfskräfte = 70000000.
- Betroffen von Hunger/Unterernährung mehr als 200000000.
- 85 % der Kinder aus ländlichen Gegenden haben keinen Zugang zu Trinkwasser (sauberes).
- Jedes 5. Kind stirbt vor Vollendung des 5. Lebensjahres.
- Zwischen 7 und 10 Jahren haben mindestens 100000000 Kinder keine Schulausbildung (lernen nicht lesen und einfaches Rechnen).
- Die Hälfte der Slumbevölkerung sind Kinder,
- wachsen in ländlichen Gebieten auf, wo es keinerlei Hilfeleistungen gibt und die Sterblichkeitsrate besonders hoch ist: 810000000.

Und in der BRD, ist es da viel besser, wenn z. B. 1976 67000 Kinder in Autounfälle verwickelt waren, davon 40 % beim Spielen auf der Straße
ca. 100000 Spielplätze fehlen
30000 Kinder jährlich von den Eltern mißhandelt werden, von denen 600 an den Folgen sterben
und die Selbstmordrate bei Kindern jährlich steigt?
Und das in einem Land mit der niedrigsten Geburtenrate.
Diese Frage stellt eine brasilianische Tageszeitung.
Anke Drawert

Stellen wir uns vor, unsere Welt wäre ein Dorf mit 1 000 Einwohnern.
Dann gäbe es darin:
60 Nordamerikaner
60 Lateinamerikaner
86 Afrikaner
210 Europäer
564 Asiaten oder einige andere.

700 Einwohner sind »Farbige«
300 sind Weiße
300 nennen sich Christen.

200 haben nicht genug zu essen
600 leben in Hütten und Baracken
700 können nicht lesen und schreiben
60 Bewohner des Dorfes, in der Mehrzahl Christen, verfügen über die Hälfte des gesamten Einkommens in unserem Dorf
940 müssen sich die restliche Hälfte teilen.

Jährlich verhungern etwa 15,5 Millionen Kinder in der Welt vor dem Erreichen ihres fünften Lebensjahres, davon allein 15 Millionen in den Entwicklungsländern. Weitere 90 Millionen Kinder tragen durch Mangel- und Unterernährung bleibende Schäden davon. Nach Schätzungen der Weltbank leben noch etwa 900 Millionen Menschen in absoluter beziehungsweise relativer Armut, darunter 350 Millionen Kinder bis 12 Jahre. Mehr als 52 Millionen Kinder unter 15 Jahren sind heute nach einer Studie des Internationalen Arbeitsamtes erwerbstätig, zumeist unter unerträglichen Bedingungen.
aus: L. Doormann, Kinder in der BRD, a.a.O.

Auf die Verheißungen Gottes können christliche Eheleute eine große Familie bauen, und dieses Fundament ist tragfähiger als alle irdischen Sicherungen. Das ist eine alte Erfahrung, und der Volksmund drückt sie in dem Reimwort aus: **Gibt Gott das Häslein, so gibt er auch das Gräslein. Und was Gott pflanzt, begießt er auch.** (Und hier darf der Schreiber von sich selber reden, um damit Zeugnis abzulegen von Gottes Vatersorge: er und seine Frau haben zehn Kinder, aber es ist seiner Familie gegen alle Voraussicht mit der wachsenden Kinderzahl immer besser ergangen statt schlechter.) . . .

Das Sprichwort hat recht: Ein Kind – kein Kind; zwei Kinder – halb Kind; drei Kinder – ein Kind!

aus: Ring des Lebens, Das Buch der christlichen Familie, Paulus Verlag, Recklinghausen 1952

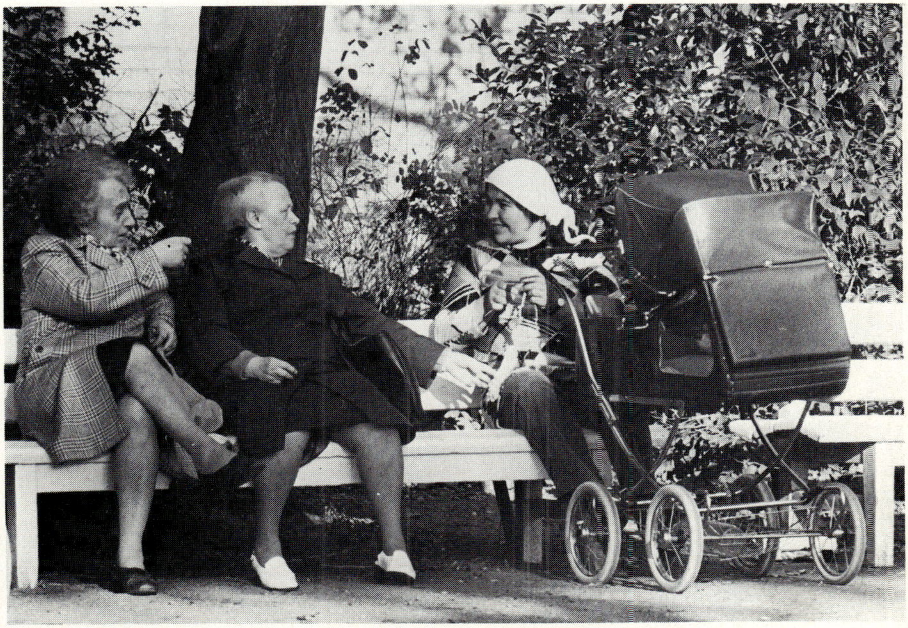

**Wiegenlied
für ein ungeborenes Kind**

Ich warte auf dich,
laß nicht auf dich warten,
weil es so viele Dinge
auf dieser Welt zu tun gibt.
Wach auf mein Kind,
wach auf meine Sonne.

Ich weiß, daß dich Schmerzen
und Trauer erwarten,
daß es schwer ist zu leben,
und daß man selten glücklich ist,
aber mit deiner Hilfe
und der Hilfe anderer
werden wir schließlich
atmen können.

Ich habe für dich in einer Kiste
das Lachen aufgehoben,
in einer anderen Zärtlichkeit
und in einer weiteren
Liebkosung
und eine ist leer,
damit Glück sie später füllt,
dich auf die Welt kommen
zu sehen.

Neige dich der Welt zu
und beginne zu wachsen,
denn schon jetzt darf man keine
Zeit verlieren.
Wach auf mein Kind,
wach auf meine Sonne!

*aus: Kinder des Elends,
Galerie Edition 70, Schillerstr. 70, 1 Berlin 12.*

TÖTET NESTLE BABYS?

Der tödliche Fortschritt durch Babynahrung

Über die Praktiken, mit denen die uns wohlbekannte Firma Nestle vorgeht, um ihre Produkte in der Dritten Welt zu vertreiben, hat die »Arbeitsgruppe Dritte Welt« (Bern) eine Dokumentation herausgebracht, die unter dem Titel »Exportinteressen gegen Muttermilch« im Rowohlt Verlag herausgekommen ist (Taschenbuch, 4,80 DM).

Mit einem immensen Aufwand geht die Firma Nestle daran, die Mütter in der Dritten Welt vom Stillen abzubringen und ihnen gleichzeitig weiszumachen, Pulvermilch der Firma Nestle sei viel gesünder und besser für ihre Babies. Es werden Gratis-Milch-Proben verteilt, im Radio ertönen entsprechende Slogans, »Milchschwestern« und »Mütterberater« der Firma Nestle werden auf die jungen Mütter angesetzt. In den Krankenhäusern werden die Wöchnerinnen durch großartige Geschenke und Gratismilchdosen dazu gebracht, ihre Babies mit Trockenmilch zu ernähren.

In der Dritten Welt fehlen jedoch im allgemeinen die Voraussetzungen, die Pulvermilch entsprechend zuzubereiten. Zum einen sind die wenigsten Familien in der Lage, die Kosten für eine kontinuierliche Trockenmilchernährung aufzubringen – das führt dazu, daß das Milchpulver zu stark verdünnt wird und nicht mehr nahrhaft genug ist (die Mütter versuchen so, die Milch zu »strecken«). Zum anderen fehlen die hygienischen Voraussetzungen: sauberes Trinkwasser und hygienische Kücheneinrichtungen. Oft können die Mütter nicht lesen, verstehen also die Gebrauchsanweisungen nicht und bereiten die Milch falsch und unsachgemäß zu.

Säuglingsgrab auf dem Friedhof in Chingwele außerhalb Lusakas in Sambia. Aufgenommen 1969, aus einer privaten Sammlung eines Tropenmediziniers. (In Sambia ist es üblich, daß die Mütter einen Gegenstand, der in Beziehung zum Kleinkind stand, auf sein Grab legen.)

Die verheerenden Folgen hiervon sind Infektionskrankheiten der Kinder, Magen-Darm-Erkrankungen, Unterernährung, Tod.

So heißt es z. B. in einem Report der Weltgesundheitsorganisation aus dem Jahre 1973: »Unter den Babies in Chile, die vor dem dritten Lebensmonat die Flasche erhielten, gab es dreimal so viel Tote wie unter den rein mit der Brust ernährten.«

Obwohl der Firma Nestle all diese Tatsachen bekannt sind, macht sie unbeirrt damit weiter, den eigentlich stillfreudigen Müttern ihr Milchpulver aufzuschwatzen und bringt so die Gesundheit und das Leben von Abertausenden von Kindern in Gefahr.

Die Arbeitsgruppe Dritte Welt hat mit der Firma Nestle einen Prozeß geführt. Über den Verlauf und Ausgang dieses Prozesses, über die Bedeutung der Flaschennahrung für die Dritte Welt, über die Folgen der Übertragung der industriellen Revolution in die Entwicklungsländer u.a. berichtet das erwähnte Buch.

Das Süßholzgeraspel, mit dem auch wir von den Babykostherstellern zur Genüge eingedeckt werden (»Liebe Mutti, gib deinem Kind Liebe und . . . Alete/Hipp/Glücksklee/Humana . . . weiß der Kuckuck, was noch alles!) erscheint einem nur noch zynisch angesichts der Tatsache, daß hier skrupellos über Kinderleichen gegangen wird, nur um Profitinteressen durchzusetzen.

Notizen

Notizen

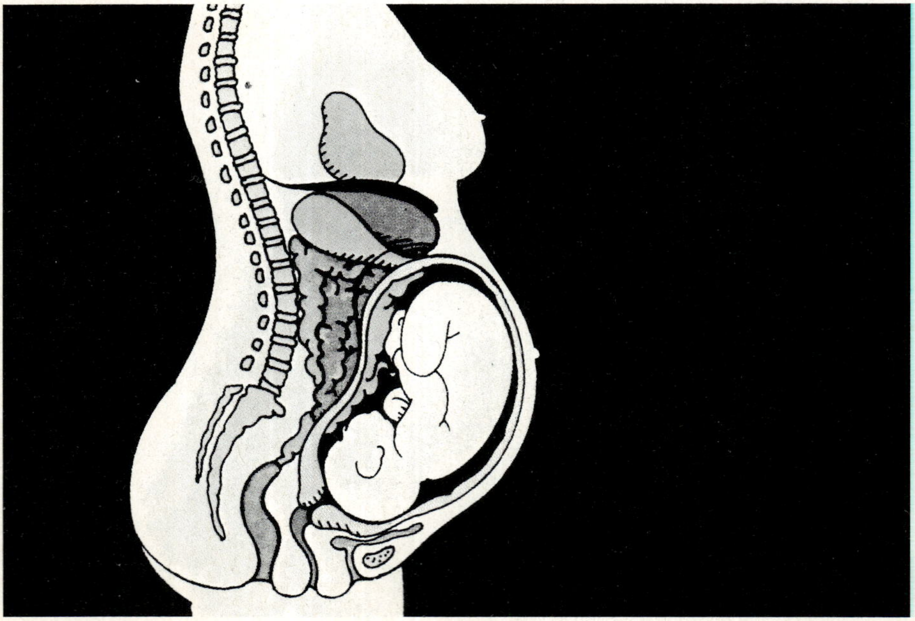

10. MONAT

(36. – 40. Woche)

Jetzt wird's spannend. Das Baby ist fertig und du rechnest vermutlich jeden Tag mit seiner Ankunft. die Bewegungen des Kindes werden jetzt weniger: das ist kein Grund zur Beunruhigung – es fehlt ihm schlicht an Platz! Außerdem ist das Kind jetzt regelrecht »eingekeilt«, denn sein Kopf (oder sein Po) sitzt fest in dem enganliegenden Ring des kleinen Beckens.

Etwa eine Woche vorm errechneten Geburtstermin hört das Wachstum des Babys auf – es wartet jetzt auf seine große Stunde. Das Volumen deiner Gebärmutter hat sich vom Beginn der Schwangerschaft bis jetzt verhundertfacht. Aus zwei Zellen, die bei der Befruchtung zusammengetroffen sind, sind zweihundert Millionen Zellen geworden.

Genieß die letzten Tage trotz deiner Ungeduld; schlaf dich nochmal richtig aus, lies, mach alles, was dir Spaß macht noch mal so richtig in Ruhe. Wenn das Kind erst mal da ist, wird's zwar schön – aber auch sehr, sehr anstrengend!

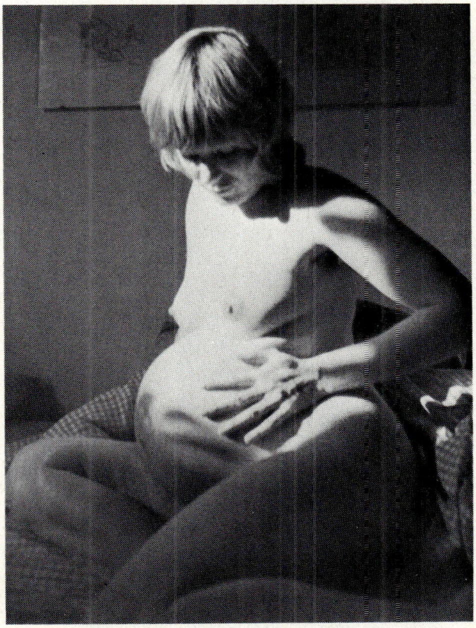

Was Du für eine Klinikentbindung brauchst

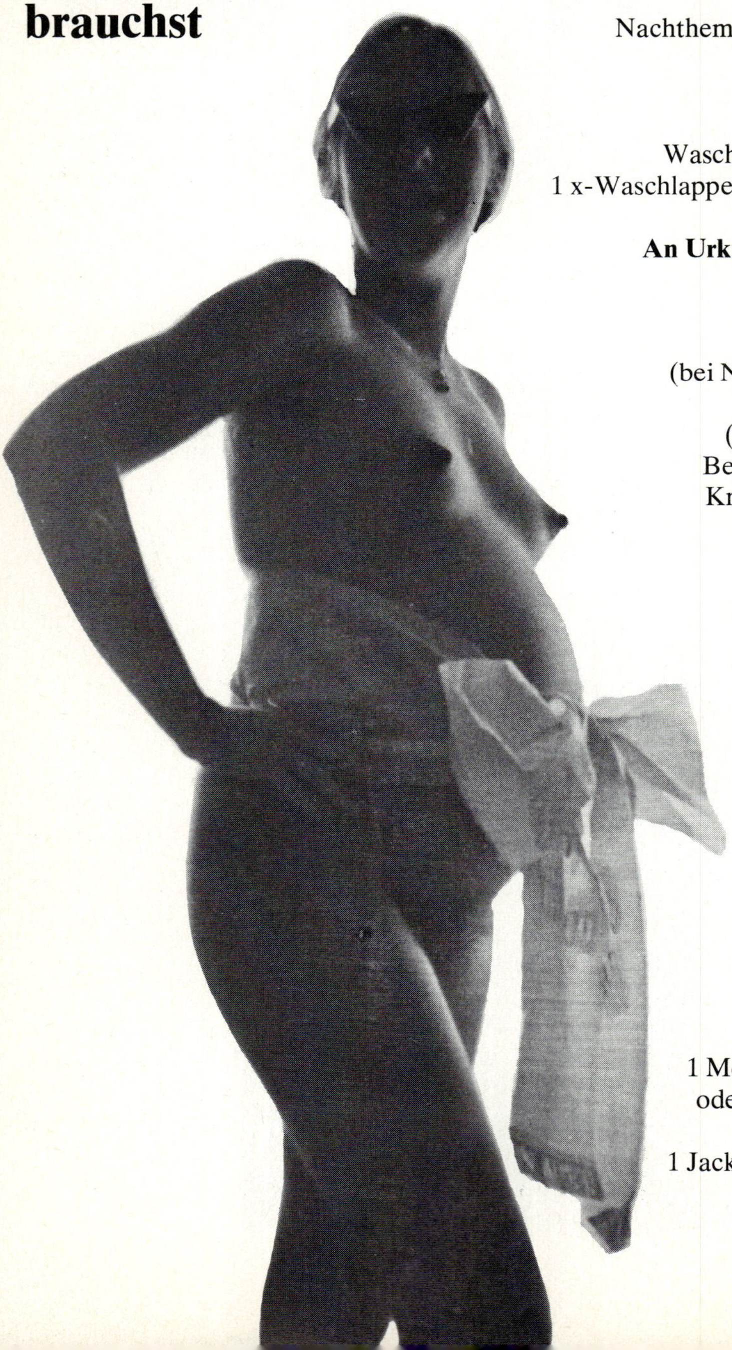

Für dich:
Wollsocken
1 Morgenmantel
Hausschuhe
Nachthemden vorn zu öffnen
2 Still-BH's
Schlüpfer
Handtücher
Waschlappen (am besten
1 x-Waschlappen zum Wegwerfen)

An Urkunden brauchst du:
Personalausweis
Mutterpaß
Geburtsurkunde
(bei Nichtverheirateten)
Heiratsurkunde
(bei Verheirateten)
Bescheinigung deiner
Krankenkasse für die
Kostenübernahme

Für dein Baby:
2 Mullwindeln
1 Hemdchen
1 Jäckchen
1 Frotteehose
1 Moltoneinschlagtuch
oder 1 Strampelanzug
1 Mütze
1 Jacke zum Überziehen
1 Tragetasche
oder 1 Wolldecke

Wie schwer ist die »schwere Stunde«?

Inwieweit Schmerz überhaupt bewußt empfunden wird, hängt offensichtlich mit der Art einer kulturell vermittelten Erwartungshaltung zusammen.
Margret Mead weist dies am Beispiel des Menstruationsschmerzes nach:
»Die Samoaner kennen einen leichten Schmerz als normale Menstruationsbegleiterscheinung, und eine große Zahl von Mädchen bestätigt dies. Die Arapesh kennen überhaupt keine Periodenschmerzen, möglicherweise, weil das äußerst unbequeme Sitzen auf einem Stück Rinde auf dem feuchten, kalten Boden einer undichten Blätterhütte im Gebirge, das Abreiben des Körpers mit stechenden Nesseln jede Beachtung vollkommen verdeckt. Sorgfältige Beobachtungen der Menstruationsschmerzen in Amerika haben keinen beständig auftretenden Faktor bei Frauen mit manifesten Beschwerden feststellen können, mit Ausnahme des einen, daß alle während der Kindheit unter dem Einfluß anderer Frauen standen, die ihnen von Menstruationsbeschwerden erzählten. Obgleich die Möglichkeit einer innerorganischen Veränderung nicht ausgeschlossen worden ist, scheint Grund zur Annahme zu bestehen, daß wir es hier möglicherweise mit einem Phänomen der Aufmerksamkeit zu tun haben, vielleicht mit gewissen Phänomenen der Schmerzverursachung vergleichbar, bei denen sich stets selbst verstärkende Kreislaufprozesse in Gang gesetzt werden, so daß ein bestimmtes Individuum leidet, weil ihm Uterusverengungen bewußt werden, die anderen Frauen keine Schmerzen verursachen.
Die kulturelle Erwartung kann ein wichtiger Faktor sein, um solch ein Bewußtwerden zustande zu bringen, so wie Praktiken, ähnlich denen der Yogis, Individuen daran gewöhnen können, körperliche Prozesse bewußt wahrzunehmen, die normalerweise unter der Schwelle der bewußten Aufmerksamkeit liegen.«
aus: M. Mead, Mann und Weib, Rowohlt Verlag, Hamburg 1958

Wie läuft das bei uns? Was überliefern uns z. B. unsere Mütter an Informationen und Einstellungen bezüglich des Geburtserlebnisses?
Da ist von unserer »schweren Stunde« die Rede; da heißt es »Kind, sei tapfer, wenn du dein Baby erst im Arm hast, ist alles Schreckliche vergessen . . .«, da streichen uns unsere Mütter und Großmütter mit tränenfeuchten Augen übers Haar, wenn die Geburt unseres Kindes bevorsteht: »Ach, könnt ich es dir doch abnehmen!«
Eine Frau berichtet: »Meine Mutter sah mich an, als würde ich jetzt gleich das Schafott besteigen, als ich mich verabschiedete, um in die Klinik zu fahren. Es war eine tiefernste Stimmung im Raum, als sei dies vielleicht der Abschied für immer. Obwohl ich gut auf die Geburt vorbereitet war, hat mich das verwirrt und mir Angst gemacht.«

Die Wurzeln für dieses extreme Schmerzen einschließende Verständnis des Geburtserlebnisses liegen in der jüdisch-christlichen Theologie. Der Schmerz der Frau bei der Geburt ist gerechte Strafe – nämlich die Strafe Gottes für die weibliche Ursünde in der Schöpfungsgeschichte.

Wir erwarten also den Schmerz. Auch wenn wir viel gelesen haben über Geburtserleichterung, auch wenn wir eifrig geturnt und unsere Atemtechniken geübt haben – diese Erwartung, von klein auf vermittelt, die sitzt tief.

Innerhalb der Bewegung, die sich für ein natürliches Geburtserlebnis einsetzt, ist die medikamentöse Schmerzstillung während der Geburt verpönt. Was heißt das überhaupt, wir sollen unsere Kinder »natürlich« zur Welt bringen? Ist die Voraussetzung für eine natürliche Geburt nicht auch ein natürliches Leben?

Und was ist in unserem Leben noch »natürlich« oder »ursprünglich«? Weder behandeln wir unseren Körper so, wie es seiner Natur entspräche, noch sind unsere Lebensformen entsprechend. Zwischen uns in einer hochzivilisierten und technisierten Umwelt und der Natur liegt ein langer und komplizierter Prozeß der Entfremdung.

Können wir den für ein paar Stunden hinter uns lassen, eben für die Zeit der Geburt?

Die ersten Ärzte und Hebammen, die sich bemühten, die Schmerzen der Frauen bei der Geburt zu lindern, begaben sich übrigens in eine ähnliche Pionierposition, wie es heute die Vertreter der natürlichen Geburt tun. Sie stießen mit ihren Ansichten in der damaligen medizinischen Welt auf erheblichen Widerstand. So wurde z. B. die Hebamme Agnes Simpson 1591 auf dem Scheiterhaufen verbrannt, weil sie versucht hatte, die Geburtswehen mit Opium und Laudanum zu lindern.

Mit Unverständnis reagierte ein Arzt und Geburtshelfer unserer Tage auf die bitteren Vorwürfe junger Eltern an die Mediziner, die während der Geburt Dolantin spritzen: »Während des Krieges habe ich unter hohem persönlichen Risiko Dolantin aus dem Apothekenschrank im Lazarett gestohlen, um den Frauen, die mich baten, ihre großen Schmerzen während der Wehen zu erleichtern, helfen zu können. Heute steht man als Arzt, der so etwas macht, ja fast schon wie ein Verbrecher da.«

Schade ist, daß der Trend zur veränderten, neu definierten »natürlichen« Geburt stellenweise bereits zur Ideologie ausartet. Da werden Geburten »natürlich« durchgezogen auf Biegen und Brechen, obwohl Komplikationen vorliegen.
Da kommen Situationen zustande, die einfach absurd sind: Mütter sitzen zusammen und erzählen sich von ihren Geburten; die Frauen, die es »ganz ohne was« geschafft haben, die also eine natürliche Geburt par exellence hingelegt haben, erzählen davon begeistert und stolz und erhalten hohes Lob »Mensch, toll!« und andere, die vielleicht doch schwach geworden sind und die sich was (ein Schmerz- oder Beruhigungsmittel) haben geben lassen, die sind lieber gleich ruhig. . . . – Auf diese neue »alternative« Form des Leistungsterrors sollten wir uns nicht einlassen. Zwar sind medikamentöse Interventionen während der Geburt möglichst zu vermeiden, denn nicht nur das Kind wird auf diesem Wege bereits unter Drogen gesetzt, bevor es überhaupt auf der Welt ist, sondern auch für dich kann es bedeuten, daß du in einen äußerst destruktiven Teufelskreis gerätst: wenn du z. B. eine Dolantinspritze bekommst. Vielen Frauen wird auf Dolantin schlecht, sie erbrechen, regen sich auf, bekommen dann ein Beruhigungsmittel, was wiederum dazu führen kann, daß die Wehentätigkeit nachläßt (die Muskeln schlaffen ab), die wiederum durch ein Wehenmittel in Gang gesetzt werden muß, durch das die Wehen wieder schmerzhafter werden usw.
Einige der lokal eingesetzten Anästhesien sind harmlos. Die sog. Damminfiltration, eine lokale Betäubung, die kurz vor oder nach der Geburt gegeben wird, um den Schmerz beim Vernähen des Dammschnittes auszuschalten, ist für Mutter und Kind unschädlich.

Siehe auch S. 220 bis S. 222 Medikamentöse Geburtserleichterung.

*

Die Geburt ist nicht ein augenblickliches Ereignis, sondern ein dauernder Vorgang. Das Ziel des Lebens ist es, ganz geboren zu werden, und seine Tragödie, daß die meisten von uns sterben, bevor sie ganz geboren sind. Zu leben bedeutet, jede Minute geboren zu werden. Der Tod tritt ein, wenn die Geburt aufhört.
Erich Fromm

Woran merkst du, daß es losgeht?

Es gibt verschiedene Anzeichen dafür, daß die Geburt bald einsetzt. Wenn die Vorwehen beispielsweise plötzlich häufiger auftreten als in den letzten Wochen, wenn du einen stärkeren Ausfluß bekommst oder an Gewicht abnimmst, deutet das drauf hin, daß die Geburt bald in Gang kommen wird. Ebenso weisen auch spärlicher werdende Kindsbewegungen, plötzlich auftretender Durchfall oder auch Verstopfung, Rückenschmerzen, ein ziehendes Gefühl in der Scheide und »Anfälle« von Arbeitswut und Energieschübe auf ein baldiges Ende der Schwangerschaft hin.
Trotzdem kann es auch bei Vorhandensein eines oder einiger dieser Anzeichen noch einige Tage oder Wochen dauern. Wenn der errechnete Geburtstermin um 14 Tage unter- oder überschritten wird, ist das vollkommen normal. Der eindeutige Beginn des Geburtsprozesses kündigt sich durch folgende »Symptome« an:

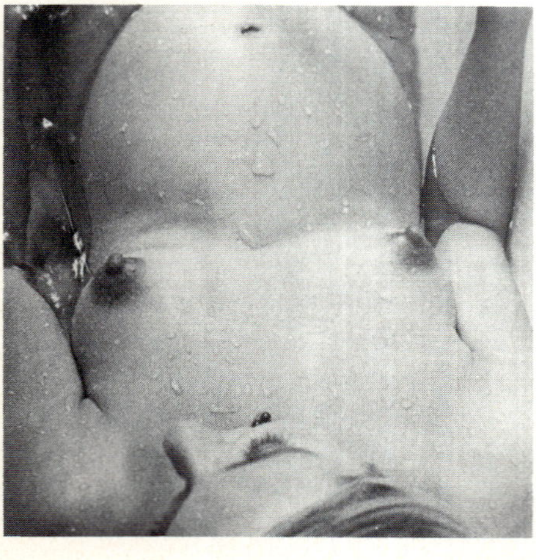

1) Regelmäßige Wehen: sind die Wehen jedoch sehr schwach und dauern nicht länger als 10 bis 30 Sekunden an, so sind sie »harmlos«. Nur stärker werdende Wehen, die länger als 30 Sekunden andauern und die in zunehmend kürzeren Abständen von ca. 5 Minuten auftreten, sind geburtswirksam – d.h., sie bewirken, daß der Gebärmutterhals nach oben gezogen wird und daß der Muttermund sich öffnet.

2) Leicht blutiger Schleim geht ab: (»Zeichen«): das bedeutet, daß der Schleimpfropf, der den Gebärmuttermund verschlossen hielt, sich gelöst hat. Das Bluten entsteht durch kleine harmlose Risse am Muttermund.

3) Fruchtwasser geht ab: auch wenn nur geringe Mengen Flüssigkeit abgehen, kann es sich um Fruchtwasser handeln. Fruchtwasser unterscheidet sich von Urin durch seinen süßlichen Geruch und dadurch, daß es unwillkürlich rausläuft. Wenn sehr große Mengen Fruchtwasser abgehen, ist das ein Zeichen dafür, daß der Kopf des Kindes noch gar nicht vollständig ins Becken eingetreten ist (sonst würde er den Ausgang verschließen). In diesem Fall mußt du dich möglichst schnell flach hinlegen, damit die Nabelschnur nicht nach vorne fällt (sie kann sich zwischen dem Kopf des Kindes und dem Becken verklemmen). Es sollte dann ziemlich bald eine Untersuchung durch Arzt oder Hebamme vorgenommen werden. Nur sie können es beurteilen, ob du danach wieder aufstehen kannst oder nicht.
Bevor nicht eins dieser Anzeichen aufgetreten ist, hat der Geburtsprozeß noch nicht begonnen.

Wenn die Wehen nicht in Gang kommen, obwohl du schon einige Tage überfällig bist

Wichtig in diesem Zusammenhang ist, daß die Schwangerschaft auch wirklich »am Ende« ist, das Kind also ausgetragen ist. Prüfe am besten noch mal genau nach, ob auch kein Rechenfehler vorliegt. An sich sind ein paar Tage oder sogar Wochen (bis zu drei) kein Grund zur Beunruhigung. Manche Kinder brauchen einfach länger. Zur Sicherheit auf alle Fälle regelmäßige Kontrolle des Fruchtwassers! Oft fehlt nur noch der letzte »Schubs«, um die Geburt in Gang zu bringen. Bevor du dich zur Einleitung entschließt, kannst du es mit folgenden natürlichen Mitteln versuchen:
Nimm zwei Teelöffel Rizinusöl ein oder mach dir einen Einlauf. Beides verursacht Durchfall und das stimuliert oft den Beginn der Geburt.
Saugen und Zupfen an den Brüsten bewirkt die Produktion des Hormons Oxytocin. Wenn du regelrecht mit der Handpumpe Vormilch abzupumpen beginnst, wird das, sofern dein Körper ansonsten reif für die Geburt ist, mit großer Wahrscheinlichkeit Wehen auslösen. Solange die Fruchtblase noch nicht geplatzt ist, kannst du mit deinem Mann oder Freund schlafen. Wichtig in diesem Zusammenhang: auf keinen Fall darfst du dir so kurz vor der Geburt noch eine vaginale Infektion zuziehen (Pilze, Trichomonaden), achte drauf, daß dein Partner nichts derartiges hat, bzw. benutzt Präservative. Sowohl dein eigener Orgasmus als auch der deines Partners können die Geburtswehen auslösen (im männlichen Samen ist das Hormon Prostaglancine enthalten; es regt die Gebärmutter zu Kontraktionen an).

Fruchtwasseruntersuchung (Amnioskopie)

Eine Amnioskopie wird dann gemacht, wenn das Kind übertragen ist (d.h. wenn der errechnete Geburtstermin überschritten ist und keine Anzeichen für eine baldige Geburt vorliegen) und bei Verdacht auf Mangelversorgung des Kindes.
Sie dient vor allem der Feststellung eines vorhandenen oder sich anbahnenden Sauerstoffmangels.
Das ungeborene Kind reagiert auf Sauerstoffmangel, indem es seinen Darminhalt entleert. Hierbei handelt es sich um einen Schutzvorgang: das Kind schaltet seinen Sauerstoffkreislauf auf »Sparflamme«. Das Fruchtwasser färbt sich in diesem Falle grünlich. Bei Übertragung wird alle zwei Tage eine Amnioskopie durchgeführt. Solange das Fruchtwasser klar bleibt, kann davon ausgegangen werden, daß das Kind noch gut versorgt ist. Verfärbt es sich gelb, grünlich oder bräunlich, dann müssen entsprechende Maßnahmen, meist künstliche Einleitung der Geburt, vorgenommen werden.
Zur Technik dieser Untersuchung:
Bei der Amnioskopie wird ein konisches Rohr durch die Scheide bis an die durchsichtige Eihaut herangeführt. Das Amnioskopierohr ist mit einer Lichtquelle ausgestattet – so kann der Arzt das Fruchtwasser sehen.

Geburt

Phasen der Geburt

Der Geburtsprozeß läßt sich in drei Phasen aufgliedern.

Eröffnungsphase

Der Muttermund muß sich von seinem ursprünglichen Durchmesser von 2 mm auf 10 cm öffnen.
Durch die Eröffnungswehen wird nicht nur der Muttermund gedehnt – mit jeder Wehe verkürzen sich die längslaufenden Gebärmuttermuskeln, um auch den Gebärmutterhals hochzuziehen. Die Eröffnungsphase kann in drei Stunden beendet sein – sie kann aber auch 30 Stunden dauern. Angst, Verspannung, Verunsicherung durch unfreundliches Krankenhauspersonal und dergleichen können bewirken, daß es nur sehr langsam vorangeht. Umgekehrt kann es auch sehr schnell gehen, wenn die Einstellung der gebärenden Frau und die gesamte Atmosphäre entsprechend locker und entspannt ist. Angst kann verhindern, daß man sich auf das Kommende einläßt – man »verschließt« sich in einem Moment, wo es darauf ankommt, sich (im wahrsten Sinne des Wortes) zu öffnen.

Übergangsphase oder Schwerphase

So wird die Zeit genannt, wenn der Muttermund fast ganz geöffnet ist, aber eben noch nicht so weit, daß gepreßt werden darf. Der Kopf des Kindes ragt in dieser Phase der Geburt bereits in die Scheide hinein und bewirkt so einen Preßreiz. Viele Hebammen wollen nicht, daß man jetzt schon preßt, weil sie befürchten, daß der noch nicht vollständig geöffnete Muttermund dann einreißt. Das bewußte Unterdrücken des Preßreizes kann allerdings auch zu Verkrampfungen führen, die die vollständige Eröffnung des Muttermundes verlangsamen oder verhindern können. Es ist daher gut, in diesem Stadium zwar nicht explizit zu pressen, aber den Pressdrang auch nicht krampfhaft zu unterdrücken, sondern einfach zuzulassen, was der Körper will.

Tröstlich für Frauen, die die Übergangsphase als sehr schmerzhaft und hart erleben: nach dieser Phase könnt ihr endlich aktiv werden und euer Kind mit aller Kraft ans Licht der Welt drücken.

Diese Phase ist die schwierigste: die Wehen kommen oft nicht mehr regelmäßig, haben unterschiedliche Dauer, kommen plötzlich ganz intensiv, statt langsam anzusteigen, kommen oft so schnell hintereinander, daß kaum Zeit zum Erholen bleibt. Viele Frauen geraten jetzt mit ihrer Atemtechnik durcheinander, fühlen sich von der Entwicklung der Dinge überrumpelt, haben das Gefühl, die Geburt nicht mehr »im Griff« zu haben, es nicht mehr auszuhalten. Keine Frau sollte sich komisch dabei vorkommen, jetzt laut zu stöhnen, zu schreien oder zu weinen – alles, was verhindert, daß sie sich verkrampft (z. B. das »Sichzusammenreißen«) ist gut.

Diese Phase dauert nicht lange an: maximal (und das ist selten) 40 Minuten, meistens sind es nur wenige Minuten bis gepreßt werden kann; manche Frauen erleben diese Phase gar nicht.

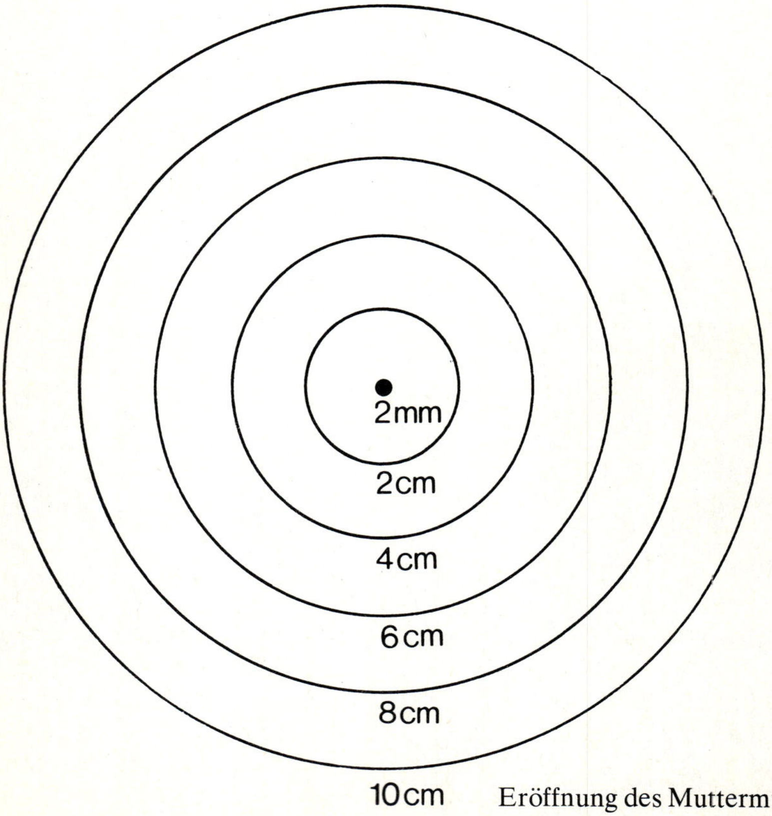

Eröffnung des Muttermundes

Austreibungsphase

Der Muttermund ist vollständig geöffnet, das Kind wird in den Geburtskanal, die Scheide geschoben. Bei manchen Frauen tut sich jetzt erstmal gar nichts: sie können diese Pause nutzen, um noch einmal richtig Kraft zu sammeln. Während der jetzt kommenden Wehen kann jedesmal ca. drei- bis viermal gepreßt werden. Der Kopf des Kindes wird dann in der Scheide sichtbar und zieht sich in den Wehenpausen wieder zurück. Laßt euch einen Spiegel vorhalten: es macht viel Mut, wenn man wenigstens schon ein kleines Stück von seinem Kind sehen kann!

In diesem Stadium ist es wichtig, die Schwerkraft der Erde in die Geburtsarbeit mit einzubeziehen: nicht flach liegen, sondern so hochgestützt wie möglich sitzen (hocken oder stehen wäre noch besser, leider läßt sich in den Krankenhäusern das Personal nicht darauf ein. Ausnahme: die Semmelweis-Klinik in Wien, wo Frauen auf einem Gebärstuhl entbinden können). Außerdem soll kein Hohlkreuz gemacht werden, das macht es dem Baby schwer, durchzukommen.

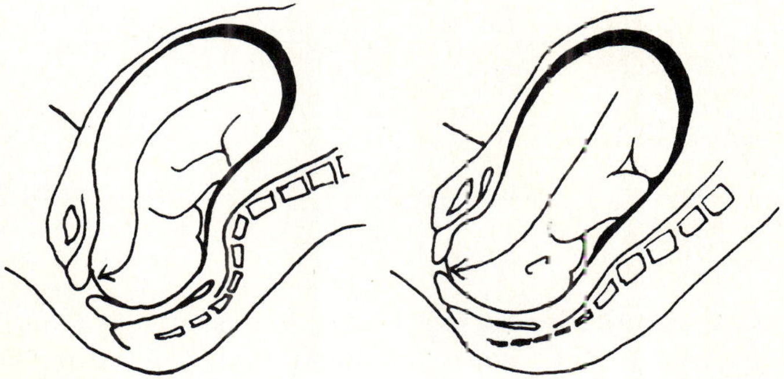

Hohlkreuz:
Starke Krümmung. der kindliche Kopf drückt auf das mütterliche Steißbein – Rückenschmerzen.

kein Hohlkreuz:
Weniger Krümmung. Es ist für das Baby einfacher durchzuschlüpfen.

Die Austreibungsphase ist meistens weniger schmerzhaft als die Eröffnungsphase. Dies wird der Frau selten gesagt und sie stimmt allzu gerne einer Betäubung zu, wenn sie die letzten starken Eröffnungswehen erlebt, weil sie das »dicke Ende« ja erst erwartet. Kurz bevor der Kopf durchschlüpft, sollte für ein oder zwei Wehen nicht gepreßt werden, damit der Damm Zeit hat, sich zu dehnen. Die Hebamme muß jetzt überblicken, wann wieder gepreßt werden kann und den Damm schützen.

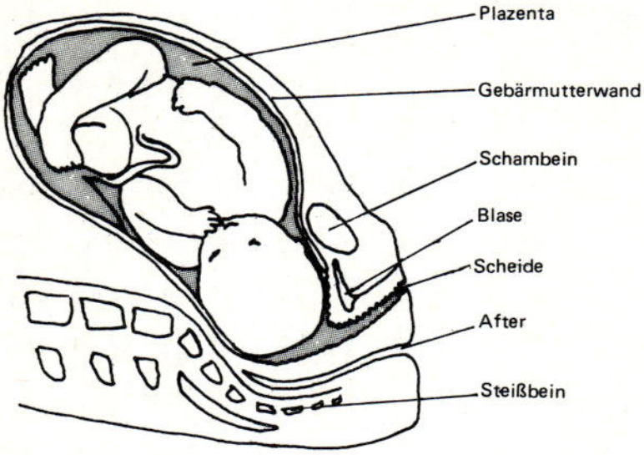

Während das Baby tiefer in die Scheide rutscht, dreht sich der Kopf und der Oberkörper.

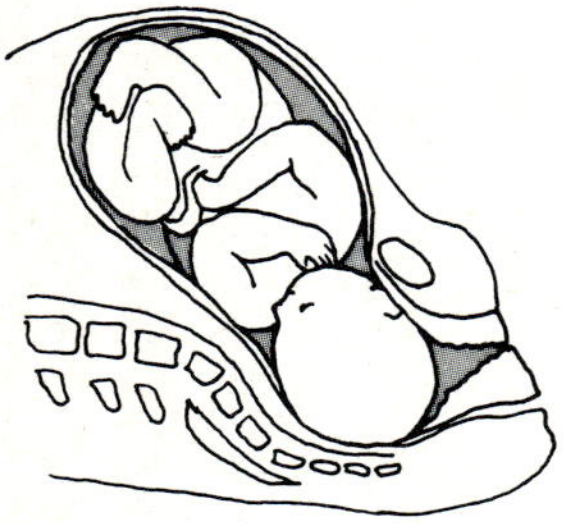

Um durch die Öffnung des Beckens zu kommen, muß das Baby zur Seite schauen.

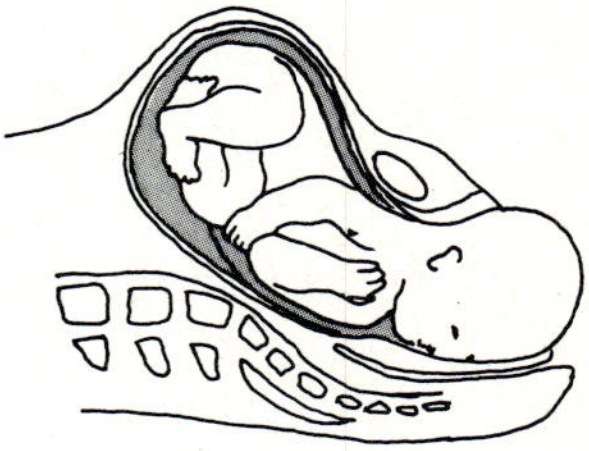

Um durch die Öffnung der Scheide zu kommen, muß das Gesicht des Babys nach vorne oder hinten schauen.

Wenn der Kopf geboren ist, ist meistens noch eine weitere Wehe notwendig, um den restlichen Körper des Kindes herausgleiten zu lassen – manchmal flutscht aber auch gleich das ganze Baby in einem Rutsch durch.
Es gibt eine Menge Berichte von Frauen, die den Moment, in dem der Kopf des Kindes durchtritt, als orgiastisch empfunden haben. Sicherlich kann es so sein – es muß aber nicht so sein und es ist besser, nicht mit allzu hochgesteckten Erwartungen an die Geburt heranzugehen. Laß zu, was geschieht: schäm dich nicht für Dinge, die tabuisiert sind und die dein Körper jetzt aber trotzdem einfach macht wie z.B. lautes Pupsen, Brechen, Kacken oder Pinkeln.
Die Austreibungsphase dauert ca. eine halbe bis zu zwei Stunden. Solange die Herztöne des Kindes gut sind, braucht sie nicht künstlich durch Dammschnitt oder Saugglocke/Zange beendet zu werden.
Nach der Geburt löst sich die Plazenta von der Gebärmutterwand und wird mit sanften, kaum noch schmerzhaften Wehen ausgestoßen.

Entbindung im Sitzen?
Geburten in kniender, sitzender oder stehender Haltung sind einfacher und sicherer, gehen schneller und verursachen weniger Schmerzen als Entbindungen in der gegenwärtig klinikühlichen Rückenlage. Zu diesem Ergebnis kam, wie jetzt das Fachblatt »Ärztliche Praxis« meldete, der britische Geburtshelfer P. Dunn.

Zwar sei die horizontale Lage günstiger für Narkose und Damm-Naht sowie zum Abhören der Herztöne. Dagegen seien in aufrechter Haltung nachweislich die Kontraktionen der Gebärmutter stärker und der Druck beim Pressen höher, die Durchblutung verbessert und das Becken weiter gestellt. Nach den Erfahrungen Dunns, der auf ähnliche Geburtspraktiken bei primitiven Völkern hinweist, wurde die Dauer bei Aufrecht-Geburten um etwa ein Viertel bis ein Drittel verkürzt. 15 bis 20 Gebärende gaben an, sie hätten in aufrechter Stellung weniger Schmerzen.

Spiegel, Juli 80

Dammschnitt: wird in den meisten Krankenhäusern routinemäßig (mit dem Argument, einem Gebärmuttervorfall vorzubeugen) ausgeführt. Ein Gebärmuttervorfall entsteht durch zu schlaffe Scheidenwände. Frauen, die noch nicht mehr als drei Kinder geboren haben, sind hiervon meistens nicht betroffen.

Bei den meisten Geburten müßte eigentlich kein Dammschnitt gemacht werden, vorausgesetzt, die Scheide ist durch Massage (tägliches Massieren der ganzen Vulva mit Vitamin-E Creme oder Weizenkeimöl hält das Gewebe elastisch) und Gymnastikübungen entsprechend vorbereitet und die Hebamme hat es gelernt, einen fachgerechten Dammschutz zu praktizieren (hierbei muß während der Geburt der Scheideneingang massiert und der Damm unterstützt werden). Leider haben die meisten Hebammen, die in den letzten Jahren ausgebildet worden sind, diese wichtige Maßnahme der Geburtshilfe nicht mehr gelernt.

Medizinisch begründet ist der Dammschnitt nur, wenn die Herztöne des Kindes schwächer werden (es also schnell geboren werden muß), bei Frühgeburten (damit das Baby nicht viel Druck aushalten muß und schneller heraus kann) und bei Steißlagen (damit der Kopf des Kindes nicht steckenbleibt) oder wenn das Gewebe tatsächlich nicht genügend dehnfähig ist.

Der Schnitt an sich tut nicht weh, da das Gewebe stark gespannt ist. Auch das Nähen ist nicht sehr schmerzhaft, zumal örtlich betäubt werden kann.

Das unangenehmste am Dammschnitt ist die Naht, die oft noch lange Zeit nach der Geburt schmerzt und beim Gehen und Sitzen behindert. Übrigens ist ein *Dammriß* (falls kein Schnitt gemacht wird und das Gewebe reißt) nicht die Katastrophe, als die er von Schulmedizinern oft hingestellt wird: Risse sind meistens kleiner als ein Schnitt und verheilen, falls sie gut genäht sind, oft sogar besser. Oft wird übereilig geschnitten, weil der Dammschnitt den Ärzten extra gezahlt wird und weil dadurch alles schneller geht.

Eine Hausgeburt

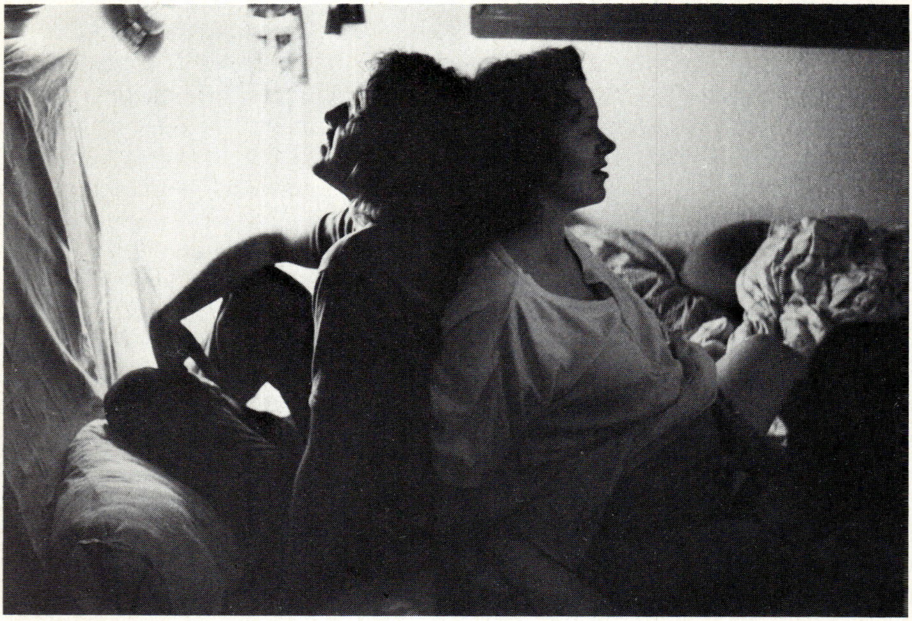

Im Krankenhaus sollte unser Kind nicht zur Welt kommen. Das stand für mich und meinen Freund fest, seitdem wir uns ein Kind wünschten. Ich wurde Anfang '77 schwanger. Hausgeburt war noch ziemlich ungewöhnlich und unser Entschluß löste bei allen Leuten heftige Diskussionen aus. Besonders befreundete »progressive« Mediziner wackelten sorgenvoll mit dem Kopf und wiesen immer wieder auf das Risiko für Mutter und Kind hin. Auch meiner Hausärztin, die mich während der Schwangerschaft betreute, war der Gedanke keineswegs geheuer: in der Klinik hätte ich es doch viel bequemer und überhaupt. . . Meine Schwangerschaft war sehr schön, und die Vorstellung, daß sie ihren Höhepunkt und Abschluß ausgerechnet in einem Krankenhaus haben sollte, erschien mir geradezu pervers.

Seit dem 5. Monat hatten wir Kontakt mit der Hebamme, Frau Schlundt: sie zeigte uns einen Film über eine ihrer Hausgeburten, erzählte uns viel aus ihrer Arbeit und untersuchte mich; unser Verhältnis war bald freundschaftlich. Sie besuchte mich auch zu Hause und ich nahm an ihrem Geburtsvorbereitungskurs teil, wir waren aufeinander eingespielt während der Geburt, es war mir eine große Hilfe, ihrem vertrauten Wehengesang (ja, sie singt tatsächlich während der Wehe, genau deren Rhythmus) folgen zu können.

In den letzten Tagen vor der Geburt, es ist Anfang November, kommt sie mehrmals um zu sehen, ob die Geburt bald beginnt. Es ist Montagnachmittag und ich habe in der Nacht zuvor noch ein großes Fest besucht, als ich weiß: der Countdown läuft. Ein Teil des Schleimpfropfens, der den Muttermund verschließt, löst sich, die Wehen setzen ein, unregelmäßig noch und leicht ziehend, aber deutlich verschieden von den Vorwehen der letzten Wochen.

Am Nachmittag rufe ich Frau Schlundt an. Die Wehen kommen jetzt regelmäßig alle 15 Minuten.

Gustav kommt nach Hause und begibt sich gleich an das Vorbereiten des Geburtsbettes. Er hat was zu tun und kann so seine Aufregung leicht überspielen. Es dämmert schon und ich habe Lust mich hinzulegen. Gigi ist auch nach Hause gekommen, sie und Gustav lagern sich neben mich und helfen mir beim Beatmen der Wehen, d.h. sie atmen mit mir. In den Pausen erzählen wir miteinander, sie streicheln mich, Gigi braut mir einen Kräutertee und bringt mir den Bienenstich, der noch in der Küche rumstand und auf den ich einen Heißhunger entwickelte (klar, daß mir das nicht bekommen ist). Gustav alarmiert noch zwei Freundinnen, die auch dabei sein sollen und ruft Frau Schlundt an, denn die Wehen werden heftiger und erreichen den 7-Minuten-Abstand. Der Eusi ist mittlerweile auch da und bereitet sich aufs Fotografieren vor, was er übrigens so geschickt gemacht hat, daß ich's kaum wahrgenommen habe.

Als Frau Schlundt kommt, ist sie erst mal erstaunt, daß ich offensichtlich schon ziemlich mit den Wehen zu kämpfen habe, sie untersucht mich und dann sind wir alle hocherfreut, weil der Muttermund sich schon 5 cm geöffnet hat, d.h. die meist langwierigste Phase der Eröffnungszeit ist vorüber. Das gibt mir neue Kräfte und die nächsten Wehen schaffe ich wieder gut.

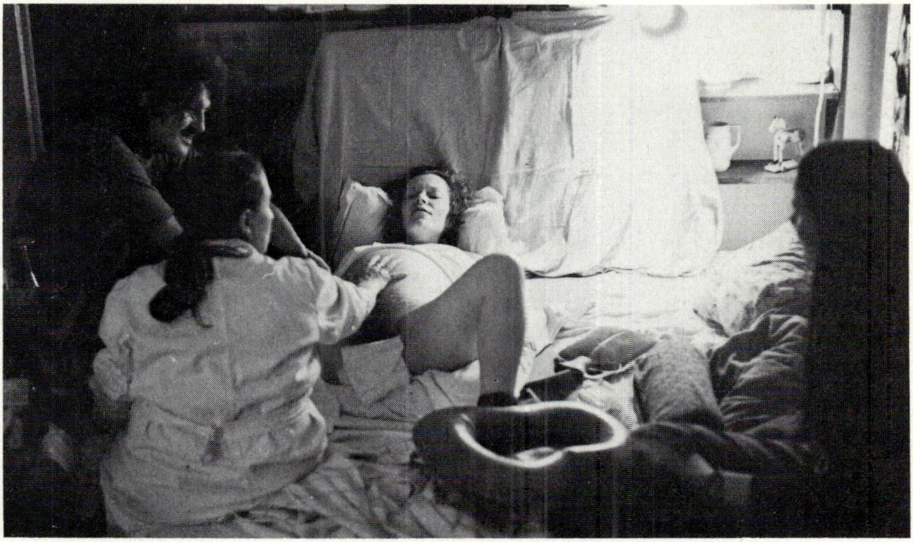

Die Intensität des Schmerzes nimmt zu, es tut verdammt weh, Übelkeit steigt mir hoch und ich erbreche den schönen Bienenstich, der mir doch so gut geschmeckt hatte. An Bauchatmen kann ich nicht mehr denken, japse nur noch vor Schmerz. Ich will keine schöne Geburt mehr, ich will überhaupt kein Kind mehr, will nur noch meine Ruhe und daß das unglaubliche Zerren und Ziehen in meinem Bauch endlich aufhört. Statt dessen schon wieder die nächste Wehe, schneidender Schmerz in meinem Unterleib. Ich wechsle meine Haltung ohne Erleichterung zu verspüren. Frau Schlundt macht den Vorschlag, ich solle mich Rücken an Rücken mit Gustav setzen und es nützt: ich kann mich so richtig abstemmen und mich an seinen warmen Rücken lehnen. Das tut gut, ich fange mich wieder, kann mit meinem Atmen den Wehen folgen. Mein Kopf ist wieder klar und mir wird bewußt, daß ich in der härtesten Phase der Geburt stecke, nämlich dem Übergang zur Austreibungsperiode. Mit diesem Wissen überstehe ich auch die folgenden Wehen einigermaßen, obwohl mir manche vor Schmerz den Atem nehmen. Zeitgefühl hab ich schon lange keines mehr; das Kind in meinem Bauch, das herausdrängt, diktiert mir seine Zeit. Ich spüre, daß es bald draußen sein wird und Freude überrollt mich. Die Wehen haben sich verändert, der Schmerz verwandelt sich in den Drang zu Pressen und endlich nickt Frau Schlundt: Ja, ich soll's mal probieren. Ich presse, muß erst noch lernen, das Pressen vom Drücken zu unterscheiden, presse nochmal, dann ist die Luft raus, mehr als dreimal während einer Wehe geht nicht. Es ist Arbeit, richtige Knochenarbeit dieses Pressen.

Beim nächsten Pressen wird der Kopf in der Scheide sichtbar, alle gucken mit langen Hälsen, um ein winziges

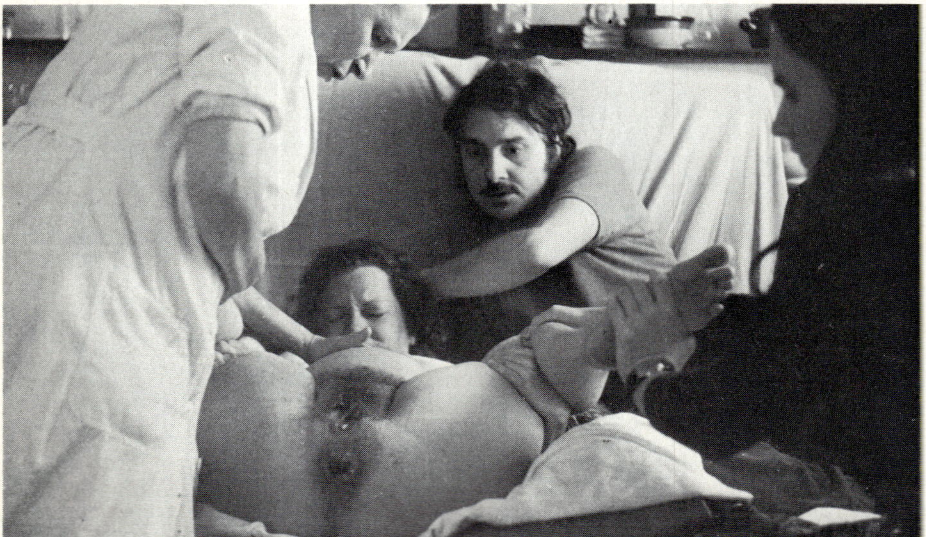

Stück zart behaarter Kopfhaut zu erblicken. Bloß ich will nicht in den vorgehaltenen Spiegel sehen, es lenkt mich ab von der Arbeit und die ist verdammt anstrengend, aber schön.
Ich presse noch etliche Male, ich glau-

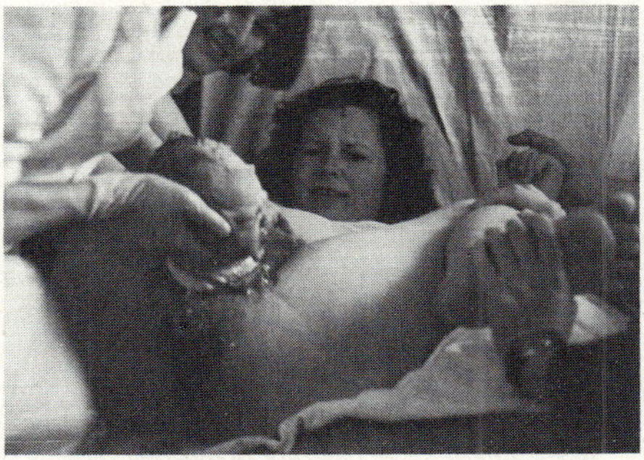

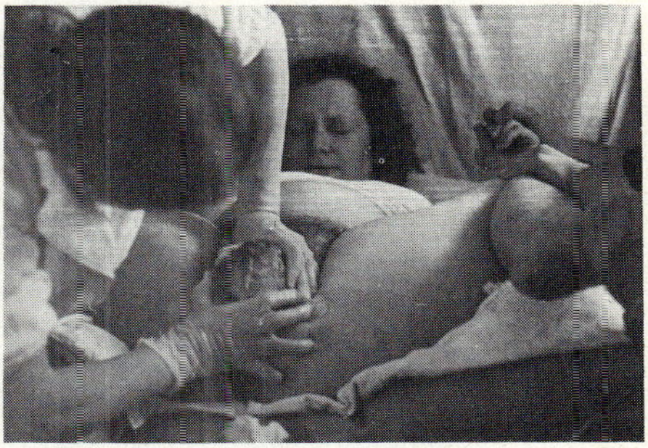

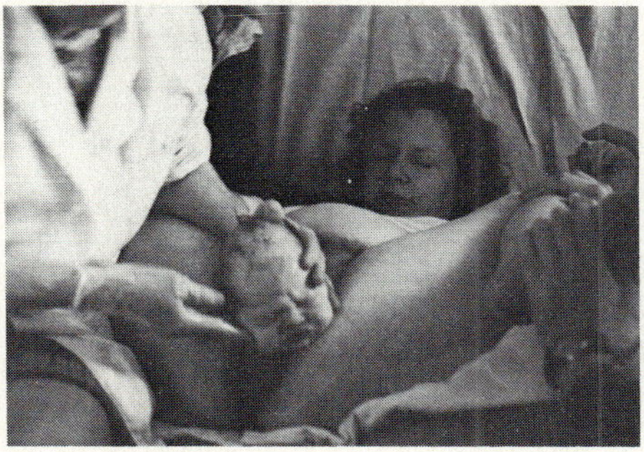

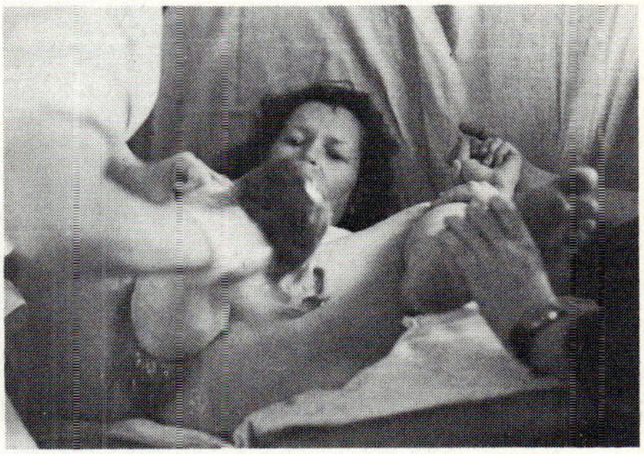

be, alle anderen pressen unwillkürlich mit, dann ist es so weit. »Jetzt« ruft Frau Schlundt »Pressen, pressen, nochmal pressen« und dann flutscht es in einem Schwall von Fruchtwasser heraus. Nachdem Frau Schlundt ihn abgenabelt hat, hüllen wir ihn in ein warmes Tuch und ich lege ihn gleich an, Frau Schlundt hilft mir dabei und er fängt wirklich an, ein bißchen zu nuckeln. Dann wird er vorsichtig untersucht und wir legen ihn in die kleine Wanne neben dem Bett, damit er im vertrauten warmen Wasser sich entspannen und erholen kann, achten aber darauf, daß die Käseschmiere, die seine Haut wärmt und schützt, nicht verlorengeht. Dann wird er langsam angezogen, zwischendurch bewundern wir immer wieder die Vollkommenheit und Zartheit des kleinen Körpers und streicheln ihn. Dann liegt er warm verpackt neben mir im Bett, während mit einer letzten schmerzlosen Wehe die Nachgeburt sich löst. Ich habe einen Bärenhunger und nachdem ich versorgt worden bin, vertilge ich erstmal einen großen Becher Joghurt und esse ein dickes Käsebrot. Dann gibt's endlich den heißersehnten Sekt, während unser Kind in seinem Körbchen liegt und schlummert.
Ich bin weder müde noch erschöpft, sondern fühle mich lebendig bis in den

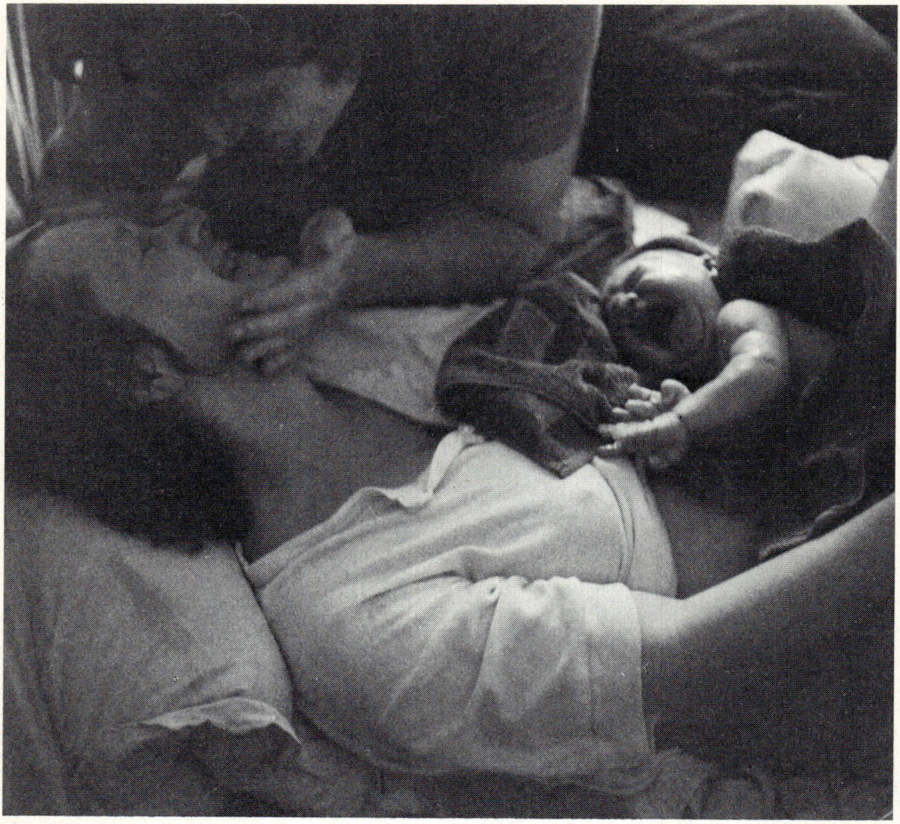

kleinen Zeh hinunter, nichts tut mehr weh, und einen Dammschnitt hab ich auch nicht gebraucht.
Der Jonny ist nachts um viertel vor elf geboren und wir haben noch bis 4 Uhr morgens um mein Bett gesessen und immer wieder von der Geburt erzählt. Geschlafen hab ich erst wieder in der folgenden Nacht, ich konnte einfach nicht, zu sehr erfüllte mich noch das Nacherleben der Geburt, die bis auf den leidigen Bienenstich so schön und voller Harmonie war.
Gabriele Seiler-Siedler

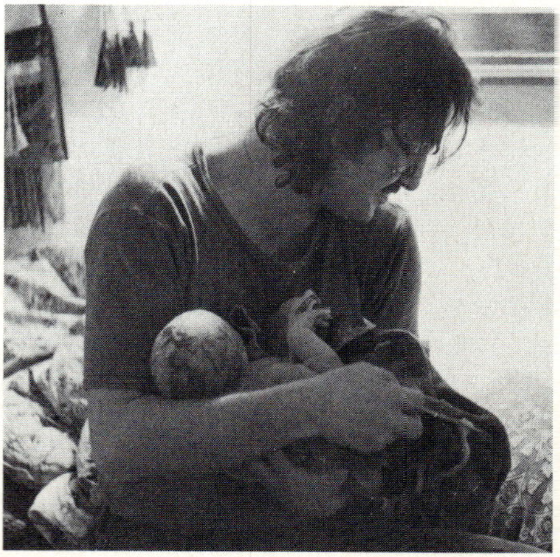

Hausgeburt und Krankenhausgeburt

98 % aller Kinder werden in der BRD in Kliniken geboren. In Holland, Schweden, Frankreich, USA, England und noch vielen anderen Ländern sieht die Geburtspraxis anders aus. Da gibt es neben der Klinikgeburt die ambulante Geburt, d.h. die Geburt findet zwar im Krankenhaus statt, aber ca. 2 Stunden später kann die Frau wieder nach Hause. Außerdem gibt's Geburtszentren mit gemütlichen wohnzimmerähnlichen Entbindungszimmern, die ganz auf die Bedürfnisse der Frauen abgestellt sind und natürlich die Hausgeburt.

In der BRD war es allerdings auch nicht immer so, noch 1955 wurden ca. 60 % der Kinder zu Hause geboren; und die Klinikgeburt fand bei vielen Frauen keinen Anklang. Erst die totale Technisierung und der Aufschwung der Apparatemedizin, verbunden mit einer massiven Kampagne in der Öffentlichkeit – absolute Sicherheit für Mutter und Kind gibt es nur noch im Krankenhaus – hat es geschafft, daß Schwangerschaft heute als eine Krankheit behandelt wird, die Frauen Patientinnen sind, und die Geburt mit viel Technik und Schmerzmitteln durchgeführt werden muß. Die Frauen müssen sich in den alltäglichen Klinikbetrieb einordnen, vielmehr unterordnen. Für individuelle Bedürfnisse ist hier kein Platz mehr. An erster Stelle steht der reibungslose Ablauf, und nicht die Bedürfnisse der Frauen und Neugeborenen. Die Geburt am Fließband! Das Gefühl der Frauen nach Geborgenheit, Zuwendung und Kommunikation ist zurückzustellen. Die Besuchszeiten sind reglementiert, das Stillen (wenn überhaupt) ist reglementiert, das Kind sehen ebenfalls, alle 4 Stunden oder so ähnlich. . . Von daher befinden sich die Frauen, die sich für eine Hausgeburt entschließen, noch immer in einer Pioniersituation. Nur wenige Ärzte und Ärztinnen unterstützen dies. Üblich sind Kommentare wie: »Wollen Sie sich und Ihr Kind umbringen«, oder »wir leben doch nicht mehr im vorigen Jahrhundert«. Nebenbei gesagt, ist es aber mit der viel zitierten Sicherheit für Mutter und

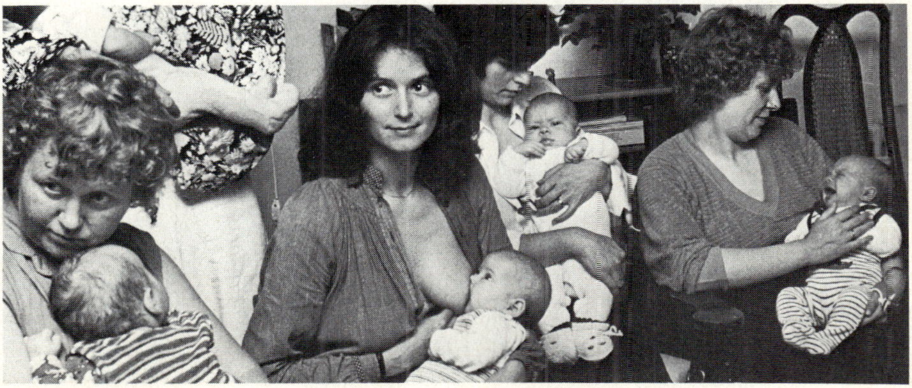

Kind in bundesdeutschen Krankenhäusern nicht weit her.
Die BRD steht in der Säuglingssterblichkeitsstatistik ca. an 13. Stelle im Vergleich mit Ländern wie Frankreich, Skandinavien, USA, Kanada, England, Japan etc. und in all diesen Ländern nimmt die Hausgeburt einen großen Platz ein. Zum anderen ist es nicht leicht, freipraktizierende Hebammen zu finden, da es die meisten in die Krankenhäuser zieht mit geregelten Arbeitszeiten und ständigem sicheren Einkommen. Die teure Krankenhausgeburt mit Aufenthalt wird von den Kassen anstandslos gezahlt. Die Hebamme bekommt für eine Geburt nur ca. 280,-- DM, für die 10-tägige Wochenbettpflege pro Tag 9,-- DM und die Spesen. Haushaltshilfen für Frauen, die zu Hause gebären und eine Pflegerin benötigen, werden von den Kassen abgelehnt, die gibts nur bei Krankenhausgeburten – damit den Männern der Haushalt geführt werden kann, während die frisch entbundene Frau zu Hause Kind, Familie und Haushalt versorgen soll. Sinnvoll wird diese ganze unverständige »Logik« nur auf dem Hintergrund unserer kleindeutschen Familienideologie und der Rolle der Frau.
Zu Hause gebären heißt, sich gegen die Institution Krankenhaus wehren. Heißt, Geburt wieder als ein schönes, ungeheuer wichtiges Erlebnis für Frauen und ihre Umgebung zu begreifen. Die Frau ist Subjekt dieses Ereignisses. Sie bestimmt den Ablauf, nach ihrem Gefühl und ihren Bedürfnissen in einer Umgebung, in der sie sich wohlfühlt.
Christel Herkenrath

Ein Videofilm der Kölner Wochenschau über eine Hausgeburt.
ca. 45 Minuten

Am 8. 1. 1979 erblickte Max das Licht der Welt und zwar zuhause. Der Film dokumentiert, wie man ohne Angst mit seinen Freunden zusammen sein Kind zuhause bekommen kann.
Elf Stunden beobachteten wir Mutter, Vater, Hebamme und Freunde und machten daraus einen 3/4 Std. Film, der die einzelnen Phasen einer Geburt zeigt.
Die Dokumentaraufnahmen werden durch kurze Kommentarsätze ergänzt, so daß dieser Film in leicht verständlicher Form die Besonderheiten einer Hausgeburt herausstellt.
Es ist ein Film gegen das sterile Zurweltkommen im Krankenhaus.
Gezeigt wird er in der Schwangerschaftsberatung, im Schulunterricht und interessierten Leuten.

Zu bestellen über Jugendfilmclub
Hansaring 89
121999
Videonorm: VHS. VCR-Kassette,
Preis nach Vereinbarung

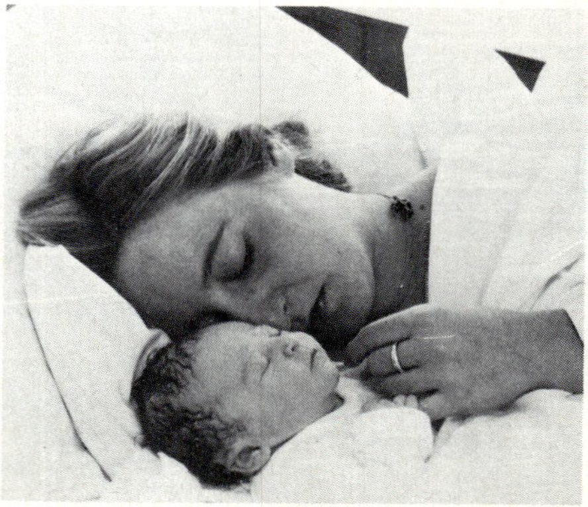

Leo's Geburt am 29. April 1979

Am Vortag beim Frühstück ein leichtes Ziehen im Bauch, wie schwache Darmkrämpfe, wenn man Durchfall bekommt. Ich führe diese Erscheinungen auf ein indonesisches Essen am Abend vorher zurück, fahre aber im Laufe des Vormittags mit A. und Bruni, die auch hochschwanger ist, nach Bad S., wo wir sowieso zur Untersuchung angemeldet sind (wir sind beide, Bruni und ich, ein paar Tage über dem errechneten Termin). Auf der Hinfahrt gucken wir auf die Uhr: das Ziehen im Bauch ist regelmäßig, alle 15 Minuten. Bruni lacht und freut sich: »Mensch, das sind Wehen! Bei dir geht's los!«
Ich kann es nicht ganz glauben – Wehen hatte ich mir anders vorgestellt. Im Auto entsteht eine vorfreudige, fast euphorische Atmosphäre.
In Bad S. Untersuchung durch die Hebamme; Geburtsprozeß hat begonnen, regelmäßige Wehentätigkeit, Muttermund ein Stückchen auf, es kann aber noch sehr lange dauern. Wenn wir wollen, können wir nochmal zurück nach Frankfurt fahren »vor heute nacht wird das ganz bestimmt nichts . . .« Wir haben aber keine Lust, wieder zurückzufahren, bringen Bruni zum Bahnhof, suchen uns im Grünen ein schönes Fleckchen, machen Fenster und Türen des Autos auf, schieben eine Kassette mit guter Musik rein, kurbeln die Liegesitze runter und lesen Rundschau. Die Sonne scheint schon sehr warm. Ab und zu gehen wir ein Stück spazieren, fahren in den Ort zurück, setzen uns in Cafes, essen Unmengen Erdbeerkuchen mit Schlagsahne. Die Wehen werden zwar deutlich stärker, sind aber noch mühelos zu veratmen.
Spätnachmittags wieder ins Krankenhaus, die Untersuchung ergibt nicht viel Neues, wir können nochmal gehen, suchen uns eine gemütliche Kneipe und essen. Obwohl man ja in diesem Stadium der Geburt eigentlich nichts mehr essen soll, vertilge ich noch eine große, gebratene Scholle, Eis zum Nachtisch, Wein . . .
Abends dann offizielle Aufnahme im Krankenhaus. Wir bekommen ein Zimmer in der Nähe des Kreißsaales, wo wir für uns sind, ich lege mich aufs Bett, versuche, mich zu entspannen.
Die Wehen sind jetzt ganz flott und ich muß schon ganz schön mit ihnen arbeiten. Locker unterhalten kann ich mich nicht mehr.
A. sitzt mit griesgrämigen Gesicht in einem Stuhl, ich merke schon, daß ihm irgendwas stinkt, fühle mich aber unfähig, in diesem Moment noch auf ihn einzugehen. Das Atmen, die Entspannungsübungen, erfordern viel Konzentration. Unwillen steigt in mir hoch, daß er nun schon wieder so muffig ist . . .
Trotz schmerzhafter Wehen gibt es also noch eine ziemlich wüste Keiferei zwischen uns. Er findet den Raum »unmöglich«, »potthäßlich«, es ist ihm zu warm, er hat nichts zu lesen und »keine Lust, hier so blöde rumzuhocken«. Ich finde dieses Gemoser angesichts der unmittelbar bevorstehenden Geburt völ-

lig deplaziert, möchte stattdessen lieber ein bißchen bemuttert und bemitleidet werden, werde stocksauer, weil er das alles mal wieder absolut nicht bringt und gifte:
»Meine Geburt laß ich mir nicht von dir vermiesen! Arschloch! Hau doch ab, fahr doch zurück, auf so einen Typ wie dich kann ich hier gut verzichten!«
Schließlich einigen wir uns doch »gütlich«.
Er fährt noch mal nach Frankfurt, um sich einen Krimi und einen Photoapparat zu holen. Als er weg ist, beschließe ich, mich richtig hinzulegen, ziehe mich aus, wasche mich und krieche unter die Decke. Mit dem Atmen komme ich gut zurecht, obwohl die ganze Sache mittlerweile ziemlich weh tut und viel Kraft kostet. Ich bin aber sehr zuversichtlich. Als ich da so allein liege, läuft nochmal die ganze Schwangerschaft vor mir ab. Ob das nun wirklich richtig war? Habe ich mich in »der Wahl des Vaters« für mein Kind wohl absolut vertan? Hätte ich vielleicht doch noch ein paar Jahre warten sollen? Mit Dreißig hätte ich doch auch noch . . . Die Hebamme guckt rein, wir schwätzen ein bißchen, sie streichelt mir übers Haar, was mir sehr gut tut.
Einmal macht es ganz zart »ping« in meinem Bauch, das Fruchtwasser läuft raus – ein angenehmes Gefühl, feucht, warm.
Die Wehen werden jetzt deutlich stärker, ich bin etwas ängstlich, ob A. rechtzeitig wiederkommt, immerhin hat er hin und zurück fast zwei Stunden Fahrt.
Nebenan im Kreißsaal wird es hektisch, eine Frau hat es offensichtlich fast geschafft. Ich höre eilige Schritte, alles mutet etwas panisch an, hektisch; die Frau stöhnt laut, verzweifelt – das macht mir Angst. Mit angehaltenem Atem lausche ich: die Stimme der Hebamme, die beruhigend klingt, gleichzeitig wissend und fest: »Pressen, Pressen, Pressen . . . nicht mehr Pressen!« Jetzt fängt die Frau an zu schreien, sehr laut, heiser, mit sich überschlagender Stimme, es wird immer schlimmer und ich merke, wie sich in meinem Hals etwas zusammenzieht. Kalte Schauer laufen mir den Rücken runter und ich bin ganz starr vor Schreck. So ist das, wenn man ein Kind kriegt? So weh tut das? Schrecklich! Irgendwann hört das Schreien auf, es quäkt was, das Kind ist da, ich höre Leute lachen, fröhliche Stimmen durcheinander: »Herzlichen Glückwunsch, Sie haben eine Tochter!« Bei mir ist die Stimmung auf dem Nullpunkt. Ich schlottere am ganzen Körper, meine Zähne schlagen aufeinander, der Schweiß steht mir auf der Stirn. Jetzt habe ich richtig Angst. Diese kehligen, ausgeflippten Schreie haben mir meine ruhige Sicherheit, sooo schlimm würde es wohl nicht werden, gründlich genommen.
Die Hebamme kommt rein, berichtet von der eben stattgefundenen Geburt: die Frau hat es besonders schwer gehabt, ist überhaupt nicht vorbereitet gewesen, alles sei anormal schnell und schmerzhaft gewesen . . . Ich solle keine Angst haben, ich würde das doch bis jetzt ganz prima hinkriegen und das Zittern sei für diese Phase der Geburt normal, das hätten viele Frauen.
Ich komme mir trotzdem ziemlich elend vor.
Gegen 22 Uhr kommt A. wieder, mit Krimi und Kamera unterm Arm. Ich bin

erleichtert, daß er wieder da ist, erzähle ihm von meiner Angst und von dem Schreien der Frau. Der Krimi bleibt übrigens ungelesen, weil A. jetzt plötzlich richtig in die Geburt einsteigt. Die Wehen kommen Schlag auf Schlag. Wir haben eine Uhr mit Sekundenzeiger dabei und bei jeder Wehe sieht A. auf die Uhr und sagt: »Jetzt sind 10 Sekunden vorbei . . . jetzt 20 . . . jetzt 30, die Hälfte ist geschafft . . . 45 . . . jetzt ist sie gleich vorbei . . .« Das hilft mir sehr, der Schmerz wird überschaubar, verliert das Überwältigende. Ich fühle mich schon ziemlich gerädert – aber es ist noch kein Ende in Sicht, der Muttermund öffnet sich nur sehr langsam.

Irgendwann haben die Hebammen Schichtwechsel, es kommt eine andere, Marion, die mir spontan sehr sympathisch ist. Sie ist kaum älter als ich, groß, schön, schwarzhaarig, gefällt mir sehr. Ich habe sofort Vertrauen zu ihr. A. unterhält sich mir ihr, fragt sie vieles, ich höre zu, kann selbst nicht mehr viel sagen.

Gegen Mitternacht komme ich in den »Kreißsaal«, einen kleinen, verdunkelten Raum, völlig ohne technische Apparate, nur mit einem Bett und einer Badenische. Die Schmerzen sind extrem, die gebratene Scholle kotze ich jetzt aus, danach ist mir leichter zumute. Ich will nochmal aufs Klo, Marion und A. stützen mich, als ich auf der Klobrille sitze denke ich: Scheiße, hätt ich nicht auch ein Kind adoptieren können? Ich sag es laut, Marion lacht, A. auch, ich schließlich auch – obwohl mir eigentlich nicht grade zum Lachen ist in diesem Moment. Es tut verdammt weh, ich habe Mühe, mit dem Atmen nicht ins Schleudern zu kommen. Ob alles gut geht? Beruhigend, daß nebenan ein vollausgestatteter Kreißsaal ist mit allen möglichen technischen Geräten . . . So hatte ich es mir gewünscht, Technik vorhanden, aber im Hintergrund und nur bei Bedarf einsetzbar. Außer dem gekachelten Fußboden erinnert mich momentan nichts daran, daß ich in einem Krankenhaus bin. Alles ist sehr persönlich, überschaubar, klein, fast gemütlich. Marion schneidet zwischen zwei Wehen meine Schamhaare ein bißchen ab, rasiert werde ich nicht, kriege auch keinen Einlauf, da ich während der Eröffnungsphase per Dünnpfiff sowieso meinen Darm völlig entleert habe.

Ich will, daß alles bald vorbei ist. Meine Kraftreserven sind einigermaßen erschöpft. Außerdem habe ich nach wie vor Angst vor der letzten Phase der Geburt. Hätte ich bloß diese Frau nicht so schreien gehört!

Die Wehen werden jetzt plötzlich völlig unkoordiniert, es ist kein Rhythmus mehr zu erkennen, ich komme mit dem Atmen durcheinander und fange an zu heulen. Der Schmerz hört überhaupt nicht mehr auf, keine Zeit mehr, neue Kraft zu schöpfen, ein Gefühl, als bräche mir gleich das Kreuz durch, leichte Panik.

Marion untersucht: Muttermund fast vollständig eröffnet, ein Stückchen fehlt aber noch, Pressen darf ich noch nicht. Jetzt möchte ich am liebsten auch laut schreien, stöhnen, ächzen, so wie die Frau vor mir, ich traue mich aber nicht, weil ich denke, vielleicht liegt schon die nächste im Vorbereitungsraum neben dem Kreißsaal — und die kriegt dann vielleicht genau solche Angst wie ich vorhin. Ich weiß nicht mehr, wie ich liegen soll, probiere alle möglichen Positionen aus, halte es in keiner aus. Mittlerweile ist es ca. 2 Uhr nachts. A. verhält sich unheimlich gut, er ist ruhig, konzentriert, hilft mir immer wieder auf den Atemrhythmus, macht mir Mut. Marion fragt mich, ob ich vielleicht doch ein schmerzlinderndes Mittel möchte, bietet mir ein Lachgas/Sauerstoffgemisch zum Einatmen an, stellt es auf meinen Wunsch hin so ein, daß viel Sauerstoff und wenig Lachgas rauskommt. Arend ist gegen das Lachgas, aber ich bin inzwischen so weit, daß mir so ziemlich alles wurscht ist, ich habe die Nase voll von der Geburt, das Kind soll jetzt endlich rauskommen. Ich grabsche nach der Atemmaske wie nach einem Rettungsanker und inhaliere tief. Der Sauerstoff tut gut, ich kann mich etwas entspannen, fühle mich erfrischt; das Lachgas benebelt unangenehm, betäubt aber nicht den Schmerz. Arend redet mir zu, es wieder mit dem Veratmen zu versuchen, er atmet mir vor, es klappt, wir lassen das Lachgas wieder weg. Zwischendurch flippe ich auch einmal ganz schön aus, schreie nun doch, Marion sagt: »Schrei ruhig, es ist deine Geburt, tu, was du willst!« Als es wirklich unerträglich wird, ist der Spuk plötzlich vorbei, das Chaos in meinem Bauch legt sich. Das war also die Übergangsphase, jetzt kommt gleich das Kind. Ich verspüre den Pressdrang, lege mich auf die Seite, ein Bein auf Arends Schulter, so ist es gut auszuhalten. Marion sagt, ich solle noch nicht richtig lospressen, aber auch nichts zurückhalten, was mein Körper will.

In Sekundenbruchteilen schießt mir der Gedanke durch den Kopf: ob Arend mich je wieder erotisch anziehend finden wird? Wie verarbeitet er das, mich hier kotzend und schreiend, stöhnend und schwitzend winden zu sehen? Breitbeinig, pupsend, absolut unkontrolliert?

Ich guck ihn an, er sieht ernst aus, etwas besorgt, mitgenommen, aber keineswegs angewidert. Er hält zu mir, denke ich und fühle in diesem Moment ganz stark, wie sehr ich ihn liebe. Wie die Zeit, bis ich endlich Pressen durfte vergangen ist, weiß ich nicht mehr. Ein paar Einzeleindrücke habe ich noch im Kopf: Marions Gesicht dicht über meinem, ihre Stimme, mein Gefühl, sehr klein und hilflos zu sein und sie, die Hebamme, als meine Mutter zu empfinden, auf die ich jetzt sehr angewiesen bin und die mir das Gefühl gibt, daß mir nichts, aber auch gar nichts passieren kann, solange sie bei mir ist. Trotz starker Entkräftung fühle ich mich so geborgen und gut aufgehoben wie selten in meinem Leben. Ich halte Arends Hand, es geht mir gut. Endlich kann ich pressen, jetzt kriegt die ganze Sache eine ziemliche Dynamik. Arend hat plötzlich große, runde erwartungsvolle Augen. Er stützt meinen Rücken und schreit bei jeder Preßwehe mit hochrotem Kopf: »Los! Drück! Drück! Drück, so fest du kannst!« Er ist voll dabei, jegliche Distanz zwischen uns ist aufgehoben, er strengt sich genauso an wie ich – es ist, als würden wir unser Kind wirklich zusammen auf die Welt bringen. Der Arzt kommt, begrüßt mich, wir kennen uns von einem früheren Besuch in diesem Krankenhaus. Eine Lampe wird aufgestellt, die gezielt auf meine Scheide leuchtet und den übrigen Raum im Halbdunkel läßt.

Jetzt kann man schon ein Stück vom Kopf sehen, Marion hält mir einen Spiegel vor und lacht: »Gleich haben wir's geschafft!« Aber so sehr ich mich auch anstrenge (ich bin im Grunde bis zum äußersten erschöpft), der Kopf kommt und kommt nicht durch. Ich denke: Nie schaff ich das! Nie kommt dieses Kind aus mir raus! Völlig unmöglich!
Dr. F. fragt, ob wir was dagegen haben, wenn er schneidet, er glaubt, daß es sonst noch zu lange dauert. Ich habe nichts dagegen, ich kann nicht mehr und will endlich mein Kind haben. Er schneidet (hat mir vorher eine örtliche Betäubung gegeben) und der Kopf ist durch und gleich danach der ganze Körper. In diesem Moment ist es ganz still im Raum, keiner spricht. Marion legt mir unser neugeborenes Kind auf den Bauch und einem plötzlichen, starken Impuls folgend, lege ich meine Arme um dieses schmierige, glitschige, backofenwarme Wesen und streichle es. Marion sagt: »Es ist ein Junge!« und ich denke: ein Sohn. Ich habe einen Sohn. Ich gucke auf ihn runter, er liegt ganz friedlich da, still erstaunt, die Augen offen, ein Blick, als wüßte er bereits alles, was es auf der Welt zu wissen gibt, fast weise. Arend massiert ganz zart seinen Rücken, betrachtet ihn fasziniert, freundlich. Ich bin absolut glücklich. Die Nachgeburtswehen, die Nachgeburt, das Nähen des Schnittes registriere ich kaum noch. Leo und Arend und ich. Die Nabelschnur hat auspulsiert. »Möchten Sie sie durchschneiden?« Dr. F. reicht Arend eine Schere, er schneidet, ich denke: komisch, daß ich das jetzt gar nicht merke!?
Als wir uns sattgeguckt haben an Leo nimmt Arend ihn von meinem Bauch und badet ihn, tut das alles so sicher und ohne zu zögern, als hätte er sein Leben lang nichts anderes gemacht. Ich werde gewaschen, kriege was zu trinken und ein frisches Hemd, nach einiger Zeit legt Marion mir Leo, frisch gebadet und angezogen in den Arm. Wir legen ihn an – und tatsächlich, er trinkt, zehn Minuten nach seiner Geburt! Obwohl ich das alles vorher schon x-mal gelesen hatte, bin ich richtig platt, daß sich nun dieser winzige Mund sofort zielsicher meine Brustwarze schnappt und lossaugt!
Es ist mittlerweile morgens, ca. halb 5. Arend will jetzt nicht zurück nach F. fahren und ich will mich auch auf keinen Fall jetzt schon von ihm trennen. Die Hebammen verstehen das offensichtlich, sie schieben einfach noch ein Bett neben meines (wir liegen in dem Raum, in dem die Geburt stattfand), so haben wir ein richtiges breites Lager zusammen. Zwischen uns liegt Leo, tief schlafend nach seiner ersten Mahlzeit. Arend pennt sofort ein, ich liege wach, völlig aufgekratzt und gucke unverwandt Leo an. Er ist so schön, riecht so gut . . .
Später am Morgen werden wir freundlich geweckt, bekommen Frühstück ans Bett, Toast, Eier, Kaffee. Wir sind bester Laune, essen, trinken, stellen fest, daß Leo Arend ähnlich sieht. Nach dem Frühstück fährt Arend zurück nach Hause, Leo und ich kommen auf die Station in ein rappelvolles Dreibettzimmer (Sonntag, Besuchszeit), wir liegen eng aneinandergekuschelt unter der Bettdecke und ich bin so froh, wie noch nie vorher in meinem ganzen Leben.
Monika Seck-Agthe

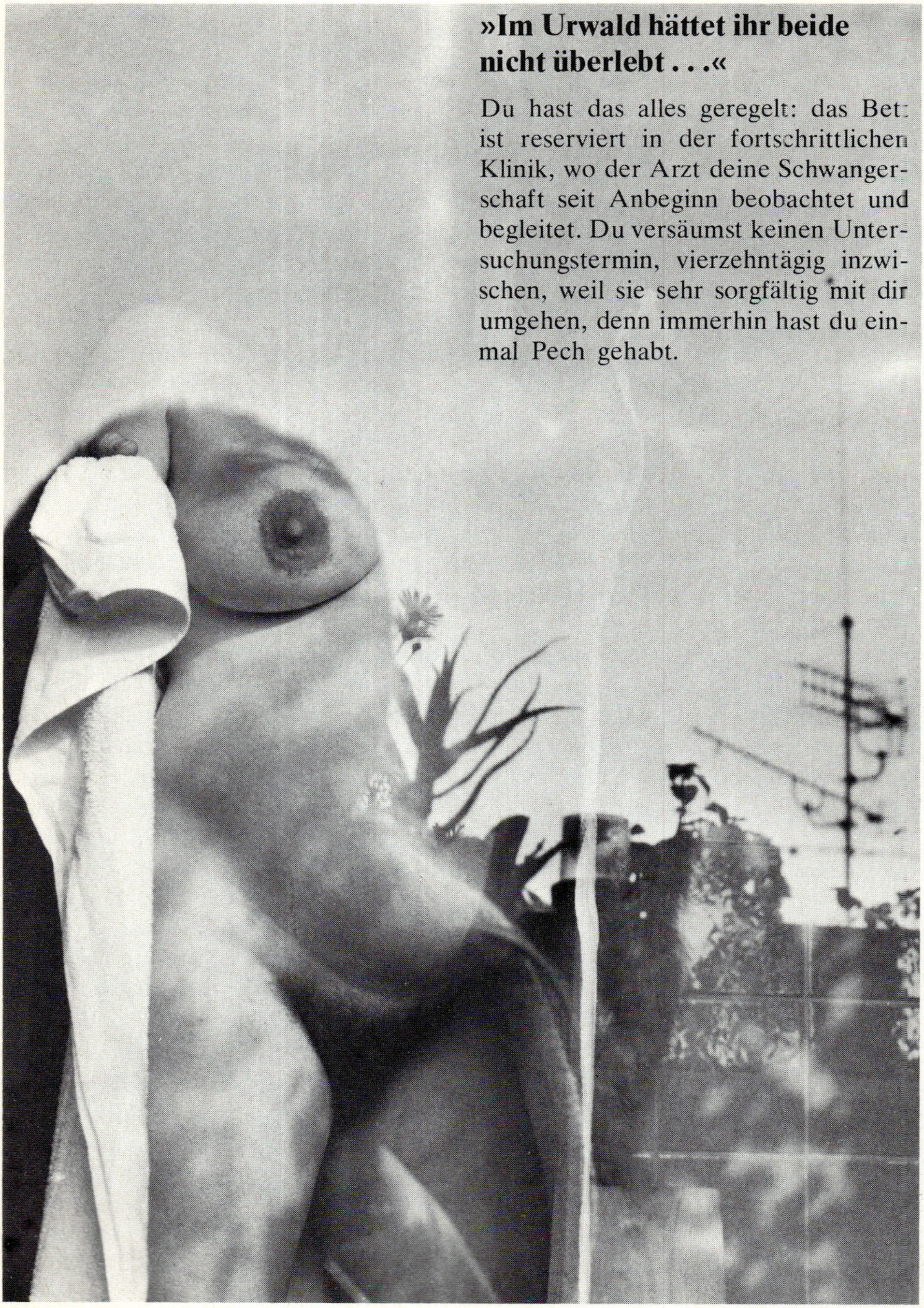

»Im Urwald hättet ihr beide nicht überlebt . . .«

Du hast das alles geregelt: das Bett ist reserviert in der fortschrittlichen Klinik, wo der Arzt deine Schwangerschaft seit Anbeginn beobachtet und begleitet. Du versäumst keinen Untersuchungstermin, vierzehntägig inzwischen, weil sie sehr sorgfältig mit dir umgehen, denn immerhin hast du einmal Pech gehabt.

Du willst es unbedingt haben, das, was dir beim ersten Mal versagt war: das große Ganze, dieses Totale, die Explosion aus Schmerz und Freude, den Glücksschwall, der aus dir bricht und über dich kommt, glitschig auf deinen schlaffen Bauch, zwischen die Riesenbrüste, die darauf warten, endlich alles hergeben zu können. Und du wirst es festhalten und euch beide in einen ersten kleinen gemeinsamen Schlaf streicheln . . . nicht eine Sekunde wirst du es dir wegnehmen lassen. Und die ganze Zeit die Augen und Hände des werdenden Vaters in der Nähe und und und . . . Das werden sie dir geben, sie stehen dafür ein, wollen sich an dir beweisen, glauben an sich und dich. Du legst die Hände auf deinen prallen Bauch, der in der 30. Schwangerschaftswoche glänzt, lächelst selig und selbstbewußt und vielleicht ist da gerade wieder die kleine harte Beule oben rechts in Höhe des Nabels, die langsam aufweicht unter deiner Hand. Oder tief innen das schwere sanfte Schieben oder das lächerliche zierliche Trommelfeuer gegen die Bauchdecke. Du siehst durch das Fenster in einen trüben matschigen Februartag, die kahlen Äste des Ahorns vorm Haus schwarz glänzend und du weißt, der Baum wird zarte frische Blätter haben und der Gesang des Amselpärchens, das dann nistet, wird mit der lauen Luft morgens und abends über den Hof in euer Zimmer wehen. Denn Termin ist: erster Mai. Der erste Mai . . . du lächelst noch mehr, denn du denkst an deine Freunde, die es witzig finden zu sagen, daß das Kind mit erhoben geballter Faust auf die Welt kommen werde und sogleich in eine rote Fahne gewickelt werden müsse, die Spinner, wenn sie wüßten, was dir jetzt wirklich wichtig ist . . . Manchmal denkst du, es müßte ja nicht sein, dieses Ziehen im Leib, ganz unten, von außen nach innen, der Bauch ist doch noch gar nicht so groß und schwer, und beim ersten Mal hast du das nicht gehabt. Aber der Arzt sagt, das sind die Mutterbänder, die sind etwas überlastet, wissen Sie, zwei Schwangerschaften so schnell hintereinander, in Ihrem Alter . . . ja, ja, klar. Sie sollten sich aber nicht überanstrengen, immerhin ist es eine Risikoschwangerschaft, wegen der Vorgeschichte . . . kein Anlaß zur Sorge, aber wir wollen doch sehr vorsichtig . . . ja. Auf jeden Fall. Nichts riskieren. Alles tun. Das Kind muß leben diesmal, auf jeden Fall. Es wird leben, kein Grund zur Sorge, es trifft einen nicht zweimal, so was nicht, statistisch gesehen trifft es überhaupt nur . . . Und du fährst raus in einen strahlenden knackigen Sonntag, um dir und dem Kind etwas Gutes zu tun. Die Luft ist vom Schnee so klar gewaschen, daß du sie essen möchtest, ganz tief ziehst du sie ein und meinst, die Bewegungen und Hüpfer in deinem Bauch seien noch lebhafter als sonst. Auf der Rückfahrt lehnst du matt zufrieden im Rücksitz des Autos, die Beine ausgestreckt, damit alles Platz und Ruhe findet, du hast die Augen zu und döst ganz still vor dich hin, er fährt und denkt vielleicht, du seist eingeschlafen . . . Und auf einmal ist es da; das, was dich, wenn es manchmal nachts kommt, noch in den tiefsten Schichten deines Schlafs erreicht und dich blitzschnell an die Oberfläche bringt, so daß du dich auf die Seite rollst, bevor das Bett voll wird: das dünne kitzelige Rinseln zwischen den Beinen, klebrigfeuchte Wärme, du weißt es schon Bruchteile von Sekunden, bevor er wirklich da ist, zusammen mit dem leichten Ziehen vom Bauch zum Kreuz . . . es ist mit nichts zu verwechseln.

Nein, es ist nicht nötig nachzusehen, ob es wahr ist. Oder mit der Hand nachzuprüfen. Es *ist* wahr. Nicht der kleinste Zipfel eines Zweifels, daß deine Finger rot sein würden. Der Spruch deines Körpers: sinnlos, ihm ausweichen zu wollen. Dem Körper ist es egal, welche Welten in deinem Kopf zusammenstürzen, er ist der Stärkere und wenn's sein muß, geht er aufs Ganze und du kannst ihn nicht halten . . .

Ich hab nicht einmal den Mund öffnen können. In meinem Kopf ist nur gewesen: wie sag ichs ihm, er macht einen Unfall, wenn ichs ihm sage. Ich hab ihn weiterfahren lassen und am Stadtrand gebeten anzuhalten, als ob mir wieder schlecht sei. Dann hab ich ganz leise gesagt, ich blute, und er hat es erst gar nicht kapiert. Mein Arzt hat Dienst gehabt, sie haben mich hochgetragen, ich war im Auto geblieben, denn das hatte er mir immer wieder eingeschärft: beim kleinsten Anzeichen absolutes Bewegungsverbot. Auf der Bahre ist mir eingefallen, daß ich noch gar nicht nachgeprüft hatte, ob es wirklich Blut war. Ich hab die Feuchtigkeit schon hinten im Kreuz gespürt und es ist immer wieder warm nachgeflossen. Ganz vorsichtig hab ich die Hand unter die Hose gesteckt und gesehen, daß sie rot war, ganz voll. Verloren. Die Welt ist verloren gewesen in dieser roten Hand.

. . . alles tun, um das Kind zu halten, es ist noch viel zu früh, verstehen Sie . . . ich werde in ein Bett gelegt, absolute Ruhe, Valium, vier bis fünf Zehner täglich, bis die Blutung aufhört, Ultraschall, um den Sitz der Plazenta zu sehen.

Ich liege verstummt in einer schwammigen Ruhe. Wo sind die Tage der klaren Erwartungen. Ich habe mich aus der Hand gegeben. Kein Wunsch ist in mir als der, mich den Anweisungen des Arztes zu fügen. Für wen ersinne ich diese Flut von Rechtfertigungen, Entschuldigungen . . . habe ich wirklich in seinem Blick gesehen: »was haben Sie da gemacht!« er ist sanft und besorgt, aber ich weiß, daß er nicht mehr an mich glaubt, mich der Erkenntnis überläßt, daß meine Schwangerschaft nun eine Krankheit sei, Ausgang ungewiß, und daß es für ihn jetzt nichts anderes zu tun gibt, als die Ursache dieser Krankheit zu finden, mit dem ganzen ihm zur Verfügung stehenden Apparat und seinem Wissen. Ich bin nicht mehr die Frau, der man einen Teil der Verantwortung übertragen kann. Ich bin ein Fall.

Das andere: der stille Raum mit dem gedämpften Licht, seine schattigen Bewegungen und die der Hebamme oder von J., der meine Hand hält, meine Entscheidung, ob ich hockend, oder kniend, oder seitlich . . . das große Fest ist für die Gesunden. Aber ich habe nichts Unerlaubtes getan, wirklich nicht, Herr Doktor . . .!

Die Frau im Bett neben mir, eine indische Ärztin, hat einen Kaiserschnitt, weil ihr Kind so groß ist, acht Pfund, und sie so klein. Sie kann nicht stillen, es kommt einfach nicht genug, sie weint, sie versteht das nicht, wenn das ihre Mutter erfährt oder ihre Großmutter . . . In Indien stillen die Frauen manchmal zwei Jahre, oder wenn wieder ein Kind da ist, darf das ältere auch noch mit dran. Die Frauen auf dem Land kriegen ihre Kinder zu Hause, wenn alles normal ist, und in jedem Dorf gibt es eine weise alte Frau, die hilft ihnen und wenn das Kind da ist, wird die Mutter stehend an die Wand gelehnt und die Alte haut ihr mit der Faust in den Leib und treibt so die Nachgeburt raus, vollständig, es gibt so gut wie nie Entzündungen, und die Frauen stehen am nächsten oder übernächsten Tag wieder auf . . . Das indische Baby hat so lange Haare, daß die Schwestern sie auf dem Köpfchen mit einem roten Schleifchen zusammenbinden. Es ist das schönste Kind auf der Station. Ein Mädchen.

Der Klinikalltag läßt mich links liegen, es gibt nichts an mir zu tun. Die Blutung hat schnell aufgehört, Wehen sind nicht aufgetreten, die Herztöne sind normal, der Ultraschall bringt keine Erkenntnisse, das Kind ist relativ groß, ich sehe auf dem Schirm seinen Kopf, vorsichtige vaginale Untersuchung, kein Befund, Muttermund geschlossen. Mein Arzt kommt jeden Tag. Ich träume, seine weiße Riesengestalt dicht vor meinem Bett zieht sich langsam zurück und zusammen, wird ein winziges Figürchen in einem vernebelten Abseits, aus dem es, sich vergrößernd, wieder hervorschnellt, zurückweicht, hervorschnellt . . . wie von einem Gummiband weggezogen und losgelassen. Mein Kind bewegt sich. Das schöne gesunde indische Kind schmatzt mehrmals täglich vergebens an den leeren Brüsten.

Nach knapp einer Woche darf ich aufstehen, alleine aufs Klo. Ich wage nicht zu drücken, ich wage gar nichts, mache auf dem Gang kleine behutsame Schrittchen zusammen mit der Inderin, die mir bis zur Schulter reicht und endgültig abgestillt hat. Ich achte darauf, nichts zu tun, was mir nicht ausdrücklich erlaubt ist. Wenn der Arzt zur Visite kommt, ist mir, als müsse er mich loben wie eine besonders brave Schülerin. Nach zehn Tagen zeigt er vorsichtigen, strengen Optimismus: ich darf nach Hause. Aber Sie dürfen keine Sekunde alleine sein und nicht vor die Tür . . . Wir machen vorsichtshalber morgen früh noch ein Scintigramm (Einspritzen eines radioaktiven Kontrastmittels in die Blutbahnen). Ich bekomme genaue Anweisungen.

Der 4. März. Noch neun Wochen bis zum Geburtstermin. Wenn ich nur vier oder fünf Wochen schaffen würde: ein lebensfähiges Kind, wenn es sonst gesund ist und ohne Schäden. Im Nachbarbett liegt eine neue Frau. Sie ist schon zwei Tage über dem Termin, keine Anzeichen von Wehen, die Fruchtblase ist am Morgen geplatzt. Ihr zweites Kind. Mein erstes, sehen Sie, da haben sie mir damals den ganzen Bauch aufgeschnitten, längs und quer, das war eine Placenta praevia, so heißt das, da löst sich die Placenta von der Gebärmutter und rutscht vor den Muttermund, das Kind kann nicht mehr raus und früher sind die Mütter einfach verblutet, weil das Blut die Gerinnungsfähigkeit irgendwie verliert, oder so . . . , den ganzen Bauch mußten sie aufklappen, damit es schnell ging. Heute gibt es, soviel sie weiß, Mittel, um dieses Bluten zu stoppen, und hier an der Klinik soll sogar ein Arzt sein, der für diese Fälle spezialisiert ist, er reist durch ganz Deutschland oder die Frauen werden hierher gebracht, zum Glück ist das ja ziemlich selten. . . Ich sehe mir ihren Bauch an, auf dem sich zwei riesige Narben kreuzen. Und das Kind? Es sei erstickt gewesen, weil es zu lange gedauert hatte, bis sie endlich in der Klinik war. Ob sie denn nicht Angst gehabt hätte, daß es diesmal wieder so ausgehen könnte? Nein, ja, ein bißchen, aber es ist ja alles gut gegangen. Sie freut sich, ist aufgeregt, aber nicht ängstlich, sie ist ja hier und es wird alles gutgehen.

Wir sind müde, dösen im Schein der Nachtlampe langsam ein. Draußen auf dem Gang noch Bewegung, Stimmen, Schritte, das Geräusch rollender Betten. Ich kann die weiß erhellten Fenster des Kreißsaales sehen, der ein Stockwerk höher um die Ecke liegt. Die Gebäude umschließen einen bepflanzten Innenhof, in dem ein Brunnen plätschert. In den letzten Tagen sind die Krokusse und Primeln aufgegangen. Das Kind bewegt sich heftig, ich lege die Hände auf den Bauch. Ob es nicht doch besser wäre, hierzubleiben. . . Aber wenn die mich gehen lassen – sie werden's ja wissen. Jemand streichelt mein Gesicht. J. sitzt auf dem Bett, ich habe ihn nicht gehört. Er sei so unruhig gewesen, er habe einfach noch herkommen müssen. . . Aber wieso denn, mitten in der Nacht, morgen holst du mich doch sowieso. Plötzlich fange ich an zu zittern und wir umarmen uns lange. Wir wollen noch ein bißchen auf den Gang gehen, um meine Nachbarin nicht zu stören. Ich schlüpfe in meine Pantoffeln, greife nach meinem Bademantel – da fällt es mit einem lauten Platsch zwischen meine Füße auf den blankgewichsten Resopalboden. Die Frau im anderen Bett fährt hoch, was war das, macht Licht, sind Sie das, hört, wie es weiter auf den Boden plätschert, sieht den riesigen roten Fleck vor meinem Bett . . . dann ist sie es, nicht ich, die schreit, hinlegen, schnell, Schwester Hilfe, und wild klingelt. . .

Nach wenigen Minuten liege ich operationsbereit im hinten offenen Hemd und mit langen weißen Strümpfen in einem hell erleuchteten Raum. Mein Arzt ist da und diesmal spricht er es aus. Was haben Sie denn gemacht . . .?

Ich bin in einem stillen kleinen Zimmer und es gibt nur noch eins: das leise Fiepsen des Herztonmessers. Wenn es aufhören würde. . . Um meinen Bauch das breite gelöcherte Gummiband mit den Sensoren, in der linken Armvene der Tropf. Ich habe Anweisung, jede kleinste Veränderung sofort zu melden, besonders evtl. auftretende Wehen. Die Analyse hat ergeben, daß kein fetales Blut ausgetreten ist. Deshalb mußten sie nicht sofort operieren. Die Herztöne des Kindes sind normal. Das Zimmer ist schwach beleuchtet, auf der runden Uhr über der Tür zum Gang schleichen die Zeiger Stunde um

Stunde in den neuen Tag. Nebenan, durch die offene Tür mit meinem Zimmer verbunden, sitzt die Nachtschwester. Sie kommt in kurzen Abständen herein. Ich wage nicht zu schlafen. Wie wird es J. gehen. . . Am Morgen schieben sie mich mit allen Apparaten in einen großen hellen Raum hinter einen stoffbespannten Sichtschutz. Ich habe Blei in den Gliedern, mein Rükken beginnt zu schmerzen vom fast regungslosen Liegen auf der dreigeteilten engen Pritsche, das grelle Licht drückt auf die Augenlider, ich habe Sehnsucht nach einem tiefen Schlaf. Jenseits des Wandschirms Geschäftigkeit, Instrumentengeklapper, Stimmen. Haben sie etwas mit mir vor? Dann höre ich das erste Stöhnen, es wird ein Wimmern, eine ungeduldige weibliche Stimme ruft: tief atmen, Sie müssen atmen, wie Sie es gelernt haben, so atmen Sie doch, dann tut es auch nicht so weh, hier nehmen Sie. . . das Wimmern wird hohl, verstummt. Ich bin hellwach: sie haben mich in den Kreißsaal gestellt. Wie können sie das tun, nein, das werden sie doch nicht tun, mich womöglich mit anhören lassen. . . wo sollen wir Sie denn hintun, sagt die Schwester, wir müssen Sie ja ständig im Auge haben. Ich verlange, den Stationsarzt zu sprechen. Als er nach einer halben Stunde kommt, hat die Frau neben mir ihr Kind schon und mich schüttelt ein Weinkrampf. Regen Sie sich bitte nicht auf, sagt der Arzt . . . kein Grund zur Beunruhigung. Ihrem Kind geht es doch gut, wir untersuchen ständig Ihr Blut. Sie sind hier, damit wir jederzeit sofort eingreifen können, wir können nichts anderes tun. . . Das Kind, das Kind . . . und ich? Ich habe nicht mehr die Kraft und den Mut, ihm klarzumachen, daß er mich mißverstanden hat. Ich sehe ein: es gibt nichts mehr zu wollen für mich als ihnen, in deren Hände ich bin, zu zeigen, daß ich bereit bin, den Schaden wieder gutzumachen, den ich meinem Kind zugefügt habe. Der Arzt gibt Anweisung, am Tropf etwas zu ändern. Ich sacke weg, werde immer wieder für Momente aus einer traum- und zeitlosen Tiefe geholt durch heulendes Schreien, dem kurz darauf ein dünnes Quäken folgt, ab und zu nehme ich Berührungen am Arm oder an den Beinen wahr. . .

Als sie mich wieder ins Wachzimmer schieben, ist es Abend, die runde Uhr zeigt sieben. Man wäscht mir das Gesicht und die Hände, die dicke verklebte Verpackung zwischen den Beinen wird gewechselt, der Herztonmesser fiepst regelmäßig. Es ist alles in Ordnung, lächelt die Schwester, Sie bluten nicht mehr, dem Kind geht es gut. Und Ihr Mann kommt noch vorbei heute, nach der Visite, der Chef wird gleich kommen.

Mein Arzt ist da und Z., der große berühmte, bewunderte Z., sympathisch, gut aussehend, Wärme und Wissen ausstrahlend, der Bilderbuch-Chefarzt. Er schafft es, kein bißchen routiniert zu wirken, zelebriert seine Menschlichkeit. Wenn er untersucht – es gibt niemanden, der es behutsamer kann – reicht ihm eine Schwester die Handschuhe wie ein Priestergewand. . . Wir kennen uns von meiner ersten Entbindung. Auch damals war er es, der mir schonend beibrachte, daß es »besser für Sie alle« sei, wenn das »Kindchen« nicht überlebe. . . Sie

nehmen sich Stühle, setzen sich, einer links, einer rechts am Bett, O Gott, wie sehe ich aus...
Ich weiß, in welcher Lage Sie sind, sagt Z., was Sie durchmachen, nicht nur körperlich. Aber wir können im Moment nichts machen. Wir hätten Sie sofort operiert, wenn das Kind nicht noch so klein wäre, vielmehr so unreif, neun Wochen, das ist einfach zu früh. Es hat kaum eine Chance, verstehen Sie, das muß ich Ihnen sagen, leider, wir müssen versuchen, es zu halten. Und das geht natürlich auf Ihre Kosten, um es so zu sagen. Das heißt: wenn Sie es wollen. Sie können auch anders entscheiden, das will ich Ihnen auch klar sagen. Aber wir sind erst einmal davon ausgegangen, daß Sie das Kindchen – er sagt immer noch »Kindchen« und ich denke an Weihnachten – haben wollen, vor allem nach dieser ersten traurigen Geschichte... Mein Arzt nickt bestätigend. Wir haben den ganzen Tag Ihr Blut kontrolliert, sagt Z. weiter, bis jetzt ist dem Kindchen nichts geschehen – nach unserem Ermessen – aber das kann sich jede Minute ändern. Die Placenta hat sich von der Gebärmutter gelöst, Teile des Gewebes sind sogar schon abgegangen, wir haben alles genau untersucht . . . nein, nein, nicht doch, ich weiß, es ist schlimm für Sie, aber Sie sind eine Frau, die genau wissen will, was mit ihr und ihrem Kind los ist, nicht wahr, deshalb rede ich ganz offen mit Ihnen. Vor dem Muttermund liegt ein Hämatom, es ist von außen tastbar, eine normale Entbindung ist also in keinem Fall mehr möglich. Wenn das Hämatom wächst, müssen wir operieren. Wenn nicht, und wenn Sie das durchhalten, warten wir so lange wie möglich. . . Schwester, bringen Sie mal bitte ein Tuch . . . er macht eine Pause, während ich Rotz und Tränen wegwische. Eines müssen Sie noch wissen: bei uns geht Mutter vor Kind. Wenn es nicht mehr geht, werden wir gegen das Kind entscheiden. Im übrigen sind Sie bei Kollege K. – er nickt in Richtung auf meinen Arzt – in besten Händen. Er ist spezialisiert auf diese Schwierigkeiten, wir haben unter seiner Obhut schon viele solcher Fälle hier gehabt, die dank seines Einsatzes gut verlaufen sind. . .
Mein Arzt also dieser Spezialist? – Besprechen Sie alles mit Ihrem Mann. Kollege K. wird im Haus bleiben heute Nacht und morgen ist er jederzeit für Sie da, Sie können ganz ruhig schlafen. –
Als J. kommt, bin ich endgültig aufgelöst – Ich habe zum zweiten Mal versagt, ich brings nicht, das Simpelste von der Welt: ein lebendiges gesundes Kind zu kriegen. J. streichelt mich, bis ich eingeschlafen bin.
Ich will kein Kind. Wozu das alles. Nie mehr werde ich es versuchen. Ich will nur noch, daß das hier aufhört, und wenn ich lebendig hier rauskomme, will ich nie mehr so liegen, so am Rande von allem...
Am Morgen, unterm Klappern des Frühstücksgeschirrs, dem eiligen Scharren und Klopfen der Schritte und Wagen auf den Gängen, haben sie mich wieder in den Kreißsaal hinter den weißen Wandschirm geschoben. Sie haben es getan, obwohl J. mit K. reden wollte, damit sie mich in ein Bett legen, er würde bei mir bleiben und aufpassen . . . vielleicht hat er

nicht genug darauf bestanden, hat sich ihren guten Gründen gebeugt, der Feigling, er hat mich im Stich gelassen, alle denken nur an das Kind. . .

Diesmal haben sie keine Sedativa zusätzlich in den Tropf getan, ich habe nur eine hohe Dosis Valium. Es macht mich weich und still, das Stöhnen und Schreien der Gebärenden neben mir hallt an mir vorüber. Die Welt ist ein weißer Kasten. Manchmal öffne ich die Augen und stelle mir vor, daß die Decke des hohen Raumes auseinandergeht wie ein Tor, durch das ich leicht, geräuschlos, unbemerkt entkomme. Aber das Weiß bleibt geschlossen und ich bin nichts als ein schwerer Körper, der versagt hat und deshalb mit Apparaten und Schläuchen auf einer harten, dreigeteilten Liege festgehalten und bewacht werden muß. Eine Nacht, einen Tag, noch eine Nacht und noch einen Tag liege ich schon auf dieser Folterbank, ohne Essen, ohne Trinken, jederzeit bereit zum Eingriff. Mein Rücken fühlt sich an wie grün und blau geprügelt. Niemand darf zu mir. Man bestellt mir Grüße von meiner Mutter. Der Herztonmesser fiepst regelmäßig. Ich vergesse ihn – für Stunden? für Minuten?

Irgendwann werde ich wieder in einen kleinen Raum geschoben, Z. und K. kommen, betasten meinen Bauch, sehen sich an. Z. nimmt meine Hand, seine Stimme ist teilnahmsvoll und besorgt: wir müssen Sie nicht länger quälen, es hat keinen Zweck, das Hämatom ist gewachsen, Kollege K. wird noch heute Abend operieren. . . Sie brauchen sich nicht zu sorgen. . . Aber Sie wissen, daß wir das Kindchen weggeben müssen, in die Obhut von Spezialisten, Kollege R. von der Kinderklinik wird bei der Geburt anwesend sein und es sofort mitnehmen. Das ist seine einzige Chance. . .

Ich schreie nicht, ich weine nicht, ich versuche nicht, aus dem Fenster zu springen oder davonzulaufen: schweigend, bewegungslos starre ich an J. vorbei, als er neben mir sitzt und meine Hand hält: Sag doch was, bitte, ich bin froh, daß das aufhört, dieses Elend, mir ist alles egal, was mit dem Kind ist, es geht jetzt nur noch um dich, verstehst du, mir geht es nur noch um dich . . . mein sprachloser Haß schließt auch ihn ein. Die Schwester gibt mir eine Spritze und bittet J., meinen Ring an sich zu nehmen.

Jemand klatscht mir ins Gesicht, hallo, aufwachen, kommen's, wachen's auf, da samma . . . dann eine bekannte Stimme, von weit her in einem riesigen Raum: Stell dir vor, es ist ein Junge, er lebt, er wiegt fast vier Pfund, er schafft's vielleicht. . . Ein Junge. Lebt? Na und! Ich drehe den Kopf gleichgültig zur Seite, es gelingt mir, mich in ein dunkelblaues, unendlich weites Kreiseln zu schwingen, weg von dem peitschenden Schmerz in meinem Bauch.

Ich habe ein Kind. Ich habe kein Kind. Es liegt am anderen Ende der Welt in einem durchsichtigen dröhnenden kleinen Kasten und ich habe es noch nie gesehen. Man sagt, es sei kräftig und es gehe ihm zunehmend besser. Ich mißtraue allem. Man belügt mich, damit ich nicht durchdrehe. Ich mißtraue meiner Hoffnung, die mich schon einmal betrogen hat. Wenn J. mittags zur Tür hereinkommt, rechne ich damit, auf seinem Gesicht den gleichen Ausdruck zu finden wie damals,

als er mir sagen mußte, daß das Kind tot ist. Wir müssen einen Namen finden. Beim ersten Mal mußten wir auch einen Namen angeben; für Geburts- und Sterbeurkunde, deren Datum nur zwei Tage auseinanderliegt. Niemand geht namenlos aus dieser Welt.

Man hat mir eine Spritze gegeben, damit die Milch weggeht, was soll ich mit Milch, das Kind muß künstlich ernährt werden vorerst. Abgestillt. Wenn das Kind der Frau neben mir schmatzt, drehe ich mich weg und halte mir die Ohren zu. Es wiegt sechs Pfund, sie ist glücklich. Die Schwester zeigt mir meine Pantoffeln, die sie mit viel Mühe vom Blut gesäubert hat, »die scheene Schua«, aber ein paar Flecken sind auf dem orangefarbenen Samt geblieben.

Nach 10 Tagen darf ich meinen Sohn besuchen und ihn zum ersten Mal im Brutkasten streicheln. Er wiegt nur noch drei Pfund, hat einen Schlauch in der Nase, eine Kanüle im Kopf, denn der Saugreflex ist noch nicht da. Ich bin schuld, daß er so daliegen muß, nackt, nur eine Windel um die Hüften, ein winziger, uralter Fakir, denke ich und berühre weinend und zitternd mit desinfizierten Händen seine winzigen dünnen Ärmchen, die sie an den Handgelenken mit einer losen Schlinge zusammengebunden haben, weil er so unruhig ist und sich ständig die Schläuche abreißt. Die Händchen sind nicht zur Faust geballt, sondern in »Streckstellung«, ein typisches Zeichen für unreife, frühgeborene Kinder. Und es ist noch längst nicht erster Mai... Nach 4 Wochen dürfen wir ihn holen, vier Pfund.

Während ich dies schreibe, tobt eine Horde wilder Indianer durchs Haus: mein Sohn hat alle bisherigen Entwicklungsphasen »ohne besondere Auffälligkeiten« hinter sich gebracht, er ist kräftig und gesund. Noch weiß er nicht, daß er eine Überlebenschance von dreißig Prozent hatte, noch wissen wir nicht, in welcher Weise unsere allzu frühe, gewaltsame Trennung, das gläserne, grelle Trauma seiner ersten Stunden und Tage sein Leben bestimmt haben. Ein Freund hat es einmal auf den Begriff gebracht: »Im Urwald hättet ihr beide nicht überlebt...«

Vilma Link

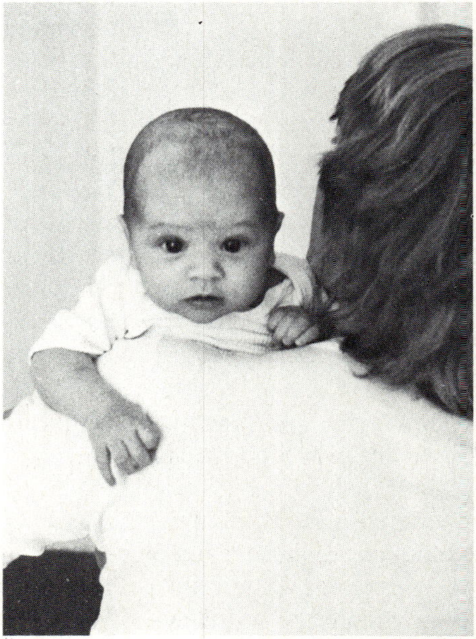

»Wenn wir geboren werden, weinen wir, weil wir diese große Narrenbühne betreten.«

Shakespeare, King Lear

...eigentlich wollten wir ja eine Hausgeburt machen, aber mein Bekannter hat kein Zimmer gefunden..

Hausgeburt, Krankenhausgeburt, ambulante Geburt

Hausgeburt

Eine Hausgeburt hat den **Vorteil,** daß du in deiner vertrauten Umgebung bleiben und die Geburt und »den Empfang« des Kindes individuell gestalten kannst; so können beispielsweise Freunde dabei sein, ihr könnt Musik hören etc.
Entnervende Streitereien, etwa um die Gabe von Medikamenten, mit Ärzten und Hebammen entfallen, da ihr die Hebamme kennt, und alles mit ihr absprechen könnt.
Alles kann ganz nach den eigenen Bedürfnissen ablaufen, nichts wird von der berühmten Krankenhausroutine beeinflußt.
Nachteile: Es gibt zwei Komplikationen, deren Eintritt vorher nicht absehbar ist.
1) Das Baby erhält während der Wehen zu wenig Sauerstoff (weil eine Blutbahn behindert ist oder weil die Placenta nicht richtig arbeitet). Hier ist ein sofortiger Kaiserschnitt nötig.
2) Die Gebärmutter zieht sich nach der Geburt nicht genügend zusammen; die Mutter verliert zuviel Blut. In diesem Fall müßte umgehend eine Bluttransfusion vorgenommen werden. Beide Komplikationen kommen nur sehr selten vor.
Der von Schulmedizinern oft vertretenen Ansicht, eine Hausgeburt stelle ein erhöhtes medizinisches Risiko dar, steht als Argument entgegen, daß die unpersönliche und unmenschliche Atmosphäre des Krankenhauses und routinemäßig angewandte Interventionen viele Komplikationen erst produzieren, indem die gebärende Frau in einen Zustand der Aufgeregtheit, Angst, Verwirrung gebracht wird und darüber hinaus durch verschiedene, oft unnötig angewandte medizinische Interventionen der natürliche Ablauf einer Geburt gestört wird. Bei einer Hausgeburt sollten folgende Bedingungen erfüllt sein: der Kontakt zur Hebamme sollte früh aufgenommen werden; es sollte ein Krankenhaus in der Nähe sein, es sollte jemand da sein, der dich, das Baby und den Haushalt in den ersten zwei Wochen versorgt. Du solltest an allen Vorsorgeuntersuchungen teilgenommen haben; es sollte von daher sicher sein, daß mit einem normalen Geburtsverlauf gerechnet werden kann.

Krankenhausgeburt

Vorteil: Eventuell auftretende Komplikationen können hier schneller behandelt werden als zu Hause – ein Transport ist nicht nötig.
Das gilt auch für das Kind: sollte es nicht gesund sein, kann es im Kran-

kenhaus sofort behandelt werden.
Nachteile: Das Personal ist dir wahrscheinlich fremd (Schichtwechsel); in vielen Fällen mußt du dich dagegen wehren, daß dir, ohne daß du es für nötig hältst, und ohne die entsprechende Aufklärung, Schmerz- oder Beruhigungsmittel verabreicht werden, die Atmosphäre ist klinisch, für Ärzte und Hebammen bist du eine von vielen und ihre Haltung ist meistens stark geprägt von der Klinikroutine; oft muß eine Hebamme eine oder mehrere Geburten gleichzeitig betreuen, ist entsprechend gestreßt und unfähig, auf individuelle Bedürfnisse einzugehen. Es gibt allerdings mittlerweile bereits eine ganze Menge Krankenhäuser, in denen man sich bemüht, den Frauen ein schönes und natürliches Geburtserlebnis zu vermitteln, die »rooming-in« anbieten und die den Vater oder eine andere Person mit in den Kreißsaal lassen.
Guckt euch Krankenhäuser an, von denen das bekannt ist, redet mit den Ärzten und Hebammen, laßt euch alles zeigen. An den Reaktionen auf eure Fragen und Forderungen könnt ihr meistens schon ganz gut erkennen, was es mit der entsprechenden Klinik auf sich hat: ob man dort wirklich auf eine sanfte oder natürliche Geburt hinarbeitet – oder ob es sich schlicht um (Werbe-)Sprüche handelt, damit die Betten voll werden und die Kasse klingelt. Versucht auch, mit Frauen zu reden, die in dieser Klinik bereits geboren haben und bringt in Erfahrung, wie man dort zum Stillen steht.
Grundsätzlich gehört jede Risikogeburt in eine Klinik.

Ambulante Geburt

Die ambulante Geburt ist gewissermaßen ein Kompromiß zwischen Krankenhaus- und Hausgeburt.
Zwar findet die Geburt selbst in einer Klinik statt – zwei, drei Stunden danach gehst du aber mit dem Kind nach Hause und erlebst das Wochenbett in den eigenen vier Wänden.
Vorteile: Die Geburt kann medizinisch-technisch überwacht werden, was vielen, gerade ängstlichen Frauen ein beruhigendes Gefühl der Sicherheit gibt.
Unmittelbar danach ist der private Rahmen wieder hergestellt – ihr braucht euch nicht dem Rhythmus und der Routine eines Klinikbetriebes unterzuordnen. Dies kann sich z.B. aufs Stillen sehr positiv auswirken.
Nachteile: Gibts im Grunde keine, außer denen, die schon bezogen auf die Geburt im Krankenhaus angeführt worden sind. Wie bei der Hausgeburt ist auch bei der ambulanten Geburt ganz wichtig, daß du in der ersten Zeit nach der Geburt (ca. 2 Wochen) ausruhen kannst und daß in dieser Zeit jemand anderes den Haushalt führt.
Nach Hausgeburten und bei ambulanten Geburten kommt die Hebamme 10 Tage lang ins Haus (Wochenbettpflege). Die Kosten für diese Besuche trägt die Krankenkasse.

Apgar-Score

Beim Apgar-Test (so benannt nach seinem Erfinder) handelt es sich um eine Art Benotungssystem – der Zustand des Neugeborenen wird beurteilt. Der Test wird eine Minute nach der Geburt vorgenommen. Beurteilt werden: Herztätigkeit, Atmung, Muskeltonus, Reflexerregbarkeit, Hautfarbe. Die Notenskala reicht von 0 - 2. Hat das Baby eine Punktzahl zwischen acht und zehn, dann kann sein Zustand als gut bezeichnet werden. Bei unter vier Punkten müssen intensive Wiederbelebungsmaßnahmen eingeleitet werden. Was den Bewertungspunkt »Atmung« betrifft, so gilt der berühmte kräftige Schrei als eindeutiges Zeichen für gut funktionierende Atmung: wenn das Baby brüllt, kriegt es die beste Note. Sanft geborene Kinder schreien allerdings oft gar nicht und kriegen weniger Punkte, obwohl es ihnen gut geht. Ebenso verhält es sich bei der »Reflexerregbarkeit«: ein entspanntes Neugeborenes läßt sich unter Umständen gar nicht weiter beeindrucken, wenn es an der Fußsohle gekratzt wird – und bekommt dann vielleicht ebenfalls keine Traumnote.

	2	1	0
Herztätigkeit	regelmäßig über 100	unregelmäßig unter 100	fehlend
Atmung	gut (kräftiger Schrei)	flach unregelmäßig	fehlend
Muskeltonus	aktive Bewegung	vereinzelte Bewegung	fehlend schlaff
Reflex-erregbarkeit	Schrei	Grimasse	fehlende Reaktion
Hautfarbe	überall rosig	Körper rosig – Extremitäten blau	gesamtkörper blau od. weiß

Die »Käseschmiere«

Die cremige Fettschicht, die den Körper des neugeborenen Kindes bedeckt, soll nicht abgewaschen werden. Sie enthält außer Fett eiweißhaltige Stoffe, Mineralsalze und Vitamine und hat »inhibitorische Eigenschaften«, sie schützt die Haut des Kindes. Das Baby sollte daher nach der Geburt kurz in warmem Wasser abgespült und mit einem angewärmten Badetuch abgetupft werden, so daß die Käseschmiere erhalten bleibt. Nach wenigen Tagen ist sie vollständig von der Haut des Kindes aufgesogen.

Notizen

Medikamentöse Geburtserleichterung

Valium, Psyquil, Dolantin etc.

Diese Schmerz- und Beruhigungsmittel hält jede Klinik bereit. Sie werden z.T. auf Wunsch, z.T. grundsätzlich eingesetzt. Beruhigungsmittel gelangen über Plazenta und Nabelschnur zum Kind, im Verhältnis zu seinem Körpergewicht erhält das Kind allerdings 20mal mehr als die Mutter.

Vorteil: Das Schmerzempfinden wird reduziert. Die unruhige, ängstliche Frau wird ruhiger, entspannter. Dadurch dehnt sich der Muttermund oftmals rascher.

Nachteil: Diese Medikamente kommen über den mütterlichen Kreislauf auch zum Kind. Die Wehentätigkeit wird häufig schwächer, es wird ein Wehentropf notwendig, um die Geburtsarbeit aufrecht zu erhalten. Bei Frauen, die keine Beruhigungsmittel gewöhnt sind, tritt Schläfrigkeit ein, die ein konsequentes Beatmen der Wehen nicht mehr möglich macht. Untersuchungen zeigen, daß Reiz und Reaktionsbereitschaft bezüglich des Stillens bis zu 4 Tage nach der Geburt beeinträchtigt sein können.

siehe auch Dolantin, S. 225.

Spasmolytika

Sie haben die Funktion, die Eröffnung des Muttermundes durch Krampflösung zu erleichtern. Sie werden angewendet, wenn sich der Muttermund trotz guter Wehen auffallend langsam öffnet.

Vorteil: Die Eröffnung des Muttermundes wird beschleunigt und erleichtert.

Nachteil: Die Wehen können über einen Zeitraum sehr intensiv werden. Die Frau muß sich sehr konzentrieren, um die Kontraktionen zu beatmen.

Paracervikalblockade (PCB)

Wenn der Muttermund ca. 4 - 6 cm eröffnet ist, injiziert man zu beiden Seiten des Muttermundes ein betäubendes Medikament.

Vorteil: Die Dehnung des Muttermundes ist ab dann schmerzarm bis schmerzfrei. Vielfach dehnt sich der Muttermund rascher, da die Frau während der Wehe entspannter ist.

Nachteil: In 20 - 30 % aller Fälle kommt es zu einer Verlangsamung der kindlichen Herztöne, nachdem die PCB gesetzt wurde für die Dauer von 3 bis 30 Minuten. Das Lokalanästhetikum wird zum einen direkt über die Arteria Uterina resorbiert, zum anderen kann durch ihre rein mechanische Kompression eine Minderblutung der Placenta entstehen (Medical Tribune 17, 28.04.78)

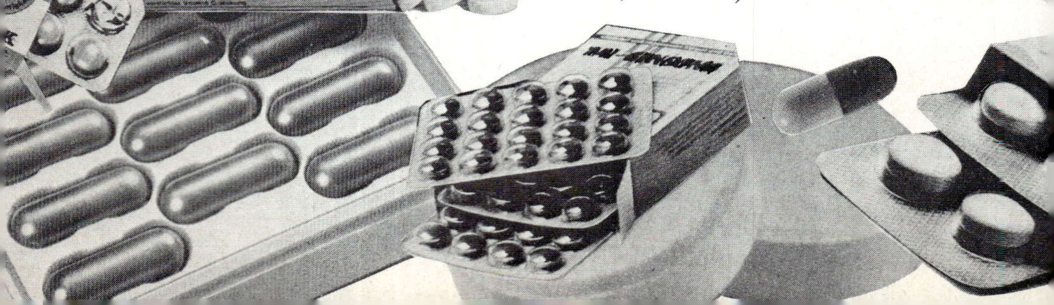

Sauerstoff-Lachgas-Gemisch

Für den Höhepunkt der Wehe wird der Frau eine Sauerstoff-Lachgasmaske in die Hand gegeben, die sie selbst bedienen kann.

Vorteil: Die Frau verschläft den Höhepunkt der Wehe, sie verspürt keinen Schmerz. Nach ca. 1 - 2 Minuten endet die Lachgaswirkung. In der Pause zwischen den Wehen ist sie wieder bei vollem Bewußtsein.

Nachteil: Übelkeitsgefühl bis zum Erbrechen tritt häufig auf. Die Wirkung des Lachgases wird vom Kind voll miterlebt. In den ersten Minuten nach der Geburt ist das Neugeborene oft apathisch und muß dann beatmet werden. Ein Beatmen der Wehe ist aufgrund der Wirkung des Lachgases auch hier kaum möglich.

Anmerkung: Lachgas muß sofort bei einsetzender Wehe eingeatmet werden, da es bis zur vollen Wirksamkeit eine kurze Zeit benötigt. Viele Frauen benutzen die Maske zu spät, der Höhepunkt wird voll empfunden, in der abklingenden Wehe setzt der Rausch ein, ein Teil der Wehenpause wird verschlafen.

Lumbale Epiduralanästhesie, Periduralanästhesie

Zwischen dem 2. und 3. Lendenwirbel wird an den Ort, an dem die schmerzleitenden Nervenbahnen von Gebärmutter und Scheide liegen, ein anästhesierendes Medikament gespritzt. Für den Zeitraum von 1 - 4 Stunden wird die Schmerzleitung ausgeschaltet. Die Anästhesie kann fraktioniert werden.

Vorteil: Die Frau ist schmerzfrei, die Eröffnung des Muttermundes geht oft rascher vor sich, weil sich die Frau völlig entspannen kann.

Nachteil: Diese Methode muß der Arzt sehr gut beherrschen, da es sonst zu einer vorübergehenden Lähmung des Ober- und Unterkörpers kommen kann. In 1 : 20000 Fällen bleibt die Lähmung. Die Frau hat (fast) kein Gefühl für den Unterleib, ist in der Mitarbeit bei Ende der Geburt oft stark beeinträchtigt. Sie verspürt das Einsetzen der Preßwehen nicht. Erst wenn sich das Kind schon ganz auf dem Beckenboden befindet, erhält die Frau vom Arzt das Kommando zum Mitpressen. In der Medical Tribune vom 26. Mai 1978 wird von einer Verdoppelung der Austreibungszeit berichtet, Spontangeburten gingen um 28 % zurück, die Zangenentbindungen nahmen um 28 % zu. Häufig hat die Frau nach der Entbindung für einen oder mehrere Tage unter starken Kopfschmerzen zu leiden.

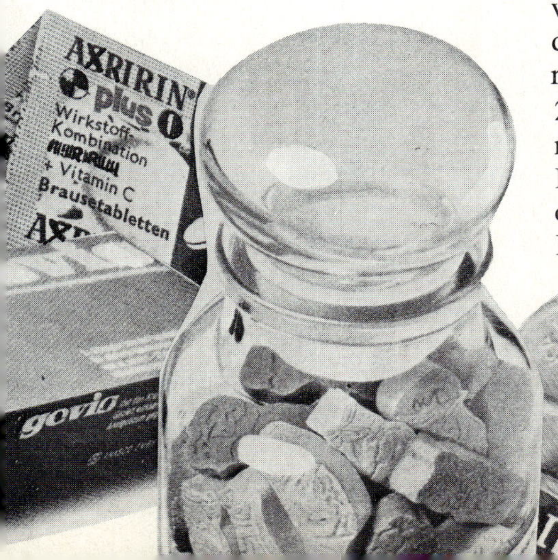

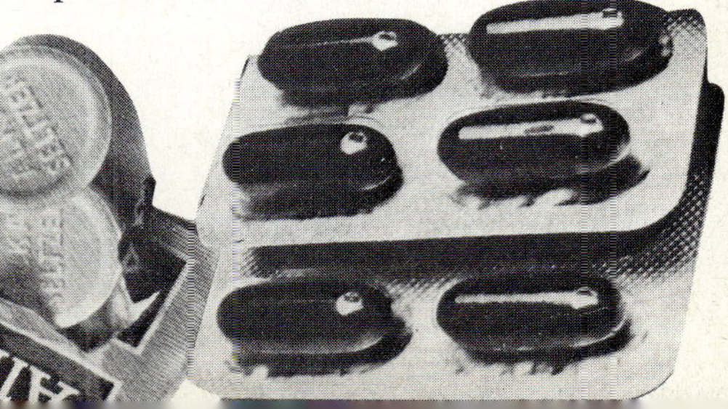

Sog. Durchtrittsrausch

Bevor die Preßwehen einsetzen, wird eine Vollnarkose gegeben.
Vorteil: Frauen, die sich kräftemäßig in der Eröffnungsphase sehr verausgabt haben, werden völlig ruhig gestellt, das Kind ohne ihre Mitarbeit geboren. Die Angst vor der eigentlichen Geburt wird genommen. Das Nähen des Dammschnitts ist durch Narkose erleichtert.
Nachteil: Das Narkosemittel wirkt auch auf das Kind. Da die aktive Mitarbeit der Frau ausfällt, verzögert sich die Beendigung der Geburt. In der Regel wird das Kind durch Druck des Arztes auf den Bauch der Frau, unter Zug, d.h. Saugglocke oder Zange zur Welt gebracht.

Pudendusanästhesie (Pudendusblock)

Gegen Ende der Eröffnungsphase, kurz vor der Austreibungsphase, werden die Schambeinnerven am Scheidenausgang oberflächlich betäubt.
Vorteil: Der genitale Bereich ist gefühllos, der Arzt kann die Episiotomie (Dammschnitt) machen und gegebenenfalls ohne weitere Lokalanästhesie den Schnitt wieder nähen.
Nachteil: Der Nerv wird nicht immer getroffen, die Wirkung ist oft nicht 100 %ig und nur von kurzer Dauer. Die Frau wird um das Erlebnis gebracht, die Geburt ganz zu spüren. Wie jede andere Anästhesie bringt sie eine zusätzliche Belastung für den Kreislauf von Mutter und Kind mit sich.

Wehenmittel

Wehenmittel werden oft angewendet, wenn eine primäre oder sekundäre Wehenschwäche vorliegt. Primäre Wehenschwäche: Mangelhafte Wehentätigkeit von Geburtsbeginn an. Die Wehen sind zu schwach, zu selten und zu kurz. Sekundäre Wehenschwäche: Zu Geburtsbeginn gute Kontraktionen, die im Verlauf der Geburt nachlassen. Hauptursache: Ermüdung der Uterus- und Bauchmuskulatur.
Zur Anwendung von Medikamenten (Oxitozin- und vasopressinhaltig) soll es erst kommen, wenn weder Einlauf, heißes Bad oder Dusche, Entleerung der Harnblase, heiße Umschläge auf den Leib etwas genützt haben.
Wehenmittel dürfen niemals gegeben werden, wenn eine hypertone Wehenschwäche vorliegt. Sie liegt dann vor, wenn die Erweiterung des Halskanals Schwierigkeiten macht, weil das Gewebe zu krampfartig oder zu fest reagiert. Auch wenn die Herztöne des Kindes schlecht sind oder ein Anhalt für eine Nabelschnurkomplikation besteht, dürfen Wehenmittel nicht eingesetzt werden. Leider aber ein Fehler, der immer wieder gemacht wird!!!
Leider ist heute in fast allen Kliniken der Wehentropf auch ohne medizinische Notwendigkeit von medizinischer Seite obligatorisch. Der Einsatz kann zur Beschleunigung der Geburt führen, zu Krampfwehen und Dauerkontraktionen, was zu einer vorzeitigen Ermüdung der Frau führt. Sie kommt häufig mit der Atmung schlechter zurecht und benötigt mehr schmerzstillende Mittel.

Forderung: Der Arzt soll sich auf den natürlichen Geburtsverlauf einlassen, sich Zeit nehmen. Das lernt leider heute kaum noch ein Arzt.

Für die Frau ist es wichtig, den Einsatz von Wehenmitteln mit dem Arzt zu besprechen und eigenen Körperreaktionen zu vertrauen.

„Denk immer daran, daß ich dich unter Schmerzen geboren habe"

Geburtseinleitung

Die Gefährdung des Kindes vor Wehenbeginn ist eine Indikation zur Geburtseinleitung:

1. Übertragung, feststellbar durch Amnioskopie
2. Verdacht auf Schädigung des Kindes infolge Rhesusunverträglichkeit
3. Spätgestose (Schwangerschaftsvergiftung)
4. Diabetes der Mutter
5. Vorzeitiger Blasensprung, wenn Komplikationen auftreten. Z. B. keine Wehen nach 24 Stunden, Temperaturerhöhung.

Wird die Geburt ohne vorliegende medizinische Indikation eingeleitet, kann sie Mutter und Kind gefährden. Eine Gefährdung für die Mutter kann darin bestehen, daß die Geburtswege noch nicht reif und bereit genug sind. Auch das Kind kann noch nicht reif und geburtsbereit sein. Eine Unterbringung im Brutkasten wird oft nötig. Die Geburtseinleitung wird von manchen Medizinern als besonders fortschrittlich angesehen, weil der Entbindungstermin festgelegt werden kann, die Geburt an einem bestimmten Wochentag stattfinden kann, an dem genügend Ärzte Dienst haben etc.

Technik der Geburtseinleitung

1. Sprengung der Blase: Treten nach 2 Stunden keine Wehen auf
2. Intravenöse Dauertropfinfusion, die eine dauernde Überwachung der Wehentätigkeit und der Herztöne nötig machen. Treten auch dann keine Wehen auf, muß das Kind mit einem Kaiserschnitt (Sektio) entbunden werden.

Operative Beendigung der Geburt

Indikationen:

1. Gefahr für die Mutter
2. Gefahr für das Kind

Möglichkeiten: Kaiserschnitt, Saugglockenentbindung, Zangengeburt.

Christa Steinhauer

„Gerda! Bist du dir sicher, daß das gut ist für die Kinder?"
„Muß es doch, Hiltrud! Das machen doch jetzt alle so."

Dolantin

»In der Eröffnungsperiode der Zeit zwischen Wehenbeginn und vollständiger Eröffnung des Muttermundes, wird ein starkes Schmerzmittel (z. B. Dolantin spezial) in die Muskulatur gespritzt. Es wirkt krampflindernd, beruhigend und nimmt einen Teil der Schmerzen. Der Muttermund kann sich durch die Entkrampfung der Muskulatur besser dehnen.«

So harmlos wird in einer »Für Sie« Dolantin beschrieben. Fast alle Kliniken spritzen dieses Mittel. Was es damit auf sich hat, beschreiben Ranne Michels und Rainer Kippe:
Filips Atemstörung nach der Geburt läßt uns keine Ruhe. Waren wir selbst daran schuld, waren es die Medikamente oder ist es die Natur, die so etwas hervorbringt?
Lange Tage sitze ich deshalb in der Bibliothek der Universitätsklinik und wälze medizinische Hand- und Lehrbücher, besonders die pharmakologischen, zu deutsch arzneimittelwissenschaftlichen Werke haben meine Aufmerksamkeit erregt.[1] Die Pharmakologie untersucht die Wirksamkeit und die Wirkungsweise von Arzneimitteln, beschreibt ihre Gefahren und gibt an, wie und in welchen Mengen sie angewendet werden dürfen. In allen Handbüchern der Pharmakologie wird vor Morphinen und morphinähnlichen Medikamenten, und dazu gehört auch das Dolantin, gewarnt. Sie machen nicht nur auf längere Zeit süchtig, sie vermindern, und das ist ihre stärkste Nebenwirkung, die Atemtätigkeit. In geringen Mengen ist diese Wirkung »hustenstillend«. Morphine werden deshalb in vielen Hustenmitteln verwendet. Bei größeren Mengen kommt es zu ernsthaften Atemstörungen, schließlich wird das Atemzentrum gelähmt, und die Atmung setzt aus. Wegen dieser Nebenwirkung sollen Morphine bei Kindern nur unter größter Vorsicht, bei Säuglingen gar nicht angewendet werden. Morphine passieren die Plazentaschranke, gehen also während der Schwangerschaft, auch während der Geburt, aus dem Blut der Mutter auf das Ungeborene über. Ich erinnere mich an die Äußerung der Ärzte. »Unbedenklich«, hatten sie während der Geburt gesagt. Irgend etwas kann hier nicht stimmen. Ich suche weiter nach Hinweisen auf die krampflösende Wirkung, auf die wir so lange gewartet hatten. Aber gerade diese Wirkung, auf die alle Gynäkologen schwören, wird von den Pharmakologen aufs heftigste bestritten: »In therapeutischen Dosen (also für Heilzwecke üblichen Mengen) sind die meistens erwarteten papaverinartigen (also krampflösenden) Eigenschaften von Dolantin nicht vorhanden«, heißt es da. Und weiter: »Dolantin hat am Uterus (Gebärmutter) direkt wohl sogar eine tonus (= spannungs), steigernde Wirkung.«[2] Und dann wird auf Versuche an Menschen und an Tieren verwiesen, die diese Erkenntnisse bestätigen.

[1] *Vergleiche insbesondere: Kuschinsky, Gustav, Taschenbuch der modernen Arzneibehandlung, 7. Aufl., Stuttgart 1975, S. 58 - 60, 199, 201, 433, 507 ff.*

[2] *Kuschinsky, a.a O., S. 59/60*

Nur die schmerzstillende Wirkung wird bejaht. Aber die Morphine nehmen nicht direkt den Schmerz weg, sondern sie erzeugen einen Rausch im Gehirn und schaffen darüber eine ›psychische Distanzierung‹ zum Schmerz, das heißt sie schaffen einen inneren Abstand zum Schmerz und formen das Schmerzerlebnis in eine Art Wohlgefühl um. Allerdings nicht immer und nicht bei allen Menschen. 20 bis 30 % der Patienten warten auf die schmerzstillende Wirkung von Morphinen vergebens[3], und Ranne wird eben zu denjenigen gehören, bei denen der Schmerz im Rauschzustand noch zunimmt. Morphine, also auch das »Wundermittel« Dolantin, sind eben das, was man im Deutschen zutreffend als »Rausch-Gift« bezeichnet. Der Arzt kann das rauscherzeugende Gift verabreichen, aber die Stärke des Rausches, seine Dauer und das, was man darin erlebt, hängen von der einzelnen Person ab und von den Umständen, unter denen es genommen wird.

In diesen Tagen erzählt uns eine Bekannte, daß sie während der Geburt unter Dolantineinwirkung ganz ähnliche Erlebnisse hatte wie Ranne: die Wehen rollten über sie hinweg, die Kontrolle über die Atmung entglitt ihr, und die Schmerzen nahmen zu.

In dem berühmten englischen Pharmakologiehandbuch Extra Pharmacopoeia Martindale[4] finden wir schließlich genaue Angaben über die Gefährlichkeit von Dolantin. Eine dort zitierte englische Untersuchung aus dem Jahre 1959 bezifferte die Häufigkeiten von Atemstörungen bei Neugeborenen nach der Gabe von Dolantin an die Mutter mit 9 - 21 %. Wenn dem Dolantin ein Gegengift, genannt Levallorphan oder Lorphan, beigemischt wird, soll die Häufigkeit mäßiger Atemstörungen bei 8 ‰, schwerer Atemstörungen bei 2 ‰ liegen. Dabei muß man allerdings berücksichtigen, daß alle Statistiken »bereinigt« werden, das heißt, daß man die schwersten Fälle häufig herausmanipuliert. Dolantin mit Levallorphan ist bei uns als ›Dolantin spezial‹ im Handel. Es soll laut Angabe der Hersteller überhaupt keine Atemstörungen mehr verursachen. Die oben angeführte Untersuchung wurde dabei wohl übersehen. In dem führenden Lehrbuch der Geburtshilfe in der Bundesrepublik, dem ›Martius‹[5], finden wir schließlich einen Hinweis, der vielleicht erklärt, wie es zu dieser irreführenden Angabe gekommen sein mag. Dort heißt es nämlich auf S. 311: ›Als fertiges Kombinationspräparat steht das Dolantin Spezial (Hoechst) zur Verfügung, bei dessen Anwendung darauf zu achten ist, daß die Wirkungsdauer des Dolantin 2 - 3 Stunden, die des Opiatantagonisten (= Gegengift), jedoch nur 1/2 Stunde beträgt, so daß evtl. Lorfan (= das Gegengift) nachgegeben werden muß.‹ So ganz nebenbei haben wir hier im Kleingedruckten eine wichtige Fest-

[3] *Henry K. Beecher: »Measurement of subjective responses: quantitative effects of drugs«, New York, Oxford Univ. Press, 1959. Zitiert nach: Ivan Illich, Die Enteignung der Gesundheit, Hamburg 1975, S. 100 f.*

[4] *Martindale, Extra Pharmacopoeia, Hg R. G. Todd, 25. Aufl. London, 1967, S. 807*

[5] *Martius, Heinrich, Lehrbuch der Geburtshilfe, 7. Aufl. Stuttgart, 1971, S. 311*

stellung gefunden, die keiner Hebamme und keinem Arzt, mit denen wir bisher sprachen, bekannt ist und die wir auch in keinem anderen Handbuch finden konnten, schon gar nicht in den Angaben des Arzneimittelherstellers. Diese Feststellung lautet: »Wenn Dolantin ›Spezial‹ gegeben wird, und es wird heute bei fast allen Geburten im Kreißsaal Dolantin ›Spezial‹ gegeben, und das Kind wird später als eine halbe Stunde danach geboren, so wirkt die atemlähmende Kraft des Dolantin ungehemmt weiter.« Wie kommt es, daß eine so einfache wie wichtige Erkenntnis unbekannt bleibt, selbst wenn sie von einem angesehenen Geburtshelfer in einem berühmten Lehrbuch verbreitet wird?

Mit brennenden Augen lese ich in dem Lehrbuch von Martius weiter, ziehe andere hinzu. Was ich finde, schlägt den Erkenntnissen, welche die Arzneimittelwissenschaft verbreitet, ins Gesicht, Chemikalien und besonders Opiate werden während der Geburt in erschreckendem Maße als krampf- und angstlösend empfohlen und verharmlost. Opiate werden mit anderen Psychopharmaka, die teilweise der Psychiatrie entstammen und dort zur Ruhigstellung Geisteskranker verwendet werden, zu chemischen Bomben zusammengemixt, deren Wirkung nur schwer berechenbar ist. Hier zwei Empfehlungen, die sich bei Martius auf Seite 311 finden. In Klammern geben wir jeweils die hauptsächliche Wirkung der Gifte an, so wie wir sie mit einem befreundeten Arzt herausgesucht haben.

»Schlafgeburt von H. Burger: 0,5 mg Atropin (Mittel zur Vorbereitung einer Narkose). 2 - 2,5 ml Pernocton (hohe Dosis eines stark wirkenden Schlafmittels aus der Barbituratgruppe), und anschließend in 500 ml Glucose 200 mg Dolantin ›Spezial‹. 50 mg Megaphen (stark wirkendes Beruhigungsmittel mit gefährlichen Nebenwirkungen), 100 mg Atosil (Hauptwirkung: Beruhigung und Schutz vor allergischen Reaktionen auf das Megaphen), 0,6 mg Hydergin (durchblutungsfördernd).« Oder: »Bei unruhigen Kreißenden ist eine Kombination von 800 mg Meprobamatan (identisch mit z. B. Megaphen, Höchstmenge), 2,5 mg Haloperidol (Beruhigungsmittel aus der Psychiatrie, mit starken Nebenwirkungen, wird in der Sowjetunion zur Folterung von Dissidenten verwandt), 25 - 50 mg Protactyl oder 25 - 50 mg Atosil (siehe oben) empfehlenswert.« Es würde mehrere Seiten erfordern und den Rahmen dieses Buches sprengen, wollten wir die

Wirkungen und Nebenwirkungen dieser starken Beruhigungsmittel alle wiedergeben, so wie die pharmakologischen Handbücher sie aufzählen. Es ist erschreckend, wie leichtfertig diese gefährlichen Gifte für die Anwendung bei der Geburt empfohlen werden. Alle diese Mittel beschleunigen die Geburt nachgewiesenermaßen nicht[6], sondern betäuben nur die Gebärende. Offensichtlich ist die geburtshilfliche Medizin bei uns von der Medizin als Wissenschaft weit abgedriftet und irgendwo in der Nähe einer Irrenhausverwahrung gelandet, wo Patienten nicht behandelt, sondern lediglich ruhiggestellt werden.

Wir verstehen jetzt, warum den Geburtshelfern, die täglich im Kreißsaal mit solchen Mischungen hantieren, die 150 mg Dolantin ›Spezial‹, welche Ranne über fünf Stunden verteilt erhalten hat, als lächerlich geringe, ungefährliche Dosis erscheinen.
Auch nach unserer ausgedehnten Lektüre können wir nicht nachweisen, daß Filips Atemversagen durch Dolantin verursacht ist. Die letzte Dosis lag ziemlich weit zurück, und es gibt auch Atemstörungen bei Neugeborenen ohne eine vorausgegangene Anwendung von Morphinen. Die stundenlangen heftigen Wehen waren sicherlich für das Kind eine starke Belastung. Aber gerade dann muß die Verabreichung eines starken Medikamentes zusätzliche erschwerende Folgen haben. Aber das ist nicht der einzige Kunstfehler, der den Ärzten bei dieser Geburt unterlaufen ist. Ein Kunstfehler ist bereits darin zu sehen, daß die erwünschte Wirkung, nämlich Lösen des Muttermundes, mit dem gegebenen Mittel nicht zu erreichen ist. Ein weiterer Kunstfehler liegt darin, daß die ebenfalls vom Arzt beabsichtigte Schmerzlinderung, die auch nicht eingetreten ist, von der Patientin gar nicht erwünscht war. Ohne Notwendigkeit sind Mutter und Kind den Gefahren eines starken Rauschgiftes ausgesetzt worden. Nicht die Hausgeburt mit ihren sicherlich geringen Hilfsmöglichkeiten erscheint uns als die große Gefahr für eine sichere Geburt, sondern die Chemie und die überflüssigen Eingriffe der Ärzte während der Schwangerschaft und unter der Geburt. Die Überwachungsapparate und die zahlreichen Hilfsmittel sind offenbar vor allem nötig, um die vom Arzt erst geschaffenen Gefahren unter Kontrolle zu bringen. Wir hatten nicht zu wenig ärztliche Hilfe, sondern zu viel, und an der falschen Stelle.
Je mehr wir uns mit den Gefahren der Geburt auseinandersetzen, desto klarer wird uns, daß auch unser nächstes Kind nicht in einem Kreißsaal geboren werden wird.
Ranne Michels,
Rainer Kippe

»Wie wir die Angst vorm Kinderkriegen überwanden«, Kiepenheuer & Witsch, Köln 1980

[6] *Kuschinsky, S. 59, 60: »Doppelte Blindversuche haben ergeben, daß keines der zahlreichen im Handel befindlichen Wehenbeschleunigungsmittel im Vergleich zu Placebo (Tablette ohne wirksame Substanz) irgendeine verkürzende Wirkung auf die Geburt hat. Das einzige wirksame Mittel in dieser Beziehung ist Oxytocin (= wehenförderndes Hormon), andererseits sind die einzigen besser als Placebo wirksamen schmerzstillenden Mittel Morphin und morphinartig wirkende Stoffe, z. B. Dolantin; diese verkürzen aber die Geburt gleichfalls nicht.«*

Notizen

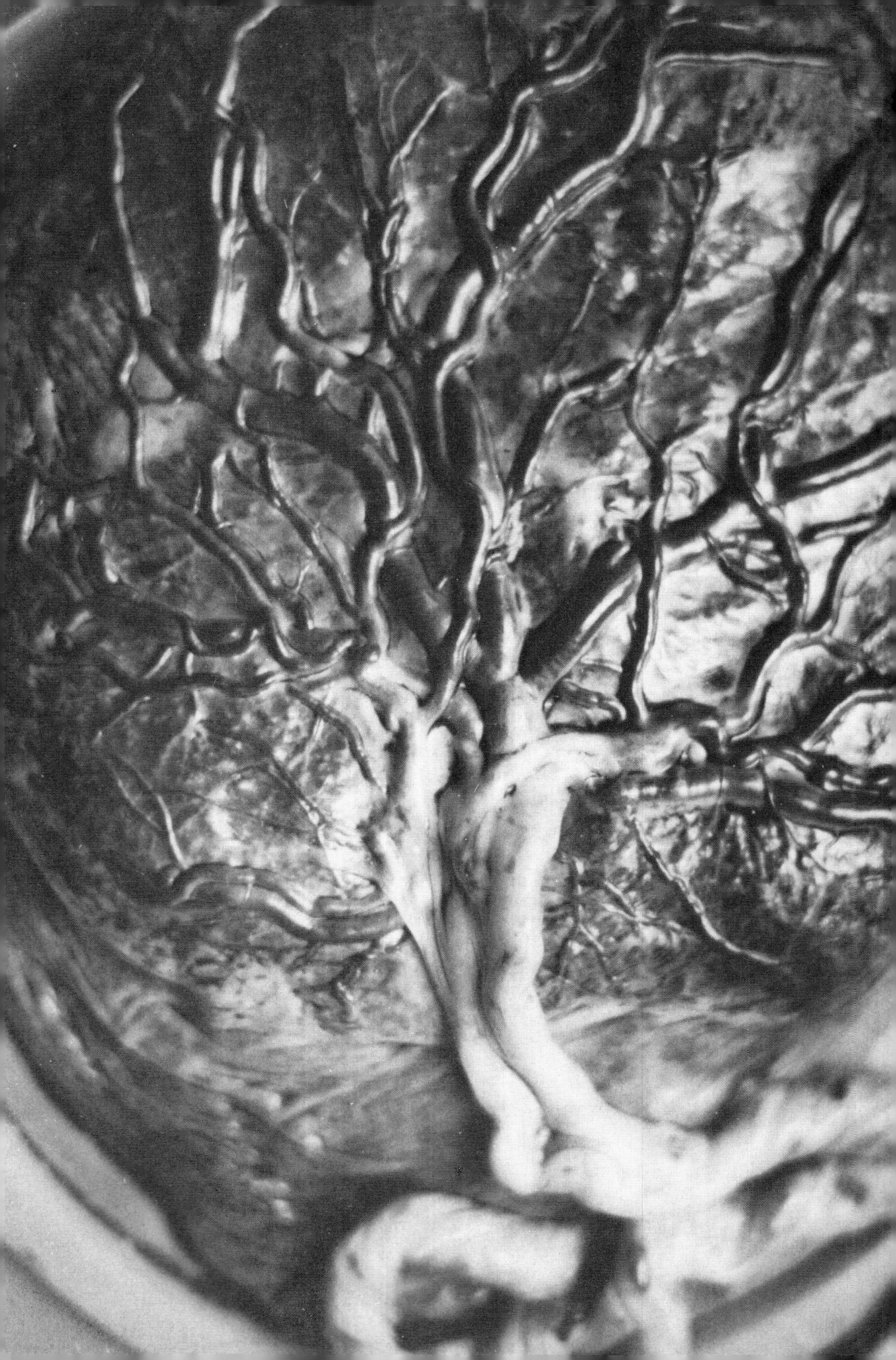

für Dich

med. prakt.

Medizinisches-Praktisches für Dich

Kindbettfieber kommt nur noch sehr selten vor. Wenn am dritten oder vierten Tag nach der Geburt plötzlich hohes Fieber und Schüttelfrost auftreten, muß man sofort den Arzt rufen.

Der erste Stuhlgang nach der Geburt
Davor zittern fast alle, die eine Dammnaht haben. Es ist normal, nach der Geburt 4 - 5 Tage keinen Stuhlgang zu haben. Vorschnell gegebene Abführmittel sind unnötig. Wichtiger ist, sich so zu ernähren, daß der Stuhlgang, wenn er kommt, weich ist und nicht herausgepreßt werden muß. Die Dammnaht kann man schützen, indem man weiches Toilettenpapier dagegenhält.

Die Periode bleibt bei den meisten Frauen bis zum Ende der Stillzeit aus. Sollte sie doch schon während des Stillens wieder einsetzen, kann und soll trotzdem weitergestillt werden, auch wenn das Kind in diesen Tagen unruhig ist und die Milch weniger gern mag. Während der Stillzeit kann es auch bei Ausbleiben der Periode zu einer neuen Schwangerschaft kommen. Auf empfängnisverhütende Maßnahmen sollte daher nicht verzichtet werden.

Die Antibabypille soll während der Stillzeit nicht genommen werden.

Die **Gebärmutter** ist unmittelbar nach der Geburt ca. 1 kg schwer und reicht bis zum Nabel. Etwa am zehnten Tag nach der Geburt ist sie soweit geschrumpft, daß sie wieder hinter dem Schambein im kleinen Becken verschwindet. Ihre ursprüngliche Größe (wie eine Birne) hat sie nach vier Wochen wieder erreicht.

Nach der Geburt fühlen sich viele Mütter durch das vollständig geänderte Leben, die ständig gestörte Nachtruhe, den nicht mehr selbstbestimmten Lebensrhythmus, die permanente Sorge, ob das Kind auch gesund, satt, warm genug angezogen usw. ist, überfordert, gestreßt und kraftlos. Manche haben das Gefühl, daß das Kind mit der Muttermilch auch noch die letzten Energien aus ihnen heraussaugt.
Es ist sehr wichtig, sich in dieser anstrengenden Anfangsphase Freiräume zu schaffen, um mal in Ruhe richtig durchzuatmen.
Versucht zu organisieren, daß ihr euch diese Zeit regelmäßig nehmen könnt, daß also jemand anderes das Baby solange nimmt. So ein Stündchen Muße und raus aus allem sein, wirkt oft wahre Wunder. . . .

für Es

med. prakt.

Medizinisches-Praktisches fürs Kind

Kindspech nennt man die ersten Absonderungen aus dem Darm des neugeborenen Kindes. Das Kindspech ist schwarz-grün; es besteht aus eingedickten Verdauungssäften, verschlucktem Fruchtwasser, abgestoßenen Darmwandzellen und Wollhaaren von der Haut des Kindes. Erst nach ca. drei Tagen erscheint der erste regelrechte Milchstuhl, der goldgelb ist und aromatisch riecht.

Durchfall beim Kind, das nicht gestillt wird: Milch, Fett und Zucker aus der Ernährung weglassen, eine Mahlzeit durch Tee ersetzen und auf »Heilnahrung« (Apotheke) übergehen, bis der Durchfall weg ist. Wenn er länger als ein, zwei Tage anhält, den Arzt befragen. Wichtig: viel Flüssigkeit anbieten (Tee)!
Wenn das Baby wund ist, soll es nicht mit seifenhaltigen Badezusätzen, sondern in Kamillentee gebadet werden. Es ist außerdem gut, viel Luft an die wunde Haut zu lassen, auch luftdurchlässige Baumwollwindeln zu verwenden und Fruchsäfte vorübergehend vom Ernährungsplan zu streichen. Vor dem Wickeln sollen die wunden Stellen dick mit Wundschutzcreme eingerieben werden, damit kein Urin oder Stuhl auf die Haut einwirken kann.

Speien: Viele Kinder erbrechen nach jeder Mahlzeit ein bißchen von der getrunkenen Milch. Das ist normal (Volksmund: Speikinder sind Gedeihkinder!)
Nur wenn das Erbrochene schwallartig und in großen Mengen aus dem Kind herausschießt, sollte der Arzt aufgesucht werden (es könnte ein Magenpförtnerkrampf vorliegen).

Niesen: In den ersten Tagen nach der Geburt niesen die meisten Säuglinge sehr häufig, ohne daß eine Erkältungskrankheit vorliegt. Das Kind reinigt so lediglich seine Luftwege von zurückgebliebenem Schleim.

Mit **Hexenmilch** bezeichnet man Absonderungen aus den Brustdrüsen neugeborener Kinder. Das kann auch bei männlichen Säuglingen vorkommen und ist völlig harmlos. Nicht an der Brust herumdrücken – sonst kann sie sich entzünden! Wenn man das Kind mit einem Wattebausch vor der Brust vor Stoß und Druck schützt, gehen die Absonderungen und die damit verbundene Schwellung der Brust zurück.

Schluckauf wird durch einen Zwerchfellkrampf hervorgerufen. Er kann durch zu kalte Milch oder durch Abkühlung beim Wickeln entstehen.

Hippokrates empfahl zur Beseitigung des Schluckaufs das Kind mit einer Feder in der Nase zu kitzeln: durch das Niesen entspannt sich das Zwerchfell. Ein paar Schluck warmer Tee oder ein Kamillensäckchen auf den Bauch tun's auch.

Soor (Pilzkrankheit): Besonders Kinder, die im Krankenhaus geboren werden, holen sich oft eine ganz bestimmte Pilzkrankheit: den Soorpilz, auch Windelpilz genannt. Betroffen ist zuerst die Genitalregion – manchmal breitet sich der Pilz bis hoch zum Bauch und auf die Oberschenkel aus. Die Haut rötet sich erst, dann bilden sich Pusteln und Bläschen, die nach einer Weile aufgehen, so daß große, wunde und offene Hautflächen entstehen.

Begünstigt wird die Entstehung und Ausbreitung dieses Ausschlages durch die Verwendung von sogenannten Höschenwindeln (wie z. B. Pampers): durch die Plastikhülle kann nicht genug Sauerstoff an die Haut gelangen, sie wird anfälliger. Da oft auch Mundhöhle (man sieht es an einem weißlichen Belag im Mund), Speiseröhre und der Darm mitbefallen sind, rücken die Kinderärzte der Sache mit einer

kombinierten Behandlung zu Leibe (Tropfen und Salben). Wichtig für den Ausschlag am Po ist vor allem Luft.
Es ist also gut, auf Pampers und ähnliche Windelarten zu verzichten, stattdessen vorübergehend Stoffwindeln zu nehmen.
So oft es geht, sollte das Kind aus dem feuchtwarmen Windelpaket befreit werden und unten ohne im (gutgeheizten) Zimmer oder im Sommer im Freien strampeln.
Bewährt sind auch Einpinselungen mit Gentiana Violett, einer desinfizierenden, blauen Flüssigkeit. (Wichtig: dem Apotheker sagen, daß Babyhaut damit behandelt werden soll, damit er die richtige Konzentration anmischt!)
Damit der Pilz nicht durch Mund und Verdauungswege immer wieder kommt: peinliche Sauberkeit mit Saugern, Schnullern usw.!

Die Fontanellen. Die Schädelknochennähte sind beim Säugling noch nicht geschlossen. Oberhalb der Stirn an der Mittelnaht des Schädels befindet sich die große Fontanelle. Sie ist nur durch die Kopfhaut vor Verletzungen geschützt und sollte mit ca. 18 Monaten geschlossen sein. Die kleine Fontanelle ist am Hinterkopf und schließt sich schon bald nach der Geburt.

Hüftgelenksluxation: Fehlentwicklung des Hüftgelenks. Bei früher Erkennung ist sie leicht durch breites Wikkeln oder durch ein Spreizhöschen auszuheilen. Anzeichen: asymmetrische Faltenbildung an den Oberschenkeln, eingeschränkte Beweglichkeit der Beine.

Säuglingsgymnastik: Im Fissan-Babykalender und in einigen anderen Ratgebern werden die Mütter dazu aufgefordert, mit ihren Säuglingen Gymnastik zu betreiben. Das ruckartige Herumziehen an einem kleinen Säugling nach vorgegebener Anleitung erscheint aber äußerst fragwürdig. Vom medizinischen Gesichtspunkt aus gesehen ist es überflüssig und unnötig. Ein gesundes Kind entwickelt seine Beweglichkeit von ganz alleine und in einer Geschwindigkeit und Art, wie es ihm gefällt und Spaß macht.

Sterilisieren von Flaschen und Saugern ist in den ersten 2 - 3 Monaten wichtig, denn das Baby besitzt noch zu wenig Abwehrstoffe und die Gefahr einer Infektionskrankheit ist relativ groß. Das sog. Milton-Bad ist dazu allerdings nicht unbedingt nötig. Die Sauger nehmen dadurch einen sehr unangenehmen Geschmack an (Probier selbst mal!). Flaschen und Sauger kannst du auskochen und in einem Gefäß, das Du vorher auch gut sauber gemacht, evtl. ausgekocht hast, aufbewahren. Außerdem ist inzwischen erwiesen, daß Milton die natürliche Flora der Schleimhäute zerstört (dadurch werden Pilzerkrankungen der Kinder gefördert.)

Bei der Wäsche keinen Weichspüler verwenden, das greift die Haut des Säuglings zu sehr an.

Der Raum, in dem dein Baby schläft, sollte eine Zimmertemperatur von 22 C nicht übersteigen.

Zum Thema Bett: Wenn ihr euer Kind gern in den Schlaf wiegen, aber keine teure Wiege kaufen wollt, könnt ihr über die Sassener Werkstätten Wiegengestelle beziehen, an denen man Stubenwagen und Kinderbetten befestigen kann. Adresse: Werkstätten der Lebensgemeinschaft e.V. Hofgut Sassen, 6407 Schlitz-Queck.

Bauchlage

»Leg Dein Baby abwechselnd auf die rechte Seite, linke Seite, auf den Rükken und überwiegend auf den Bauch. Babys, die auf dem Bauch liegen, fangen früher an den Kopf zu heben, was gleichzeitig eine Stärkung des Rückgrats bedeutet: Läßt Du Dein Baby mal allein und unbeobachtet in einem Raum, leg es auf den Bauch, sollte es mal erbrechen, besteht nämlich niemals die Gefahr, daß es an seinem Erbrochenem ersticken kann. Orthopäden sind der Meinung, daß die Bauchlage wegen der Füße nicht zu empfehlen sei. Aber das Baby liegt ja nicht nur auf dem Bauch!«

aus: Mutterlust, Mutterfrust, Hrsg.: Frauengesundheitszentrum Frankfurt, Frankfurt 1979

Zucker

Weißer und auch brauner Zucker sollte in der Ernährung eines Säuglings so wenig wie möglich, am besten gar nicht vorkommen, da er ungesund ist. Wenn man gar nicht erst anfängt Milch, Brei und Tee mit Zucker zu süßen, wird das Kind ihn auch nicht vermissen und von Anfang an nicht »auf süß« fixiert. Ansonsten kann man zum Süßen auch Fruchtzucker und Honig (sparsam, er hat eine abführende Wirkung) verwenden.

Tees

Die wasserlöslichen Fertigteemischungen der Babynahrungshersteller (Fenchel, Kindertee, Kräutertee usw.) sind teuer und bestehen hauptsächlich aus Zucker. (Ausnahme: Bübchen Tee, Sternbiene Tee.) Billiger, gesünder und genauso einfach ist es, morgens beim Frühstückmachen gleich eine Kanne Tee fürs Kind mitzukochen (Kamille, Fenchel usw. gibt's lose in der Apotheke) und diesen dem Kind ungezuckert zu geben.

Täglich baden?

Tägliches Baden, möglichst noch mit seifenhaltigen Badezusätzen, ist unnötig. Man wäscht dem Kind lediglich den Talg, der es gegen Abkühlung und Infektion schützt, von der Haut weg, raubt ihm also sprichwörtlich das »dicke Fell«. Im Winter reicht es aus, das Kind zweimal in der Woche zu baden, im Sommer, wenn es heiß ist, sind drei Bäder in der Woche angebracht. Reinigende Badezusätze sind für so kleine Kinder, die ja kaum einer Verschmutzung ausgesetzt sind, nicht erforderlich. Statt dessen kann man dem Badewasser pflegende Kamille oder ölhaltige Zusätze beigeben.

Zwei Babyhosen für 2-6 Monate

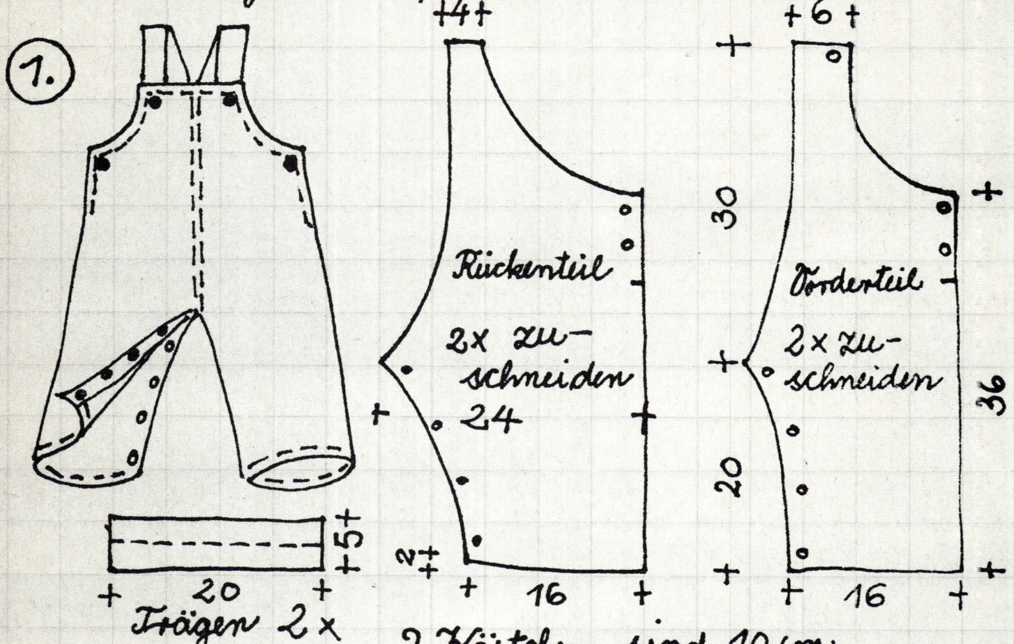

2 Kästchen sind 10 cm

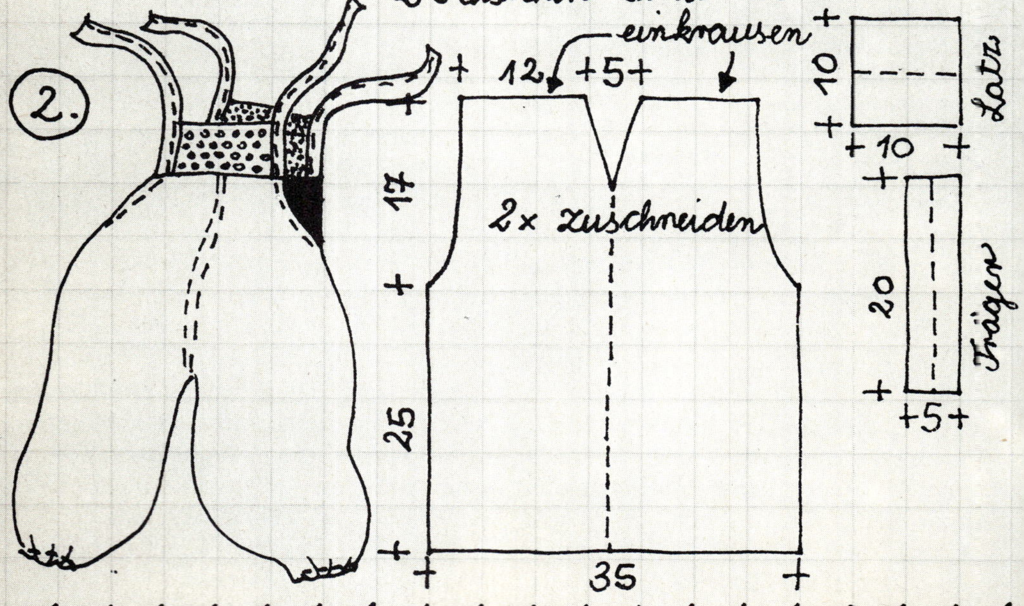

zu (1.) Babylatzhose mit Druckknöpfen an den Hosenbeinen zum leichten Windelwechseln. Am Rücken- und Vorderteil die Mittelnaht schlüßen. Danach die Seitennähte. Alle Kanten versäubern. Längs der inneren Hosenbeine die 8 Patentdruckknöpfe anbringen, ebenfalls an beiden Seiten und an dem Trägerverschluß.

zu (2.) Mittelnaht vorne und hinten schlüßen. Die Naht längs der Hosenbeine zusammennähen. Eingekraustes Stück in den Latz einnähen. Latz mit den Trägern einfassen. Gummizug in das Hosenbein einziehen.

Alle Kleider für Babys sollen bequem und gut waschbar sein. Am besten aus Naturfasern. Synthetische Fasern elektrisieren beim an- und ausziehen. Zu enge Jäckchenärmel und Strampelhosenbeine machen Mutter und Kind das Umkleiden zum Stress.

Babyschuhe, alles rechts gestrickt.

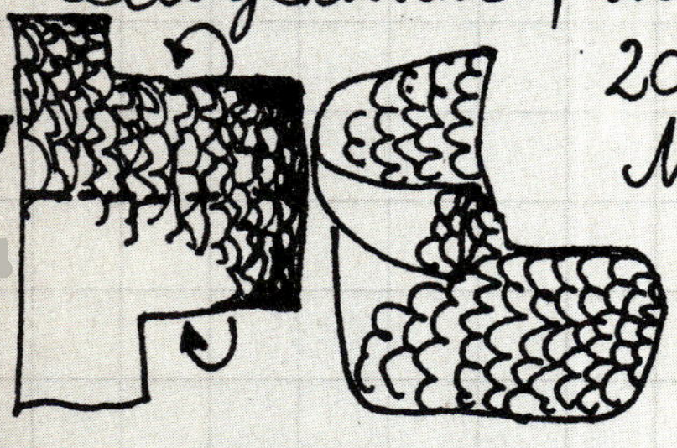

20 gr. stärkere Babywolle
Nadeln $2\frac{1}{2}$.

42 Maschen Anschlag
12 Rippen stricken, dann
2 mal am Anfang der
Nadel je 9 Maschen abketten und die
restlichen 24 Maschen 8 – 9 Rippen stricken
dann 1 Reihe je 2 Maschen zusammen
stricken. Rückr. links, wieder 1 Reihe je
2 Maschen zusammenstr. Rückreihe links.
Die restlichen Maschen mit einem Faden
zusammenziehen. Vordere und hintere Na
schließen.

* * * * * * * * * * * *

Babyjacke alles rechts
gestrickt. Wolle für Nadeln
4.

2 x das Vorderteil stricken.
20 Maschen, 60 Reihen stricken
25 Maschen für den Ärmel an
schlagen. 30 Reihen 12 Maschen
abketten. 4 Reihen stricken.
24 Maschen für den Halsaus
schnitt anschlagen. Das 2.
Vorderteilstück auf die
Nadel nehmen. 30 Reihen
stricken. Auf jeder Seite 25

abketten. 60 Reihen stricken. Abketten. 60 Maschen am Halsausschnitt aufnehmen. 44 Reihen stricken. Abketten. Kapuze oben zusammennähen. Ärmel und Seiten zusammennähen. Knopflöcher häkeln. Knopfe annähen. Diese Jacke dehnt sich und kann länge getragen werden.

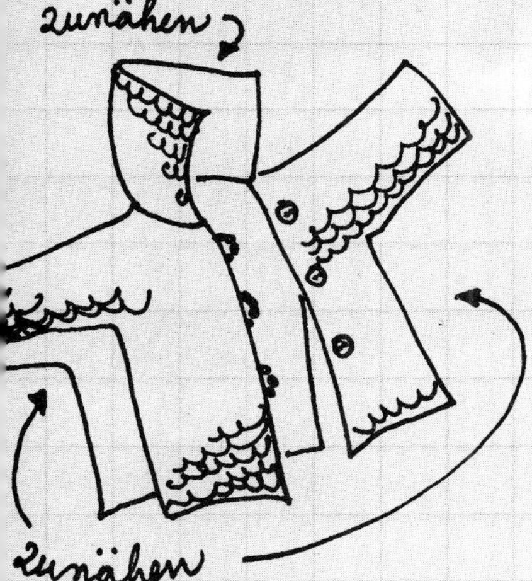

Ein Schlafsack aus Frotté oder wattiertem Baumwollstoff.
Sack zusammennähen. Oben einkrausen auf 10 cm. Latz annähen wie bei Hose ②.

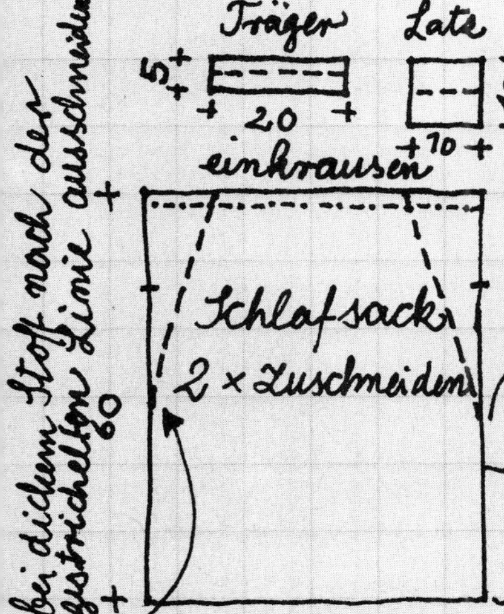

Den Sack kann man auch aus dünnerer Wolle für Nadeln 2-3 stricken. Nach der gestrichelten stricken. Latz, eins rechts, eins links. Träger rechts stricken 6 Maschen anschlagen. Gewünschte Länge stricken.

Es schreit und schreit und schreit

Was kann man tun?

Erstmal nachforschen:
Hat es Hunger? Durst? Ist es wund? Ist die Windel voll? Ist es zu stramm gewickelt? Liegt es in zu grellem Licht? Ist es ihm vielleicht zu laut? Ist es zu warm oder zu kalt? Ist das Baby müde und kann nicht einschlafen?

Manche Babys wollen stundenlang, auch wenn sie keinen Hunger haben, saugen und sie weinen bitterlich, wenn sie nichts entsprechendes im Mund haben. Ein Schnuller kann hier Wunder wirken.

Die häufigste Ursache für Babygeschrei sofern alle obengenannten Bedürfnisse befriedigt sind, sind Bauchschmerzen (Blähungen, Nabelkoliken). Ein deutliches Zeichen hierfür liegt vor, wenn das Kind sich krümmt und die Beinchen anzieht.

Man kann versuchen, die Beschwerden zu lindern, indem man

- den Bauch sanft massiert
- das Kind mit dem Bauch auf eine Wärmflasche legt
- den Bauch im Uhrzeigersinn mit krampflösendem Fenchelöl einreibt
- Fencheltee oder Kümmeltee (frischen Kümmel aus der Apotheke, 1 TL leicht zerdrücken, mit kochendem Wasser aufgießen und 5 Minuten ziehen lassen) zu trinken geben
- Carminativum Heterich-Tropfen in Tee oder Milch geben
- das Kind häufig, nicht nur am Ende der Mahlzeiten, sondern auch zwischendurch hochnimmt und aufstoßen läßt.

Oft hilft auch der sogenannte Fliegergriff:
man schiebt eine Hand zwischen den Beinen des Kindes durch unter seinen Bauch, so daß die Darmgegend von der Handfläche gleichmäßig gewärmt wird. Dadurch, und durch den gleichmäßigen Druck der entsteht, da das Kind mit seinem ganzen Eigengewicht auf der Hand liegt, werden die Bauchschmerzen gelindert. Die andere Hand hält das Kind unter der Brust fest.

Viele Kinder sind zufrieden und ruhig, solange man sie so hält und mit ihnen durch die Wohnung geht – sobald man aber stehenbleibt oder sich hinsetzt, brüllen sie wieder los.
Besonders nachts können diese ganzen Prozeduren für die verschlafenen Mütter oder Väter oder sonstigen Personen zu einer echten Nervenzerreißprobe werden. Oft heult nicht nur das Kind, sondern auch die- oder derjenige, der zu helfen versucht, vielleicht schon seit drei Stunden das Kind im »Fliegergriff« durch die Wohnung trägt und bei jedem erschöpften Zusammensinken auf einem Stuhl durch empörtes Geschrei wieder hochgescheucht wird
Wenn euer Kind zu Blähungen neigt, also ein sogenanntes »Brüllkind« ist, versucht, euch so gut es geht, abzuwechseln und die Nerven zu behalten. Es gibt kaum Kinder, bei denen diese Beschwerden länger als die drei ersten Lebensmonate anhalten. Die Darmfunktionen haben sich dann stabilisiert und der ganze Spuk ist plötzlich wie von Zauberhand vorbei.

Eine weitere häufige Ursache dafür, daß Babys viel schreien, ist das Bedürfnis nach Nähe, Geruch, Wärme. In unserem Kulturkreis haben wir durch all diese Einrichtungen wie Kinderbett, Kinderwagen usw. unsere Kinder regelrecht von unserem Körper wegorganisiert. Ständig werden die Babies irgendwo reingelegt oder abgelegt und man wundert sich dann, daß sie brüllen. Wie sehr diese Gewohnheiten und Bräuche an den Bedürfnissen der kleinen Kinder vorbeigehen, kann man sehr deutlich daran ablesen, wie zufrieden Babies schlafen, dösen oder um sich gucken wenn sie viel am Körper ihrer Mutter sein können, nachts neben ihr schlafen können, bei Unternehmungen in einem Tragetuch vom Gang der Mutter geschaukelt und gewiegt werden. Gerade unruhigen, nervösen Kindern tut es meistens sehr gut, möglichst oft und möglichst nahe am Körper ihrer Mutter oder eben einer vertrauten Person zu sein.

Wir haben im Ganzen Glück gehabt

Vom Leben mit zwei behinderten Kindern

Unsere drei Kinder haben wir uns sehr gewünscht, d. h., wir haben sie lange und bewußt geplant, wir haben uns auf sie sehr gefreut.
Aber zwei Kinder wurden 6 bzw. 8 Wochen zu früh geboren, kamen erst einmal mit nur relativ geringen Überlebenschancen für 4 - 6 Wochen in Brutkästen auf Intensivstationen und in Kinderstationen.
Das hieß in den ersten Lebenswochen: ein verzweifelter Kampf gegen Unterkühlung, Unreife, Hirnblutung, Lungenentzündung und danach zuhause die Angst vor Hirnkrämpfen, körperlichen, geistigen, sprachlichen Folgeschäden, das hieß Ärztebesuche, wöchentliche Trainingsprogramme mit Therapeuten, das hieß monatelang, z. T. jahrelang 4 mal täglich therapeutisches Turnen gegen spastische Schäden, hieß später therapeutisches Reiten, therapeutisches Schwimmen-, Spielplatz-, Schulprobleme usw. Alle drei – eben auch die beiden »Risikokinder« – sind heute »normale« fröhliche Kinder, die Körperbehinderung des Ältesten – heute 11 Jahre – ist fast nur noch von Eingeweihten zu erkennen, wirkt aber psychisch noch erheblich weiter und wird für ihn vielleicht immer ein Problem bleiben.

Haben wir im ganzen »Glück gehabt«? Und wie lebt »man« mit »Risikokindern«, die behindert sind oder es werden können?
Mit 5 kurzen Stichpunkten versuchen wir (für uns) eine Antwort zu finden:
Die Behinderungen sind bei beiden Kindern auf die zu frühe und entsprechend schwere Geburt zurückzuführen.
Sören, unser erstes Kind, hatte während der Geburt eine Hirnblutung, die sich einige Stunden später unerwartet (und zuerst auch unbemerkt) in plötzlicher Atemnot zeigte. Er wurde blau und mußte in rasender Eile nachts in die Uniklinik Düsseldorf überführt werden (das Krankenhaus hatte zwar einen guten Gynäkologen, Jürgen durfte bei der Geburt dabei sein, Sauerstoffbetten aber fehlten leider . . .) So dauerte es ca. 30 - 45 Minuten, bis er im Sauerstoffbett überwacht und behandelt werden konnte. Welche Schäden durch diese Atemnot und den langen Transport verursacht wurden, wissen wir nicht. Sören ist linksseitig Spastiker. Bei Manuel, unserem dritten Kind, – dazwischen lagen eine Fehlgeburt und der ganz »normale« Pawel, war eine sehr schwere Lungenunreife und die darauffolgende schwere Lungenentzündung Anlaß für die Vermutung, daß Schäden zurückbleiben würden.

Auch Manuel mußte sofort nach der Geburt in die Uniklinik (diesmal Köln) überführt werden, aber der Krankenwagen und ein Ärzteteam standen vor der Tür, Manuel wurde sofort abgesaugt, in Folie eingewickelt, ins Sauerstoffbett gesteckt – keine Minute zu früh: die Lungen kollabierten nach den ersten Atemzügen. Manuel gilt nach zwei Jahren als gesund.

Festgestellt haben wir die Behinderung bei Sören – trotz ärztlicher Überwachung in den ersten Lebensmonaten in der Uniklinik Düsseldorf – aufgrund eigener Beobachtungen und einem 12-Punkte-Katalog im »Stern«, in den wir unsere Beobachtungen einordnen konnten:
»bohrt den Kopf in Rückenlage in das Kissen«, z. B. oder: »linker Arm beim Schlafen nach hinten abgewinkelt, Daumen innen bei geschlossener Faust«, usw.
Die Ärzte haben uns vertröstet: mögliche Entwicklungsverschiebungen, abwarten! Erst im 7. Monat (heute würden wir sagen, mindestens 5 Monate zu spät!) wurde eine therapeutische Behandlung für Sören angesetzt. Damit war seine Spastik und entsprechend falsche Bewegungsabläufe nicht mehr wegzukriegen, allenfalls zu mindern oder auf dem derzeitigen Stand zu halten.
Manuel blieb gleich in fachärztlicher Behandlung und kam nach 8 Wochen (sofort nach dem Krankenhaus) in therapeutische Behandlung: er zitterte schrecklich, wenn er nackt war, motorische Verzögerungen, Ungleichheiten im Bewegungsablauf waren zu erkennen, bzw. zu vermuten.
Nach 180 Tagen = 720 mal hartem 15 Minuten-Turnen auf dem Tisch, mit schreiendem Kind, konnte das Turnen abgesetzt werden. Das Gehirn hatte Ausfälle umgepolt, bzw. Manuel hatte – erneut unter schwerer Belastung – gelernt, die gewünschten Bewegungen und Reaktionen zu zeigen, sie waren nunmehr »eingeschliffen« – Kopfdrehung, Öffnen der Faust, Daumen raus, symmetrisches Strampeln, Anheben der Beine, einseitiges Anziehen und Strecken der Beine u. a.
Die Entwicklung beider Kinder war so weitgehend schon vorbestimmt durch verschiedene Ärzte- und Therapeuten»schulen«: In Düsseldorf behandelte man nach Bobath (soft), in Köln nach Vojta (hard); d. h. Sören turnte nach Bobath, psychisch entwicklungs- und kindgemäß: er wurde in seinen guten Bewegungsabläufen verstärkt, notwendige Verhaltensänderungen wurden angeregt, besprochen, geduldig über Jahre eingeübt. Es gab gute Erfolge. Hätte es nach Vojta noch bessere Erfolge gegeben?
Das Ergebnis bei Manuel spricht dafür, jedenfalls im organischen Bereich. Manuel turnte nach Vojta: er wurde mit bestimmten harten Griffen, vorwiegend in Rücken- oder Seitenlage, zu bestimmten Reaktionen und Bewegungsabläufen gezwungen, soweit möglich. Er schrie, kämpfte gegen den Therapeuten, bzw. die Eltern, aber entwickelte schneller starke Kräfte und eher richtige Bewegungsabläufe. Die psychischen Probleme für Eltern und Kind sind erheblich.
Nach 6 Monaten waren wir entsprechend »fertig«, aber Manuel kräftig und – soweit erkennbar – gesund.
Jürgen: Daß vielleicht nur Außenstehende nüchtern (und verallgemeinbar) über solche Geburten und den Kampf gegen Behinderungen berichten können, mag einleuchten: dahinter stecken bei uns einige Schocks und eine Menge Quälereien. Ob wir damit gut fertig geworden sind, können wir selber nicht beurteilen. Wir stellen uns häufiger vor, was es heißt,

wenn Manuel von Geburt an 3 Wochen lang stündlich in den Lungen abgesaugt wurde, d. h. 400 oder 500 mal Schläuche durch den Mund, Hals, in die Lungen rein – natürlich gegen ein röchelndes, strampelndes, sich quälendes Kind. Das bleibt irgendwo sitzen, meinen wir. Aber als Manuel endlich zuhause war, nach 8 (acht!) Wochen, ging's 4 mal täglich mit dem Turnen los. Anne konnte das dann bald nicht mehr. Monatelang hatte sie das Kind unter schwierigsten Bedingungen ausgetragen, dann nach der Entbindung war es weg. Sie konnte nichts tun. Dann Mutterschaftsurlaub. Über Wochen nur warten. Und das Kind in steriler, aseptischer Umgebung mit knackenden und pfeifenden Herz-Lungen-Automaten und -computern.

Anne: Heute haben wir unsere Ängste und Frusts wohl verdrängt, verarbeitet haben wir sie wahrscheinlich nicht. Vielleicht hat Jürgen als Mann – weiter im Beruf, erst mal Kontakt- und Schaltstelle für Verwandte und Freunde, die wissen wollten, was los ist – bessere Möglichkeiten, »realistisch zu sein«, abzuschalten, abzuwarten, schließlich »das Nötige zu tun«, also Augen zu und turnen, mir ist die ganze Sache viel tiefer noch unter die Haut gegangen bis hin zu einer Art »Krankenhausschock«.

Unsere Umwelt? Interessiert, hilfsbereit, die Ärzte routiniert, fachmännisch . . . die Schwestern fleißig, zuvorkommend, im übrigen geht alles nach ein paar Tagen seinen gewohnten Gang.

Der wichtigste Rat, den wir weiter geben können?

Sich selber kümmern vor, während, nach der Geburt und später. Eher dreimal nachfragen, nichts als selbstverständlich ansehen (in unserem Fall kein Sauerstoffbett in der Klinik und 5 Monate verspielt im Warten auf die Ärzte z. B.). Rumfragen, so wenig wie möglich den Fachleuten alleine überlassen, eigene Vorstellungen entwickeln (in unserem Fall Diskussionen über die psychischen Auswirkungen des Turnens nach Vojta), selber entscheiden, was gemacht wird. Sich also früh und vielseitig selber informieren. Dann geht auch schon manches von der undefinierbaren Angst weg, die aus der Unsicherheit kommt. Sich selber informieren, weil die Eltern viel selber entscheiden müssen und können, etwa zu welchem Arzt sie Vertrauen haben, mit welchen Therapeuten sie zusammenarbeiten können, weil Eltern oft Druck machen müssen usw., weil Eltern aus der Beziehung zu ihrem Kind heraus mehr sehen, mehr wollen und tun können als die Fachleute und Bürokraten drumherum.

Anne und Jürgen Unger

Literatur:

»Kein Kind zum Vorzeigen?«
von Inge Häusler, rororo, Frauen aktuell, Nr. 4524, DM 4,80.
Alltagserfahrungen einer Mutter mit geistig behindertem Kind. Die Reflexionen über die »beschädigte Mutterrolle«, ihre Suche nach einer neuen Identität, aber auch die aufgezeigten Chancen, sich von unmenschlichen Rollenzwängen zu emanzipieren, machen zumindest betroffen . . .

»Los Jürgen, spring!«
von Doralies Hüttner, rororo rotfuchs 71, DM 3,80.
Jugendbuch für 8 - 12jährige (und Erwachsene!) über Erfahrungen eines etwa 10 Jahre alten Jungen ohne Arme . . .

»Behinderten-Report«
von Ernst Klee, Fischer TB 1418, DM 5,80.
Umgang mit Behinderten, Früherfassung und Frühdiagnostik (mit prakt. Hinweisen und Beobachtungen über Störungen in den ersten Monaten: Verhalten, Entwicklung, Sprache z. B.). Behinderte im Ghetto. Elternselbsthilfe, u. a.

»Behinderten-Kalender 80«
von E. Klee, Fischer TB 4502, DM 4,80.
Rechte, Tips, Nachrichten, Rechtslexikon, Sozialamt, Urlaubstips, Zeitschriften, Adressen u. a.

Adressen
findet man eine Menge über Organisationen, Verbände, Initiativen in »Behinderten-Kalender 80«, S. 200 - 205.

Wichtigste Anlaufstellen
bei Risikogeburten, für »Risikokinder« sind nach unserer Meinung die Universitätskliniken, Kinderstationen. Achtung: medizinische »Schulen« und entsprechende mögliche Einseitigkeit oder Borniertheit. Für Spastiker z. B.: Düsseldorf arbeitet nach Bobath, Köln nach Vojta = große Behandlungsunterschiede, sehr unterschiedliche Frühbehandlung! Fachlich und technisch gut ausgestattet (wichtig für Frühgeburten, Sauerstoffzelt u. a.) Erhebliche Unterschiede im Umgang mit Eltern: Düsseldorf kein Kontakt zum Kind, Distanz von Seiten des Betreuungspersonals und der Ärzte (1970), in Köln jederzeit Anrufmöglichkeit, jeden Tag Besuch bis hin zum körperlichen Kontakt auf der Intensivstation (für Eltern!), Ärzte, Schwestern sehr entgegenkommend (1978).

Kassenpatienten (und andere)
sollten im Zweifelsfall keine Mittel scheuen und alle ideologischen Hemmungen fallen lassen, um die Möglichkeiten »privater« Behandlung zu nutzen (Arztwechsel, Parallelberatung, insbesondere in den ersten Wochen, Monaten. Richtige Diagnose und möglicherweise frühzeitiger Behandlungsbeginn können Wunder wirken z. B. bei Körperbehinderung). Und spätere Unkosten für verbummelte Folgeschäden (abgesehen von entsprechenden quälenden Vorwürfen) sind ggf. immens höher als diese zusätzlichen Kosten in der Diagnose- und Frühbehandlungsphase . . .

Wenn dein Kind krank wird

In der Zeit, in der du wieder arbeitest, haben du oder, falls du verheiratet bist auch dein Mann, das Recht, zu Hause zu bleiben, allerdings maximal 5 Tage im Jahr, was angesichts der selbst in einer gesunden Entwicklung eines Kindes anstehenden normalen Kinderkrankheiten ein lächerlicher Zeitraum ist.

Ist dein Kind länger krank oder ist es über 8 Jahre alt, dann mußt du regelrecht Urlaub (der vom Jahresurlaub abgeht) nehmen. Geht auch das nicht, so kann man einen »Hauspfleger« bestellen (wird vermittelt durchs Sozialamt, Rotes Kreuz, Arbeiterwohlfahrt und ähnlichen Organisationen). Sofern dein Einkommen gering ist, werden die Kosten vom Sozialamt übernommen.

ZUR WERBUNG FÜR BABYPRODUKTE

Schon im Krankenhaus, während wir noch ganz abgeschlafft von den Geburtsanstrengungen sind, geht ein Berg an Werbematerial auf uns nieder. Im Hochglanz wird uns da die strahlendste Zukunft für unser Kind gezeigt. Die können wir ihm schaffen, wenn wir all die Produkte nutzen, die uns da im kitschig-schönen Paradekartons zum Probieren geschenkt werden. (Die Firmen lassen sich übrigens auch nicht lumpen bei ihrem Versuch mit der jungen Mutter ins lohnende Geschäft zu kommen: was im Krankenhaus vor mir aufgehäuft wurde hatte sicher einen Wert von 100 Mark, was an sich schon bestechend ist).

Wenn wir eine natürliche, komplikationslose Geburt hatten, wenn wir stillen können und wenn wir Zeit haben, uns auf das Zusammenleben mit dem Neugeborenen zu konzentrieren, ist das ein harmonischer Zustand, wie wir ihn selten im Leben haben und Konsumbedürfnisse zur Hebung des Lebensgefühls fallen weitgehend weg. Gerade in diese ausgeglichene Situation stößt die Werbepsychologie und lenkt das neue Interesse auf den Markt der Baby- und Kleinkindprodukte. Unsere wärmsten Gefühle, für das kleine Wesen alles zu tun, werden geschickt umgeleitet in Kaufentscheidungen für einen Haufen unnützes Zeug. Superego in Gestalt dynamischer Werbung und moralischer Eltern-Magazin-Kommentare nutzt unsere Unsicherheit in der neuen Mutterrolle und zwingt uns noch diese Creme und jenen Sauger zu kaufen, um ja nichts falsch zu machen.

Da sind die Leute, die sich von den Industrieprodukten abwenden oft genauso dogmatisch, wie die junge Mutter, die auf Pampers schwört oder die Kinderschwester, die meint, ohne Milton-Bad für die Fläschchen würde das Baby eingehen. Die Diskussion, ob Pampers oder Stoffwindeln, Penaten oder Fissan, Alete oder Holle-Brei, nimmt einen Großteil der Müttergespräche in Anspruch, als ob das Produkt tatsächlich für die Liebe steht, die wir für unsere Kinder fühlen. Um dem Druck der Babyprodukt-Konzerne nicht vereinzelt gegenüberzustehen, sollten wir uns zusammentun in Spielplatz-Treffs und Krabbel-Gruppen u. ä. und Sammelbestellungen für Windeln, Nahrungsmittel etc. organisieren (Ärzte oder Kindergärten z. B. bekommen oft Sonderrabatte), Tauschtreffen für Kinderkleidung veranstalten oder in Gesprächskreisen über Spielzeug und Erziehungsziele reden, die *wir* für richtig halten und die nicht unbedingt der Meinung des Hipp-Eltern-Service entsprechen.

Kati Baur

Mutterliebe ist...

Mutterliebe ist NUK. – Mutterliebe ist . . . Durst stillen . . . Ruhe schenken mit NUK-Fencheltee, NUK-Kindertee Instant. Mutterliebe ist . . . für die richtigen Freunde sorgen (NUK-Spieltiere fühlen sich einzigartig weich, schmiegsam und zart an. Wie die Haut der Mutter).

Anregungen nicht nur für Sie, sondern auch für Großeltern, Paten und alle, die Ihr Kind liebhaben werden.
Besonders empfehlen möchte ich Ihnen den wertvollen Geburtenteller aus reinem Zinn. (Wandteller mit persönlichen Daten: Datum, Uhrzeit, Gewicht, Sternzeichen, Name in Zinn, Keramik, Porzellan). Die niedlichen Kleidchen auf Seite 11, 12 und 13 des Prospektes machen die Taufe Ihres Lieblings zu einem unvergeßlichen Ereignis.

Penaten – die vollkommene Kinderpflege. Die kleine Broschüre sagt Ihnen, wie Sie durch gewissenhafte Pflege dafür sorgen können, daß Ihr Baby gesund und ungestört aufwächst.

Stillen

Erfahrungen in den ersten Wochen

Zuerst dachte ich, das ging alles von selbst, ganz urwüchsig. In den ersten Tagen lief auch alles prima. Lisa saugte gut. Daß noch keine Milch da sein konnte, wußte ich. Sie nuckelte die Vormilch aus dem Busen, als sie gerade 20 Minuten alt war. Noch sehr erschöpft von der Geburt fühlte ich mich zuerst überfordert, schon wieder »was bringen« zu müssen.

Die »richtige« Milch kam erst sehr schmerzhaft nach 5 Tagen. Zuerst sehr wenig. Am nächsten Tag war die Milch richtig »eingeschossen«. Genug Milch zu haben in meinem kleinen Busen war toll. Nur mit meinem Körper ein Kind zu ernähren und wachsen lassen – ein Gefühl von Potenz! – stärker als bei der Geburt.

Lisa mußte sich beim Saugen enorm anstrengen und schlief immer dabei ein. Ich dachte, sie findet ihren Rhythmus und ließ sie schlafen. Das Ergebnis war, daß sie alle zwei Stunden Hunger hatte. Sie Tag und Nacht alle zwei Stunden zu stillen, machte mich fix und fertig.

Auf den Rat meiner Hebamme habe ich Lisa, wenn sie beim Nuckeln einschlief, geweckt.

Sie hat dann weiter getrunken. Erst eine Brust, und dann noch die zweite, jeweils nicht länger als 15 - 20 Minuten in der ersten Zeit, weil ich Angst vor wunden Brustwarzen oder einer Brustentzündung hatte. Dadurch verlängerten sich die Pausen zwischen den Mahlzeiten auf 3 - 5 Stunden, für uns beide eine Erholung.

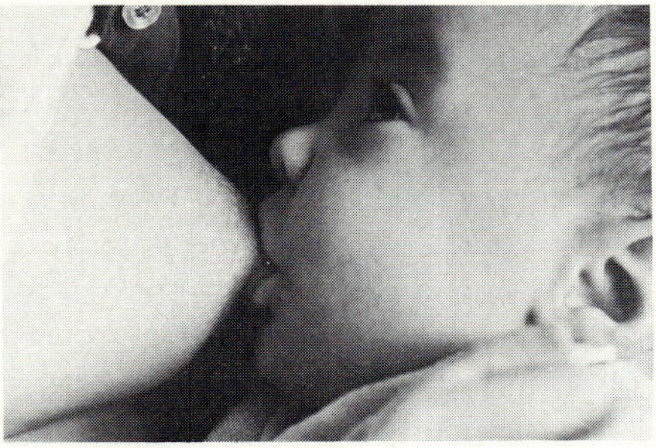

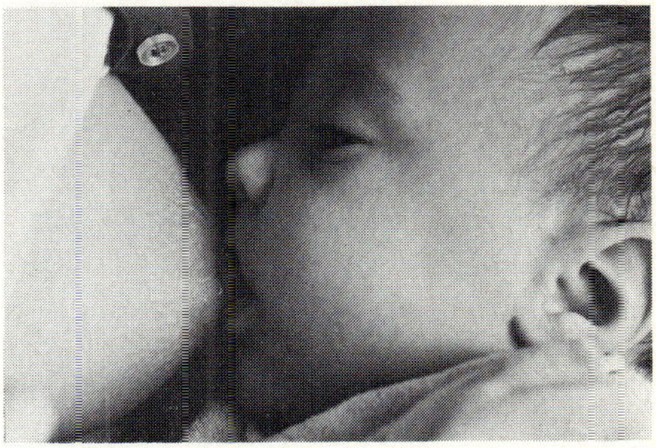

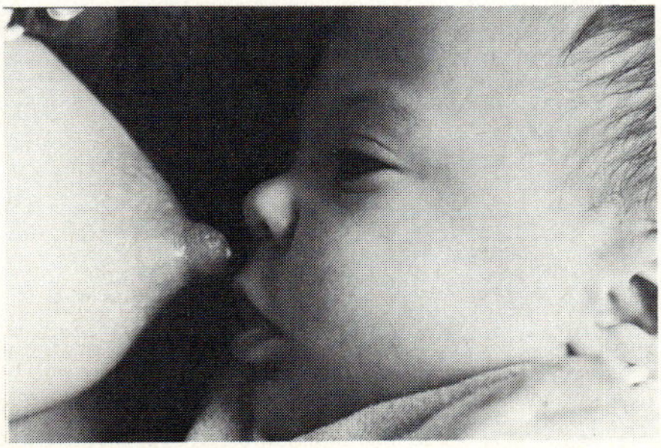

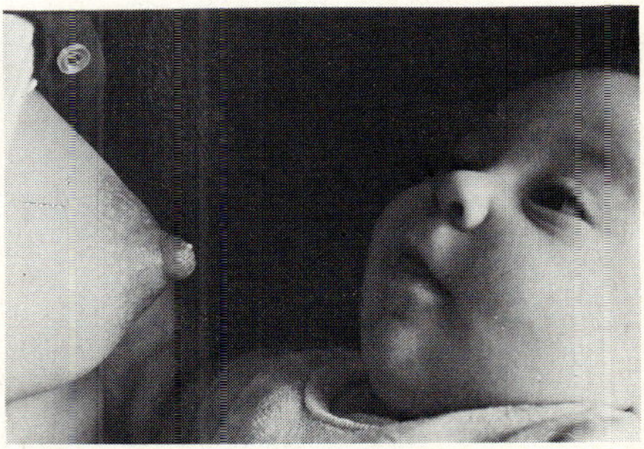

Wenn sie die erste nicht leer getrunken hat, hab ich die restliche Milch in ein Tuch gedrückt. Wichtig ist, daß die erste Brust leer ist, damit sich neue Milch bilden kann.
Wenn sie an beiden Brüste getrunken hat, haben wir beim nächsten Mal bei der zweiten angefangen.
Welche die letzte war, hab ich daran gemerkt, daß sie härter, voller war. Nach drei Wochen hat sich das so eingependelt, daß ich ihr 15 bis 20 Minuten mit Pausen eine Brust gebe, dann ruht sie sich aus, macht ein »Bäuerchen«, trinkt nochmal ein bißchen, wird von Bernd oder mir gewickelt, manchmal gebadet. Danach trinkt sie an der ersten oder zweiten Brust und wird meist schnell todmüde und ist »abgearbeitet«. Das ganze Programm dauert ungefähr eine Stunde. Nachts oft kürzer, tagsüber, besonders nachmittags und abends, länger. Ich versuche, mich auf Lisa einzustellen.
Die Literatur über dieses Thema ist sehr verunsichernd. Über die Stillabstände und die Dauer z. B. gibt es ganz unterschiedliche Informationen. Meine Freundin hat unter dem Einfluß von Belotti »Was geschieht mit kleinen Mädchen?« ihre Tochter zu Anfang eine Stunde saugen lassen und eine Brustentzündung bekommen. Dr. zur Linden schreibt von 10 Minuten Stillzeit und ich kann mir nicht vorstellen, wie das gehen soll.
Zur Linden empfiehlt auch einen genauen Abstand von 4 Stunden einzuhalten. Andere Literatur empfiehlt, sich nach den Bedürfnissen des Babys zu richten.
Was mir selbst beim »Stillproblem« aufgefallen ist, wurde mir bei Emilia Belotti bestätigt:

»Wenn man bedenkt, daß das Saugen lange Zeit das Wichtigste im Leben des Säuglings ist, das er aktiv und selbständig suchen und erleben kann, und das eng verbunden mit dem angenehmen und sicheren Gefühl ist, den Magen gefüllt und den Hunger gestillt zu haben, versteht man auch leicht, wie sehr sich das orale Lustgefühl – wenn es zugestanden oder verweigert wird – schließlich mit Lust ganz allgemein identifiziert, umso mehr, als später zahlreiche Tatsachen dies bestätigen. Man muß sich immer vor Augen halten, daß das Baby Eingriffe gegen seine Impulse als Feindseligkeiten gegen es selbst als Ganzes begreift und nicht nur gegen diesen speziellen Impuls. Und es hat recht: wenn wir ihm gegenüber derart repressiv sind, dann sind wir ihm feindlich gesinnt.«

Die Bedürfnisse des Kindes in Einklang mit den eigenen zu bringen, verlangt Sensibilität für den eigenen Körper und den Säugling.
Stillen ist eine Möglichkeit, wo wir das herausfinden können.
Bärbel Maiwurm

Wichtige Fragen beim Stillen

Es gibt mittlerweile eine Fülle guter und umfassender Literatur zum Thema Stillen – deshalb halten wir es nicht für nötig, dieses Thema hier in aller Ausführlichkeit zu behandeln, sondern wir wollen nur zu den allerwichtigsten Stillfragen – und Problemen Stellung nehmen. Literaturhinweise findet ihr im Anhang.

Vorbereitung der Brust. Massagen mit Körperöl helfen Dehnungsstreifen zu vermeiden. Die Brustwarze selbst sollte nicht gebürstet oder anderweitig behandelt werden – dafür aber in den letzten Wochen vor der Geburt nicht mehr mit Seife gewaschen werden. Die Brustwarzen härten sich am besten ab durch viel frische Luft und durch die Reibung mit der Kleidung.

Kolostrum nennt man die Vormilch, mit der das Kind in den ersten Tagen (bevor die »richtige Muttermilch« einschießt) versorgt wird. Die Vormilch ist sehr gehaltvoll und vitaminreich; sie enthält wertvolle Antikörper, die auch einen wirksamen Schutz gegen Krankheiten darstellen.

Zufüttern solltest du nicht. Wenn das Baby schreit, leg es eben oft an die Brust – je mehr es saugt, desto mehr Milch wird produziert.

Das erste Anlegen sollte ca. 10 Minuten nach der Geburt erfolgen. Dann ist der Saugreflex am ausgeprägtesten. »Sie haben zu wenig Milch«, hören Frauen in den Krankenhäusern immer wieder aus dem Munde meist diesbezüglich inkompetenter Krankenschwestern. Das ist Unsinn. Die Milchmenge ist nichts Statisches, was da ist oder eben nicht da ist. Du kannst sie steigern, indem du dich gut ernährst, viel Flüssigkeit zu dir nimmst (Milchbildungstee gibt's in der Apotheke); dir Ärger und Streß möglichst vom Halse hältst und eben, wie schon gesagt, indem du dein Kind oft anlegst. Selbst wenn im Krankenhaus zugefüttert wurde, kann man es mit ein bißchen Geduld wieder hinkriegen und auf Flaschen verzichten.

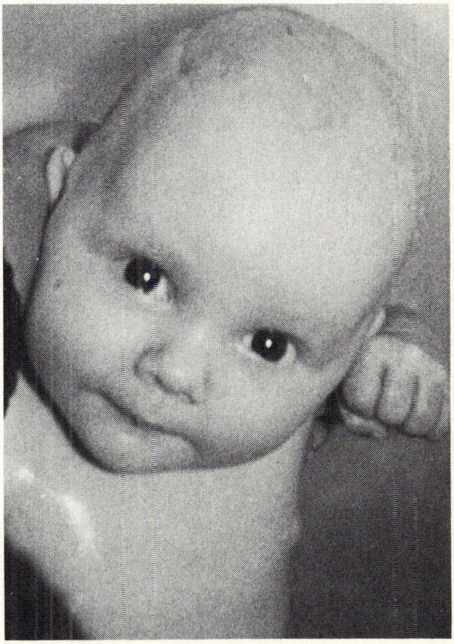

Welche Brust zuerst? Es sollen stets beide Brüste bei einer Mahlzeit gegeben werden. Anfangs sollte das Kind ca. 10 Minuten erst an der einen, dann an der anderen Seite trinken. Wenn die Brustwarzen später an das Saugen gewöhnt sind, kann das Kind beliebig lange trinken. Dann sollte das Kind an der zuerst dargebotenen Brust ungefähr eine Viertelstunde trinken und an der zweiten ebenso lange weitertrinken und rumnuckeln, wie ihr beide mögt. Wenn es bei der letzten Mahlzeit zuletzt die linke Brust hatte, sollte es bei der nächsten zuerst die linke Brust kriegen, also immer an der Seite wieder anfangen, an der es aufgehört hat. (Warum? Meist trinkt das Kind die erste Brust völlig, die zweite nur teilweise leer. Da sich keine Milch stauen soll und es für die Milchproduktion wichtig ist, daß beide Brüste regelmäßig leergetrunken werden, soll das Kind also zuerst die nicht ganz ausgetrunkene, wahrscheinlich auch prallere Brust bekommen).
Welche Seite nun gerade »dran« ist, kann man sich ganz gut merken, indem man sich eine Sicherheitsnadel am entsprechenden Unterhemdträger befestigt.

Wenn die Brustwarzen wundgesaugt sind

ist das beste frische Luft.

Eine sehr informative Schrift zum Thema Stillen stellt der Artikel »Anleitung zum Stillen« von Dr. Jutta Peters dar. Die Frankfurter Ärztin geht ein auf die Vorzüge der Muttermilch gegenüber der künstlichen Ernährung, auf Faktoren, die das Stillen erschweren (wie z.B. nach innen gezogene Brustwarzen), auf den Zusammenhang zwischen Umweltreaktion und Stillfähigkeit. Sie gibt Informationen über richtiges Anlegen, Stilldauer, über die Bedeutung der nächtlichen Mahlzeiten, über Still-BH's, über gelegentliche Flaschenmahlzeiten, über das Abpumpen von Milch, Stillhygiene; über die Beschaffenheit des Stuhls bei Brustkindern, darüber, wie man feststellen kann, ob das Kind genug Milch bekommt (ohne es ständig zu wiegen); über Wachstumsphasen der Kinder und die (darausfolgende Appetitsteigerung); auch über die richtige Ernährung der stillenden Mutter, über Medikamente, darüber, wie lange Muttermilch allein ausreichend ist und ab wann zugefüttert werden sollte. (»Voll gestillte Kinder brauchen in den ersten 6 Monaten keinerlei Beikost, weder Säfte, noch Brei, noch Gemüse.«)
Sie schreibt über Empfängnisverhütung während der Stillzeit, über Milchstau und Brustentzündung, wie man vorbeugt, und was man tun kann, wenn es einen doch »erwischt« – und schließlich übers Abstillen.
Der Artikel vermittelt in sachlicher, gut verständlicher und komprimierter Form alles wesentliche zum Thema und man kann ihn gegen einen Unkostenbeitrag von DM 4,-- bestellen bei Dr. Jutta Peters, 6000 Frankfurt, Paul-Ehrlich-Straße 32.

8 Monate stillen nach 4 Wochen Flasche

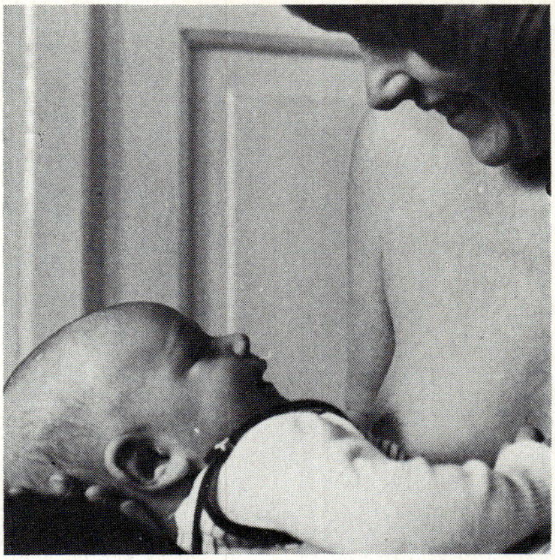

Zur Ermutigung und Ermunterung für Frauen, die vielleicht anfänglich Schwierigkeiten mit dem Stillen haben, will ich berichten, unter was für ungünstigen Bedingungen es bei mir sogar nach wochenlanger Flaschenernährung noch geklappt hat. Bedingt durch meine Trennung von Leo und dessen Krankheit (Gelbsucht, Bluttransfusion nach der Geburt), kam die Stillerei bei mir von Anfang an nicht richtig ins Rollen. Bei meinen Besuchen in der Kinderklinik floß die Milch immer nur äußerst spärlich (kein Wunder: ich durfte mein Kind jedesmal maximal 10 Minuten anlegen, da es angeblich sonst zu sehr ermüdet wäre), und auch später dann zu Hause klappte es nicht bedeutend besser. Da Leo im Krankenhaus nach dem Stillen immer ein dickes Fläschchen bekommen hatte, gab ich ihm zu Hause eben auch eines. Da er an der Brust ständig schrie und auch sonst einen sehr unruhigen Eindruck machte, war ich sehr schnell entmutigt und hörte ganz mit dem Stillen auf. Einerseits war ich dabei ganz erleichtert, da ich bei meinen mißglückten Stillversuch stets große Unzulänglichkeitsgefühle gehabt hatte und mir immer unsicher war, ob er nun genug zu trinken hatte oder nicht – andererseits tat es mir sehr leid, weil ich mich aufs Stillen auch gefreut hatte und auch dachte, daß gerade ein Kind, was zu Anfang seines Lebens eine so traumatische Erfahrung wie Krankheit, abrupte Trennung von der Mutter, Bluttransfusion, Intensivstation usw. gemacht hat, besonders angewiesen ist darauf, über die Brust ein intensives Erlebnis von Nähe, Geborgenheit und Hautkontakt zu erfahren.
Außerdem nervte mich das ewige Sterilisieren von Flaschen und Saugern, die dauernden Komplikationen mit der Größe des Saugerlochs (mal kam zuviel, dann wieder zu wenig), über alle Maßen. Stillen erschien mir im Gegensatz zu diesem ganzen Aufwand sehr einfach und bequem.
Ich beschaffte mir also die Telefonnummer von Frau Dr. Peters, die in Frankfurt als Expertin in Sachen Stillen bekannt ist, und schilderte ihr meine Situation, erzählte von meiner mittlerweile gänzlich versiegten Brust und meinen Ambitionen, die Stillerei nun doch noch in den Griff zu bekommen. Zu meinem großen Erstaunen machte mir Frau Dr. Peters Mut: natürlich könnte ich stillen wenn ich wollte, es gäbe sogar Frauen, die ihre Adoptivkinder stillen und das Ganze sei lediglich eine Frage von Ausdauer, Geduld und Konsequenz.
Frau Peters entwickelte folgenden Plan: ich sollte Leo beim kleinsten Unmuts-

laut immer sofort an die Brust legen und parallel dazu die Flaschenrationen ständig kürzen. Der ganze Umstellungsprozeß sollte eine Woche dauern – dann könnte ich Flaschen und Sauger vergessen.
Etwas ungläubig befolgte ich also all diese Ratschläge, statt 160 Gramm Flaschenmilch bekam Leo an diesem Tag nur noch 80 Gramm und ansonsten die Brustwarze ins Mäulchen geschoben. Zu meinem Erstaunen brach er nicht in wildes Hungergeschrei aus, sondern nuckelte mit Ausdauer und großer Zuversicht an der Brust. An diesem molligen Plätzchen lag er ab diesem Zeitpunkt praktisch eine Woche lang Tag und Nacht und saugte, saugte, saugte. Die immer mickriger werdenden Fläschchen trank er gierig wie ein Verdurstender aus – danach schnappte er sofort hektisch nach der Brustwarze, schlief entweder ein oder saugte eben wieder.
Geschrien hat er in dieser Zeit wenig; bedeutend weniger zumindest als in der Zeit, als er hauptsächlich Flaschennahrung erhalten hatte. Trotzdem hatte ich oft Phantasien und Ängste, er würde verhungern, eines Morgens würde ich an sein Bettchen treten und er würde tot und bleich in den Kissen liegen. Er nahm auch offensichtlich bei der ganzen Aktion etwas ab – wurde jedenfalls nicht dicker. Vom täglichen Wiegen zwecks Kontrolle der Milchmengen hatte Frau Peters, mit der ich täglich telefonierte während dieser Woche, mir ausdrücklich abgeraten, weil sie meinte, das würde mich nur nervös machen und verunsichern. Einmal habe ich es nicht ausgehalten und Leo doch auf die Waage gelegt – ich hätte es nicht tun sollen, denn das Ergebnis war absolut niederschmetternd (vermutlich hatte er zu diesem Zeitpunkt zufällig wenig getrunken). Ich brach in Tränen aus und war nur mühsam zu beruhigen. Im Geiste sah ich bereits Bild-Zeitung-Schlagzeilen vor mir: »Junge, stillfanatische Mutter ließ ihr Kind verhungern – verantwortungslose Tat einer Frankfurter Studentin hatte den Tod eines unschuldigen Säuglings zur Folge. . . .«
Da es Leo selbst aber offensichtlich ausgesprochen gut ging, seine Blähungen, unter denen er vorher schwer hatte leiden müssen, verschwunden waren, hielt ich doch durch.
Ich klammerte mich an die Versicherung von Frau Peters, solange ein Kind 5 - 6 nasse Windeln am Tag zustande bringt, kann es nicht verhungern.
Nach 7 Tagen enthielten die Fläschchen nur noch jeweils 30 Gramm, am 8. Tag gab ich gar keine Fläschchen mehr und siehe da: es ging! Leo wollte zwar ständig an der Brust nuckeln und wurde sofort sehr quengelig, wenn er nicht an seinem Vorzugsplätzchen war, machte aber ansonsten einen äußerst zufriedenen Eindruck. Ich habe von diesem Zeitpunkt an ein halbes Jahr voll gestillt, also bis er 7 Monate alt war. Fläschchen haben wir in dieser Zeit nicht gebraucht. Die Muttermilch floß zwar nicht überreichlich und ich mußte Leo sehr häufig an die Brust nehmen – aber es war doch immer genug und er entwickelte sich zu einem sehr gesunden, widerstandsfähigen und kräftigen Kind. Ich selbst habe das Stillen oft als sehr anstrengend empfunden: ständig präsent sein zu müssen, nachts x-mal aufstehen zu müssen, in jeder Lebenslage und Situation die

Brust rauszerren zu müssen, nie sagen zu können, jetzt hau ich mal ab für ein paar Stunden oder für einen Tag, die Füttergeschichte nie mal delegieren zu können. Besonders belastend war an meiner speziellen Situation, daß das Abpumpen nicht klappte (ich konnte also nie mal Milch da lassen und weggehen) und daß Leo nie länger als maximal 2 Stunden durchhielt, ohne an die Brust zu wollen. So fühlte ich mich oft sehr unfrei und angebunden, manchmal regelrecht tyrannisiert.

Es gab aber auch viele Situationen, in denen ich sehr froh war, stillen zu können – z. B. auf Reisen, wo wir uns eben nicht mit Problemen in Sachen Ernährung rumschlagen brauchten, oder einfach Situationen, in denen ich es sehr schön fand, ihn so nah bei mir zu haben.

Dennoch war ich nach einem halben Jahr fest entschlossen, abzustillen, da ich mich zu sehr vereinnahmt fühlte. Es traf sich sehr günstig, daß Leo just zu diesem Zeitpunkt offenbar auch nicht mehr so scharf auf die Brust war. Ich ersetzte also nach und nach immer mehr Mahlzeiten durch Flaschen, die er auch akzeptierte. Als er 8 Monate alt war, lehnte er zum erstenmal die Brust regelrecht ab, drehte sich weg und wollte lieber was anderes haben. Bis zum neunten Monat stillte ich dann nur noch nachts. Schließlich gaben wir (für Arend, mich und auch für Leo war es gut, daß Arend jetzt beim Füttern beteiligt werden konnte) dann auch nachts Flaschen und nach einiger Zeit brauchte er dann nachts gar nichts mehr. Als er dann ganz abgestillt war, war ich sehr erleichtert, fühlte mich wieder beweglicher und freier und trauerte dem Stillen, was ich eben auch nie als reines Glück empfand, nicht nach. Manchmal sehnte ich mich zwar ein bißchen zurück zu den Zeiten, in denen Leo und ich gemütlich aneinander gekuschelt, die Brust als direkte körperliche Verbindung zwischen uns, wir beide sehr ineinander verliebt, in irgendwelchen bequemen Sesseln unsere gegenseitige Nähe genossen hatten – aber das Gefühl der Erleichterung und der Freude über meine zumindest teilweise zurückgewonnene Unabhängigkeit überwog.

Wenn du stillen willst, aber im Moment nicht genug Milch hast, lege dein Kind immer wieder, wenn es schreit, an, gib nach Möglichkeit keine Flaschen, trinke selber viel (Milchbildungstee aus der Apotheke oder dem Reformhaus), achte darauf, daß die Windeln deines Kindes naß sind. Wenn der Urin sich dunkel verfärbt, ist das ein Zeichen, daß es tatsächlich zu wenig bekommt. Laß dich nicht entmutigen von Omas und Tanten, die dich für verrückt erklären und dir Angst machen. Überlege dir aber auch, ob du wirklich unbedingt stillen willst, oder ob du dich von der neuen Stillwelle unter Druck gesetzt fühlst – wenn du wirklich große Schwierigkeiten mit dem Stillen hast, dich der ganze Aufwand nervt, du innerlich vielleicht recht unwillig bist und insgeheim immer öfter mit dem Fläschchen liebäugelst, solltest du auch ruhig dazu stehen, eben nicht zu stillen. Sicherlich hat das Stillen eine Menge Vorteile, ist gesund usw. – ich denke aber, das ein mit Liebe gekochtes Fläschchen mindestens genauso gut wenn nicht viel besser ist, als eine unwillig dargebotene Brust.

Monika Seck-Agthe

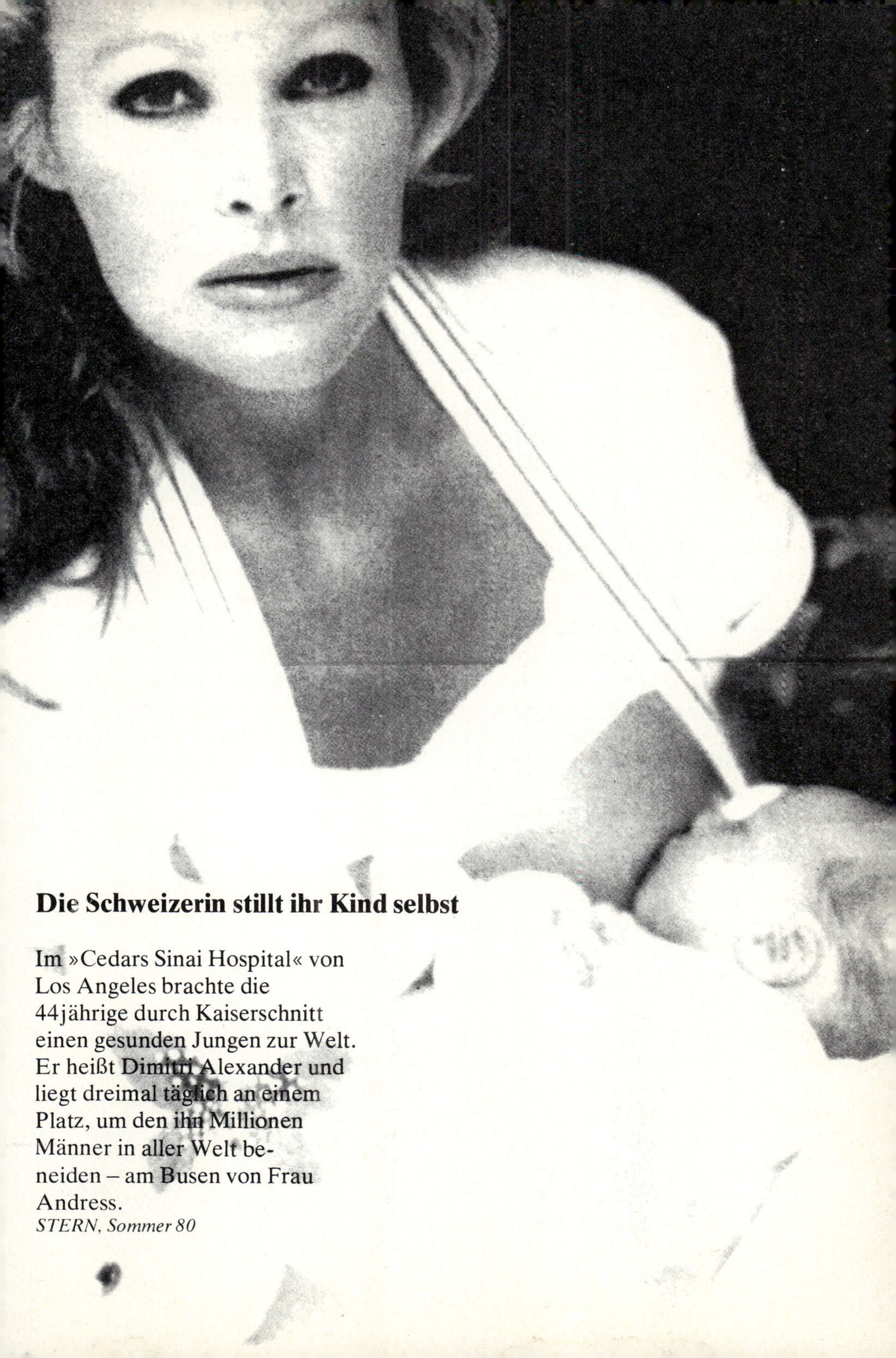

Die Schweizerin stillt ihr Kind selbst

Im »Cedars Sinai Hospital« von Los Angeles brachte die 44jährige durch Kaiserschnitt einen gesunden Jungen zur Welt. Er heißt Dimitri Alexander und liegt dreimal täglich an einem Platz, um den ihn Millionen Männer in aller Welt beneiden – am Busen von Frau Andress.

STERN, Sommer 80

Möglichkeiten gesunder und vollwertiger Babynahrung, wenn du nicht stillen kannst oder willst

Die von der Säuglingsernährungsindustrie in fast schon verwirrender Vielfalt angebotenen Pulvermilchprodukte sind keineswegs so kerngesund und natürlich, wie die Werbung den Müttern weismachen will.
Durch das Trocknungsverfahren werden z. B. die Vitamine und Fermente der Milch weitgehend zerstört, sie müssen also hinterher in künstlicher Form wieder zugesetzt werden. Außerdem sind diese Produkte mit Wasser zuzubereiten – das Kind trinkt also alle Schadstoffe, die in unserem Leitungswasser (z. B. Chlor) sind, in sich hinein. Die Möglichkeit, Säuglinge mit Frischmilch zu ernähren, was bedeutend billiger ist und keineswegs schlechter, wird leider in den vielen Broschüren über Ernährung kaum noch oder gar nicht mehr erwähnt. Vom gesundheitlichen Aspekt her gesehen optimal wird die Frischmilchnahrung, wenn man Vorzugsmilch verwendet und diese mit Demeter-Produkten zubereitet. Demeter-Produkte stammen aus biologisch-dynamischem Anbau und sind in Reformhäusern erhältlich.
Für die ersten drei Monate empfiehlt sich der Demeter-Getreideschleim oder auch besonders bei sehr zarten Kindern Demeter-Hafer- oder Weizenflocken. Ab dem 4. Monat kann man dann auf die Demeter-Vollkorn-Kindernahrung (Frau Holle) übergehen (es handelt sich bei all diesen Produkten um Zusätze zur Milch). Die großen Babynahrungshersteller bieten ebenfalls Zusätze zur Frischmilch an (Semolin von Hipp, Honigschleim von Alete usw.).
Das Kind soll in den ersten sechs Lebensmonaten keine Vollmilch bekommen, sondern Halb- bzw. Zweidrittelmilch (genaue Zubereitungshinweise befinden sich jeweils auf den Verpackungen der Milchzusätze). Umfassende und gute Informationen zu selbstzubereiteter Kindernahrung gibt Dr. med. Wilhelm zur Linden in seinem Buch »Geburt und Kindheit« (Kapitel »Die Ernährung des Säuglings«). Zur Linden beschreibt auch ausführlich, ab wann was zugefüttert werden soll und wie diese Gerichte zubereitet werden können, ohne daß auf industriell vorgefertigte Nahrung zurückgegriffen werden muß.
Bei der Nahrung aus Gläschen ist ärgerlich, daß uns von Seiten der Herstellerfirmen suggeriert wird, eine vollwertige Ernährung unserer Kinder

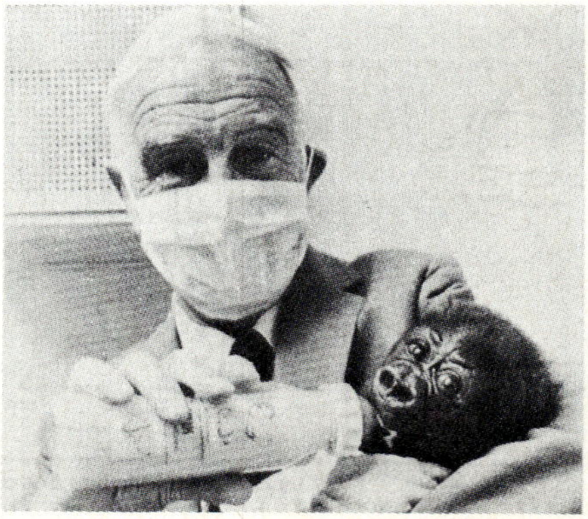

sei nur dann möglich, wenn wir uns genau an die Hipp- und Alete-Fahrpläne halten. Hier ist wieder so ein Punkt, wo aus der Unwissenheit der Mütter und aus ihrer Angst, mit ihren Kindern etwas falsch zu machen, Profit geschlagen wird nach dem Motto: »habt keine Angst, das Denken nehmen wir euch schon ab, wenn ihr unsere Gläschen nach Plan verfüttert, dann ist alles in Ordnung.« Das dies ein Trug-

schluß sein kann, zeigte z.B. der Östrogenskandal (Hormone in Kalbfleisch/Gläschen).

Spinat und andere nitratspeichernde Gemüse sollte man sogar besser aus dem Glas verwenden, da die Nitratmengen in fertiger Babynahrung überwacht werden. Auch Demeter (Nahrungsmittel aus bio-dynamischem Anbau) bietet Babyfertignahrung aus Gläschen an.

Allerdings sind viele Gerichte für Kinder in ihrer Zubereitung gar nicht sooo aufwendig, wie man annimmt. Hier ist z. B. das Rezept für einen selbstgemachten Obstbrei, der ab dem vierten Monat gegeben werden kann: ein Zwieback wird in Tee oder Saft eingeweicht. Dazu kommen 5 oder 6 Teelöffel geriebener Apfel, ein Stück Banane oder anderes Obst. Ein bißchen Honig zum Süßen – fertig.

Ist wirklich Gift in der Muttermilch?

Eine Nachricht, die in allen Tageszeitungen stand: »Das Chemische Landesuntersuchungsamt Sigmaringen hat in Proben von Muttermilch bestimmte Gifte in einer Konzentration nachgewiesen, die zwanzigfach höher liegt als die für Kuhmilch zulässige Höchstmenge. Die Muttermilch ist vor allem mit Chlorwasserstoffen und Rückständen von Pflanzenschutzmitteln belastet.«

Was ist an dieser Nachricht dran, was hat es auf sich mit den Meldungen über »Gift in der Muttermilch«, die man immer mal wieder liest?

1. Die meisten Berichte sind zutreffend. Pflanzenschutzmittel (»Insektizide«) zählen zu den gefährlichsten Giften, die wir kennen. Bekannte Beispiele: E 605 und DDT. Manche Gifte – insbesondere Chlorwasserstoffverbindungen wie DDT – nimmt der menschliche Körper über die Nahrung auf und speichert sie in der Leber. Männer müssen mit dem gespeicherten Gift ein Leben lang auskommen, lediglich der Körper einer Frau kann das Gift ausscheiden – ausgerechnet über die Muttermilch. Hierzulande ist

die Anwendung von DDT als Schädlingsbekämpfer seit einigen Jahren verboten – daß sich in der Muttermilch aber immer noch Rückstände befinden, liegt z. B. an den landwirtschaftlichen Bedingungen in den Entwicklungsländern: Dort ist es *nur* mit Hilfe von DDT möglich, die Volksseuche Malaria unter Kontrolle zu halten – die Rückstände werden also über Lebensmittel (z.B. Südfrüchte) nach Deutschland »exportiert.«

2. Stillen ist dennoch weniger riskant als Nichtstillen. In der Kuhmilch (und damit auch in den industriell gefertigten Babynahrungen) ist zehnmal weniger Gift als in der Muttermilch. Einfacher Grund: Eine Kuh kann die Gifte (»Pestizide«) ständig ausscheiden – sie wird schließlich regelmäßig gemolken. Bei einer Frau, die im Verlauf ihres Lebens nur gelegentlich stillt, sammeln sich die Rückstände im Fettgewebe der Brust. Ein Baby, das sechs Monate lang gestillt wird, nimmt insgesamt rund 0,035 Gramm Chlorwasserstoff mit der Muttermilch auf. Wissenschaftler wissen: Erst hundertmal mehr Gift – also 3,5 Gramm – können zu akuten oder chronischen Schäden führen. Der einzige Nachteil der Muttermilch (es ist ungeklärt, ob mit Spätfolgen zu rechnen ist) fällt freilich gegenüber den unbestreitbaren Vorteilen des Stillens kaum ins Gewicht. Nach wie vor ist Muttermilch ein hervorragendes Schutz- und Heilmittel für Babys – »Brustkinder« gedeihen besser, sind oft vitaler und erkranken seltener. Nie mehr ist die Beziehung zwischen Mutter und Kind so eng wie beim Stillen.

aus: Eltern, Heft 5/1979

Es gibt Möglichkeiten den Körper zu entgiften:

(Oder die Giftstoffe nicht noch zu erhöhen)

Beim bewußten Essen soll es nicht darum gehen, sich ständig den Appetit zu verderben – sklavische Regeln einzuhalten und heimlich von einem Eis mit Sahne zu träumen. Aber bei fast allen Nahrungsmitteln gibt es bessere oder schlechtere Varianten. – Da sich die Pestizide vor allem in gespritztem Obst und Gemüse befinden, ist es auf jeden Fall besser, diese Nahrungsmittel aus biologischem Anbau zu beziehen (bei dafür bekannten Bauern, Bioläden, Reformhaus).

Alles Gemüse mit großer Oberfläche enthält oft große Mengen Schwermetalle, vor allem Cadmium und Blei (z.B. Salat, Broccoli, Spinat, Kohl). Diese Schwermetallmengen können aber durch sorgfältiges Waschen zum großen Teil entfernt werden. Das gilt auch für Obst.

In Obst und Gemüse aus den Entwicklungsländern befinden sich oft noch Rückstände von DDT. Dort wird mit DDT Malaria bekämpft und (oft aus Unkenntnis heraus viel zu stark) werden Südfrüchte und das Gemüse gespritzt.

Milch ist ein sehr wichtiges und – von regionalen Verseuchungen abgesehen – ein relativ unverseuchtes Lebensmittel (enthält viel Calcium und Phosphor für den Knochen- und Zahnaufbau des Kindes).

Milch aus Glasflaschen oder Pappbehältern ist besser als aus Plastikschläuchen.
Kondensmilch nach dem Öffnen der Dose in Glas- oder Porzellangefäß schütten, da sonst Schwermetalle in die Milch übergehen.

Zucker
Der Körper verbraucht zum Abbau von Zucker viel Vitamin B. Zucker kann zu Stoffwechselkrankheiten führen, zu Kopfschmerzen, gestörtem Schlafrhythmus, Müdigkeit, Leistungsschwäche u.v.a.m., was wahrscheinlich mit dem Vitamin B-Mangel zusammenhängt.
Wer nicht auf Zucker verzichten kann, sollte seinen erhöhten Vitamin B-Bedarf durch z.B. Bierhefe, Müsli dekken.
Zucker kann oft auch durch Honig, Marmelade, Trockenobst z.B. Feigen ersetzt werden.

Süßstoffe (Saccharin, Cyclamat)
Der Verdacht einer krebserregenden Wirkung konnte bis heute nicht ausgeräumt werden. Ziemlich sicher ist die Promoter-Funktion dieser Stoffe, d.h. die Wirkung anderer krebserregender Stoffe wird durch diese synthetischen Süßstoffe gesteigert. Erhöhtes Krebsrisiko im Zusammenhang mit Rauchen.
Diabetiker sollten auf Zuckeraustauschstoffe (z.B. Fruchtzucker) zurückgreifen (Arzt konsultieren).

Brot
Weißbrot enthält wegen des geringen Ausmahlungsgrades nur noch geringe Mengen der natürlicherweise im Korn enthaltenen lebenswichtigen Bestandteile (Vitamine, Mineralstoffe). Deshalb möglichst Vollkornbrot. In Bioläden und Reformhäusern gibt es Brot aus hochwertigem Korn, ohne Konservierungsstoffe.
Aufbewahren im Kühlschrank verlängert die Haltbarkeit.
Verschimmeltes Brot grundsätzlich ganz wegwerfen und nicht nur den Schimmel ausschneiden.
Schwarze Kruste enthält krebserregende Kohlenwasserstoffe, wie grundsätzlich alle verbrannten Lebensmittel.

Fisch
Durch die Verseuchung der Meere durch Giftablagerungen befinden sich Vielschadstoffe im Fisch. Hochseefische z.B. sind noch relativ unvergiftet!
Lebertran, Fischleber, Aal, Thunfisch, Hai (Schillerlocken), Muscheln, Tintenfische und Krabben enthalten grosse Mengen an Chlorwasserstoffen bzw. Quecksilber bzw. Cadmium.

Fleisch
Kalbfleisch, Schweinefleisch, Geflügelfleisch:
Minderwertiges und ungesundes Fleisch durch Massentierhaltung, Masthilfsmittel (Östrogene bei Kälbern und Geflügel), Arzneimitteldauerzusatz im Futter (Antibiotika), Beruhigungsmittel (bei Schweinen vor dem Transport), Salmonellengefahr bei Geflügel.

Schaffleisch (Lamm, Hammel), Rindfleisch:
Relativ natürliche Aufzucht mit wenig Chemie.
Innereien aller Schlachttiere (Leber, Nieren):
Leber und Nieren sind Entgiftungs- bzw. Ausscheidungsorgane mit »Filterwirkung«.
Obwohl Leber wegen ihres hohen Gehaltes an lebenswichtigen Stoffen (Eisen, Vitamine A, B, D) häufig empfohlen wird, sollte man wegen des außerordentlich hohen Gehalts an Schwermetallen auf diese »Lebensmittel« besser verzichten.
Stark geräucherte Fleischwaren (Schwarzgeräuchertes):
besitzen oft einen hohen Gehalt an krebserregenden Kohlenwasserstoffen.
Stark gepökelte Fleischwaren (Metzger fragen):
Das Nitrit des Pökelsalzes führt im Magen zusammen mit den natürlich im Körper vorkommenden Aminen zu krebserregenden Nitrosaminen.
Besonders riskant: Braten von stark gepökelten Fleisch- und Wurstwaren (z.B. engl. bacon) und Überbacken von Schinken mit Käse (Hawaii-Toast). Über Holzkohle gebratenes Fleisch enthält oft große Mengen krebserregender Kohlenwasserstoffe, mageres Fleisch etwas weniger als fettes). Gehacktes nicht länger als 8 Stunden liegenlassen; am besten gleich anbraten. Gefahr der bakteriellen Verseuchung.

Eier
von freilaufenden Hühnern, die nicht nach Fischmehl schmecken kosten zwar meist 40 Pf. (auf Märkten, in Bioläden, Reformhäusern), aber sind auch wirklich besser!

Trinkwasser
In Häusern mit Bleileitungen (bis etwa zur Jahrhundertwende) das Wasser morgens 5 Minuten laufen lassen. Im stehenden Wasser sammelt sich Blei, das vor allem auch das ungeborene Leben schädigen kann.

Rauchen
Milch von Raucherinnen enthält doppelt soviel Cadmium wie die von Nichtraucherinnen! Beim Rauchen wird ein Teil des Pflanzenschutzmittels, mit dem die Tabakpflanzen behandelt werden, mitinhaliert.
Regelmäßige, schweißtreibende sportliche Betätigung baut giftige Chlorwasserstoffe ab (während der Schwangerschaft schwierig).

Vorsicht:
Eine Schlankheitskur während der Stillzeit führt noch zusätzlich zum Einschmelzen des Fettgewebes und dadurch zum Freiwerden von Pestiziden, die dann in die Milch übergehen.

Die Katalyse-Umweltgruppe hat im Buch »Chemie in Lebensmitteln« viele gründliche Informationen aufgeschrieben.

Bestellungen durch Einzahlung von DM 20,00 auf das PSchKto Nr. 7475-500, PSchA Köln, Sonderkonto Ulrich Kämper.
KATALYSE Umweltgruppe
c/o Kölner Volksblatt
Palmstraße 17
5000 Köln 1

Ich ernähre mich seit über 8 Jahren mit Lebensmitteln aus biologisch-dynamischem Anbau. Eine Untersuchung meiner Muttermilch im Juni 1980 ergab 0,586 mg/kg DDT, DDE, DDD und Isomere, also ein Zehntel des für die Bundesrepublik Deutschland angegebenen Durchschnittswertes.
Sigrid Fulde-Hälsig, Karlsruhe
in: Bild der Wissenschaft 10/80

Die von der Landesgesundheitsbehörde in Baden-Württemberg eingesetzte Sachverständigenkommission kann sich noch nicht entschließen, vom Stillen abzuraten. »Die Abwägung aller Gesichtspunkte führt zu dem Ergebnis, daß bei der derzeitigen Situation der anerkannte Wert des Stillens weiter seine Gültigkeit behält.«
Und die Deutsche Gesellschaft für Ernährung bezeichnet Äußerungen des Deutschen Verbraucherschutzverbandes gegen die Muttermilch als unverantwortliche Anti-Still-Propaganda!
siehe FR vom 11. September 1980

Freistellung von der Arbeit zur Ermöglichung des langfristigen Stillens

Nach § 7 des Mutterschutzgesetzes ist stillenden Müttern auf Verlangen die zum Stillen erforderliche Zeit freizugeben. Der Arbeitgeber muß dir mindestens zweimal täglich eine halbe Stunde oder einmal täglich eine Stunde zubilligen. Er darf nicht von dir verlangen, daß du diese Zeit nacharbeitest. Es ist unerheblich, ob du voll stillst oder nicht – selbst wenn die Muttermilch nur noch spärlich fließt und du den Rest zufütterst, hast du Anspruch auf diese Pausen. Nach dem Abstillen verfällt der Anspruch; ein pingeliger Arbeitgeber kann von dir eine Bescheinigung eines Arztes oder einer Hebamme verlangen zum Nachweis darüber, ob du auch wirklich noch stillst. Dieser Tatbestand gilt aber wie gesagt auch dann als erfüllt, wenn nur noch kleine Mengen Muttermilch produziert werden. Theoretisch kann man diese Bestimmung des Mutterschutzgesetzes jahrelang in Anspruch nehmen. Laß dich nicht durch provokante und markige Sprüche deines Arbeitgebers einschüchtern – (»Na Frau Müller, nun ist der Nachwuchs aber doch langsam alt genug. Nun stillen Sie aber langsam ab!«) Den Zeitpunkt des Abstillens bestimmen allein dein Kind und du.

Alles sehr ambivalent – Juli 1979

Das Leben hat sich total verändert. Von früh bis spät und oft die Nacht hindurch tanze ich um diesen kleinen, zuweilen sehr tyrannischen und fordernden Wurm herum. Es bleibt kaum Zeit zum Essen und aufs Klo gehen . . . Das Stillen erweist sich einerseits als praktisch und schön: z. B. jetzt während der Reise haben wir keine Probleme mit der Ernährung – andererseits verschärft es die Abhängigkeit zwischen Leo und mir natürlich drastisch. Seit Wochen hängt er mir praktisch ununterbrochen an der Brust. Nimmt man ihn da mal weg, schreit er Zeter und Mordio. Die Brust ist das einzige Mittel, ihn zu einem zufriedenen Baby zu machen. An der Brust ist er ruhig. Einerseits praktisch: wenn ich mich in Ruhe unterhalten will, lesen oder schreiben will, brauche ich ihn nur an die Brust zu nehmen – da kuschelt er sich höchst behaglich an und ist glücklich. Leo liebt es über alles, mit der Brustwarze im Mund stundenlang vor sich hin zu dösen. Oft ist das sehr schön für uns beide: ich genieß es dann, seinen kleinen, warmen Körper an mich zu drücken, sein Bedürfnis nach Schutz, Wärme, Nähe und Geborgenheit befriedigen zu können. Dieses grenzenlose Vertrauen, das er hat! Manchmal bringt es mich aber auch zur Raserei, immer vor der Alternative zu stehen: entweder hängt ein Kind an meiner Brust- oder es schreit! Noch nicht mal die allertrivialsten Erledigungen wie Abwaschen oder sowas sind möglich. Auch nicht Kochen oder mal richtig mit beiden Händen essen! Immer und überall muß die Brust rausgezerrt werden: im Gartenlokal, auf Behörden, in der Straßenbahn. Und diese Unbeweglichkeit: ständig muß ich andere bitten – mir das Fleisch zu schneiden, mir was zu Trinken zu holen, weil ich wie eine Drohne mit Wurm an der Brust festgenagelt in irgendeinem Sessel sitze.

Alle Versuche, Leo vom ständigen Saugen zu entwöhnen, scheiterten kläglich, bzw. endeten im totalen Chaos: hysterisch brüllendes Kind – Mutter total entnervt.

Es gab bereits Momente, in denen mich die Situation derartig nervte, daß ich wildfremde Frauen auf den Straßen beneidete, bloß weil sie keine Kinder haben. Ich hätte am liebsten alles rückgängig gemacht. Endlich mal wieder in Ruhe essen. Die können in Ruhe in ein Cafe gehen, sich unterhalten, sich ein Buch aussuchen, lesen, Zeitung studieren oder sonstwas machen. Und ich? Immer unausgeschlafen, oft mit knurrendem Magen, ungewaschenen Haaren und total verschwitzt, mit angeschmuddelten Klamotten, weil ich zum Waschen kaum mehr komme . . . Ich fühle mich einfach müde, häßlich, doof.

Morgens aufstehen, in Ruhe duschen und frühstücken, mir was Schönes zum Anziehen raussuchen etc., das alles ist restlos gestrichen. Wenn Leo in aller Herrgottsfrühe seinen ersten Brüller tut, zerre ich mir hektisch irgendwann zwischen Stillen, Wickeln, Beruhigen und wieder Stillen irgendwas an, schiebe mir in Windeseile zwischendurch ein Brot ein, komme eigentlich kaum zur Ruhe vor nachmittags, denn dann schläft er wenn ich Glück habe, ein oder zwei Stündchen. A. hat im Moment eine sehr wichtige Arbeitsphase, ist dauernd unterwegs und kann mir also auch nicht helfen. Es haut einfach hinten und vorne nicht hin, ein derartig unruhiges Baby 24 Stunden am Tag allein zu versorgen, ohne daß mal jemand einspringt. Wo auch immer ich hinkomme – ich bin entnervt, abgehetzt, fühle mich unwohl. Meistens hat auch Leo auf dem Weg dahin bereits »die Facon verloren«, ist bis zum Kragen vollgeschissen und hat möglichst noch gekotzt – in solchen Momenten könnte ich verzweifeln und ich habe das Gefühl, nichts, aber auch gar nichts zu schaffen, noch nicht mal ein Baby sauberzuhalten und versorgen zu können.

5. Juli 1979
– in England –
In einem Zimmer voll von englischem Kitsch und Plüsch sitze ich vor einem Spiegel und studiere mein Gesicht. Es kommt mir soviel älter vor – aber trotzdem schön. Hinter mir steht der Kinderwagen mit dem schlafenden Leo – auch ihn kann ich im Spiegel sehen. Etwas Großes, Warmes kommt in mir hochgekrochen – ich habe ihn so lieb, trotz allem, was er mir nimmt.
Gestern Nacht träumte ich, Leo in meiner Wohnung allein gelassen zu haben und als Schaufensterdekorateurin gearbeitet zu haben. Die Kleider, die ich im Fenster drapieren sollte, probierte ich an und posierte stundenlang vor dem Spiegel damit. Als ich nach Hause ging, stand das Haus nicht mehr – es war abgebrannt.
Ich fing an zu schreien und nach Leo zu rufen, ein paar Feuerwehrleute standen herum und guckten mich blöde an, wie ich auf der Straße herumtobte, völlig von Sinnen, fast irr vor Angst und Schreck. Schließlich sagte einer: Meinen Sie den Säugling, der oben im zweiten Stock mutterseelenallein in der Wohnung lag? Den haben wir gerettet, er ist in der Uniklinik. Also Sie sind das, die ihr Kind ganz alleine läßt!
Ich raste in die Uniklinik, suchte ewig in langen, weißen Fluren nach Leo. Überall lagen Menschen mit schweren Verbrennungen in den Betten, auch Babies. Aber kein Leo. Endlich fand ich ihn in einem Kinderwagen liegend und völlig unversehrt. Ich war so froh!
Ein sehr bezeichnender Traum. Ich werde bestraft für meine Eitelkeit und Eigennützigkeit. Während ich in Kleidern vorm Spiegel posiere, retten Feuerwehrleute mein alleingelassenes Kind vorm Tod in den Flammen. Ängste, daß jede Art von Egoismus meinerseits Leo schaden, sogar in Lebensgefahr bringen kann. Auch Ängste vor der Meinung anderer, die mich verurteilen können dafür, daß ich was für mich tun will, ohne Leo. Die Rabenmutter.

25. Juli 79
– in Frankreich –
Heute abend waren wir in einer Kneipe essen, das erste Mal in unserem Urlaub. Ich hatte mich sehr gefreut, mal wieder ein richtiges französisches Essen zu bekommen, bestellte ein Menü, und hoffte ansonsten inbrünstig, daß Leo mal ein Viertelstündchen ruhig auf dem Schoß sitzt – denkste!
Unter den äußerst mißbilligenden Blicken des Kellners zerrte ich abwechselnd die Brust raus und wieder rein, Leo wand sich quengelnd und brüllend auf meinem Schoß und das Essen wurde zu einer derart hektischen und stressigen Sache, daß ich froh war, als der größte Hunger gestillt war. Zum ersten Mal seit langem hatte ich mir ein schönes Kleid angezogen, was binnen Minuten völlig versaut war, da Leo, mittlerweile auch von der allgemeinen Hektik ergriffen, oben drauf kotzte, während ihm unten die Kacke raustriefte. In Brusthöhe suppte die Milch durch, mein schönes Menü nahm ich schließlich stehend ein, mit Schweiß im Nacken, Leo auf dem Arm hin und her wippend und mir mit einer Gabel die Bohnen in den Mund jonglierend. Wahnsinn!

27. Juli 79
Alles sehr ambivalent.
Mal würde ich Leo am liebsten irgendjemand in die Hand drücken und einfach abhauen, irgendwohin, weit weg, was anderes sehen und hören, nicht den ganzen Tag nur irgendwelche Faxen und Possen machen zum Zwecke der Unterhaltung meines anspruchvollen Kindes. Dann spüre ich wieder eine wahnsinnige Liebe für dieses kleine, temperamentvolle Wesen, ich drücke und knuddle ihn und könnte ihn fressen, so gern hab ich ihn.
Manchmal Phantasien, den Kinderwagen irgendwo abzustellen, nach Hause gehen und so weiterleben wie vorher, ohne Kind, als wäre alles nur ein Traum gewesen. Schuldgefühle darüber, solche Gedanken zu haben. Halb provokativ spreche ich sie manchmal vor anderen aus. Manche (Mütter) lachen und sagen: Das kann ich gut verstehen! Andere gucken mich schockiert an – ich weiß, was sie denken: wie kann man nur solche Gedanken haben, wenn man ein so süßes, rundes, gesundes Baby hat.
Dann fühle ich mich schuldig, undankbar, rabenmuttrig.
Dabei liebe ich Leo, freue mich, daß er wächst, lacht, strampelt wie ein Wilder. Seine Augen sprühen mich manchmal mit soviel Freude an, daß es mich warm durchrieselt und mein Kopf wie ein dicker, goldener Glückspfropfen auf mir sitzt.

Ende Juli 79
Immer wieder Ansätze, raus zu gehen, Park, Leute besuchen. Alles endet meistens mit Gebrüll, ich denke: bloß schnell nach Hause, werde nervös, fühle mich beobachtet – die kommt mit ihrem Kind nicht klar – dann endlich zu Hause, Tür zu, aufatmen, mit Leo in den grünen Sessel sinken, Brust raus und

Frust, daß wir nun schon wieder in der Wohnung hocken. Am liebsten bin ich mit anderen Müttern zusammen. Da gibt es keine verwunderten Blicke, keine Fragen: Ja, warum brüllt der denn so? Mehr wissendes, aber freundliches Grinsen – mach dir keine Sorgen, manche brüllen eben viel, andere wenig, das geht vorbei. Sowas ist beruhigend zu hören und macht mir Mut.

Herbst 79
Examen. Ich mache mündliche Prüfungen. Die Arbeit ist abgegeben. Ich lese die Bücher, sprech das Wichtige auf Band und lasse das dann den ganzen Tag abdudeln. Lesen tu ich nachts, bei vielen Kannen Kaffee. Alles ist sehr anstrengend, es macht aber auch Spaß. Leo hört sich die Kassetten sehr interessiert mit mir zusammen an. Aufgeregt oder ängstlich bin ich wegen der Prüfungen nicht, Gott sei Dank. Merkwürdig: obwohl es sehr viel Kraft kostet, die Examensvorbereitungen mit dem Alltag mit Leo zu vereinbaren, gibt es mir auch sehr viel Kraft, daß Leo da ist.

Winter 79
Jetzt hat es mich voll gepackt, das Hausfrauen-Mutter-Syndrom mit allen seinen klassischen Symptomen: bleierne Müdigkeit, morgens, immer ein regelrechter, dicker Kater, obwohl ich weder rauche noch trinke, Kreislaufstörungen, Schlappheit, Initiativlosigkeit, jeder Schritt, jeder Handschlag erscheint mit mühselig und furchtbar anstrengend. Wenn Leo schläft, sacke ich zu Tode erschöpft auf mein Bett und falle in eine merkwürdige Art Schlaf – wie ein Stein. Oft wache ich schweißgebadet und noch zerschlagener und müder als vorher wieder auf.
Was für eine irre Sucht ich habe, meinen Kopf anzustrengen, zu arbeiten, zu denken! Es nervt mich fürchterlich, den ganzen Tag nur irgendwelche Silben zu gurren und Gesichter zu schneiden. Ich könnte es mit sehr viel Liebe und Freude einen Teil des Tages tun, ruhig auch einen großen Teil, wenn ich wüßte, ich habe auch einen anderen Teil für mich, wo ich meine Sprache sprechen kann und wo ich tun kann, was ich möchte. Die Totalität, mit der wir einander ausgeliefert sind, Leo mir und ich Leo, die macht unser Zusammenleben sehr schwierig und treibt einen Keil in unser eigentlich sehr liebevolles und lustvolles Verhältnis.
Es muß also was passieren. Das Alleinwohnen ist ein untragbarer Zustand. Und ich muß etwas finden, wo ich Leo regelmäßig für ein paar Stunden abliefern kann.
Ich hab ja Leo lieb und wünsche mir nichts sehnlicher, als gut und glücklich mit ihm zu leben.
Monika Seck-Agthe

MUTTERLIEBE

Die Mutterliebe ist, wie ich bereits sagte, eine bedingungslose Bestätigung des kindlichen Lebens und seiner Notwendigkeiten. Hier muß jedoch noch etwas Wichtiges hinzugefügt werden. Die Bestätigung des kindlichen Lebens hat zwei Aspekte; der eine ist jene Fürsorge und jene Verantwortlichkeit, die zur Bewahrung und Entfaltung des kindlichen Lebens unbedingt notwendig sind. Der andere Aspekt geht jedoch noch über die Bewahrung hinaus. Es ist jene Haltung, die dem Kind die Liebe zum Leben einflößt, die ihm das Gefühl gibt: Es ist gut zu leben, es ist gut, ein kleiner Junge oder ein kleines Mädchen zu sein, es ist gut, auf die-

ser Erde zu sein! Diese beiden Aspekte der Mutterliebe werden sehr deutlich in der biblischen Schöpfungsgeschichte zum Ausdruck gebracht. Gott erschafft die Welt und den Menschen; dies entspricht der einfachen Fürsorge und Bejahung der Existenz. Gott geht jedoch darüber hinaus. Nach jedem Tag der Erschaffung von Natur und Mensch heißt es: Und Gott sah, daß es gut war. Ähnlich gibt die Mutterliebe in ihrem zweiten Aspekt dem Kind das Gefühl: Es ist gut, geboren zu sein. Es vermittelt dem Kind die Liebe zum Leben und nicht nur den Wunsch, leben zu bleiben. Der gleiche Gedanke kann auch in einem anderen Symbolismus der Bibel ausgedrückt sein. Vom Gelobten Land (Land ist immer ein Muttersymbol) heißt es, daß »darin Milch und Honig fließen«. Die Milch ist das Symbol für den ersten Aspekt der Liebe, für den der Fürsorge und Bestätigung. Der Honig symbolisiert die Süße des Lebens, die Liebe zum Leben und das Glück, am Leben zu sein. Die meisten Mütter sind in der Lage, »Milch« zu geben, aber nur eine Minderheit kann daneben auch noch »Honig« geben. Um Honig geben zu können, muß man nicht nur eine »gute Mutter«, sondern daneben noch ein glücklicher Mensch sein – und dieses Ziel wird nur von wenigen erreicht. Die Wirkung auf das Kind ist gar nicht zu überschätzen. Die mütterliche Liebe zum Leben ist genauso ansteckend wie die mütterliche Angst. Beide haben eine tiefgreifende Wirkung auf die ganze Persönlichkeit des Kindes; tatsächlich kann man bei Kindern – und auch bei Erwachsenen – deutlich unterscheiden, wer nur »Milch« und wer »Milch und Honig« bekommen hat . . .

. . . Das eigentliche Wesen der Mutterliebe liegt darin, für das Heranwachsen des Kindes zu sorgen, und das bedeutet, auch für die Trennung von Mutter und Kind. Hier haben wir den grundlegenden Unterschied zur erotischen Liebe. In der erotischen Liebe vereinigen sich zwei Menschen, die bisher getrennt waren; in der Mutterliebe dagegen werden zwei Menschen, die vorher eins waren, getrennt. Die Mutterliebe muß die Trennung vom Kind nicht nur dulden, sondern sie sogar wünschen und fördern . . .

. . . Die Mutterliebe für das heranwachsende Kind, die Liebe, die nichts für sich selbst will, ist vielleicht die schwierigste Form der Liebe, die es überhaupt gibt, und wegen der Leichtigkeit, mit der eine Mutter ihr kleines Kind liebt, auch die täuschendste. Aber gerade wegen dieser Schwierigkeit wird eine Frau nur dann eine wirklich liebende Mutter sein, wenn sie überhaupt lieben kann, wenn sie fähig ist, ihren Mann, andere Kinder, Fremde und überhaupt alle menschlichen Wesen zu lieben. Jene Frau, die in diesem Sinne zur Liebe unfähig ist, kann – solange das Kind klein ist – eine verwöhnende Mutter, aber niemals eine liebende Mutter sein; die Probe dafür ist die Bereitwilligkeit, die Trennung nicht nur zu ertragen, sondern auch nach der Trennung weiterhin zu lieben.

aus: Erich Fromm »Die Kunst des Liebens« Ullstein Verlag, Frankfurt 1971

Wochenbett-GYMNASTIK

Ziel:

- Kräftigung der Bauch- und Beckenbodenmuskulatur
- Begünstigung der Rückbildungsvorgänge der Gebärmutter
- Unterstützung des Sekretabflusses aus der Gebärmutter
- Anregung der Darmtätigkeit

Grundübung:

- Grundspannung:
- mit angestellten Beinen (kann isoliert geübt werden und soll vor jeder Bauchmuskelübung eingenommen werden)
- Fußspitzen hochziehen
  Fersen in die Unterlage drücken
  Knie zusammendrücken
  Gesäß spannen
  Scheide einziehen
  Kreuz runterdrücken

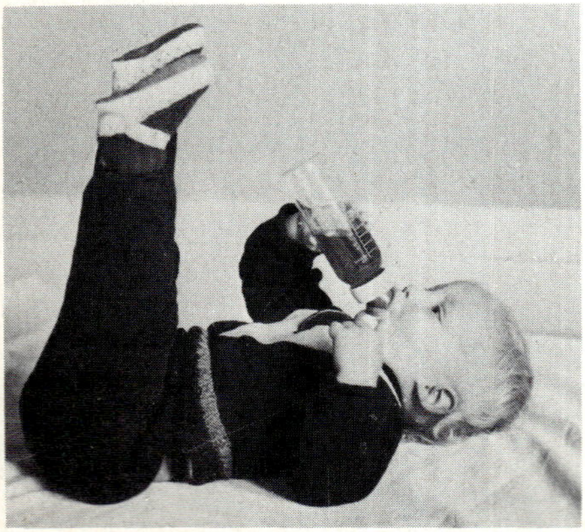

I. Bauchmuskelübungen mit angestellten Beinen vom Oberkörper her (im Liegen):

1) Rechte Hand zieht zum linken Knie (linke Hand zum rechten Knie)
2) Rechte Hand zieht zur rechten Ferse (rechte Hand zur linken Ferse)
3) Beide Hände ziehen zum rechten Knie (beide Hände zum linken Knie)
4) Linker Unterschenkel ist in die Luft gestreckt, rechte Hand krabbelt so weit wie möglich am linken Unterschenkel hoch
5) Hände werden von innen an die Knie gelegt und versucht, sie auseinanderzudrücken
6) Rechte Hand spannt gegen linkes Knie (linke Hand spannt gegen reches Knie)
7) Beide Hände spannen gegen beide Knie
8) Hände in den Nacken legen: rechter Ellbogen zieht zum linken Knie
9) Hände in den Nacken legen: rechter Ellenbogen zieht zur rechten Ferse
10) Rechter Arm liegt gestreckt neben dem Kopf und wird auf die Unterlage gedrückt, linker Arm zieht hoch zum rechten Knie

II. Bauchmuskelübungen mit gestreckten Beinen vom Oberkörper her:

Hier sollen die gleichen Übungen ausgeführt werden wie mit angestellten Beinen, ausschließlich der Übungen Nr. 5, 6, 7.

Grundspannung mit gestreckten Beinen:
- Fußspitzen hochziehen
- Knie durchdrücken
- Gesäß spannen
- Scheide einziehen
- Kreuz auf die Unterlage drücken

III. Bauchmuskelübungen von den Beinen her:

1) Beine sind angestellt, Knie geschlossen nach rechts und links ablegen, immer wieder gegen einen gedachten Widerstand zur Mitte drücken
2) Knie zusammendrücken, abwechselnd die Unterschenkel in die Luft strecken
3) Beine geschlossen in die Luft strecken, Gewicht der Beine abwechselnd nach rechts und links verlagern
4) siehe oben, Gewicht der Beine zum Bett hin verlagern und wieder hochheben
5) siehe oben, mit geschlossenen gestreckten Beinen kreisen
6) siehe oben, mit geschlossenen Beinen Fahrrad fahren, zuerst in der Mitte, dann nach links und rechts, dann rükwärts
7) mit geschlossenen Beinen Buchstaben in die Luft schreiben.

IV. Übungen der Bauch- und Hüftmuskulatur:

1) Grundspannung mit gebeugten Beinen und Gesäß in die Luft heben
2) wie Übung 1, dann abwechselnd auf Zehen und Fersen stellen
3) wie Übung 1, Becken nach links schieben und ablegen, dann nach rechts
4) wie Übung 1, Becken kreisen
5) wie Übung 1, Knie bleiben fest zusammen, abwechselnd die Unterschenkel in die Luft strecken

Zu beachten:
es soll mindestens einmal täglich 15 Minuten lang geübt werden
- möglichst auf harter Unterlage üben
- Grundspannung vor jeder Übung einnehmen
- während kleiner Pausen und nach den Übungen Bauchatmung überprüfen

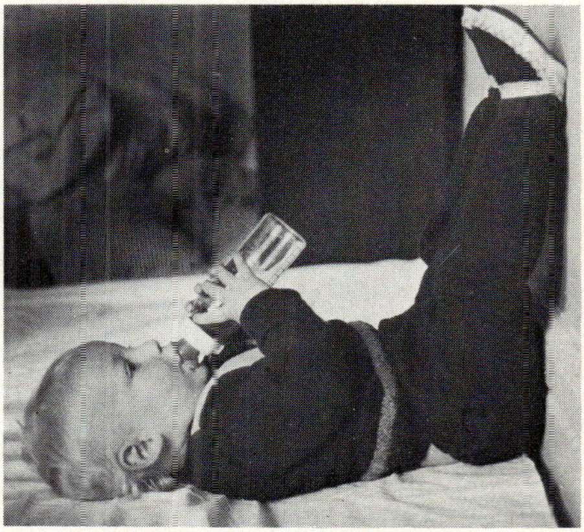

Babyspielzeug

Ideen für einfaches und billiges Babyspielzeug, das man selbst machen kann:

Für die allererste Zeit:

Windmobile. Kann man sehr einfach herstellen aus einem Drahtkleiderbügel, an dem man möglichst leichtes, buntes Papier befestigt, schön sind auch glitzrige Sachen wie Lametta und dergleichen. Liegt das Baby auf dem Balkon, kann man das Windmobile einfach an die Wäscheleine hängen. Es bewegt sich beim leisesten Lufthauch und viele Kinder liegen stundenlang völlig fasziniert und staunen froh vor sich hin.

Für drinnen: Stell zwei Stühle im Abstand von cirka 1 m mit den Rückenlehnen zueinander auf und spanne von Rückenlehne zu Rückenlehne eine Leine. Hier kann man alles mögliche drüberhängen.

Spannend ist es, wenn man öfter mal neue Sachen raussucht wie z. B. bunte Schals, Luftschlangen, Papierlampen, Kinderlaternen, Ketten, Stoffreste, Wollfäden, Strohblumen, bunte lange Strümpfe und vieles mehr. Das Baby liegt wie auch beim Windmobile gemütlich auf einer kuscheligen Decke drunter und hat meist eine Menge Vergnügen beim Betrachten all dieser Dinge. Aufpassen muß man bei dieser Sache, wenn das Baby anfängt zu greifen und an den Sachen zieht, daß die Stuhlkonstruktion nicht über ihm zusammenstürzt.

Drachenpapier. Viele Babys mögen es sehr, wenn man einen großen Bogen durchscheinendes Papier, der sie praktisch ganz bedeckt, über sie legt – besonders wenn die Sonne oder eine helle Lampe scheint, genießen sie die tollen Lichteffekte und Farbeffekte, außerdem das Knistern des Papiers bei jeder kleinen Bewegung. Dieses Spiel ist allerdings nicht jedermanns Sache: manche Kinder bekommen Angst und schreien, wenn sie was über dem Gesicht haben. Man sollte dabei beachten, daß es sich um eine Art Papier handelt, bei der es nicht schlimm ist, wenn das Baby dran knabbert und lutscht.

Ketten. Sind meist der Renner der ersten Lebensmonate. In dieser Hinsicht sind der Phantasie keine Grenzen gesetzt: außer den traditionellen Holz- und Plastikketten kann man Ketten auffädeln aus getrockneten Früchten, alten Knöpfen usw. (Bei eßbaren Sachen natürlich das Lebensalter berücksichtigen)

Babyspielzeug

Für die folgenden Monate:
Wenn das Baby anfängt, interessiert zu hantieren und zu erforschen, eignen sich alle möglichen ausrangierten Gegenstände, um es zu begeistern: alte Telefonapparate, kleine oder große Radios, die den Geist aufgegeben haben, alte Schreibmaschinen – eben alles, an dem man Knöpfe drükken und rumhantieren kann. Montiert alles ab, was irgendwie verletzungsträchtig ist und was das Baby verschlucken kann, oder was giftig sein könnte (Farbbänder!) Sind diese Gegenstände derartig entschärft, entpuppen sie sich meist als absoluter Clou, mit dem selbst das tollste und alternativste Holzspielzeug nicht mitkann. Leo hat zum Beispiel im Alter von 10 Monaten ein »eigenes Büro« in einer Zimmerecke, aus einer alten Schreibmaschine und einem kaputten Telefon.

Pappkartons eignen sich wunderbar als Tunnellandschaft zum rein- und durchkriechen.

Küchengeräte an denen nichts spitzes, scharfes ist, sind natürlich ebenfalls beliebt.
Kleine, verschraubbare Gläschen kann man füllen mit Erbsen, Knöpfen, bunten Perlen und Steinchen usw. Fest zuschrauben!

Luftschlangen haben eine ganz besondere Faszination und sind billig.
Im Grunde braucht man fast nichts zu kaufen, sondern sich nur in der Wohnung umzugucken und mal »auszumisten« in Kellern und Dachböden und vergessenen Schubladen. Toll ist es auch, wenn man ein Kind mal ans eigene Schmuckkästchen läßt. Hierbei muß man zwar mit Argusaugen darüber wachen, daß nicht in Windeseile der eine oder andere Ohrring verschlungen wird, aber es macht viel Spaß.

Ich tomm

Sexualität nach der Geburt

(Grundlage für diesen Aufsatz sind die schriftlichen Äußerungen von ca. 15 Frauen, die ich zum Thema befragt habe)

Die sexuellen Bedürfnisse von Frauen, die gerade geboren haben, können sich sehr unterschiedlich entwickeln. Viele möchten in dieser Zeit gerade von einer »orgasmuszentrierten« Sexualität nichts wissen.

»Für mich war das Thema Sexualität lange Zeit nach der Geburt komplett tabu. Mein Unterleib erschien mir wie eine offene Wunde, an die ich nichts ranlassen wollte, um die Heilung nicht zu stören. Ich hatte große Bedürfnisse nach Gestreicheltwerden, nach Schmusen, Zuwendung, sah aber sofort rot, wenn ich merkte, daß mein Freund auf direkte sexuelle Aktivitäten, also aufs zusammen schlafen rauswollte. Dieser Zustand hielt lange an – erst nach ca. 9 Monaten regten sich bei mir wieder erste sexuelle Impulse«. (Kirsten)

Geli beschreibt als verursachende Faktoren für mangelnde erotische Bereitschaft, Erschöpfung und Überforderung: »Ich war durch das Stillen und die gestörten Nächte oft müde und wollte nur meine Ruhe haben. . . Schwierigkeiten hatte ich auch mit meiner vollen Milchbrust – die Brust auch als erregbar zu erleben, war schwierig für mich.« Auch das Gefühl, durch Schwangerschaft und Geburt körperlich mitgenommen zu sein, beeinträchtigte ihre sexuelle Einstellung: »Ich hatte den Wunsch, mein Gewicht zu reduzieren, wollte schnell wieder dünner werden und fand mich selbst nicht begehrenswert. Das hat lange gedauert, bis ich meinem Mann geglaubt habe, daß er mich will.«

Das immer noch ziemlich weit verbreitete Vorurteil, daß das gemeinsame Geburtserlebnis (währenddessen der Mann/Freund die Scheide seiner Partnerin im Zusammenhang mit Blut, Schleim, Schmerz, evtl. Skalpell usw. erlebt) negative Auswirkungen auf die spätere Sexualität hat, sieht Geli für sich nicht bestätigt: »Daß mein Mann bei der Geburt dabei war, hat sich nicht negativ ausgewirkt. . . wir haben uns da als sehr nahe empfunden und hatten ein gutes Gefühl.«

Marion schreibt über ihre Gefühle nach einer Kaiserschnittsentbindung: »Mein kranker unterer Körper erzeugte in mir ein sexuelles Minderwertigkeitsgefühl. Erst ein halbes Jahr später fühlte ich wieder Lust zum Vögeln, fühlte ich mich wieder selbstbewußt, körperlich wieder hergestellt.«

Wie auch bei Geli wirkte sich bei ihr die Tatsache, daß sie stillte, auf ihre sexuellen Bedürfnisse aus: »Die Brust war für mich nicht sexuell besetzt, jedenfalls wollte ich das nicht. Alles war so empfindlich und tat weh.« Zur Reaktion ihres Freundes auf ihre mangelnde Bereitschaft, mit ihm zu schlafen, schreibt Marion: »Ich fühlte mich von P. stark unter Druck gesetzt. Schlechtes Gewissen? Insgesamt haben wir bestimmt ein Dreivierteljahr nicht miteinander geschlafen.« Die fordernde Art von P. beschreibt sie auch jetzt noch als »enterotisierend«:

»Auch heute noch ist das für mich ein bestimmtes Problem. Zu einer erotisch stimulierenden Situation gehört für mich neben Gelöstheit, Entspanntheit (was wegen des Kindes oft nicht gegeben ist; es schreit, stört – oder wenn es schläft, dann ist schon soviel Streß gewesen, daß ich nicht mehr entspannt bin) und einer spielerisch leichten Atmosphäre auch noch von P.'s Seite her eine Art, die keine direkten Forderungen an mich stellt. Verbissenheit und Verkrampftheit wirken auf mich enterotisierend.«

Die meisten der befragten Frauen, die in der ersten Zeit Schwierigkeiten mit dem direkten »Geschlechtsverkehr« haben, beschreiben ein ausgeprägtes Bedürfnis nach zärtlicher Zuwendung: »Ich war so erschöpft, hatte mir gewünscht, daß wenn unser Kind schlief, ich selbst stundenlang gewiegt und gestreichelt würde. . . Wenn ich aber das Gefühl hatte, auch jetzt noch »was leisten« zu sollen, dann verging mir die Lust. Ich hatte einfach keine Energie mehr, das Vögeln war mir zu anstrengend, ich wollte einfach nur noch selbst Kind sein, getröstet sein, passiv sein, nehmen, wo ich ja sonst den ganzen Tag und die halbe Nacht nur immer was von mir gegeben habe.«
(Martina)

Einige Frauen beschreiben einen Zusammenhang zwischen dem Abstillen und dem Wiedererwachen erotischer Wünsche: »Ich weiß nicht, ob's die Hormone sind oder einfach die Tatsache, nicht mehr so ausgelaugt zu sein – aber kurz nachdem meine Tochter nicht mehr die Brust bekam, stellten sich bei mir wieder sexuelle Bedürfnisse ein. Ich wachte manchmal nachts auf und hatte eine Riesenlust, mit meinem Freund zu schlafen. Ich weckte ihn, machte ihn richtig an. G. konnte diese abrupte Wandlung erst gar nicht fassen, denn zeitweilig hatten wir fast geglaubt, zwischen uns sei der »Ofen sexuell für immer aus.« Heute ist unsere Sexualität lebendiger und phantasievoller als jemals vorher.«
(Vera)

Christine schreibt: »Als ich kurze Zeit nach dem Abstillen wieder meine Periode bekam, fühlte ich mich zum ersten Mal seit langem wieder als Frau und nicht mehr nur als Mutter. Es war ein fast euphorischer Zustand und es fühlte sich an, als würde zum ersten Mal seit Monaten wieder warmes Blut in den Adern meines Unterleibs fließen, als würde meine Scheide, nachdem sie sich lange verknospt hatte, jetzt wieder aufblühen. Wie zwei sechzehnjährige entdeckten L. und ich unsere Sexualität neu. Wir experimentierten und probierten und ich nahm in der darauffolgenden Zeit sogar wieder sexuelle Kontakte mit anderen Männern auf, was ich mir vorher gar nicht mehr vorstellen konnte.«

Viele Frauen brauchen also einfach Zeit, um nach der Geburt ihres Kindes ihre Sexualität wieder zu finden und zu entwickeln. Wichtig ist in diesem Zusammenhang, daß der Mann ihnen diese Zeit auch läßt.
Befürchtungen, daß nun, bloß weil ein paar Monate oder vielleicht auch ein Jahr lang sexuell »nichts läuft«, alles

Sexuelle für immer und alle Zeiten aus der Beziehung gestrichen werden muß, sind in den allermeisten Fällen unbegründet.

Die beschriebene lange sexuelle »Anlaufzeit« nach der Geburt muß übrigens nicht immer sein, so schreibt z.B. *Fridolin:*
»Nach der Entlassung aus dem Krankenhaus hatten R. und ich sehr schnell wieder das Bedürfnis danach, intensiv zusammen zu sein. Leider war wegen des Dammschnitts nur Petting möglich.«
Die Versorgung ihres Kindes stellte sich für Fridolin nicht als besonders erschöpfend dar: »Es war alles nicht so anstrengend, daß ich total müde ins Bett gefallen wäre. Jesco (das Kind) schrie einmal in der Nacht und das war durch das Stillen total unproblematisch.« Fridolin's Mann verhielt sich nicht fordernd oder sie bedrängend: »Ich fühlte mich von R. nicht unter Druck gesetzt. Ich hätte mich auch nicht unter Druck setzen lassen.«

Die Entwicklung der Sexualität nach der Geburt ist ein Tabu. Auch in der mittlerweile sehr umfangreichen Literatur über Schwangerschaft, Geburt, Stillen etc. ist die Behandlung dieses Problems oder Nicht-Problems stark unterrepräsentiert, bzw. reduziert auf den Aspekt, ab wann man »wieder darf«, wie man jetzt verhütet oder Ähnliches.
So fühlen sich viele Frauen allein gelassen, isoliert, verkannt und oft selbst noch vom eigenen Partner unverstanden, wenn sie in dieser Hinsicht Schwierigkeiten haben.
Es ist wichtig, aus diesem Gefühl »ich bin allein, ich reagiere unnormal, ich werd's nie wieder schaffen« rauszukommen.
Solche Gedanken produzieren Ängste: Angst, keine vollwertige Frau mehr zu sein, Angst, vom Partner verlassen zu werden, Angst, daß dieser sich zumindest sexuell anderen Frauen zuwenden wird, wenn man nicht möglichst schnell wieder »die Kurve kriegt.« So kann aus einem vergleichsweise geringen Problem (daß eben manche Frauen oder Männer nach der Geburt eines Kindes einfach mehr oder weniger viel Zeit brauchen um wieder eine gemeinsame Sexualität herzustellen) ein riesiges, kompliziertes Gebäude aus Mißtrauen, Resignation und Aggressionen entstehen.

Versucht also, euch zu verständigen, euch einander mitzuteilen, in Mütter- oder Elterngruppen.

Ganz interessant in diesem Zusammenhang ist auch das Buch: »Sex während der Schwangerschaft« von Dr. Elisabeth Bing und Dr. Libby Colman. Zwei Ärztinnen untersuchen hier zusammen mit einer Psychotherapeutin und einer Psychologin anhand vieler ausführlicher Gesprächsprotokolle (die in dem Buch abgedruckt sind) das sexuelle Verhalten von Beziehungspartnern im Zusammenhang mit den verschiedenen Phasen der Schwangerschaft, der Zeit nach der Geburt, dem Stillen etc.
Das Buch ist erschienen im Ullstein-Verlag, Wien 1979

Monika Seck-Agthe

Sanfte Hände – Die traditionelle Kunst der indischen Babymassage
Ein Buch von Frederick Leboyer

»Die Berührung ist die Wurzel. Und so sollten wir mit ihr auch umgehen.
Wir müssen unsere Babys so nähren, daß sie wirklich satt werden, innen wie außen.
Wir müssen zu ihrer Haut sprechen und zu ihrem Rücken,
denn sie hungern und dursten und schreien genauso wie ihr Bauch.
Wir müssen sie mit Wärme und Zärtlichkeit genug und über-genug füttern.
Denn das brauchen sie, so sehr wie Milch.«

F. Leboyer, »Sanfte Hände – die traditionelle Kunst der indischen Babymassage«, München 1979, Kösel Verlag.

In der ihm eigenen, sehr poetischen Sprache beschreibt F. Leboyer am Anfang den Zustand und die Empfindungen eines neugeborenen Kindes in den ersten Tagen, Wochen und Monaten seines Lebens. Er beschreibt seinen Hunger, seine Desorientierung, seine Sehnsucht danach, berührt, gestreichelt, gehalten zu werden. In den weiteren Kapiteln geht er ein auf die Technik der indischen Babymassage, auf das Verhältnis zwischen Mutter und Kind, auf praktische Fragen und zuletzt auf die Frau, von der er die Babymassage gelernt hat: die Inderin Shantala, die mit ihren Kindern in einem Vorort von Kalkutta lebt. Das ganze Buch ist bebildert mit vielen, z.T. sehr schönen und anschaulichen Photographien.

Sich dieses Buch anzugucken und es zu lesen, ist auf den ersten Blick recht faszinierend. Dennoch kommt man nicht dran vorbei festzustellen, daß die dargestellte Welt (eine junge Inderin, die entspannt vor ihrem Haus in der Sonne sitzt und selbstvergessen ihr Kind massiert) nicht allzuviel mit der unsrigen hier in Westeuropa zu tun hat.

Hier taucht das grundsätzliche Problem auf, ob es überhaupt sinnvoll und möglich ist, Formen menschlicher Zuwendung und menschlichen Verhaltens, die in einem ganz anderen kulturellen Umfeld über Jahrhunderte traditionell gewachsen sind, so ohne weiteres zu transferieren in unseren Lebensbereich, in dem ganz anders gelebt und gearbeitet wird als zum Beispiel in Indien.

Wir sind anders. Unsere Umwelt reagiert anders auf uns als Mütter, auf unsere Kinder. Das Klima ist kälter – nicht nur was die Wetterlage betrifft. Unser Alltag ist hektischer, wir haben uns mit anderen Dingen und Bedingungen auseinanderzusetzen als Shantala.

Allein das Problem der »totalen Entspannung und Hingabe«, die Leboyer als Grundvoraussetzung für eine wirksame Babymassage beschreibt: welche hier lebende Mutter eines gerade geborenen Kindes kann diesen Zustand bei sich überhaupt herstellen? Mit Windelpaketen im Supermarkt in der Schlange stehen, durchwachte Nächte, entnervende Kräche mit Freund oder Mann oder Wohngemeinschaft gehören für uns oft zur Tagesordnung und bewirken, daß wir gerade in dieser ersten Zeit mit unserem Kind selten total entspannt sind.

Dennoch kann Leboyer's Buch, sofern man es nicht als Dogma begreift und nicht mit perfektionistischen Vorstellungen an die Sache herangeht, eine gute Anregung für Körperspiele mit unseren Kindern sein. Es macht Spaß, die vorgestellten Massagetechniken auszuprobieren und zu beobachten, wie das Kind reagiert – und es ist durchaus einen Versuch wert, sich mal darauf einzulassen, für eine Viertelstunde alles andere zu vergessen und in einen ganz konzentrierten Kontakt mit seinem Kind zu treten; auch wenn das nicht immer, und schon garnicht auf Anhieb gelingt.

Friß mich nicht auf

ich kämpfe mit dir
es ist ein verzweifelter Kampf
ein Kampf mit stumpfen Waffen
die nicht verletzen sollen

ich kämpfe mit dir
erbittert
Tag für Tag
um ein kleines Stück von mir
das ich für mich behalten darf
um ein bißchen Energie
die du mir nicht raubst
um eine Ecke in meinem Kopf
in der ich träumen darf
spinnen darf
meinen Gedanken nachhängen darf
schreiben darf

um ein bißchen Zeit für meinen Körper
in der er ausruhen kann
in der er schlafen kann
in der ich ihn genießen kann

um einen Moment Ruhe
für ein Gespräch
oder um mal wieder zu mir kommen
zu können

laß mir doch davon was
bitte laß es mir

friß mich nicht auf
mit Haut und Haaren
nur so
können wir wirklich gute Freunde
werden

Monika Seck-Agthe

Notizen

Anhang

Literatur

Schwangerschaft und Geburt

Bing/Colman, Sexualität in der Schwangerschaft, Ullstein, Berlin, Wien, Frankfurt 1977

Brasch, U. von, Körperschulung während der Schwangerschaft und Rückbildung, Bircher – Brenner, Zürich 1974

Ehrenreich, J. u. a., Hexen, Hebammen, Krankenschwestern, Frauenoffensive, München 1975

Ewy, R. u. D., Die Lamaze-Methode, Goldmann, München 1976

Flanagan, G. L., Die ersten neun Monate des Lebens, Rowohlt, Reinbek bei Hamburg, 1969

Kippe, R./*Michels,* R., Guter Hoffnung, Kiepenheuer und Witsch, Köln 1980

Kitzinger, S., Natürliche Geburt, Kösel, München 1980

Leboyer, F., Der sanfte Weg ins Leben, Kösel, München 1974

Leboyer, F., Der Weg des Lichts, Kösel, München 1975

Linden, W. zur, Geburt und Kindheit, Klostermann, Frankfurt 1978

Macfarlane, Die Geburt, Klett – Cotta, Stuttgart 1978

Manthey, S., Geburt und Wochenbett im Krankenhaus, Selbstverlag, Hamburg 1977 (Versand gegen DM 8,50 Vorauskasse auf Postscheckkonto Hamburg, Siegfried Stockhecke, 389000-200)

Mitchell, I., Wir bekommen ein Baby, Rowohlt, Reinbek bei Hamburg, 1971

Nielsson, L., Ein Kind entsteht, Mosaic, München 1978

Odent, M., Die sanfte Geburt, Die Leboyer-Methode in der Praxis, Kösel, München 1976

Peters, J., Ich werde Mutter, Lübbe – Bastei, Köln 1980

Read, D., Der Weg zur natürlichen Geburt, Hoffmann und Campe, Hamburg 1950

Schreiber, M., Die schöne Geburt, Rowohlt, Reinbek bei Hamburg 1981

Steinhauer, C., Schwangerschaft, Geburt und Wochenbett, Selbstverlag, 5 Köln, Siemensstraße 15

Wolf, V., Hausgeburt, Selbstverlag, Köln 1980

Vogt-Hägerbäumer, B., Schwangerschaft, Rowohlt, Reinbek bei Hamburg 1977

Westhoff, J., Das Risiko geboren zu werden, Kiepenheuer und Witsch, Köln 1980

Wilberg, G., Zeit für uns, Frauenbuchverlag, München 1979, Fischer TB 1981

Bewußt fruchtbar sein, Irisiana, Haldenwang 1977

Hexen, Katalog zur Ausstellung, T. Hauschild, H. Staschen, R. Troschke, Hamburgisches Museum für Völkerkunde, Binderstr. 14, 2 Hamburg 13

Mutterlust, Mutterfrust, Frauengesundheitszentrum Frankfurt, Selbstverlag, Frankfurt 1979

Unser Körper – unser Leben, The Boston Womens Health Book Collektive, Rowohlt, Reinbek bei Hamburg 1980

Auseinandersetzung mit der Mutterschaft

Bettelheim, B., Gespräche mit Müttern, Piper, München 1977

Berninghausen, J., Der Traum vom Kind – Geburt eines Klischees, Ullstein, Berlin, Wien, Frankfurt 1980

Bronnen, B., Mütter ohne Männer, Econ, Düsseldorf 1978

Bronnen, B., Wie mein Kind mich bekommen hat, Rowohlt, Reinbek bei Hamburg 1977

Fallaci, O., Brief an ein nie geborenes Kind, Goverts/Fischer, Frankfurt 1977

Heinsohn, G., *Knieper,* R., *Steiger,* R., Menschenproduktion, Suhrkamp, Frankfurt 1979

Hoffmann, F., Ledige Mütter, Roter Stern, Frankfurt 1976

Mead, M., Mann und Weib, Rowohlt, Reinbek bei Hamburg 1958

Rich, A., Von Frauen geboren, Frauenoffensive, München 1979

Kitzinger, S., Frauen als Mütter, Kösel, München 1980

Frauen und Mütter, Beiträge zur dritten Sommeruniversität von und für Frauen 1978, Hg. Dritte Sommeruniversität für Frauen e. V., Berlin 1979

Nach der Geburt

Belotti, E. G., Was geschieht mit kleinen Mädchen, Frauenoffensive, München 1975
Mädchen, Frauenoffensive, München 1975
Behr, S., *Häsing,* H., Ich erziehe allein, Rowohlt Reinbek bei Hamburg 1980
Bieselt-Hubral, D., Das Krankenhaus macht Kinder krank, in: Psychologie heute, Beltz, Weinheim Februar 1978
Bleuel, H. P., Kinder in Deutschland, München 1973
Boßmann, D., Mütterfeindlichkeit, Rowohlt, Reinbek bei Hamburg 1979
Braunmühl, E. von, Zeit für Kinder, Fischer, Frankfurt 1976
Braunmühl, E. von, *Kupfer,* A., *Ostermeyer,* H., Die Gleichberechtigung des Kindes, Fischer, Frankfurt 1976
Dessai, E., Kinderfreundliche Erziehung in der Stadtwohnung, Fischer, Frankfurt 1973
Dessai, E., *Alt-Rosendahl,* R., Wohnen und Spielen mit Kindern, Alternativen zur familienfeindlichen Architektur, Ullstein, Berlin, Wien, Frankfurt 1978
Doormann, L., Kinder in der Bundesrepublik, Pahl Rugenstein, Köln 1979
Elschenbroich, D., Kinder werden nicht geboren, päd. extra, Frankfurt 1977
Falconnet, G., *Lefaucheur,* N., Wie ein Mann gemacht wird, Wagenbach, Berlin 1977
Johansen, E., Betrogene Kinder, Eine Sozialgeschichte der Kindheit, Fischer, Frankfurt am Main 1978
Koch, R., *Rochol,* G., Kleinkindererziehung als Privatsache? Pahl Rugenstein, Köln 1977
Leboyer, F., Sanfte Hände, Kösel, München 1976
Montague, A., Körperkontakt, Klett, Stuttgart 1974
Miller, A., Am Anfang war Erziehung, Suhrkamp, Frankfurt 1980
Nikitin, B. u. L., Die Nikitin-Kinder, Kiepenheuer und Witsch, Köln 1978
Pierce, J. Ch., Die magische Welt des Kindes, Diederichs, Düsseldorf, Köln 1978
Renggli, F., Angst und Geborgenheit, Rowohlt, Reinbek bei Hamburg 1976
Ritter, J. u. P., Freie Kindererziehung in der Familie, Rowohlt, Reinbek bei Hamburg 1974
Rochefort, Ch., Kinder, Trikont, München 1977
Scheu, U., Wir werden nicht als Mädchen geboren, Fischer Frankfurt 1977
Spitz, R., Vom Säugling zum Kleinkind, Naturgeschichte der Mutter-Kind-Beziehung im ersten Lebensjahr, Klett, Stuttgart 1976
Starck, E. M., Geboren werden und gebären, Frauenoffensive, München 1976
Straub, U., *Schröder,* B., Kinder in Wohngemeinschaften, Zündhölzchen, Herford o. Jahrgang
Die gesellschaftliche Wirklichkeit der Kinder in der Bildenden Kunst, Neue Gesellschaft für Bildende Kunst, Elefanten Press, Berlin/West 1980
Die Zukunft unserer Kinder, Studie zur Gefährdung von Kindern durch Umweltgifte, Tutorium Umweltschutz, Heidelberg, Im Sand 5, 69 Heidelberg, Lieferung gegen 5 DM in Briefmarken

Stillen

Bieselt-Hubral, D., *Lothrop,* H., Warum Frauen wieder stillen, in: Psychologie heute, 6/77, Weinheim 1977
Lothrop, H., Stillbuch, Kösel, München 1980
Mitchell, I., Stillen, Rowohlt, Reinbek bei Hamburg 1980
Peters, J., Anleitung zum Stillen, zu beziehen über die Autorin, Paul-Ehrlichstr. 32, 6000 Frankfurt, 4 DM
Exportinteressen gegen Muttermilch, Dokumentation der Arbeitsgruppe Dritte Welt, Bern, Rowohlt, Reinbek bei Hamburg 1976

Ernährung

Chemie in Lebensmitteln, Kathalyse Gruppe, c/o Kölner Volksblatt, Palmstraße 17, 5 Köln 1 zu bestellen durch Einzahlung von DM 20,00 auf Postscheckkonto-Nr. 7475-500, PSchA Köln, Sonderkonto Ulrich Kämper
Danner, E., Biologisch kochen und backen, Econ, Düsseldorf – Wien 1979
Espe Brown, E., Das Tassajara-Kochbuch, Arum, Freiburg 1979
Günther, W., *Martin,* M., Naturkost – Schleckkereien, Bruno Martin, Frankfurt 1979
Liechti, D., Gesunde Schwangerschaft – Glückliche Geburt, Bircher-Benner, Bad Homburg 1979
Renzenbrink, G., Die Ernährung unserer Kinder, Arbeitskreis für Ernährungsforschung e. V. 7263 Bad Liebzell, Unterlegenhardt, Zu den Eichen, o. Jahrgang

Informationen zu Sozialhilfe, Wohngeld, Mutterschutz

„Erziehen Sie Ihr Kind selbst“
Hg. Ministerium für Arbeit, Gesundheit und Sozialordnung, Baden Württemberg

„Für zwei denken“
kostenlos zu erhalten bei DAG – Bundesvorstand – Werbeabteilung, Postfach 2601, 4000 Düsseldorf 1

„Jede werdende Mutter hat ein Recht auf Hilfen“
Hg. Bundeszentrale für gesundheitliche Aufklärung, kostenlos zu erhalten bei Aktion Familienplanung, 7000 Stuttgart 1, Postfach

„So schaffe ich es allein“
Hg. Verband alleinstehender Mütter und Väter E. V., Martin-Luther-Str. 20, 6000 Frankfurt

„Sozialhilfe – Ihr gutes Recht“
Hg. Bundesminister für Jugend, Familie und Gesundheit, 5300 Bonn

Die meisten dieser Broschüren sind in den Pro Familia-Geschäftsstellen umsonst erhältlich

Adressen

Aktionskomitee „Kind im Krankenhaus e. V.“
Bundesvorstand, Kontaktadresse: Irmgard Folkers, Vogelsbergstr. 4, 6370 Oberursel, Tel. 06171 / 3606
Deutsches Institut für Vormundschaftswesen, Zähringerstr. 10, 6900 Heidelberg, Tel. 06221 / 27904
Notmütterdienst e. V., Zentrale Stelle für die BRD, Hamburger Allee 54, 6000 Frankfurt am Main, Tel. 0611 / 776611
Pro Familia, Deutsche Gesellschaft für Sexualberatung und Familienplanung e. V., Bundesverband, Cronstettenstr. 30, 6000 Frankfurt am Main 1, Tel. 0611 / 550901
Stiftung für das behinderte Kind zur Förderung von Vorsorge und Früherkennung, Bahnhofstr. 7a, 5350 Marburg/Lahn, Tel. 06421 / 284081; gibt auch Auskunft über genetische Beratungsstellen in der BRD
Verband alleinstehender Mütter und Väter e. V. Martin-Luther-Str. 20, 6000 Frankfurt am Main, Tel. 0611 / 437777
Stillinformation:
La Leche League Deutschland, Auf dem Köllerhof 105, 5307 Wachtberg/Liessem
Presse- und Informationsamt der Bundesregierung, Postfach, 5300 Bonn 1

In manchen Städten gibt es die Möglichkeit, bei einer freien Hebamme den Vorbereitungskurs zu machen und mit ihr ins Krankenhaus zur Entbindung zu gehen.
Für Frauen, die ihr Kind im Krankenhaus kriegen wollen, ist es gut, eine vertraute Hebamme bei sich zu haben.
Adressen von Hebammen findest du im Branchenbuch, in den Frauenzentren/Buchläden, eine Liste in dem Buch: Marion Schreiber, Die schöne Geburt, Rowohlt, Reinbek bei Hamburg 1981.
Dort findest du auch Adressen von Ärzten, Kliniken und verschiedenen Gruppen.

Bildquellen-Nachweis

S. 8 Lennart Nielsson, aus: Ein Kind entsteht, Mosaic Verlag GmbH, München 1978
S. 9 © Dr. Rainer Jonas, 1. Univ. Frauenklinik München
S. 15 Eusi Wirdeier, Weißenburgstr., 5000 Köln 1
S. 18 © Dr. Rainer Jonas, a. a. O.
S. 19 Susanne Klippel, Holzstr. 14, 8000 München
S. 26/27, 31 Gernot Huber, Palmstr. 17, 5000 Köln 1
S. 33 Underwood & Underwood
S. 38/39 Marlies Willing, Kartäuserhof 26, 5000 Köln 1
S. 50 Ute Voss, Jungstr. 11, 6000 Frankfurt am Main 90
S. 58 © Dr. Rainer Jonas, a. a. O.
S. 59 Ulli Weiß
S. 64 Ute Voss, a. a. O.
S. 69, 76, 83, 84/85 Gernot Huber, a. a. O.
S. 88 © Dr. Rainer Jonas, a. a. O.
S. 89 Ulli Weiß
S. 94, 95 Ute Voss, a. a. O.
S. 101 F. K. Wächter aus: Es lebe die Freihei, Diogenes Verlag, Zürich 1981
S. 103, 105 Gabriele Jakobi
S. 106/107 Marie Marcks, aus: R. Fröhlich, M. Marcks, Na hör mal, Otto Maier Verlag, Ravensburg 1980
S. 110 © Dr. Rainer Jonas, a. a. O.
S. 111 Ulli Weiß
S. 116 © Dr. Rainer Jonas
S. 117 Ulli Weiß
S. 122 Susanne Klippel, a. a. O.
S. 124 Gernot Huber, a. a. O.
S. 133 Ulli Weiß
S. 141 Ute Voss, a. a. O.
S. 143 Gernot Huber
S. 149 Ulli Weiß
S. 157 Gernot Huber
S. 159 Gabriele Jakobi
S. 164 Richard Bentz, München
S. 168 Ute Voss, a. a. O.
S. 170 Gernot Huber, a. a. O.
S. 173 unten Gernot Huber, a. a. O.
S. 174 Jürgen Müller-Schneck aus: Indianische Hoffnungen, Jugenddienst Verlag, Wuppertal 1980
S. 182 Ute Voss, a. a. O.
S. 184/185 Susanne Klippel, a. a. O.
S. 194 – 198 Eusi Wirdeier, a. a. O.
S. 199 Rainer Berson
S. 100 Kati Bauer, Ottostr. 34, 5000 Köln 30
S. 206 Marlies Willing, a. a. O.
S. 223 F. K. Wächter aus: Wahrscheinlich guckt wieder kein Schwein, Diogenes Verlag, Zürich 1978
S. 224 Hilke Raddatz aus: Titanic 6/1980
S. 227 Evi Langenfass, Frühlingstr. 26, Ismaning
S. 230 Eberhard Maurer, Siemensstr. 15, 5000 Köln 30
S. 233 Gernot Huber, a. a. O.
S. 241 Ute Voss, a. a. O.
S. 244 Susanne Klippel, a. a. O.
S. 246, 249 Gernot Huber, a. a. O.
S. 251 Evi Langenfass, a. a. O.
S. 253 Gernot Huber, a. a. O.
S. 259 Susanne Klippel, a. a. O.
S. 261, 264/265 Gernot Huber, a. a. O.
S. 270 Gabriele Jakobi
S. 272/273 Ute Voss, a. a. O.
S. 276 F. K. Wächter aus: Es lebe die Freihei, a. a. O.
S. 280 F. Leboyer aus: Sanfte Hände, Kösel Verlag, München 1979